Mehr von Tina Folsom

Samsons Sterbliche Geliebte (Scanguards Vampire - Buch 1)
Amaurys Hitzköpfige Rebellin (Scanguards Vampire - Buch 2)
Gabriels Gefährtin (Scanguards Vampire - Buch 3)
Yvettes Verzauberung (Scanguards Vampire - Buch 4)
Quinns Unendliche Liebe (Scanguards Vampire - Buch 6)
Olivers Versuchung (Scanguards Vampire – Buch 7)

Geliebter Unsichtbarer (Hüter der Nacht – Buch 1)

Ein Grieche für alle Fälle (Jenseits des Olymps – Buch 1)
Ein Grieche zum Heiraten (Jenseits des Olymps – Buch 2)

Mehr Bücher in der Scanguards Serie kommen bald!

ZANES ERLÖSUNG

(SCANGUARDS VAMPIRE – BUCH 5)

TINA FOLSOM

ÜBERSETZT VON AMY SANSOME

Deutsche Erstausgabe
Die Amerikanische Originalausgabe erschien 2011 unter dem Titel
Zane's Redemption

Cover design: Elaina Lee
Cover Fotos: bigstockphoto.com und istockphoto.com
Autorenfoto: @ Marti Corn Photography

Widmung

Dieses Buch ist meinem Großvater, Josef Veselak, Gefangener Nr. 29658, gewidmet. Er kam am 26. Juli 1942 im Konzentrationslager in Dachau um.

1

Zane hörte einen Schrei. Er blendete ihn aus und fuhr fort, an dem Hals des jungen Latinos zu saugen, den er in einer Gasse in der Mission, dem mexikanisch-südamerikanisch angehauchten Viertel von San Francisco, aufgegriffen hatte. Es war eine zwielichtige Gegend; auf der einen Seite zogen trendige Restaurants und Nachtclubs die reichen Anwohner des Nordteils der Stadt an, und auf der anderen Seite schlugen sich Einwanderer mit dem Mindestlohn durch. Doch als Zane dieses Viertel zum ersten Mal betreten hatte, hatte er sich sofort wie zu Hause gefühlt.

Als er seine Fänge tiefer in den jungen Mann tauchte, um mehr Blut aus ihm zu saugen, lauschte er dem donnernden Herzschlag seines Opfers und war sich völlig darüber bewusst, welche Macht er über das Leben des Teenagers hatte. Wenn er zu viel von ihm nahm, würde dieser verbluten; sein Herzschlag würde aussetzen und die Luft würde aus seinen Lungen weichen und ihn leblos zurücklassen.

Er mochte es, sich so zu ernähren: nicht von Flaschen mit leblosem, gespendetem Blut wie seine Kollegen bei Scanguards es taten, sondern von einem Menschen, dessen Lebenskraft er unter seinen Händen pulsieren spürte, während das warme, reichhaltige Blut seine Kehle hinunterfloss. Es gab keinen Ersatz für dieses Gefühl. Es ging über reine Nahrung hinaus, denn es appellierte an sein Bedürfnis, überlegen und mächtig zu sein und Kontrolle über das Leben in seinen Armen auszuüben.

Jede Nacht wiederholte sich der Kampf, dem Leben in seinen Händen zu gestatten, weiter zu existieren. Abgesehen von der Tatsache, dass jede Nacht ein anderer Mensch in seiner Gnade stand, änderte sich nichts. Der Kampf in ihm blieb derselbe: aufzuhören, während der Mensch noch am Leben war oder das Verlangen zu befriedigen, das Leben zu zerstören und Rache auszuüben. Denn es machte keinen Unterschied, ob er von einem Latino, einer schwarzen Frau oder einem asiatischen Mann trank, denn für ihn sahen sie alle gleich aus, sobald die Erinnerungen der Vergangenheit ihn in Besitz nahmen. Ihre Gesichtszüge verzerrten sich in die eines weißen Mannes mit dunkelblonden Haaren, braunen Augen und hohen Wangenknochen: das Gesicht eines seiner Peiniger. Des Einzigen, den er in 65 Jahren immer noch nicht aufspüren und zur Strecke hatte bringen können. Des Einzigen, den er nicht hatte töten können – noch nicht.

Zane spürte den sich verändernden Blutdruck seines Opfers und zog seine Fänge aus dem Hals des Jungen. Schnell leckte er über die Wunde, um sie zu versiegeln und zu verhindern, dass noch mehr Blut aus ihm wich, während sich seine Fänge wieder einfuhren und für einen Moment befriedigt waren. Sein eigenes Herz schlug wild, versicherte ihm, dass er nicht zu weit gegangen war. Diese Nacht hatte er den Kampf gewonnen, doch die Unruhe, die er schon seit Monaten verspürte, verschlimmerte sich weiter und drängte ihn dazu, immer höhere Risiken mit seinen Opfern einzugehen.

Er war vor neun Monaten aufgrund eines Auftrags von Scanguards, der Bodyguard Firma, die von Vampiren geleitet wurde und für die er schon seit mehreren Jahrzehnten arbeitete, nach San Francisco gekommen. Der Auftrag hatte sich zu einem Daueraufenthalt entfaltet. Zuerst hatte er gedacht, dass der Wechsel von New York zu der ruhigen Westküstenstadt, die regelmäßig von Nebel verschlungen wurde, ihm Ruhe und Frieden bringen würde. Doch das Gegenteil war der Fall. Die Jagd nach seinem Peiniger war im Sande verlaufen. Mit jedem Tag, der verstrich seit er die Spur verloren hatte, peitschte sein Versagen seinen Zorn und Hass höher. Er verlangte danach, jemanden zu verletzen. Bald.

Ein Geräusch ließ Zane aufschrecken und seinen Kopf zur Seite schnellen. Er setzte den Latino zu Boden und lehnte ihn gegen eine Hauswand. Einen Moment lang schloss er seine Augen und konzentrierte sich auf die Stimme, die er in der Ferne gehört hatte. Neben den Geräuschen, die auf ein lebhaftes Nachtleben hindeuteten, drang ein Wimmern erfüllt von Angst und Verzweiflung zu ihm durch. Es war weit entfernt, doch sein empfindliches Vampir-Gehör identifizierte es als einen Hilferuf.

„Fuck!“

Er hätte den Schrei von zuvor nicht ignorieren sollen. Er hätte wissen müssen, dass etwas nicht stimmte. Sowohl seine Vampir-Instinkte als auch die Tatsache, dass er ein geschulter Bodyguard war, bestätigten ihm dies. Ohne einen weiteren Blick an sein Opfer zu verschwenden, trat Zane aus der Gasse und eilte in Richtung des

Hilferufs. Er hoffte, dass es nicht bereits zu spät war.

Einige Betrunkene taumelten den Bürgersteig entlang, ihr zusammenhangloses Lallen übertönte kurzzeitig die verzweifelten Rufe, denen er folgte. Hatte er die Spur verloren? Zane hielt an der nächsten Ecke inne und lauschte konzentriert. Einen Moment lang war alles völlig still, doch dann ertönte das Geräusch wieder und wurde stärker. Sein Bauchgefühl sagte ihm, dass er gebraucht wurde.

Dieses Mal wurde das Schreien von einer gedämpften männlichen Stimme begleitet. „Halt den Mund, du Schlampe! Oder ich weide dich aus."

Zanes Instinkt übernahm, als er um die Ecke in eine Zufahrt stürzte, die von zwei hässlichen Wohnhäusern eingegrenzt wurde. Seine ausgezeichnete Nachtsicht nahm die Situation sofort auf: Ein Mann zwang eine Frau, sich über einen Müllcontainer zu beugen, während er ein Messer an ihre Kehle hielt. Seine Hose hing auf Kniehöhe und sein nackter Hintern bewegte sich wild vor und zurück, während er sie vergewaltigte.

„Scheiße!" Zane sprang auf den Mann zu, als dieser im selben Moment den Kopf zu ihm drehte, alarmiert von Zanes Fluch.

Zanes Zähne verlängerten sich und seine Finger verwandelten sich in scharfe Klauen, die selbst einen Elefanten zerfleischen hätten können. Zane riss den Vergewaltiger mit einem Ruck von seinem Opfer, seine Klauen bohrten sich durch die Kapuzenjacke in die Schultern des Übeltäters.

Der Schrei des Mannes war erst überrascht dann schmerzerfüllt, als Zanes Klauen tiefer in sein Fleisch drangen. Er genoss den Klang und zog eine Hand mit ausgefahrenen Klauen über die gesamte Schulter, schlitzte die Haut auf, verletzte Muskulatur und Nervengewebe. Blut spritzte aus der offenen Wunde und sättigte die Luft mit seinem metallenen Geruch. Zane ließ seine Fänge aufblitzen, sorgte dafür, dass das Arschloch sie deutlich sehen konnte.

„Neeeiiiin!"

Der verzweifelte Schrei seines Opfers hielt ihn nicht auf. Absichtlich langsam erlaubte er seiner anderen Hand durch die Muskeln der linken Schulter zu schneiden, um dort denselben Schaden anzurichten. Beide Arme des Mannes hingen nun schlaff hinunter, die durchtrennten Sehnen und Nerven unterstützten deren Bewegungen nicht länger. Der Vergewaltiger war wehrlos.

Zanes Gnade ausgeliefert.

Wenn er ein Herz gehabt hätte, hätte er es zu Ende gebracht, doch es war zu spät. Ein Blick zu dem verängstigten Mädchen, das ihn entsetzt anstarrte, und seine Vergangenheit überwältigte ihn. Plötzlich verwandelte sich das Vergewaltigungsopfer mit den verängstigten blauen Augen und den rotblonden Haaren in jemanden, den er nur allzu gut kannte. Jemanden, den er Jahrzehnte nicht gesehen, jedoch niemals vergessen hatte.

Ihre dunkelbraunen Haare kringelten sich an den Spitzen und schmeichelten ihren blassen Schultern, während sie ihr junges Gesicht einrahmten. Ihre schokobraunen Augen blickten ihn an, unschuldig, flehten ihn an, ihr zu helfen; sie zu beschützen.

„Zacharias…“ Als ihre Stimme verstummte, streckte er seine Hand nach ihr aus, doch sie zuckte wie versteinert zurück.

„Rachel“, flüsterte er. „Hab keine Angst.“

Zane wurde sich des Mannes bewusst, der versuchte, gegen ihn zu kämpfen und wandte seinen Blick von ihr ab. Er würde den Kerl umbringen, der seiner kleinen Rachel etwas antat.

Zane schleuderte den Vergewaltiger ein paar Meter weiter gegen die Wand, hörte erfreut das Knacken seiner Rippen. Während er auf sein Opfer zuging, waren seine Schritte gezielt. Er versteifte seinen Körper und genoss den furchterfüllten Blick in den Augen des Übeltäters. Doch er sah das Gesicht des Vergewaltigers nicht mehr. Es hatte sich verändert. Er sah einen Mann mit dunkelblonden Haaren und braunen Augen. Endlich glänzten diese Augen vor Angst und mit dem Wissen, dass seine Zeit gekommen war. Er saß in der Falle und würde noch heute Nacht für seine Verbrechen bezahlen.

Ohne einen weiteren Gedanken zu verschwenden, schlitzte Zane die Brust des Mannes mit einer todsicheren Präzision auf, wie es nur jemand tat, der bereits Erfahrung darin hatte. Er ignorierte die schauderhaften Schreie seines Opfers und riss dessen Rippen auseinander. Blut spritzte ihm entgegen, sickerte aus der offenen Brusthöhle. Er inhalierte den Duft. Der Geruch von Leben war ebenso stark wie der des Todes.

Obwohl er sich eben erst genährt hatte, kam Hunger bei ihm auf. Doch dieses Mal war es eine andere Art von Hunger, kein Hunger nach

Nahrung sondern nach Rache. Süßer als Hunger bettelte er, gestillt zu werden.

Zane schlug seine Hand durch die Brustwand des Vergewaltigers umschloss das schlagende Herz. Das lebensgebende Organ wummerte in seiner Faust, seine Zuckungen noch immer stark, als es gegen das Unausweichliche ankämpfte.

„Du wirst nie wieder jemanden verletzen."

Als er das Herz aus dem Körper riss, verblassten die Augen des Mannes. Zane starrte auf das noch immer schlagende Herz in seiner Hand, als das warme Blut aus den abgerissenen Venen und Arterien seinen Arm entlang floss. Ein Blutbach tunnelte sich in den Ärmel seines schwarzen Hemdes, durchtränkte ihn, klebte den Stoff an seine Haut.

Langsam beruhigte sich sein Herzschlag wieder.

Es war vorbei.

„Rachel, er ist tot. Jetzt bist du in Sicherheit."

Zane drehte sich um, doch Rachel war verschwunden. An ihrer Stelle kauerte eine rotblonde junge Frau an dem Müllcontainer. Sie wimmerte und zitterte. Ihre Tränen hatten ihre schwarze Wimperntusche verwischt und lange Schmierer an ihren Wangen hinterlassen. Ihre Lippen bebten.

Zane blinzelte. Rachel war nicht sicher. Rachel war weg und er konnte sie nicht zurückholen. Doch dieses Mädchen war am Leben und ihr Angreifer war tot.

Er ging einen Schritt auf sie zu, um ihr die gute Nachricht zu überbringen, doch sie wich vor ihm zurück.

„Neeiiin!", rief sie atemlos, ihre Augen suchten verzweifelt nach einem Fluchtweg als ob sie dachte, dass Zane sich als nächstes an ihr vergreifen wollte.

„Ich tu dir nichts." Er streckte seine blutige Hand nach ihr aus, doch diese Geste ließ sie nur noch mehr zurückschrecken.

Zane wusste, was sie sah. Seine Jeans und sein Hemd waren blutverschmiert. Die klebrig-warme Flüssigkeit hatte selbst seine Schuhe nicht verschont. Doch das war nicht das Schlimmste. Das Mädchen, das er gerettet hatte, sah sein Vampir-Ich, die tödlichen Klauen, die scharfen Fänge, die durch seine Lippen stießen und die glühend roten Augen, die ihn aussehen ließen wie einen Teufel. Sein kahler Kopf unterstrich die Gefahr, die stets von ihm ausging, auch wenn er in seiner menschlichen Form erschien. Selbst ohne seine Reißzähne fürchteten sich die Leute vor ihm – und das sollten sie auch.

Er hatte einen Mann abgeschlachtet, wie es nicht einmal ein Metzger mit einem Schwein machen würde, und er empfand keinerlei Reue. Er hatte getan, was nötig war, selbst wenn die meisten Menschen es nie verstehen würden. Das Böse musste sofort ausgelöscht werden, bevor es eine Gelegenheit hatte, sich auszubreiten und wie ein Krebs ein ganzes Volk zerstören konnte. So wie es einst geschehen war, als die Welt daneben gestanden und zugesehen hatte.

Bis es zu spät war, bis das Schlimmste schon geschehen war.

„Du wirst alles vergessen", versprach Zane dem verängstigten Mädchen und erlaubte seinen mentalen Fähigkeiten, die Erinnerungen an die Geschehnisse der Nacht aus ihrem Gedächtnis zu löschen, einschließlich der Vergewaltigung. Wenn sie morgen aufwachte, würde sie sich an nichts erinnern können, weder an den Mann, der sie angegriffen hatte, noch an den Mann, der sie vor dem Monster gerettet hatte.

Oder war Zane das Monster? War er derjenige, vor dem man Angst haben musste, derjenige, der böse war, weil er Rache dafür wollte, was seiner Familie und ihm angetan worden war?

Während das warme Blut seines Opfers an seiner Haut und Kleidung trocknete, als er durch die Nacht schritt, schwebte erneut das Gesicht seines Peinigers vor seinem geistigen Auge und verspottete ihn. Er musste dieses Kapitel seines Lebens beenden und ihn finden. Sonst würde der Friede ihm für immer vorenthalten sein und Freude ein Fremdwort bleiben.

2

„Was zum Teufel hast du dir dabei gedacht?“

Samson, der Gründer von Scanguards, schleuderte die Tageszeitung auf den wuchtigen Schreibtisch in seinem Arbeitszimmer und erhob sich aus seinem Sessel. Er war groß und etwas breiter als Zane, der trotz seiner Schlankheit nicht minder tödlich war. Er hatte seinen Boss selten verärgert erlebt, doch heute Nacht war er wütend.

Zane schielte auf die Schlagzeile: *Monströser Killer schneidet Herz aus unschuldigem Partygänger*. Was für ein Schwachsinn! Er hatte überhaupt nichts *geschnitten* – diese Reporter sollten ihre Artikel besser recherchieren! Und sein Opfer war alles andere als unschuldig.

„Er hat’s verdient.“

„Habe ich dir erlaubt zu sprechen?“, fauchte Samson. Seine Fänge fuhren sich dabei aus und blitzten unter seiner Oberlippe hervor. „Du hast nicht nachgedacht, oder? Was war es, Zane? Blutlust? Konntest du dich dieses Mal nicht beherrschen? Es reicht dir wohl nicht mehr, dich einfach nur von deinen Opfern zu ernähren.“

Zanes Herzschlag beschleunigte sich, als sein Boss eine falsche Schlussfolgerung nach der anderen zog. „Ich habe nicht von ihm getrunken.“

Samson blinzelte überrascht. „Du hast ihn einfach wegen nichts umgebracht?“

Zane konnte schwören, er könne noch immer den schmerzerfüllten Schrei des Mannes hören. Die Erinnerung ließ seinen Gaumen schmerzen, was ein sicheres Zeichen war, dass seine Fänge Lust hatten, zum Spielen herauszukommen.

„Und ich habe jede einzelne Sekunde davon genossen.“

Samson trat instinktiv einen Schritt zurück, deutlich von Zanes Zugeständnis schockiert. „Mein Gott, du hast kein Herz.“

„So würde ich das nicht sagen. Kurzzeitig hatte ich sogar zwei.“

Samson schlug seine Faust auf den Schreibtisch; offensichtlich mochte er Zanes Humor nicht. Doch Zane kümmerte das nicht; er war schließlich nicht Samsons Hofnarr.

„Hast du eine Ahnung, welches Risiko du eingegangen bist? Das könnte unsere Identität bloßstellen!“

Zane stürzte auf den Schreibtisch zu, lehnte sich mit seinen Händen darauf abgestützt darüber. „Was hättest du denn getan? Das Arschloch hat ein unschuldiges Mädchen vergewaltigt! Er hat ihr das Messer an die Kehle gedrückt!“

Zufrieden bemerkte er, wie Samsons Augen sich weiteten.

„Ja, genauso war es. Aber du nimmst bei mir ja immer das Schlimmste an, oder?“ Genau, wie alle anderen es auch taten.

„Sie war wehrlos und er hat sie mit einem Messer bedroht, als er sich an ihr vergangen hat. Was, wenn es deine Frau gewesen wäre oder deine Schwester? Was, wenn jemand deiner Tochter so was antun würde? Würdest du dann auch tatenlos dasitzen und über Bloßstellung sprechen? Oder würdest du dem Kerl den Arsch aufreißen?“

Zane hob sein Kinn herausfordernd an und wusste, dass er diese Runde gewonnen hatte.

Als blutgebundener Vampir stand für Samson an erster Stelle, seine sterbliche Frau Delilah sowie seine zwei Monate alte Tochter Isabelle zu beschützen. Er würde jederzeit sein eigenes Leben aufs Spiel setzen, um die beiden zu verteidigen und nicht davor zurückschrecken, jeden umzubringen, der versuchte, ihnen etwas anzutun.

Als Samson für einen Moment seine Augen schloss und sich durch sein rabenschwarzes Haar strich, ging Zane in eine entspanntere Haltung über.

„Du hättest ihn einfach umbringen können. Es gab keinen Grund, ihn förmlich abzuschlachten.“

„Es gab sehr wohl einen Grund.“

Zane hatte es gebraucht. Er hatte ihn leiden sehen müssen. Eine einfache Tötung hätte ihn nicht zufriedengestellt.

„Sein Genick zu brechen hätte ihm nicht genug wehgetan. Ich musste ein Exempel statuieren.“

„Um was zu beweisen?“

„Dass das Böse ausgelöscht wird; dass Vergewaltiger für ihre Taten büßen müssen.“

„Du kannst kein Exempel statuieren, wenn keiner weiß, worum es geht!“

Zane atmete scharf aus. „Die Tatsache, dass er mit heruntergelassenen Hosen dalag war nicht Erklärung genug? Was wollt ihr sonst noch? Ein Schild mit dem Wort *Vergewaltiger* um seinen Hals?“

„In dem Zeitungsartikel steht nichts von heruntergelassenen Hosen.“

„Dann solltest du vielleicht erst die Fakten von deinen Kontakten bei der Polizei herausfinden, bevor du mir vorwirfst, ein kaltblütiger Mörder zu sein.“

Da Samson mit dem Bürgermeister befreundet war, der ein Hybrid war – halb Vampir, halb Mensch – hatte er direkten Zugang zur Polizei, was sich von Zeit zu Zeit als praktisch erwies. Vielleicht hätte Samson seine Kontaktpersonen konsultieren sollen, bevor er ihn grundlos niedermachte.

Zane richtete sich auf und marschierte in Richtung Tür.

„Oh, wir sind noch nicht fertig“, sagte Samson ruhig.

Zane hob eine Augenbraue, als er sich umdrehte, um ihn anzusehen.

„Die Tatsache, dass du einen Menschen niedergemetzelt und seinen toten Körper für jeden zugänglich liegen gelassen hast, steht noch immer zur Debatte. Dein Handeln steht all dem entgegen, wofür Scanguards sich einsetzt.“

Als Samson inne hielt, breitete sich ein ekelerregendes Gefühl in Zanes Magengegend aus. Wollte sein Boss ihn feuern? Scanguards war sein Leben, seine Familie, seine einzige Verbindung zur Menschlichkeit. Ohne sie würde er in die Finsternis abdriften und seinen bösen Trieben nachgeben. Er würde nur noch für die Rache leben, auf einen Pfad gelangen, der ihn ohne Zweifel zerstören würde. Er war schlau genug zu wissen, dass er ohne seine Kollegen von Scanguards, die ihn auf dem Boden der Realität hielten, das letzte bisschen seiner Seele verlieren würde. Er würde so böse werden wie der Mann, der für Zanes Verwandlung zum Vampir verantwortlich war.

„Nein…“, stammelte er. Seine Kehle schnürte sich bei dem Gedanken zu, dass er alles verlieren könnte, was ihm etwas bedeutete.

Die Gesichter seiner Kollegen und Freunde schwebten an seinem geistigen Auge vorbei: das vernarbte Gesicht von Gabriel, dem zweiten Chef von Scanguards, der ihn eingestellt hatte; das von Thomas, dem schwulen Biker mit dem IT-Streber Hirn; und das von Amaury, seinem Freund, dessen Körpergröße von seinem eigentlich sehr sanftmütigen Wesen ablenkte. Besonders seiner blutgebundenen Gefährtin Nina gegenüber war er einfühlsamer als jeder andere, den Zane jemals getroffen hatte. Und dann Yvette, die zickige Frau, die bis vor zwei Monaten noch eine Nervensäge gewesen war, bis sie ihren Seelenpartner gefunden hatte, den Hexer, der zum Vampir wurde.

Seine Gedanken wanderten weiter, zurück nach New York zu seinem Freund Quinn, der dafür verantwortlich war, dass er noch lebte. Wenn Quinn ihn nicht aus der Abwärtsspirale gezogen hätte, in der er sich damals befunden hatte, und ihn Gabriel vorgestellt hätte, wäre er vermutlich mittlerweile Staub. Er konnte das alles nicht aufgeben. Dies waren seine Freunde, die einzigen Leute, auf die er sich verlassen konnte.

„Setz dich“, wies Samson ihn an.

„Ich stehe lieber.“ Wenn Samson ihn feuern wollte, würde er es wie ein Mann hinnehmen.

„Wie du willst. Ich werde diese Situation später mit Gabriel besprechen, aber ich bin sicher, wir werden einer Meinung sein.“

War ja klar! Wann wären die beiden auch mal nicht einer Meinung gewesen, besonders wenn es um die Bestrafung eines Vampirs ging? Paragrafenreiter, alle beide! Verdammt, er war ein Vampir, kein idiotischer Mensch. Er hatte seine eigenen Regeln.

„In der Zwischenzeit“, fuhr Samson fort, „ziehe ich dich von deinen Aufträgen ab und entziehe dir deine A-Lizenz.“

Zane biss die Zähne zusammen. Der Entzug der höchsten Freigabestufe innerhalb Scanguards’ bedeutete, dass er an keinem gefährlichen oder Hochsicherheitseinsatz mehr teilnehmen durfte. Es bedeutete, er wurde dazu degradiert, nur noch Routineaufgaben zu erledigen. Samson hätte ihm genauso gut die Hände abhacken können.

„Du kannst nicht…“

Er war kein verdammter Mietbulle mit Bierbauch und einem schlechten Haarschnitt, der die ganze Nacht in einer menschenleeren Lobby herumsaß und auf leere Büroräume aufpasste.

Samson hob seine Hand. „Bevor du etwas sagst, das du später bereuen könntest, möchte ich, dass du mir zuhörst.“

Zane schnaubte. Bereuen gehörte nicht zu seinem Vokabular. Genauso wenig wie Gewissensbisse.

„Ich kann es mir nicht leisten, eine tickende Zeitbombe in meinem Team zu behalten. Bis wir wissen, wie wir das Risiko minimieren können, das du darstellst, wirst du in risikoarmen, stressfreien Bereichen arbeiten. In zwei Tagen werde ich dir meine endgültige Entscheidung mitteilen."

Zane nickte steif. „Gut", presste er mit kaum geöffneten Lippen hervor, um seine Fänge nicht zu zeigen, die begonnen hatten, sich auszufahren.

Risikoarm! Stressfrei!

Worauf spielte Samson verdammt noch mal an? Dass er einen Nervenzusammenbruch hatte? Das war etwas für Weichlinge nicht für Männer wie ihm! Er würde ihnen einen Nervenzusammenbruch ihren Ärschen hochschieben, wenn sie ihm weiterhin mit solch einem Scheiß kamen.

Zane verließ Samsons Büro und widerstand dem Verlangen, die Tür hinter sich zuzuknallen. Seine langen Beine überquerten die Distanz zum Foyer, als er den dunklen, holzvertäfelten Korridor entlangeilte. Er konnte es kaum erwarten, dem viktorianischen Wohnhaus zu entkommen, das plötzlich bedrückend auf ihn wirkte. Er musste etwas zerstören.

„Stressfrei!", fluchte er vor sich hin.

„N'Abend Zane!" Delilahs sanfte Stimme kam von seiner Linken.

Er drehte den Kopf in ihre Richtung und beobachtete, wie sie mit ihrer kleinen Tochter auf dem Arm die breite Mahagonitreppe herunterkam.

„Delilah." Höflicher als das konnte er nicht sein. Schließlich hatte ihr Gefährte ihn gerade schwer beleidigt.

Sie lächelte ihn an, als ein Piepton aus der Küche sie erschreckte. „Oh, nein! Die Plätzchen. Die hätte ich jetzt fast vergessen."

Bevor ihm klar wurde, was sie vorhatte, streckte sie ihre Arme aus und hielt das Baby an seine Brust.

„Hier, nimm sie mal kurz. Ich muss die Plätzchen aus dem Ofen holen, bevor sie verbrennen."

Instinktiv hob er seine Arme, um ihr das Baby abzunehmen, bevor Delilah in die Küche lief. „Aber ich…" Sein Protest kam zu spät. Verdammt!

Er blickte auf das kleine Bündel in seinen Armen, wusste nicht, was er tun sollte, als das Baby die Augen öffnete. Sie waren grün wie die ihrer Mutter und ebenso schön. Die kleine Dame schaute ihn direkt an. Sie war ein Hybrid – halb Vampir, halb Mensch – und besaß die

Eigenschaften beider Spezies.

Sie konnte ins Sonnenlicht gehen, ohne zu verbrennen, doch sie würde dennoch die Kraft und Schnelligkeit eines Vampirs haben, wenn sie erwachsen war. Selbst als Kind war sie schon stärker und wuchs schneller als normale Menschenkinder. Sie konnte normale Nahrung zu sich nehmen aber auch von Blut leben. Und sobald sie erwachsen war, würde sie aufhören zu altern genauso wie ein Vollblutvampir.

Sie war das Beste aus beiden Welten und stellte ein kleines Wunder dar. Nur männliche Vampire waren fruchtbar, doch ausschließlich mit blutgebundenen, menschlichen Frauen. Dieses kleine Mädchen hatte aber Glück: Dank ihrer menschlichen Gene war sie fruchtbar. Eines Tages würde sie Samson zum Großvater machen; ihre Kinder würden ebenfalls Hybriden sein, egal, welcher Rasse ihr Vater angehörte.

Fasziniert schaute Zane das kleine Wunder in seinen Armen an und streichelte ihre rosige Wange. Solch süße Anmut hatte er nicht mehr gesehen, seit seine kleine Schwester ein Baby gewesen war. Da er zehn Jahre älter als sie war, hatte er oft auf sie aufgepasst, sie gefüttert und in den Schlaf gewiegt.

„Du süße Kleine“, flüsterte er ihr zu und bemerkte, wie sie ihren Mund öffnete, um ihn anzulächeln. Winzig kleine Fänge spießten aus ihrem Oberkiefer hervor.

Die kleine Hand des Babys streckte sich nach ihm aus und er erlaubte ihr, seinen Zeigefinger zu schnappen. Sie war stark und zog seinen Finger spielend zu ihrem Gesicht.

Bevor ihm klar wurde was geschah, zog sie seinen Finger bereits in ihren Mund und umschloss ihn mit ihren Lippen.

„Autsch!“

Er entzog ihr blitzschnell seinen Finger. Blut tropfte heraus. Zane blickte das Baby wieder an und sah, wie sie ihre Lippen leckte, als wollte sie mehr. Das kleine Teufelchen hatte ihn gebissen!

Er schüttelte den Kopf. Als er aufschaute, traf sein Blick auf Delilah. Mit offenem Mund starrte sie auf seinen blutenden Finger und dann auf ihr Töchterchen.

„Sie hat dich gebissen.“ Es war keine Frage, eher eine Feststellung. „Sie hat noch nie jemanden gebissen. Du weißt, was das bedeutet, nicht wahr?“

Oh, Scheiße! Das wusste er nur zu gut.

3

Portia Lewis fuhr ihren Laptop herunter, steckte ihn in ihre Schultertasche und wartete darauf, dass ihre Freundin Lauren es ihr gleich tat.

„Gehst du heute Abend auf Michaels Party?“

Portia schüttelte den Kopf, als sie und Lauren sich aus dem Hörsaal hinaus einen Weg durch das Gedränge von Studenten bahnten.

„Ich muss mich noch auf den Kriminalpsychologietest morgen vorbereiten.“

Lauren machte eine unbekümmerte Handbewegung. „Kinderspiel. Und überhaupt –“ Sie beugte sich näher zu Portia und dämpfte ihre Stimme. „– du kannst schließlich deine Kräfte benutzen.“

Portia machte einen Satz zurück und blickte sie böse an. „Du weißt, dass wir das nicht dürfen.“

Es wurde ihr schon so lange eingebläut, wie sie nur denken konnte. Sowohl ihr Vater, ein Vollblutvampir, als auch ihre menschliche Mutter hatten sie gelehrt, immer zu verstecken, was sie war: ein Hybrid – halb Vampir, halb Mensch. Der einzige Grund, warum sie mit Lauren überhaupt darüber sprechen konnte war, dass diese auch ein Hybrid war.

Als Portia und ihr Vater sechs Monate nach dem tödlichen Autounfall ihrer Mutter nach San Francisco gezogen waren, hatte sie sich mit der Tochter des Bürgermeisters angefreundet, als sie herausgefunden hatte, dass diese auch ein Hybrid war. Sie besuchten viele der gleichen Kurse an der Universität von San Francisco, einer katholischen Privatschule. Da die Aura von Hybriden so anders war als die von Menschen, hatten sie sich sofort erkannt, beide darüber froh, endlich eine Freundin gefunden zu haben, mit der sie so viel gemeinsam hatten.

Als sie ihrem Vater von ihrer neuen Freundin erzählt hatte, hatte er wenig erfreut gewirkt. Portia wunderte sich, ob er irgendwie eifersüchtig darauf war, dass sie eine Freundin gefunden hatte, während er immer noch mit dem Verlust seiner Frau haderte. Sie vermisste ihre Mutter schrecklich, doch sie wusste, dass sie ihr Leben weiterleben musste.

Zum Glück fand Portia immer schnell neue Freunde. Es war eine Art Überlebensmechanismus, den sie schon sehr früh entwickelt hatte, da ihre Familie selten irgendwo länger als ein Jahr blieb. Ihr Vater war immer mit ihnen in eine neue Stadt umgezogen, gerade als sie sich irgendwo zu Hause gefühlt hatte. In gewisser Weise verstand sie ihn. Als Vampir musste er aufpassen, kein Aufsehen zu erregen. Die Menschen in seinem Umfeld könnten es seltsam finden, wenn er tagsüber nie nach draußen ging, nie Essenseinladungen annahm und nicht alterte. Sie hatte es akzeptiert, doch gleichzeitig sehnte sie sich nach einem Ort, an dem sie heimisch werden konnte.

„Eric wird auch da sein", köderte sie Lauren und brachte sie damit zurück in die Gegenwart. „Du weißt, dass er dich mag."

Portia spürte, wie ihre Wangen aufflammten und wünschte sich, ihre Vampirseite würde sie vor dem Erröten bewahren. Doch leider konnten nur Vollblutvampire nicht rot anlaufen.

Wie so oft kaschierte sie ihre Unsicherheit gegenüber dem anderen Geschlecht mit einer flapsigen Bemerkung. „So heiß ist er jetzt auch wieder nicht. Ich war schon mit schärferen Jungs aus."

Was für eine Riesenlüge war das denn? Sie hatte noch nie einen richtigen Freund gehabt, doch das wusste nicht einmal Lauren. Obwohl sie beste Freundinnen waren, hatte Portia ihr noch nicht anvertraut, dass die Vorstellung, sich vor einem Mann nackt zu zeigen, sie nicht nur nervös machte, sondern sie geradezu in Schrecken versetzte.

„Nicht heiß? Willst du mich verarschen? Eric ist so ziemlich der Mädchenschwarm Nummer Eins auf dem ganzen Campus."

„Schhh, nicht so laut", warnte Portia. „Es muss ja nicht jeder hören, dass wir über ihn reden."

Sie blickte nervös über ihre Schulter und hoffte, dass keiner von Erics Freunden in der Nähe war.

Lauren legte ihr die Hand auf den Arm und ließ sie dadurch abrupt stehen bleiben. Sie drehte sich zu ihrer Freundin um und wunderte sich, warum sie sie auf einmal so eindringlich anschaute.

„Was?"

Laurens Augen bohrten sich in sie. „Oh mein Gott! Warum habe ich das nicht schon viel früher erkannt?"

„Hey, weitergehen. Ihr seid mir im Weg", wies sie eine ungeduldige Stimme von hinten an.

Portia trat einen Schritt zur Seite, bevor Lauren sie in eine Nische zerrte.

„Was tust du denn?“, protestierte Portia.

„Wir müssen reden“, beharrte Lauren und blickte sich vorsichtig um, als wäre sie gerade dabei, ein großes Geheimnis zu enthüllen. Sie öffnete die Tür zu einem kleinen Studierzimmer, schob Portia in den leeren Raum und schloss die Tür hinter sich.

„Lauren, ich hab in fünf Minuten die nächste Vorlesung.“ Portia blickte ungeduldig auf ihre Armbanduhr und drückte sich ihre Tasche an die Brust. „Ich hab dir schon gesagt, dass ich wegen dem Kriminalpsychologietest nicht auf die Party gehen kann. Ehrlich, ich war in meinem Leben schon auf genug Partys und sie sind alle gleich. Nach einer Weile wird es wirklich langweilig. Also nerv nicht.“

Lauren atmete ungeduldig aus. „Vergiss die Party, das hier ist viel wichtiger.“

Wichtiger als eine Party, wenn alles, wofür sich Lauren momentan interessierte, Unterhaltung war? Herauszufinden, was dahinter steckte, war es wert, zu spät zur nächsten Vorlesung zu kommen.

„Was hat deine Meinung so plötzlich geändert?“

„Erzähl mir von deinem Exfreund.“ Laurens gleichgültiger Ton passte nicht zu dem intensiven Blick ihrer Augen, die aussahen, als wäre sie eine Tigerin, die darauf wartete, sich auf ihre Beute zu stürzen.

Portia legte ihre Stirn in Falten und wunderte sich, warum sich ihre Freundin plötzlich dafür interessierte. „Da gibt es echt nicht viel zu erzählen. Warum willst du das auf einmal wissen?“

„Beantworte einfach meine Frage.“

„Er war nett. Wir sind ein paar Monate miteinander ausgegangen, dann haben wir Schluss gemacht, ich bin weggezogen. Ende der Geschichte.“

„Ach ja? Wie war der Sex?“

Unbewusst spannte sich Portias Körper an und sie zog ihre Tasche enger an ihre Brust. „Ganz gut.“

„Gut, hah? Nicht heiß, aufregend, schwitzig, weltbewegend?“

Unbehagen schlich sich an Portias Wirbelsäule hoch. „Was soll das, Lauren?“

„Du hast noch nie Sex gehabt.“

Portia wich instinktiv einen Schritt zurück und stieß an den

Schreibtisch, der hinter ihr stand. Schnell fand sie ihr Gleichgewicht wieder und zwang sich zu dem ausdruckslosen Gesichtsausdruck, den sie immer aufsetzte, wenn sie nicht bereit war, ihre Gefühle preiszugeben.

„Das … das ist doch lächerlich. Natürlich hatte ich schon Sex."

Lauren gegenüber zuzugeben, dass dies eine Lüge war und dass sie völlig unschuldig war, war einfach zu demütigend.

„Ich weiß, wenn du lügst. Deine Augen drehen sich dann so komisch…" Lauren machte eine kreisförmige Bewegung mit ihrer Hand. „Jedenfalls kenne ich dich mittlerweile gut genug, um zu erkennen, wenn du mich anlügst."

Portia seufzte. Jemand hatte also schließlich ihren Schwindel durchschaut. Und sie hatte gedacht, sie spielte ihre Rolle gut genug: Sie gab immer vor, weltgewandt und erfahren zu sein und wann immer das Thema Jungs und Sex zur Sprache kam, tat sie immer so, als wisse sie über alles Bescheid. Sie war sogar so weit gegangen, alles darüber zu lesen und andere Mädchen zu zitieren, wenn es darum ging, was ihre bevorzugte Kondommarke war. Was für eine Riesenlüge das doch war. Sie hatte es nur getan, damit sie sich nicht wie ein Außenseiter vorkam; damit sie dazu passte, obwohl sie wusste, dass sie es nicht tat.

Lauren wartete geduldig, strich eine Strähne ihres kastanienbrauen Haars über ihre Schulter und lenkte dadurch Portias Aufmerksamkeit auf ihren grazilen Hals und den hübschen Kopf, der darauf saß. Sie sammelte all ihren Mut zusammen, als sie ihren Blick hob, um Lauren in die Augen blicken zu können.

„Ich bin noch Jungfrau."

„Nicht gut", murmelte Lauren und schüttelte gleichzeitig den Kopf.

„Ich warte eben auf den Richtigen."

„Ich fürchte, diesen Luxus kannst du dir nicht leisten." Laurens Stimme wurde dringlicher.

Unbehaglich in der Situation, in der sie sich befand, und enttäuscht, dass Lauren sie nicht zu verstehen schien, wandte sich Portia zur Tür. „Ich muss zur Vorlesung."

In Vampirgeschwindigkeit, die das Menschenauge nur als verschwommenes Etwas wahrnehmen würde, blockierte Lauren den Ausgang.

„Du schwänzt heute. Es gibt wichtigere Dinge im Leben als die

Uni.“

„Übertreib nicht so. Nur weil Jungs und Sex für dich so wichtig sind, bedeutet das nicht, dass alle so denken. In dieser Sache sind du und ich sehr unterschiedlich.“

Portia drückte ihre Tasche noch enger an sich, als könnte sie sie vor den Dingen beschützen, denen sie nicht ins Auge blicken wollte.

„Da stimme ich dir schon zu: Jungs sind nicht wichtig. Sex schon.“

Portia rollte mit den Augen. „Für dich vielleicht.“

Sich vorzustellen, mit einem der Kerle im Bett zu liegen, die sie geküsst hatte, reizte sie gar nicht. Laurens Standards schienen eindeutig etwas geringer zu sein.

„Dein 21. Geburtstag ist in fünf Wochen, stimmt's?“

Verwirrt über den Themenwechsel antwortete Portia wie automatisch. „In sechs Wochen. Warum?“

Lauren drückte die Lippen zusammen und summte vor sich hin, als durchdachte sie ein massives Problem, wie etwa wie sie den Hunger in der Welt ausmerzen konnte.

„Dann bleiben uns sechs Wochen, um deine Jungfräulichkeit loszuwerden. Zugegeben, das ist nicht viel Zeit, aber es gibt genug Jungs, auf die wir zurückgreifen können, wenn sich nichts Besseres findet. Mir fallen da spontan schon mindestens ein Dutzend ein, die –“

„Stopp! Verdammt, was redest du da denn? Ich werde meine Unschuld nicht einfach so an irgendeinen Idioten verschwenden. Ich werde Sex haben, wenn es sich richtig anfühlt. Und überhaupt habe ich nicht vor, mit jemandem auszugehen bis ich die Uni abgeschlossen habe. Das habe ich meinem Vater versprochen.“

Ihre Eltern hatten ihr immer eingebläut, dass es wichtig war, den Richtigen zu finden. Und da sie wusste, wie glücklich sie miteinander gewesen waren, musste sie dem zustimmen. Die Liebe zwischen ihren Eltern war förmlich greifbar gewesen. Portia wollte dasselbe für sich. Sie wollte ihre Unschuld nicht an einen Kerl vergeuden, der ihr nichts bedeutete. Und bisher hatte sie noch keinen kennengelernt, der sie nur im Geringsten gereizt hätte.

„Hast du nicht zugehört? Du kannst es dir nicht leisten zu warten.“

Lauren ließ es klingen, als stünden sie kurz vor dem Weltuntergang.

„Du musst deine Jungfräulichkeit verlieren, bevor du 21 wirst, sonst bleibst du für immer eine Jungfrau!“

„Das ist doch lächerlich! Mit 21 bin ich immer noch jung genug, um Männer anzuziehen. Und überhaupt, sobald ich 21 bin, werde ich nicht mehr altern."

„Eben!" Lauren wedelte dramatisch mit den Händen. „Genau das ist mein Punkt. An deinem 21. Geburtstag wird dein Körper in seiner endgültigen Form einfrieren. Er wird wie in Stein gemeißelt werden. Deine körperliche Verfassung wird sich dann nicht mehr ändern lassen. Das heißt also, wenn dein Jungfernhäutchen dann noch intakt ist, wird es für immer so bleiben."

Portias Herz blieb für einen Moment stehen. Ihr Jungfernhäutchen würde intakt bleiben? „Aber –" Das konnte nicht wahr sein.

„Jedes Mal, wenn du Sex hast, wirst du Schmerzen haben, denn der Mann wird es jedes Mal durchstoßen müssen. Und jeden Tag wird es wieder zusammenwachsen, weil dein Körper denkt, du bist verletzt und es heilen wird. Sex wird für dich immer schmerzhaft sein. Verstehst du mich jetzt?"

Portia schluckte schwer. Ihre Knie gaben nach, und sie suchte am Schreibtisch hinter sich halt. „Das kann nicht dein Ernst sein…es kann nicht wahr sein."

Warum war dies das erste Mal, dass sie davon gehört hatte? Ihre Mutter hatte niemals etwas dergleichen erwähnt und ihr Vater hatte sie vor Männern immer gewarnt. Sie blickte ihre Freundin an, ihr Kopf voller Fragen.

Lauren schüttelte ihre schönen Locken. „Es ist die Wahrheit. Geh und frag meinen Vater. Er hat dafür gesorgt, dass ich meine Unschuld früh genug verloren habe. Er hat die Kerle höchstpersönlich angeschleppt, sodass ich mir einen aussuchen konnte."

Portia blickte auf die paar Male zurück, als sie sich einen Freund angelacht hatte. „Einmal hat mein Dad mich mit einem Jungen auf dem Rücksitz eines Autos erwischt, als wir geknutscht haben. Eine Woche später sind wir in eine andere Stadt gezogen, aber…"

Sie brach ab, als sie sich an die paar Male erinnerte, wo sie einem Jungen näher gekommen war. Es hatte nie zu mehr als ein paar Küssen und Berührungen geführt. Bevor sie mit einem weiter gehen konnte, oder das überhaupt gewollt hätte, fand sie sich in einer neuen Stadt und an einer neuen Schule wieder.

Lauren sog einen empörten Atemzug ein. „Dein Vater hat dich von

Jungs ferngehalten? Er muss doch wissen, was er dir antut. Er kann es nicht *nicht* wissen."

Portia schüttelte den Kopf, wollte der Bedeutung von Laurens Worten nicht folgen. „Nein! Mein Vater liebt mich. Er würde nie etwas tun, das mir wehtun könnte."

Das glaubte sie. Er war ihr Fels in der Brandung. Er war immer für sie da. Nach dem Tod ihrer Mutter noch mehr als zuvor. Er war alles, was sie hatte.

„Du sagtest, du hättest ihm versprochen, bis nach dem College nicht mit Jungs auszugehen? War es deine Idee oder hat er es gefordert?"

„Er wollte es."

Sie starre ihre Freundin an und im selben Moment erinnerte sie sich daran, wie ihr Vater ihr erklärt hatte, dass es besser für sie wäre zu warten. Und sie hatte ihm zugestimmt, heimlich erleichtert, dass sie sich mit diesem Thema erst später herumschlagen musste.

„Er hat es eigentlich nicht gefordert. Wir haben es diskutiert."

Lauren pfiff durch ihre Zähne. „Tust du immer alles, was dein Vater von dir verlangt? Hast du noch nie rebelliert?"

„Ich habe keinen Grund zu rebellieren. Ja, mein Vater ist streng. Aber das ist er, weil er das Beste für mich möchte. Und ich habe nur ihn. Ohne Mutti...habe ich sonst niemanden. Keine anderen Verwandten. Das kannst du nicht verstehen. Du warst noch nie alleine."

Lauren legte ihre Hand auf Portias Arm. „Tut mir leid. Ich wollte dich nicht verletzen. Aber du musst es einsehen: Du musst deine Unschuld verlieren. Du musst dein Jungfernhäutchen loswerden."

„Was, wenn mein Vater wirklich nichts davon weiß? Er trifft sich nie mit anderen Vampiren. Wir waren nie Mitglied eines Clans. Vielleicht weiß er es nicht, weil wir nie zu einer Vampirgemeinde gestoßen sind. Dafür sind wir einfach zu viel herumgezogen."

Lauren schüttelte den Kopf, ihre Augen erfüllt von Mitleid. „Er muss es wissen. Du erziehst keine Hybrid-Tochter, ohne das zu wissen."

„Das glaube ich nicht."

Und sie würde Laurens Aussage widerlegen.

„Ich werde heute Nacht mit ihm sprechen."

4

Die Sonne war schon über dem Pazifik verschwunden, als Portia nach Hause kam und ihren Vater auf der Couch über einem Ordner vertieft vorfand. Er schloss diesen sofort, als er sie erblickte.

„Hallo, Schatz. Wie war der Unterricht?" Ihr Vater strahlte sie an.

Portia legte ihre Tasche auf eine der unteren Treppenstufen nieder und ging ins Wohnzimmer.

„Gut."

Sie zögerte, da sie nicht wusste wie sie dieses schwierige Gespräch anfangen sollte. Sie trat von einem Fuß auf den anderen und vermied es, ihn anzusehen. Stattdessen starrte sie auf die Wand hinter ihm.

„Stimmt was nicht? Du wirkst so unruhig."

„Ähm…also, es gibt etwas, worüber ich mit dir sprechen wollte." Jetzt schaute sie ihn direkt an.

Ihr Vater setzte sich auf, sein Oberkörper plötzlich versteift. „Bereitet dir jemand Probleme?"

Sie schüttelte schnell den Kopf. „Nein, das ist es nicht. Alles ist gut. Es ist nur… Ich habe heute etwas herausgefunden, dessen du dir nicht bewusst bist und…" Portia verstummte, um nach den richtigen Worten zu suchen. Es war schwieriger, als sie gedacht hatte.

„Worum geht es? Du weißt, dass du mir alles sagen kannst."

Natürlich wusste sie das, aber darüber zu sprechen, war ihr unangenehm. In diesem Moment wünschte sie sich, dass ihre Mutter noch am Leben wäre. Dann könnte sie dieses Thema mit ihr besprechen statt mit ihrem Vater.

„Ich habe heute herausgefunden, dass wenn mein Körper seine endgültige Form annimmt, dann habe ich…dann werde ich mein Jungfernhäutchen noch immer haben, wenn ich vorher nicht meine Unschuld verliere."

Sie schluckte. Jetzt war es endlich heraus, und sie und ihr Vater konnten das Thema wie zwei Erwachsene diskutieren.

„Wer hat dir das erzählt?", polterte ihr Vater, als er vom Sofa hochschoss. „Lauren!"

Bei seinem Donnern wich Portia instinktiv zurück und nickte nur. „Du meinst, sie hat mir nicht die Wahrheit gesagt?"

„Es ist nicht ihre Aufgabe, dir irgendetwas zu erzählen. Du weißt nur, was ich dir sage, und das ist gut so. Ich bin derjenige, der dich erzieht!“

Der sie erzieht? Sie war schon erwachsen! „Vater, ich bin kein Kind mehr. Ich habe ein Recht darauf, es zu wissen.“

„Ruhe! Lauren hat kein Recht, deinen Kopf mit solchen Dingen zu füllen. Belaste dich nicht damit.“

Verwirrt öffnete Portia ihren Mund erneut. „Aber hat sie recht? Wird das mit mir geschehen?“

Ihr Vater starrte sie an, seine Augen rot vor Wut. „Du bist meine Tochter und ich sage, wann und mit wem du deine Unschuld verlieren wirst.“

In diesem Moment erkannte sie plötzlich die Wahrheit in seinem Gesicht. Er wusste davon. Er hatte es *immer* gewusst und entschieden, ihr diese Information vorzuenthalten.

„Warum? Wie kannst du mir das nur antun?“

Wie konnte er sie so hintergehen? Liebte er sie denn nicht? Tränen stiegen ihr in die Augen.

„Du wirst es bald verstehen und dann –“ Das Piepen seines Mobiltelefons unterbrach ihn. Er blickte darauf, dann wieder zurück zu ihr.

„Ich habe einen Termin. Geh in dein Zimmer und studiere. Ich bin bald zurück.“

Dann drehte er sich um und verließ den Raum wie ein Mann, der es gewohnt war, dass seine Befehle befolgt wurden.

Portia stand wie gelähmt da. Sie hatte sich in ihrem gesamten Leben noch nie so alleine gefühlt.

Ihr Vater glaubte, es sei sein Recht, sie unwissend zu lassen, und was noch schlimmer war, er dachte, er könnte den Mann auswählen, mit dem sie ihre erste Nacht verbringen sollte – egal ob dies innerhalb der nächsten sechs Wochen stattfinden sollte oder nicht.

Tränen kullerten ihre Wangen hinab, bevor sie sie aufhalten konnte. Enttäuschung griff wie eine Faust um ihr Herz und drückte zu, bis der Schmerz unerträglich wurde. Ihr Vater liebte sie nicht, denn wenn er das täte, würde er ihr nie dieses Schicksal aufzwingen. Ihr ganzes Leben hatte sie zu ihm aufgeblickt. Das war jetzt vorbei.

Sie würde nicht länger seine gehorsame Tochter sein.

Dies war *ihr* Leben und sie alleine würde bestimmen, wie es verlaufen sollte.

***

Die Party fand in einem Verbindungshaus auf dem Campus statt. Die Musik dröhnte aus mehreren Lautsprechern, das Licht war bestenfalls schummrig und das Haus roch nach Alkohol und Rauch. Portia rümpfte ihre Nase – dieser Rauch wurde keinesfalls von einer legalen Zigarette erzeugt.

Sie brauchte gut zehn Minuten, um Lauren zu finden. Ihre Freundin sah in den Hüftjeans und dem engen Shirt, das auch als etwas breiterer Gürtel hätte durchgehen können, fantastisch aus.

„Ich dachte, du wolltest nicht kommen." Lauren starrte sie überrascht an.

„Wollte ich auch nicht. Aber ich muss mir dir reden, und du bist nicht an dein Telefon gegangen."

Lauren deutete auf die Meute. „Zu laut hier drinnen; hab's nicht klingeln gehört. Was ist los?"

„Du hattest recht." Das Eingeständnis fiel ihr schwer.

Sofort packte Lauren sie am Arm und zog sie aus dem Zimmer in den Flur. Einen Moment später waren die beiden in einem der Badezimmer eingesperrt.

„Was ist passiert?", fragte Lauren.

Portia schniefte. „Ich habe ihn gefragt. Und er wusste, was er mir antut. Er wusste, dass ich für immer eine…" Ihre Stimme versagte.

Lauren streichelte über ihre Haare und umarmte sie. „Tut mir leid, Schätzchen."

Portia drückte die sich ankündigenden Tränen zurück. Sie würde nicht weinen. Sie musste stark bleiben. Langsam trat sie zurück und befreite sich aus Laurens Umarmung.

„Ich habe mir überlegt, wie ich es tun könnte."

Ihr war die perfekte Idee gekommen, wie sie aus ihrer Zwickmühle entkommen konnte, und dafür brauchte sie Laurens Hilfe.

„Gut. Eric ist schon hier. Er war ziemlich enttäuscht, als ich ihm gesagt habe, dass du nicht kommst. Ich werd ihm gleich sagen –"

„Nein! Deshalb bin ich nicht hier. Du musst mich begleiten, ein Dildo zu kaufen." Bei dem Gedanken, allein in einen Sexshop zu gehen erschauderte sie.

Laurens Augen weiteten sich. „Was willst du denn mit einem… oh, nein. Du hast doch nicht etwa vor, dein Jungfernhäutchen mit einem Dildo zu durchstoßen?“

„Das ist die einfachste Lösung. Ich will wirklich nicht mit jemandem schlafen, nur um –“

„Das funktioniert nicht, Portia.“

Sprachlos starrte sie ihre Freundin an. „Warum nicht? Es ist so groß wie ein…du weißt schon. Es ist eine brillante Idee.“

„Wäre es auch, wenn es funktionieren würde. Wird es aber nicht. Es wird dein Jungfernhäutchen durchstoßen, aber morgen wird's wieder zusammengewachsen sein. Nur das Sperma eines Mannes kann das Gewebe ganz auflösen.“

Portia unterdrückte einen Brechreiz. „Aber dann…dann…“ Die Rädchen in ihrem Kopf drehten sich. „Dann besorgen wir eben gespendetes Sperma. Du musst mir helfen.“ Sie nahm Lauren an den Schultern und schüttelte sie beinahe. „Kannst du nicht einen deiner *Freunde* dazu bringen, welches zu spenden? Ich bin sicher, du kannst eine Ausrede erfinden, warum du es brauchst.“

Lauren neigte ihren Kopf und lächelte sie traurig an. „Weißt du, deine Idee wäre genial, aber leider wird auch das nicht funktionieren. Das Sperma muss ultrafrisch sein und es muss von einem echten, blutgefüllten Penis kommen. Was immer du dir also noch einfallen lassen wirst, es wird nichts nützen.“

Diese Offenbarung traf sie ebenso sehr wie die Enttäuschung früher am Abend. Sie senkte ihren Kopf. „Warum? Warum?“

„Ich wünschte, ich könnte dir etwas anderes erzählen. Aber so ist es nun mal.“

Portia blickte ihre Freundin an. „Was jetzt?“

„Wir sollten nach Eric Ausschau halten.“

Portia spürte, wie ihre Hände bei dem Gedanken schwitzig wurden. „Jetzt? Warum warten wir nicht noch ein bisschen und sehen, ob wir eine andere Lösung finden können? Es muss noch einen anderen Weg geben.“

Lauren schüttelte den Kopf. „Es gibt keinen anderen Weg. Glaub mir, du bist nicht der erste Hybrid. Du wirst es überleben. Außerdem habe ich gehört, dass Eric gut im Bett ist.“

Portia stöhnte.

***

Dreißig Minuten später fand Portia persönlich heraus, dass Eric ganz passabel küssen konnte. Allerdings, egal wie er seine Zunge auch verdrehte, er machte sie nicht an. Sie fühlte sich in der ganzen Situation distanziert, als ob sie ein Zuschauer wäre. Tatsächlich hatte sie noch niemals ein Mann beim Küssen dazu verführen können, mehr zu wollen, obwohl es immer angenehm gewesen war, genauso angenehm wie es war, in der Sonne zu sitzen und ein Eis zu essen.

War sie gefühlskalt? War das der Grund, warum sie keinen Sex wollte und warum es sie bisher nicht gestört hatte, dass ihr Vater nicht wollte, dass sie sich mit Männern einließ?

Es würde nicht funktionieren, nicht mit Eric. Er war ein netter Kerl, aber bei ihrem ersten Mal wollte sie hin und weg sein und es nicht nur als eine lästige Pflicht ansehen. Sie wollte schwach in den Knien werden, ihr Herz flattern spüren; sie wollte einen Mann, der ihr den Atem raubte, wenn er sie küsste und dessen Berührungen ein Knistern verursachten. Eric war kein solcher Mann.

Gerade wollte sie sich aus seiner Umarmung winden, als ihre Haut plötzlich begann zu kribbeln. Ein anderer Vampir betrat das Schlafzimmer, in dem sie und Eric ein ruhiges Plätzchen gefunden hatten. Portia kannte die Aura des Vampirs nur zu gut.

Einen Bruchteil einer Sekunde später wurde Eric von ihrem Vater weggezerrt und gegen die Wand geschleudert. Die Augen ihres Vaters durchbohrten sie, als er zur Tür deutete und losdonnerte: „Du, junge Dame, nach Hause. Jetzt.“ Seine Stimme war ein tiefes Knurren, eines, das sie nur zu gut kannte.

Er war sauer. Genauso wie sie.

Portia richtete sich auf und hob ihren Kopf, was sie zu ihrer vollen Größe von fast 1,75 Metern brachte. Mit ihren fünf-Zentimeter Absätzen war sie nun fast auf Augenhöhe mit ihrem Vater.

„Du hast mir gar nichts zu sagen!“

„Ich bin dein Vater und du wirst auf mich hören!“ Seine Hand umfasste wie ein Schraubstock ihr Handgelenk, und trotz ihrer eigenen Vampirkraft kam sie gegen ihren Vater nicht an. Er war älter und stärker als sie.

„Nein! Du hast kein Recht mehr, mich herumzukommandieren!“ Er hatte dieses Recht verloren, als er sie hintergangen hatte.

„Du bist noch nicht volljährig."

Portia versteinerte. Nach Vampirbrauch endete die Erziehungspflicht der Eltern erst dann, wenn der Körper ihres Kindes seine endgültige Form angenommen hatte, was am 21. Geburtstag der Fall war. Erst dann war ein Hybrid erwachsen. Wie konnte sie das nur vergessen haben, als ihr Vater ihr diese Regel schon vor Jahren als Kind eingetrichtert hatte? Er hatte das Recht, Befehle zu erteilen. Aber sie würde diese nicht mehr befolgen.

„Ich werde keine Jungfrau bleiben!"

„Ich werde nicht zulassen, dass du dich an irgendeine niedrige Lebensform verschwendest, die dich nicht verdient! Du verbindest dich nur mit jemandem, der dir ebenbürtig ist! Jemandem, den ich für dich auswähle."

Sie schüttelte ihren Kopf. Nein! Sie würde sich seinem Willen nicht mehr beugen. Sie war bereit zu rebellieren. Besser spät als nie.

Ihr Vater zerrte sie in Richtung Tür. Portia blickte zu Eric, der noch immer am Boden lag. Schmerzenslaute kamen von ihm. Sie richtete ihre geistigen Kräfte auf ihn und löschte die Erinnerungen der letzten halben Stunde aus seinem Gedächtnis. Sie brauchte keinen Zeugen für ihre Demütigung.

5

Samson bedeutete seinen Freunden Gabriel und Amaury sich hinzusetzen, während er weiter auf- und abschritt.

„Er muss bestraft werden“, begann Gabriel.

Amaury schüttelte seine dunkle Mähne. „Da muss ich widersprechen. Wenn wir ihn bestrafen, entgleist er komplett.“

„Ein Verbrechen wie dieses kann nicht ungestraft bleiben.“ Gabriel warf einen flehenden Blick in Samsons Richtung, bat damit im Stillen um Unterstützung.

„Ich sag ja nicht, dass wir überhaupt nichts tun sollen, aber wenn wir ihn offen bestrafen, wird er die Wände hochgehen“, beharrte Amaury.

Ein kurzes Klopfen an der Tür unterbrach sie.

„Herein“, rief Samson, der sofort wahrnahm, wer um Einlass bat.

Die Tür schwang auf und Thomas trat herein. Seine schweren Motorradstiefel scharrten auf dem Holzboden. Er grinste entschuldigend, während er seinen zweiten Handschuh abstreifte und sich beide in die Jackentasche schob. Dann kämmte er mit den Fingern durch sein aschblondes Haar und schüttelte auf, was sein Helm platt gedrückt hatte.

„Entschuldigt meine Verspätung; ich hatte Probleme mit dem Motorrad.“

Samson deutete zur Couch und Thomas ließ seinen in Leder gehüllten Körper in das Möbelstück fallen, was dieses knarren ließ. Sein Biker-Outfit addierte leicht fünfzehn Pfund zu seinem Körpergewicht.

„Ich dachte, deine Ducati ist top in Schuss“, wunderte sich Amaury.

„Ich hab nicht die Ducati genommen. Ich bin mit der R6 unterwegs.“

„Das Ding ist ein Schrotthaufen“, kommentierte Gabriel mit einem Kopfschütteln.

„Es ist antik! Aus dem Zweiten Weltkrieg“, berichtigte ihn Thomas. „Ich habe sie die letzten zwei Monate aufgemöbelt.“

Samson schmunzelte. Thomas’ Liebe für Motorräder war legendär und er verbrachte jede freie Minute damit, an einer seiner

Errungenschaften herumzubasteln.

„So gerne ich auch deine Fähigkeiten als Mechaniker diskutieren möchte, wir haben dringendere Dinge zu besprechen.“

Thomas nickte. „Was machen wir mit Zane?“

„Amaury will ihn rehabilitieren anstatt zu bestrafen.“ Dann wandte Samson sich zu Amaury. „Was schwebt dir vor?“

Amaury rutschte auf seinem Sitz nach vorne. „Wir setzen ihn den sanfteren Dingen des Lebens aus.“

„Wie bitte?“ Gabriel warf seinem Freund einen verwirrten Blick zu und die Narbe in seinem Gesicht, die von seinem Ohr bis zum Kinn reichte, zuckte dabei.

Thomas spottete: „Gib ihm sanft und er wird es in alle Einzelteile zerschmettern.“

„Er wird dir ins Gesicht spucken“, fügte Samson an.

Amaurys blaue Augen funkelten. „Er hat nicht ins Gesicht deiner Tochter gespuckt.“

Samson versuchte nicht einmal, seinen düsteren Blick zu unterdrücken. Delilah hatte ihm sofort als Zane das Haus verlassen hatte mitgeteilt, dass Isabelle ihn gebissen hatte.

Der erste Biss eines Hybrid-Babys war ein bedeutungsvolles Ereignis. Es bedeutete, dass seine Tochter ihren Mentor oder Paten ausgewählt hatte. Nur hatte Samson gehofft, dass sie jemanden wie Gabriel oder Amaury auswählen würde, oder noch besser Thomas, der auch für Eddie, dem jungen Vampir, der unter seinen Fittichen stand, schon ein großartiger Mentor war, aber nicht Zane. Wie auch immer, es führte kein Weg daran vorbei. Isabelle hatte sein Blut gekostet und würde instinktiv seinen Rat suchen. Während Samson und Delilah Isabelles primäre Bezugspersonen waren, würde Zane eine wichtige Rolle in ihrem Leben spielen.

„Umso wichtiger ist es, sich jetzt darum zu kümmern, bevor die Sache aus dem Ruder läuft. Ich kann so eine tickende Zeitbombe nicht in der Gegenwart meiner Tochter dulden.“

„Das will keiner.“ Gabriel straffte das Haarband, mit dem er seinen Pferdeschwanz in Form hielt und änderte seine Sitzposition.

„Vorschläge bitte“, sagte Samson und nickte Amaury erwartungsvoll an.

„Als allererstes keine risikoreichen Aufträge mehr. Es war eine gute

Entscheidung, ihn von seinem aktuellen Job abzuziehen. Er darf nicht ständig in Angriffsmodus stehen. Wir müssen ihn dazu bringen, gewaltlose Reaktionen für seine Aggressionen zu entwickeln."

„Interessant", grunzte Gabriel skeptisch. „Viel Glück dabei."

Thomas schüttelte den Kopf. „Mal ehrlich: Wenn du die Gewalt aus Zanes Leben herausnimmst, dann kollabiert er doch. Es ist das Einzige, das ihn am Leben erhält."

Samson hob die Hand. „Vielleicht ist Amaury da an etwas dran. Was hast du noch?"

„Er muss Drake aufsuchen."

„Du willst, dass er einwilligt, zu einem Seelenklempner zu gehen?" Gabriel schüttelte den Kopf. „Super Idee. Bitte achte darauf, dass ich nicht anwesend bin, wenn du ihm das mitteilst. Denn ich würde meinen Kopf gerne noch etwas länger auf meinem Hals tragen."

„Ich hab ja nicht gesagt, dass es einfach wird, ihn dazu zu bringen." Amaury zuckte mit den Achseln. „Wir müssen nur dafür sorgen, dass er weiß, was auf dem Spiel steht, wenn er sich weigert."

Samson hörte auf, auf und ab zu gehen. „Du hast recht, Zuckerbrot und Peitsche. Zeig ihm, was er haben könnte, dann entziehe es ihm, wenn er sich nicht benimmt. Könnte klappen."

„Und was nehmen wir ihm weg?", fragte Gabriel.

„Seinen Job."

„Das wird ihm finanziell nichts ausmachen", behauptete Gabriel.

Da hatte sein Stellvertreter natürlich recht. Viele Vampire, die schon einige Jahrzehnte lebten, hatten beträchtliche Vermögen angehäuft, meist durch Immobilien und risikoarme Aktien. Wie er Zane kannte, hatte dieser vermutlich risikoreichere Methoden gewählt und dadurch ein noch gewaltigeres Vermögen angespart.

„Er arbeitet nicht wegen des Geldes für uns", erklärte Samson. „Wir sind seine Familie. Er braucht uns."

Ebenso wie sie ihn brauchten. Jedes einzelne Mitglied von Scanguards war essenziell und der innere Kreis, bestehend aus Amaury, Gabriel, Thomas, Zane, Yvette, Quinn und Samson selbst, war wichtig für das Weiterbestehen der Firma. Sie waren die treibende Kraft.

Gabriel nickte langsam. „Stimmt. Dann habe ich einen Vorschlag. Lasst uns Quinn aus New York einfliegen. Er steht Zane am nächsten. Quinn hat ihn zu uns gebracht. Wenn irgendjemand an ihn herankommen kann, dann ist es Quinn. Er weiß, was in Zanes Kopf vorgeht."

„Wer soll sich in seiner Abwesenheit um das New Yorker Büro kümmern?", fragte Samson.

„New York ist ein gut organisierter Laden, der läuft wie von selbst", behauptete Gabriel selbstsicher.

Thomas grinste. „Ich schätze, das bedeutet, wir können einen Affen auf den Chefsessel setzen und es wird immer noch gut laufen."

„Fast." Gabriel nickte. „Dummerweise habe ich gerade meinen letzten Affen hergegeben. Wir müssen also eine Stufe höher in der Nahrungskette suchen."

„Wen hast du in Petto?", fragte Samson.

„Quinn hat letztes Mal einen vielversprechenden Vampir erwähnt, sein Name ist Jake. Er arbeitet bereits seit sechs Monaten mit Quinn. Er könnte bereit sein, mehr Verantwortung zu übernehmen."

„Bürgt Quinn für ihn?"

„Er ist gewissenhaft und ehrgeizig."

„Gut, dann machen wir es so", bestätigte Samson. „Ruf Quinn an und setze ihn über unseren Beschluss in Kenntnis. Jetzt müssen wir dafür sorgen, dass Zane beschäftigt ist. Haben wir einen Schreibtischjob, den wir ihm anhängen können?"

Gabriel schüttelte den Kopf. „Keine Stelle frei. Ich könnte ein paar Leute versetzen, wenn nicht –" Er kratzte sich am Kopf, bevor er weitersprach. „Wir haben gerade diesen Babysitter-Job reinbekommen."

„Babysitting?", echote Amaury.

„Das muss ich hören", murmelte Thomas.

„Zwei Vampire sind vor sechs Monaten hierher gezogen. Vater mit seiner Hybrid-Tochter. Sie ist eine Freundin von Gs Tochter. Geht auf die USF. Ihr Vater muss für zwei oder drei Wochen auf eine Dienstreise und will, dass wir sie Tag und Nacht überwachen."

„Sie geht ins College und braucht einen Babysitter? Wo ist ihre Mutter?", fragte Samson.

„Ist vor einem halben Jahr bei einem Autounfall gestorben."

„Aber das Mädel ist wie alt, 18, 19?", fragte Amaury verwirrt, als er sein langes dunkles Haar über seine Schulter strich.

„Zwanzig, fast 21 Jahre alt", berichtete Gabriel. „Aber wenn man ihrem Vater glauben darf, ist sie eine Wilde: Partys, Jungs, Alkohol, alles, was man sich denken kann. Seit dem Tod ihrer Mutter ist sie völlig außer Kontrolle. Er befürchtet, sie steht kurz vor einem Nervenzusammenbruch. Deshalb sorgt er sich und will sie nicht alleine lassen. Sie könnte sich sonst noch selbst verletzen."

„Was will er dann von uns?", fragte Samson.

„Wir sollen auf sie aufpassen und sie von schlechten Einflüssen fernhalten. Keine Partys, keine Jungs und so. Ein Kinderspiel. Ich habe Oliver die Tagschicht zugeteilt. Das ist ein guter Einstiegsjob für ihn."

Samson nickte. „Ich schätze, ich kann ihn nicht für ewig als meinen Assistenten behalten. Er hat viel Potenzial."

Oliver, ein Sterblicher, arbeitete schon nahezu vier Jahre als sein Assistent.

„Er wird schon klarkommen. Seine Schicht startet bei Sonnenaufgang."

„Übersieht ihr da nicht etwas?", mischte Amaury sich ein.

Samson blickte ihn überrascht an. „Oliver ist gut ausgebildet. Du hast ihn bereits in Aktion erlebt. Er ist ein guter Bodyguard. Er hat Delilah schon oft beschützt und du weißt ja, dass ich meine Frau niemals mit zweifelhaftem Schutz alleine lassen würde."

„Ja, aber deine Frau ist ein Mensch. Diese Klientin ist ein Hybrid. Sie ist stärker als Oliver."

Samson nickte. „Dessen bin ich mir bewusst. Aber wir können keinen Vampir für die Tagschicht einteilen. Das weißt du ebenso gut wie ich. Und leider haben wir keinen Hybriden in unserem Team. Sie sind noch immer selten. Es muss ein Mensch machen."

„Und was, wenn sie ihn überlistet und Gedankenkontrolle verwendet, um ihm zu entkommen?" Amaury stichelte, wollte das Thema nicht auf sich beruhen lassen.

„Samson, habe ich deine Erlaubnis, es ihnen mitzuteilen?", unterbrach Thomas.

Samson erwiderte Thomas' Blick.

Vampire waren der Gedankenkontrolle nicht anfällig. Wenn ein Vampir versuchte, den anderen mit Gedankenkontrolle zu bekämpften, würde es in einem Kampf zum Tode enden. Allerdings hatte Thomas kürzlich etwas herausgefunden.

„Sag's ihnen, Thomas."

„Es steckt noch in den Kinderschuhen, aber Oliver und ich haben die letzten Wochen an etwas gearbeitet."

„Woran?", fragte Gabriel kurz angebunden, eindeutig beleidigt, dass er über etwas nicht in Kenntnis gesetzt worden war.

„Ich versuche ihm beizubringen, wie er der Gedankenkontrolle widerstehen kann."

Gabriel entließ einen schockierten Atemzug. Amaury gab sich unbeeindruckt.

„Wie?", wollte Gabriel wissen.

„Wie ihr alle wisst ist Gedankenkontrolle mein Spezialgebiet. Also habe ich die Bestandteile dessen untersucht wie sie funktioniert, um herauszufinden, ob es einen Weg für einen Menschen gibt, sie zu erkennen und dann die Konzentration des Vampirs zu brechen."

„Das kann nicht dein Ernst sein!" Gabriel sprang auf. „Wenn das funktioniert, dann…"

„Ich weiß, was du denkst, Gabriel, aber das hier wird nicht an die Öffentlichkeit gelangen", sagte Thomas ruhig. „Nur unsere vertrauensvollsten Mitarbeiter werden darüber informiert. Mir ist diese Idee gekommen, als ich gehört habe, dass Nina gegen Amaurys Gedankenkontrolle immun war, bevor die beiden den Blutbund eingingen."

Amaury nickte: „Du hast ja keine Ahnung, wie nervig das war."

Thomas grinste. „Als wolltest du es anders."

„Du wusstest es?", fragte Gabriel.

Amaury zuckte mit den Achseln. „Ich weiß alles, was Nina weiß."

„Spaß beiseite, ich hatte lange Diskussionen mit Nina, um herauszufinden, was sie gefühlt hat, als Amaury versucht hat, seine Kräfte an ihr anzuwenden. Und ich mache Fortschritte mit Oliver. Er ist sehr klug und hat einen starken Willen. Das hilft."

„Kann er also Gedankenkontrolle ausblenden?", fragte Gabriel ungeduldig.

„Nicht vollkommen. Aber es gibt Momente, in denen ich spüren kann, dass er gegen meine Kräfte ankämpft. Er ist schon recht gut."

„In jedem Fall", unterbrach Samson, „bleibt uns nichts anderes übrig, als einen Menschen für die Tagschicht einzuteilen. Ich nehme lieber Oliver als irgendjemand anderen. Ich vertraue ihm. Er wird uns nicht enttäuschen."

Gabriel nickte. „Und Zane? Denkst du, das könnte klappen?"

Samson überdachte Gabriels Worte. Der Auftrag hörte sich nicht sonderlich gefährlich oder stressig an. „Wie schwer kann es sein, auf eine 20-Jährige aufzupassen?“ Er traf Amaurys zweifelnden Blick. „Was?“

„Er wird ausflippen, wenn er das hört.“ Amaury grinste. „Kann’s kaum erwarten, das zu sehen.“

Thomas boxte ihn. „Du bist so ein Sadist, Amaury.“ Dann schaute er zu Samson. „Lasst uns nur hoffen, dass der Schuss nicht nach hinten losgeht und uns die Kacke im Gesicht landet.“

„Wir werden ihn an der kurzen Leine halten“, sagte Samson.

Vom Flur kamen Stimmen, begleitet vom Japsen eines Hundes. Einen Moment später öffnete sich die Türe und Delilah stürmte herein, einen goldenen Labradorwelpen auf dem Arm.

„Entschuldigt die Störung, aber den musste ich dir einfach zeigen, Samson.“ Sie strahlte.

Hinter ihr kamen Yvette und ihr Gefährte Haven zum Vorschein. „Hallo Leute.“

Yvette war hinreißend wie immer und die Tatsache, dass sie ihren Kurzhaarschnitt gegen dunkle Locken eingetauscht hatte ließ sie sanfter und femininer aussehen. Haven, der Kopfgeldjäger, den sie aus den Klauen einer bösen Hexe gerettet hatte, war dafür verantwortlich, dass sie nun ihre weibliche Seite zum Vorschein kommen ließ. Nachdem Yvette ihn verwandelt hatte, um sein Leben zu retten, waren sie den Blutbund eingegangen. Doch bisher war Haven noch nicht bei Scanguards eingestiegen. Samson hoffte, dass er sich eines Tages dafür entschied. Ein ehemaliger Kopfgeldjäger würde gut in ihr Team passen.

„Hi Yvette, Haven“, antworteten Samson und seine Freunde. „Was gibt’s?“

„Schau, was Yvette uns für Isabelle gebracht hat! Einen ihrer Welpen. Sie wird ihren eigenen Hund zum Spielen haben.“

Begeisterung stand Delilah im Gesicht und Samsons Herz ging auf. Gott, wie er seine Frau liebte. Er war noch nie in seinem Leben glücklicher gewesen.

„Isabelle wird ihn lieben.“ Er streichelte über den Kopf des Welpen und der Hund leckte ihn begeistert. Dann nickte er Yvette und Haven zu. „Danke. Das ist wirklich nett von euch.“

Yvette lächelte. „Wir haben noch vier, also –“ Sie blickte in die

Runde. „– wenn noch jemand einen will…“

Amaurys Gesicht erhellte sich. „Also wenn du schon fragst –“ Er blinzelte zu Samson, der sofort auf der gleichen Gedankenwelle wie sein langjähriger Freund war. „– glaube ich, dass wir noch einen Abnehmer haben. Oder, Samson?“

Samson grinste. „Die gleiche Idee ist mir auch gerade gekommen.“

***

Zane legte die beiden 25-Kilo-Hanteln auf den Boden, bevor er sich daneben niederließ. Mit einem Arm hinter seinem Rücken und auf den anderen gestützt, drückte er sich vom Boden weg und begann zu zählen. Er machte Liegestützen bis Schweiß von seinem nackten Oberkörper tropfte. Seine Trainingshose war schon durchgeschwitzt, doch er machte weiter. 49, 50. Er wechselte zum anderen Arm und begann erneut zu zählen.

Sein Körper lief auf Autopilot, seine Muskeln zerrissen und regenerierten sich während seines mörderischen Work-outs. Heute Nacht konnte er nicht aufhören. Seine ansonsten zwei Stunden dauernde extreme körperliche Tortur waren nicht genug, denn der Zorn, der noch immer durch seine Venen floss, forderte ihn auf, jemanden zu verletzen. Und heute Nacht war er dran, der verletzt werden musste.

Als er bei 50 ankam, hatte sich eine Schweißpfütze unter ihm auf der Fitnessmatte gebildet. Zane stand auf und ergriff das Springseil, das an der Wand hing.

Als er nach San Francisco gezogen war, hatte er als erstes sein privates Fitnessstudio eingerichtet, noch bevor er ein Bett gekauft hatte. Schlafen war ihm nicht wichtig. Er brauchte kaum mehr als drei oder vier Stunden Schlaf, was ihm noch viele Tageslichtstunden übrig ließ, die er im Haus verbringen musste.

Und selbst während dieser drei oder vier Stunden Schlaf blieb ein Teil von ihm immer wach und in Alarmbereitschaft, horchte immer auf Gefahr, sich bewusst, dass genauso wie er seinen Feind jagte sein Feind ihn jagte. Denn er war der einzige Überlebende, der den Mann zerstören konnte, der der Gerechtigkeit entkommen war: Dr. Franz Müller. Er hatte sich den Namen und das dazugehörige Gesicht ebenso eingeprägt wie die Namen und Gesichter seiner Kollegen: Andreas Schmidt, tot; Volker Brandt, tot; Mathias Arenberg, tot; und Erich Wolpers, tot.

Zanes Hände schlossen sich eng um die Griffe des Springseils, als er sich an ihre letzten Momente erinnerte. Brandt hatte gequietscht wie eine Sau, als er Zane über sich gebeugt vorfand, Mordgedanken in seinen Augen widerspiegelnd. Er hatte dafür gesorgt, dass sein Opfer wusste, wer er war und warum Zane ihn gejagt hatte, bevor er ihn umgebracht hatte. Nicht dass Brandt eine Erinnerung gebraucht hätte: Zane hatte sich kein bisschen verändert seit Brandt ihn das letzte Mal gesehen hatte, und es hatte nur Sekunden gedauert bis dieser seinen ehemaligen Gefangenen erkannt hatte.

Zane erinnerte sich daran, wie er die Angst genossen hatte, die Brandt erfüllt hatte. Er konnte sie noch jetzt riechen und dieser Geruch erfüllte ihn mit Zufriedenheit. Doch die vier Männer, die er ausgemerzt hatte, hatten nur Nebenrollen bei der Folter gespielt, die Müller befohlen hatte. Und ihr Anführer Müller war noch immer auf freiem Fuß.

Vielleicht war es besser, wenn Samson ihn einfach feuerte. Dann wäre Zane wenigstens keinem mehr Rechenschaft schuldig und könnte jede Minute nutzen, um Müller aufzuspüren. Doch so schnell ihm der Gedanke auch kam, verwarf er ihn wieder.

Scanguards war sein Leben. Er war nicht lebensmüde genug, um die Unterstützung, die sie ihm boten, wegzuwerfen. Ebenso wenig wie er zugeben würde, dass er jeden von ihnen so sehr brauchte wie Blut zum Überleben.

Zane hängte das Seil wieder an seinen Platz, nachdem er 100 Sprünge gezählt hatte. Er wollte sich gerade fürs Bankdrücken hinlegen, als ein Geräusch die Stille in seinem Kellergeschoss störte.

Er lauschte, bewegte sich nicht und zwang sich, nicht zu atmen. Ein paar Sekunden verstrichen bis das Geräusch erneut ertönte: Schritte waren von der Treppe zu hören, die draußen zur Eingangstür führte.

Zane blickte zur Wanduhr: Es war kurz nach vier Uhr morgens und noch immer dunkel draußen. Er griff sich ein Handtuch vom Haken an der Wand, trocknete hastig seinen Oberkörper ab und ging in Richtung Treppe. Seine blanken Füße verursachten keinen Ton auf dem kalten Boden, als er ins Erdgeschoss seines zweistöckigen Hauses ging. Er übersprang die letzte Stufe, wissend, dass diese knarrte und setzte seine Füße auf den Treppenabsatz.

Er spähte durch das dunkle Foyer. Da er keine Aufmerksamkeit auf die ungewöhnlichen Zeiten richten wollte, die er wach verbrachte, schaltete er grundsätzlich kein Licht an, wenn er es nicht unbedingt brauchte. Jetzt war er dafür dankbar, da die Dunkelheit um ihn herum ihm Schutz bot.

Die Schritte waren verschwunden. War die Person gegangen oder war sein ungebetener Gast noch immer irgendwo draußen und wartete dort, um ihn anzufallen sobald er nach draußen trat, um der Sache nachzugehen?

Zane ging näher zur Tür und atmete tief ein, versuchte, den Duft der Person aufzunehmen, die die Haustreppe hinaufgegangen war. Doch die Tür war zu dick und zu gut isoliert, sodass seine feine Nase nichts außer seinem eigenen Schweiß wahrnehmen konnte. Verdammt, er brauchte eine Dusche.

Kein Ton kam von der anderen Seite der Tür. War er vielleicht in letzter Zeit zu gestresst, dass er jetzt schon anfing, Dinge zu hören? Es würde ihn nicht überraschen. Zum Teufel, die meiste Zeit lebte er in einer Welt, in der die Grenzen zwischen Realität und Fantasie verwischt waren. Vielleicht hatte er letztendlich seinen Verstand verloren.

Er verfluchte sich für seine dummen Gedanken und griff nach dem Türgriff. Es gab nur einen Weg, herauszufinden was los war: den Bastard konfrontieren, der um sein Haus herumschnüffelte.

Zane riss die Tür auf und stürmte die fünf Stufen hinab, die zum Gehweg führten. Unten angekommen wirbelte er herum und blickte zum Haus zurück. Die ganze Aktion hatte nicht einmal eine Sekunde gedauert. Seine Augen erfassten die Situation sofort. Kein Angreifer wartete auf ihn. Niemand war da. Nur der leichte Geruch eines Vampirs lag in der Luft.

Er atmete nochmals ein und sog den Geruch in seine Lungen. Yvette. Was zum Teufel hatte sie hier gewollt und warum hatte sie nicht die Klingel benutzt wie jeder anständige Besucher? Genervt, dass sein Work-out unterbrochen worden war, ging er die Stufen wieder hinauf als ein weiterer Duft seine Nase kitzelte.

Er drehte seinen Kopf nach links, wo neben der Tür ein Besen in einer Nische stand, der dazu da war, um die Stufen und die Einfahrt zu kehren. Heute Nacht war besagter Besen nicht alleine. Daneben stand ein kleiner Käfig, von dem der Duft kam, der in seine Richtung wehte. Zane bückte sich hinunter und schaute hinein, als das eingesperrte Tierchen ein jammerndes Kläffen von sich gab. Ein Hund, genauer gesagt ein Welpe, winselte ihn jetzt an und drückte seine Nase gegen das Metallgitter.

„Halt die Klappe! Du weckst noch die ganze Nachbarschaft auf!“

Doch der Hund bellte weiter, hatte offensichtlich keine Ahnung, mit wem er es zu tun hatte.

„Oh, Scheiße!“ Zane nahm den Griff am oberen Teil des Käfigs und trug ihn ins Haus. Als er das Licht einschaltete, um das Foyer zu erhellen, bemerkte er eine Nachricht, die an einer der Seitenwände des Käfigs steckte. Er zog das Papier heraus und las.

Ich heiße Zane und ich gehöre dir!

Er erkannte die Handschrift. Diese verdammte Schlampe! Yvette schob also einen ihrer Welpen zu ihm ab. Sie hätte ihren Köter sterilisieren lassen sollen, wenn sie mit dem Nachwuchs nicht klarkam. Und dann hatte sie auch noch die Unverfrorenheit, einen der Hunde nach ihm zu benennen! Er wollte Yvette am liebsten den Kopf abreißen!

Er würde das ungewollte Geschenk sofort nachdem er geduscht hatte zu ihr zurückbringen. Mit diesem Scheiß würde er sie nicht davonkommen lassen. Kein Wunder, dass sie nicht geklingelt hatte, denn sie hatte gewusst, dass er sie mit dem Käfig in der Hand die Treppe hinuntergestoßen hätte.

„Genau!“, murmelte er.

Der Hund kläffte und seine großen braunen Augen schauten ihn an.

„Was willst du?“, bellte er zurück.

Der Hund kratzte gegen die Gittertür.

„Keine Chance, ich werde dich nicht aus dem Käfig lassen. Du pisst sonst noch mein ganzes Haus voll.“ Er blickte den Hund streng an, gab ihm zu verstehen, dass es sein Ernst war. Er würde sich nicht derart manipulieren lassen.

Zane stellte den kleinen Käfig auf das Buffet im Flur und ging in Richtung Badezimmer. Sofort begann der Hund herzzerreißend zu jaulen.

„Oh verdammt!“, fluchte er und wandte sich wieder dem Käfig zu.

Er öffnete den Riegel der Gittertür. Dann zog er den Hund heraus, entschlossen, ihn auf den Boden zu setzen, sodass er herumlaufen konnte. Doch als er das weiche Fell des Labradorwelpen unter seinen Fingern spürte drückte er das Tier instinktiv an seine Brust und streichelte über seinen Rücken. Der Hund drehte seinen Kopf und leckte

Zanes unbehaarte Brust.

Ein Teil seiner Wut verwehte. Der Hund konnte ja nichts für Yvettes Taten.

„Und glaub ja nicht, dass ich dich behalten werde. Du bleibst hier nur für einen Tag.“ Er blickte auf die Wanduhr. „Ich habe nicht genug Zeit, dich vor Sonnenaufgang zu Yvettes Haus zu bringen.“ Er würde es schon schaffen, wenn er sich beeilte, doch er war im Moment nicht in der Stimmung.

Der Hund bellte sanft, als würde er ihn verstehen.

„Und ich werde dich nicht Zane nennen.“

Er würde ihn Z nennen, aber nur für heute. Morgen Nacht würde er den Hund wieder zu Yvette bringen und dann war die Sache erledigt.

Als er in die Küche ging, um dem Hund eine Schüssel Wasser zu holen, klingelte sein Telefon. Er griff nach dem Hörer neben dem Kühlschrank und antwortete. „Ja?“

„Ich nehme an, du hast mittlerweile dein Geschenk gefunden“, sagte Samson locker.

„Ich behalte ihn nicht. Das kannst du Yvette sagen. Sie kann den verdammten Köter morgen wieder abholen oder ich kicke ihn wie einen Fußball die Straße hinunter.“

Der Hund blickte ihn mit großen Augen an und Zane streichelte ihn hinterm Ohr. Klein Z war vermutlich ohnehin strohdumm und verstand kein Wort. Warum hatte er aber trotzdem das Gefühl, dass er gerade die Gefühle des Hundes verletzt hatte?

„Er ist Teil unserer Abmachung, also kümmere dich um ihn. Und das ist ein Befehl.“

Zane grunzte.

„Und in seinem Käfig ist eine Akte mit den Anweisungen für deinen nächsten Auftrag. Du fängst morgen nach Sonnenuntergang an und löst Oliver ab. Viel Glück.“

Ein Klicken in der Leitung bestätigte, dass Samson aufgelegt hatte, um Zane keine Gelegenheit für einen Kommentar zu geben. Er donnerte den Hörer auf die Küchentheke.

„Arschloch!“

Der Hund winselte.

„Nicht du!“ Zane streichelte über den Kopf und die Schnauze des Hundes. Sofort rollte sich dieser in seinem Arm und bot ihm seinen

Bauch an. Zane verstand die Andeutung und kraulte ihn entlang des weichen Fells.

Einige Momente später setzte er den Hund widerwillig auf den Boden und holte die Akte aus dem Käfig.

Als er die Anweisungen durchlas begann es in ihm zu toben.

„Ihr verdammten Idioten!“, fluchte er. „Ihr wollt, dass ich Babysitter spiele?“ Hätten sie ihm nicht einfach einen langweiligen Schreibtischjob geben können, um ihn zu bestrafen? Nein, sie mussten aus ihm eine Mary Poppins machen, die auf ein verzogenes, vermutlich lebensmüdes Mädchen aufpassen musste, die Aufmerksamkeit wollte.

„Oh, euch werde ich’s zeigen!“

Der Hund drehte seinen Kopf, verpasste ihm eine weitere Dosis von seinem Welpen-Blick. Zane kniete sich zu ihm hinab und hob seinen Kopf mit seiner Hand an.

„Du bekommst bestimmt irgendwann Hunger, oder? Also wenn du nicht gerade Mrs. Hernandez’ hausgemachte eingeweckte Pflaumen magst, müssen wir wohl heute Nacht Hundefutter besorgen.“

Seine Nachbarin, Mrs. Hernandez, hatte ihn bereits einige Male am Gartenzaun abgefangen und ihm ihr Eingemachtes aufgeschwatzt. Statt die Gläser sofort wegzuwerfen hatte er sie in eines der vielen leeren Küchenschränkchen geschlichtet, da er nicht wusste, was er sonst damit anstellen sollte. Er war es nicht gewohnt, Dinge von Leuten geschenkt zu bekommen.

6

Portia verschränkte die Arme vor ihrer Brust, als sie sich im Beifahrersitz der schwarzen Limousine zurücklehnte, die ihr Bodyguard Oliver steuerte. Von wegen Bodyguard, eher ihr Gefängniswärter! Dachte ihr Vater wirklich, dass sie so dumm sei zu glauben, dass er ihn engagiert hatte, um sie zu beschützen, während er auf Geschäftsreise war? Sein Argument, dass vor einigen Nächten ein junger Mann von einem Verrückten umgebracht worden war, war doch nur eine müde Ausrede. Als Hybrid war sie ebenso stark wie ein Vampir und konnte sich somit gegen jeden Angreifer wehren. Obwohl sie noch nie in eine Schlägerei verwickelt gewesen war, war sie sich trotzdem sicher, dass sich ihre Instinkte im Notfall einschalten würden.

Verdammt, sie könnte diesen Bodyguard spielend überwältigen. Sie blickte ihn erneut von der Seite an. Seine zerzausten dunklen Haare schienen in jede erdenkliche Richtung zu zeigen. Sein Kamm hatte offenbar den Kampf gegen seine widerspenstigen Haare verloren. Seine Augen waren scharf und konzentriert, sein Körper muskulös. Es war offensichtlich, dass er gut trainiert war und jeden Angreifer abwehren konnte. Nicht einmal sein junges Aussehen konnte von dieser Tatsache ablenken. Wenn überhaupt würde sein jugendliches Aussehen – er konnte unmöglich älter als 25 sein – jeden dazu verleiten, ihn als einfaches Ziel anzusehen. Erst hatte sie sich auch von seinem Aussehen täuschen lassen, doch dann hatte sie mit ihrer Freundin Lauren gesprochen.

Gemäß Laurens Vater waren Scanguards Bodyguards die bestausgebildetsten Bodyguards der Nation und augenscheinlich auch die tödlichsten. Von Olivers Ausweis, den er ihr gezeigt hatte als er sie abgeholt hatte, wusste sie, dass er einen Status A besaß. Es hatte ihr nichts bedeutet bis Lauren ihr erzählt hatte, dass dies die höchste Sicherheitsstufe bei Scanguards war und dass nur die Besten der Besten sowie diejenigen, die über die Vampire Bescheid wussten, eine solche Auszeichnung erhielten.

Portia schnaubte. Trotzdem konnte sie den Burschen spielend aus seinen Latschen heben. Schließlich war Oliver ein Mensch. Scheinbar hatte Scanguards, die neben Menschen auch zahlreiche Vampire beschäftigten, keinen Hybrid unter ihren Angestellten, der sie bewachen konnte. Und das versetzte sie in die bessere Position. Sobald sie bereit war, würde sie ihren menschlichen Beschützer abhängen, um einen passenden Kandidaten auszusuchen, der sie um ihre Jungfräulichkeit erleichtern würde. Bodyguard oder nicht, ihr Vater würde diesen Kampf nicht gewinnen.

„Willst du zum Abendessen etwas zum Mitnehmen kaufen?", fragte Oliver, als er den Campus hinter sich ließ und das Auto durch den Feierabendverkehr steuerte.

Portia überlegte, ob sie ihn dazu bringen sollte, einen Umweg zu machen, um zu irgendeinem obskuren Fastfood-Laden zu fahren, entschied sich jedoch dagegen. Sie war nicht auf diesen Bodyguard sauer, sondern auf ihren Vater und sie würde ihre Wut nicht an einem Unschuldigen auslassen. Oliver machte nur seinen Job. Außerdem hatte er sich den ganzen Tag, während sie Vorlesungen hatte, sehr diskret verhalten. Obwohl er ihr den ganzen Tag gefolgt war, war es für niemanden offensichtlich gewesen, dass er allein dazu da war, sie zu beschützen. Nein, korrigierte sie sich selbst, er war da, um sie zu *bewachen*. Zumindest war ihr die Peinlichkeit erspart geblieben, dass jeder wusste, dass sie ein verdammtes Kindermädchen hatte. Zum Glück hatten die anderen angenommen, dass Oliver ein neuer Student war. Wenigstens dafür war sie ihm dankbar.

„Ich bin nicht hungrig. Außerdem kann ich mich ja später noch an dir ernähren."

Das hatte sie nicht sagen wollen, doch jetzt war es schon zu spät, es zurückzunehmen. Vielleicht sollte sie einfach ihren Mund halten, wenn momentan offensichtlich nichts Anständiges herauskam.

Er warf ihr einen hättest-du-wohl-gerne-Blick zu, konzentrierte sich dann aber wieder auf den Verkehr.

„Versuch's und du wirst es bereuen."

Portia war davon wenig beeindruckt. „Du bluffst doch nur."

Nicht dass sie auch nur einen Moment vorhatte, ihre Drohung wahr zu machen. In Wahrheit hatte sie in ihrem ganzen Leben noch niemanden gebissen. Wenn sie Blut als Ergänzung zu ihrer menschlichen Ernährung brauchte, trank sie eine der Flaschen, die ihr Vater von einer in Vampirbesitz liegenden medizinischen Versorgungsfirma bestellte. Sie mochte das Zeug nicht besonders, doch ihr Körper brauchte es lediglich zweimal wöchentlich, um seine vampirische Kraft aufrechtzuerhalten. Während des Prüfungsstresses im vorhergehenden Jahr hatte sie erkannt, dass sie leistungsstärker war, wenn sie ihre Blut-Dosis erhöhte. Diese Erkenntnis hatte sich seitdem gelegentlich als nützlich erwiesen.

„Nur weil ich unbewaffnet aussehe, bedeutet es nicht, dass ich es auch bin.“

„Wie auch immer.“

Portia blickte nach draußen, nicht in der Stimmung für eine Unterhaltung. Es war Januar und die Sonne ging früh unter. In einer halben Stunde würde es dunkel sein. Doch selbst mit geschlossenen Augen würde sie immer wissen, wann die Sonne unterging. Der Instinkt war ihr angeboren. Für Vollblutvampire war dieser Mechanismus überlebenswichtig, doch für sie als Hybrid war es weniger von Belang. Sie hatte Glück, sie konnte jederzeit bei Sonnenlicht nach draußen gehen. Doch trotzdem bevorzugte sie die Dunkelheit. Sogar als Kind war sie mitten in der Nacht aufgestanden, um die Sterne im dunklen Nachthimmel zu betrachten.

„Warum arbeitest du für sie?“

Sie hatte nicht wirklich fragen wollen, doch ihre Mutter hatte ihr beigebracht, dass höfliche Konversation half, sich zu integrieren. Und sie fühlte sich beschämt, dass sie sich Oliver gegenüber bisher so zickig verhalten hatte.

Oliver zuckte mit den Schultern. „Es ist ein guter Job. Sie zahlen ausgezeichnet.“

„Hast du keine Angst vor ihnen? Was, wenn einer von ihnen dich beißt?“

Oliver kicherte plötzlich. „Du denkst, dass ich noch nie gebissen wurde?“

Portia wirbelte ihren Kopf herum, um ihn anzustarren. „Du hast gerade gesagt, ich würde es bereuen, wenn ich dich beiße.“

„Und das trifft noch immer zu.“

„Aber du hast dich von anderen beißen lassen? Was stimmt dann mit mir nicht?“ War sie eine Art Außenseiterin? Zugegeben, sie wusste nicht besonders viel darüber, wie die Vampir-Gesellschaft funktionierte, aber machte sie das unerwünscht?

„Mit dir ist alles in Ordnung. Aber ich lasse mich nur im Notfall von einem Vampir beißen.“

Ihr Herzschlag beschleunigte sich. „Welche Art Notfall?“

„Wenn einer der Jungs so stark verletzt ist, dass er sofort Blut braucht, gebe ich ihm meins.“

„Verletzt? Wie können sie sich denn verletzen? Sie arbeiten doch nur als Wachpersonal, wahrscheinlich sitzen sie nur die ganze Nacht in einem Bürogebäude rum.“ Wie gefährlich konnte das schon sein?

„Das solltest du sie besser nicht hören lassen. Sie würden dir den Kopf abreißen. Sie sind Kämpfer, jeder einzelne von ihnen. Die Aufträge sind gefährlich und gelegentlich wird auch einer von ihnen verletzt. Ich war schon bei einigen Einsätzen dabei. Wir haben schon viele Angriffe hinter uns. Es gab auch Opfer.“

Portia schüttelte den Kopf. Oliver übertrieb bestimmt ein wenig, um sich und Scanguards interessanter zu machen. „Du willst mir also erzählen, dass Vampire als Leibwächter von menschlichen Klienten eingesetzt werden, um eine Kugel für sie abzufangen?“

Oliver nickte mit ernster Miene. „Wir beschützen all unsere Klienten mit unserem Leben. Und das trifft auf die Vampire noch umso mehr zu. Sie kämpfen bis zum bitteren Ende.“

Sie schnaubte. „Leicht gesagt, wenn sie ja praktisch unverwundbar sind.“

„Glaub, was du glauben möchtest. Aber ich warne dich, unterschätze keinen von uns.“

„Kein Grund schroff zu werden! Einen Klienten zu beschützen und dabei noch nett zu sein, ist wohl zu viel verlangt.“ Nicht dass sie Oliver wirklich etwas vorwerfen konnte. Er zahlte ihr vermutlich gerade mal ihre Unfreundlichkeit von zuvor zurück.

Oliver lehnte sich zu ihr, hielt aber seine Augen auf den Verkehr gerichtet. „Dein Vater ist unser Klient. Du, meine liebe Portia, bist das, was wir einen Schützling nennen. Wir kümmern uns um unsere Schützlinge, folgen aber ausschließlich Befehlen von unseren Klienten.“

Bei der Erwähnung ihres Vaters schnaubte Portia verärgert. Als wollte sie gerade an ihn erinnert werden! Sie drehte ihren Kopf zum Beifahrerfenster und gab damit das Zeichen, dass sie nicht weiter mit ihm sprechen wollte. Nun, vielleicht nur noch einen letzten Satz.

„Du bist nur ein Mensch. Ich könnte dich jederzeit spielend überwältigen, wenn ich es wollte.“

Oliver antwortete nicht darauf, also schwieg sie bis sie an dem kleinen Haus in Noe Valley ankamen, das ihr Vater gemietet hatte. Es war ein zweistöckiges Häuschen mit einer Garage darunter sowie einem Garten, der hinten hinaus ging. Im oberen Stockwerk gab es drei Schlafzimmer und zwei Badezimmer. Unten war ein großzügiges, offen geschnittenes Wohn-Esszimmer mit angrenzender Küche und einem Wäschezimmer sowie einer Gästetoilette.

Portia hatte sich beim ersten Betreten sofort in das Haus verliebt, doch gleichzeitig versuchte sie, sich nicht zu sehr daran zu gewöhnen. Sie war sich sicher, dass ihr Vater in ein paar Monaten wieder mit ihr umziehen würde. Das tat er immer! Und sie müsste – verdammt nein! Sie war fast 21 und bald würde ihr Vater keine Macht mehr über sie haben. Wenn ihr Vater das nächste Mal umziehen wollte, konnte sie sich einfach weigern und bleiben wo sie wollte.

Portia sprang aus dem Auto, sobald es in der Einfahrt zum Stehen kam. Ihre plötzliche Erleuchtung erleichterte ihre Schritte, als sie zur Eingangstür schlenderte und den Schlüssel ins Schloss steckte. Jetzt musste sie nur noch Oliver weiß machen, dass sie früh schlafen gehen würde, um sich dann hinten rauszuschleichen, wenn er gerade nicht aufpasste.

Mit Laurens Hilfe hatte sie ein Date mit Michael bekommen, dem Kerl, der vor ein paar Tagen die Party geschmissen hatte. Mit Eric wollte sie es nicht noch einmal versuchen. Er hatte schon genug gelitten, obwohl sie seine Erinnerungen gelöscht hatte und er sich nicht erinnern konnte, was zwischen ihnen passiert war. Doch sie war sich sicher, dass er noch immer Schmerzen hatte von den Wunden, die ihm ihr Vater zugefügt hatte, als er ihn an die Wand gedonnert hatte. Wahrscheinlich zerbrach er sich den Kopf darüber, wie er sich diese Verletzungen eingehandelt hatte.

Portia ließ ihre Tasche im Foyer fallen. Heute Nacht würde sie nicht lernen. Sie ging in die Küche und öffnete den Kühlschrank.

Oliver folgte ihr und lehnte sich an die Kücheninsel. „Ich dachte, du hättest gesagt, du hast keinen Hunger.“

Ohne sich umzudrehen fuhr sie fort, die wenigen Dinge, die sich im Kühlschrank befanden, zu prüfen und kicherte, um Oliver klarzumachen, dass das Nächste, was sie von sich gab, nicht ernst gemeint war. „Ich sagte auch, ich könnte mich von dir ernähren.“

Ein seltsames Prickeln in ihrem Nacken signalisierte Gefahr. Doch bevor sie sich umdrehen konnte, erhielt sie eine Antwort auf ihre Bemerkung, die sie nur gemacht hatte, um Oliver zu necken.

„Das würde ich dir nicht raten.“ Die tiefe Stimme des Fremden schnitt durch ihren Körper, als sie herumwirbelte, um dem Eindringling entgegenzutreten.

Noch bevor sie ihre Augen auf ihn legen konnte, wusste sie, dass er ein Vampir war und spürte die Wellen von Energie, die von ihm ausströmten.

Als sie ihren Blick hob, raubte ihr der Fremde, der gelassen neben Oliver stand, den Atem. Sie hatte noch nie einen Vampir wie ihn gesehen. Sein Kopf war kahl geschoren. Kein Härchen schmückte seinen wohlgeformten Schädel, abgesehen von seinen Augenbrauen und den dunklen Wimpern, die seine dunklen Augen umrandeten. Braune Augen: doch nicht gewöhnlich braun. Es schien, als läge ein goldener Rand um das Braun und dasselbe Gold fand sich auch in seiner Iris als Sprenkel wieder.

Seine Lippen schienen hart und unnachgiebig, und es gab keine Lachfältchen um seinen Mund. Seine Nase war lang und gerade. Er war nahe an die 1,90 Meter groß und schlank. Der Fremde war schwarz gekleidet: Jeans und ein langärmliges Shirt. An ihm sah das schlichte Outfit teuer aus. Die oberen beiden Knöpfe seines Hemdes waren offen und offenbarten einen Teil seiner Brust. Ebenso haarlos wie sein Kopf.

Portia erlaubte sich, ihren Blick weiter nach unten auf seine schmalen Hüften und seine starken Schenkel wandern zu lassen. Ihr Magen hüpfte und ihre Knie wurden plötzlich weich. Einen Mann so anzusehen hatte sie noch nie so…so feminin fühlen lassen. Plötzlich bereute sie, dass sie sich heute Morgen nicht besser zurechtgemacht und kein Make-up aufgelegt hatte. Warum hatte sie nicht wenigstens etwas Lipgloss verwendet, als sie den Campus verlassen hatte?

„Bist du fertig?“, fragte der Vampir und stürzte sie damit in eine Welle von Peinlichkeit, dabei erwischt zu werden, wie sie ihn so ausgiebig musterte.

Ihre Wangen brannten, und anstelle wie ein Vampir nicht zu erröten, wurden natürlich ihre Hybrid-Backen so rot wie eine Flasche Blut.

„Wer bist du?“, schoss sie zurück. „Und was zum Teufel suchst du in meinem Haus?“

Der Vampir blickte Oliver von der Seite an. „Sie ist wohl die Göre, auf die ich aufpassen soll, oder?“

Portia rutschte das Herz in die Hose. War ja klar! Der erste Mann, der in ihr auch nur das kleinste bisschen von Erregung erzeugte, war ein Feind. Sie hätte am liebsten ihren Vater jetzt erdrosselt.

„Oh, verdammte Scheiße!“

Zane zwang sich, ruhig zu bleiben, obwohl er innerlich alles andere als ruhig war. Die Jahre, in denen er seinen steinernen Ausdruck immer wieder geübt hatte, kamen ihm nun zu Hilfe, nach außen cool zu bleiben. Samson spielte mit ihm. Verdammt, warum hatte er ihm aufgetragen, dieses…Prachtexemplar einer Frau zu beschützen? Wie sonst sollte er sie beschreiben?

Ihre grün-braunen, mandelförmigen Augen waren über seinen Körper gewandert, während sie ihre roten Lippen geleckt hatte, die ihn dadurch noch mehr anzogen. Er hatte bemerkt, wie ihre Herzfrequenz sich erhöht hatte und ihre Atmung ungleichmäßig geworden war, was seine Aufmerksamkeit auf ihre Brüste gelenkt hatte. Sie trug einen BH unter ihrem lässigen, engen Pulli, etwas, das ihm nicht hätte auffallen sollen. Tat es aber, ebenso wie ihre schlanke Taille und ihre straffen Beine, die in ihrer Jeans versteckt waren. Für eine Frau war sie groß, doch das machte sie nicht minder feminin.

Zane hatte erwartet, einen Teenager anzutreffen, doch stattdessen stand er einer erwachsenen Frau gegenüber. Dies sollte ihn nicht beunruhigen; seine Reaktion auf sie tat es aber.

Er war versucht, näher auf sie zuzugehen, um ihrem Duft zu erlauben, sich um ihn zu hüllen. Er wollte sein Gesicht in ihr langes schwarzes Haar versenken, während er ihren Körper mit seinen Händen erkundete und sie von ihrer Kleidung befreite. Der Gedanke daran, was er als Nächstes tun würde, ließ seine Hose plötzlich enger werden. Die Zähnchen des Reißverschlusses drückten sich in sein entflammtes Glied, welches mit sofortiger Erlösung drohte. Er hatte von Spontanorgasmen gehört, hatte sich jedoch nie vorstellen können, jemals so nahe an einen zu gelangen. Verdammt! Er hatte mehr Kontrolle über sich, als dass ein hübsches Gesicht und ein verführerischer Duft ihn so aus der Bahn werfen konnten!

„Zane!“ Oliver versuchte, seine Aufmerksamkeit zu erlangen.

Er riss seinen Blick von Portia los. „Ja?"

„Ich werde eine halbe Stunde vor Sonnenaufgang zurück sein. Ist das genügend Zeit für dich, nach Hause zu kommen oder soll ich einen verdunkelten Van kommen lassen?"

Es gab ihm deutlich zu viel Zeit, alleine mit der wandelnden Sünde, die Portia hieß, zu verbringen. Zane räusperte sich. „Das reicht mir."

Er bemerkte kaum, wie Oliver ging, da sein Blick wieder auf seinen Schützling traf, die sich noch immer an der Kühlschranktür festkrallte, als hinge ihr Leben davon ab.

„Ich dachte, Oliver sei mein Bodyguard."

Zane zuckte mit den Achseln, versuchte das Gefühl ihrer melodischen Stimme abzuschütteln, als es tief in seine Brust sank.

„Selbst ein Bodyguard muss sich mal ausruhen. Und dein Vater bezahlt uns nicht fürs schlafen."

Hatte sie wirklich gedacht, sie würden es ihr so leicht machen, den Wünschen ihres Vaters zuwiderzuhandeln?

„Solange ich zu Hause bin, kann mir nichts passieren. Du kannst dir das hier also ersparen und wieder gehen." Sie schubste die Kühlschranktür zu und zeigte ihm somit ihre Verachtung.

„Netter Versuch, Baby Girl. Aber ich bleibe hier."

Verdammt, wie hatte er sie gerade genannt? Baby Girl? War er von allen guten Geistern verlassen? Er war doch nicht hier, um mit netten Worten um sich zu werfen, wie es die Leute mit Perlenketten während Mardi Gras in New Orleans taten.

Ihre Augen flackerten auf, ein rotes Glimmen erschien, als sie sich auf der Kücheninsel abstützte.

„Ich heiße Portia. Benutze den Namen, wenn es unbedingt sein muss, aber wenn du mich nochmals irgendwas anderes nennst, werde ich deine Kündigung veranlassen."

Dann drehte sie sich um und stolzierte aus der Küche, das Klappern ihrer Absätze im Einklang mit ihrem Herzschlag. „Ich gehe nach oben und will alleine sein."

„Wie du willst", brummte er. Seine Augen klebten förmlich an ihrem Hinterteil, das sie bewegte als sei sie darauf aus, dass er sich daran ergötzte.

Großartig, es hatte ihn nicht mal 30 Sekunden gekostet, sie zu vergraulen. Das war sogar für ihn ein Rekord.

Normalerweise kümmerte es ihn nicht, wenn Leute ihn nicht leiden konnten, doch in diesem Fall bedauerte er es. Dieses Mal hatte sein Unterbewusstsein die Arbeit für ihn erledigt, sie mit diesem lächerlichen Kosenamen zurückzustoßen. Damit hatte er sichergestellt, dass sie ihn nie mehr mit demselben Blick ansehen würde, wie dem, den sie im ersten Moment ihrer Begegnung über ihn hatte schweifen lassen. Er hatte Verlangen in ihren Augen gesehen, und das war das Letzte, was er brauchte, um diesen Auftrag zu überstehen.

Es war schon schlimm genug, dass er alleine mit ihr war und sie vor sich selbst beschützen sollte. Und wer würde sie vor ihm beschützen? Das Einzige, was ihn davon abhielt, sie auf die nächste flache Unterlage zu drücken und sich in ihr zu begraben, war seine Loyalität gegenüber Scanguards und die verschleierte Drohung, die Samson ausgesprochen hatte. Wenn er diesen Auftrag vermasselte, würde er rausgeschmissen werden. Dann stünde er wieder ohne Familie da.

Als er ins Wohnzimmer ging und sich in die weiche Couch fallen ließ, versuchte er mehr Gründe zu finden, warum er nicht nach oben in Portias Zimmer gehen und sie verführen sollte. Ihm fielen genug Gründe ein: Gemäß ihres Vaters war sie kurz vor einem Nervenzusammenbruch. Die Trauer um ihre Mutter machte sie emotional unausgeglichen. Kein Wunder, dass sie ihn erst angesehen hatte, als wollte sie ihn verschlingen und ihm dann Beleidigungen an den Kopf geworfen hatte. Vielleicht hatte er irgendetwas in ihr ausgelöst. Möglicherweise hatte ihre Mutter sie immer Baby Girl genannt.

Er würde keinesfalls etwas mit einer gewalttätigen Frau anfangen, die ihn vermutlich pfählen würde, wenn sie schlecht gelaunt war. So einen Mist konnte er nicht gebrauchen. Er war hier, um einen Job zu machen: Sie bewachen und dafür sorgen, dass sie sich nichts antat. Ihr Vater konnte nach Zanes Meinung gar nicht schnell genug wieder nach Hause kommen. Je schneller dieser Auftrag endete, umso besser. Und hoffentlich würden Samson und Gabriel, nachdem er bewiesen hatte, dass er nicht wieder entgleiste, seinen A-Status wieder einstellen und ihm richtige Jobs zuteilen.

Zane schnappte sich eine Zeitschrift vom Kaffeetisch und blätterte durch die Seiten, während seine Sinne auf Alarmbereitschaft standen. Er hörte, wie Portia in ihrem Kleiderschrank herumwühlte. Im

Badezimmer nebenan tropfte ein Wasserhahn. Ein Auto fuhr vorbei und der Nachbar ging mit seinem Hund Gassi. Das erinnerte ihn an den Welpen.

Er hatte Z zu Hause gelassen und Schüsseln mit Wasser und Hundefutter in der Küche bereitgestellt. Er konnte den Hund nicht zu Yvette zurückbringen – noch nicht. Samson hatte ihm deutlich gemacht, dass der Welpe Teil der Abmachung war, ob es ihm nun passte oder nicht. Vorerst hatte er das Tierchen am Hals. Doch sobald dies hier vorbei war, würde der Hund wieder dort hingelangen, wo er hingehörte – zu Yvette und Haven. Unter keinen Umständen würde Zane ihn behalten.

7

Portia verlieh ihrem Make-up den letzten Schliff und blickte auf ihre Armbanduhr. Sie hatte nicht mehr viel Zeit, wenn sie rechtzeitig zu ihrem Date kommen wollte. Sich nach unten und an Zane vorbeizuschleichen würde nicht viel Sinn ergeben, da dieser sich so auf der Couch geparkt hatte, dass er alle Geschehnisse im Erdgeschoss beobachten konnte. Ihre einzige Chance war, durch ein Fenster im ersten Stock zu entkommen.

Sie war nicht gut im Klettern, doch sie konnte springen. Von ihrem Fenster aus nach unten in den Garten waren es nur knapp fünf Meter. Kaum der Rede wert für einen Hybrid. Portia drückte das altmodische Schiebefenster nach oben soweit es ging und spähte nach draußen in die Finsternis. Unter dem Fenster wuchs Gras, das ihr eine geräuschlose Landung verschaffen würde. Sie musste sich auch keine Sorgen machen, dass Zane sie sehen konnte, wenn sie hinunter sprang, da ihr Zimmer über der Garage und dem Wäschezimmer lag: Es gab dort kein Fenster, von dem aus sie gesehen werden konnte.

Portia hob ein Bein durchs Fenster und erhaschte einen Blick auf ihre Schuhe. Mit Stöckelschuhen zu springen war definitiv nicht empfehlenswert. Rasch zog sie ihre Schuhe aus und warf sie aus dem Fenster ins Gras. Sie machten beim Aufprall einen leicht pochenden Laut. Portias Herzschlag setzte kurz aus. Hatte Zane es gehört? Sie blieb regungslos stehen und hielt den Atem an, lauschte nach Geräuschen im Haus, doch nichts rührte sich.

Erleichtert schwang sie ihre Beine, dann ihren Körper nach draußen. Sie verfluchte die Bauweise des Schiebefensters, da es sich im Gegensatz zu einem normalen Fenster nur halb öffnen ließ, was sie dazu zwang, sich mit dem Gesicht in Richtung Hauswand hinauszuhängen. Mit den Händen an die Fensterbank klammernd drückte sie sich von der Wand weg und ließ los. Ihre Knie dämpften den Aufprall ab, als sie im kalten, feuchten Gras landete. Portia lächelte in sich hinein. In einem Gymnastikwettkampf hätte sie eine glatte zehn für die Landung bekommen.

Sie wischte sich ihre Hände am Rock ab und drehte sich um, um ihre Schuhe einzusammeln.

Der Schock war nicht das Einzige, das sie an die Hauswand zurückkatapultierte.

„Gehst du aus?“, fragte Zane, als er sie an den Schultern packte und gegen die Mauer drückte.

Mit aussetzendem Herzschlag und somit verminderter Sauerstoffversorgung ihres Gehirns war Portias Fähigkeit zu antworten stark eingeschränkt. Oder lag es daran, dass Zanes Körper nur Zentimeter von ihrem entfernt war, weswegen sie plötzlich sprachlos war? Sie spürte seine Hitze, als würden kleine Flammen von seinem Körper auf ihren überspringen, die ihre Zellen entfachten wie ein Streichholz ein Kaminfeuer. Wenn sie das nicht aufhielt, würde ihr gesamter Körper auflodern. Schon jetzt wanderte die Hitze in all ihre Extremitäten und selbst ihre nackten Füße waren warm, als trüge sie Plüschpantoffeln.

Doch die Wärme war nicht die wohlige Wärme, die sie von einem Kaschmirpullover oder einer Wolldecke kannte. Die Hitze, die sie empfand, war einnehmend, verschlingend, zerstörend. Ihr Instinkt sagte ihr, sie solle von diesem Feuer fernbleiben, um sich nicht zu verbrennen, doch alles Weibliche in ihr rebellierte gegen den Gedanken, ihn wegzustoßen.

Oh, Zane war gemein, das wusste sie. Er hatte es mit den wenigen Worten, die sie in der Küche ausgetauscht hatten, bewiesen. Sie hatte auch bemerkt, dass er sie als das lästige Übel sah, mit dem er sich abgeben musste, um seinen Job zu machen. Das Letzte, was er in ihr sah, war eine Frau. Für ihn war sie ein Kind. Als er sie Baby Girl genannt hatte, hatte er dies mehr als deutlich gemacht. Doch trotz der unmissverständlichen Zeichen von früher am Abend, deutete sein Gesichtsausdruck nun auf etwas anderes hin.

Sein Blick war heiß, und sie bildete sich ein, dass es Verlangen statt Wut war, das in seinen Augen aufblitzte. Zanes Fingernägel bohrten sich in ihr Fleisch, und obwohl sie kaum Schmerz empfand, bemerkte sie doch, wie scharf sie waren und wunderte sich, wie nahe er daran war, seine Vampirseite zu zeigen. Die Sehnen in seinem Hals traten hervor, und sie sah die pulsierende Vene, die dort entlanglief. Sie konnte sein Blut deutlich wahrnehmen und zum ersten Mal fragte sie sich, wie es wohl wäre, jemanden zu beißen, ihre Fänge tief in sein Fleisch zu senken und ihn zu kosten. Verärgert darüber, dass sie ihre

Gedanken in diese Richtung abdriften ließ, biss sie die Zähne zusammen und sandte damit ein deutliches Zeichen an ihre Fänge, dass sie sich unter keinen Umständen ausfahren durften.

„Sieh dich nur an, total aufgedonnert." Zane ließ seine Augen über ihr Gesicht wandern, bevor er seinen Blick senkte und dieser bei ihrem tief ausgeschnittenen Shirt hängen blieb. Ihr Dekolleté war deutlich sichtbar und von seiner Position konnte er sicher bis zu ihrem Nabel sehen.

„Genießt du die Peepshow?", zischte sie und unterdrückte den Schauer, der durch sie lief, weil Zane ihren Busen begutachtete.

Eine Seite seines Mundes zog sich nach oben, doch er lächelte nicht. Sie zweifelte daran, dass er lächeln konnte. „Du hast nichts, was ich nicht bereits gesehen habe."

Wenn er sie damit verletzen wollte, war ihm das gelungen. „Idiot!"

„Im Gegensatz zu dir ist es mir egal, wie man mich nennt." Er legte eine dramatisierende Pause ein. „Baby Girl."

Ihre Hände ballten sich zu Fäusten und noch bevor sie ihren Gedanken zu Ende bringen konnte, hob sie sie und zielte auf sein Gesicht. Zane war schneller. Ihre Fäuste landeten in seinen Handflächen, die er sofort um ihre Fäuste schlang, um zu vermeiden, dass sie seinem arroganten Gesichtsausdruck Schaden zufügen konnte.

„Auch noch gewalttätig?" Er schüttelte den Kopf abwertend. „Das stand aber nicht in deiner Akte."

Akte? Es gab eine Akte über sie? „Was meinst du damit?"

„Ich weiß über dich Bescheid. Also glaub nicht, dass du mit deinen Tricks bei mir weiterkommen wirst, oder –" Das Klingeln seines Telefons unterbrach seine kleine Ansprache. Er ließ eine ihrer Hände frei und griff in seine Tasche. „Noch ein Versuch, mich zu schlagen und du bist innerhalb von Sekunden an allen Vieren gefesselt."

Sie zweifelte keine Sekunde an seinen Worten.

„Ja?" Sein Ton war eher ein Brüllen als eine Begrüßung.

„Hey Zane, wie geht's?" Portia hörte die Männerstimme am anderen Ende der Leitung deutlich.

„Quinn, schön von dir zu hören."

Trotz seiner Worte bewegte sich um seinen Mund herum nichts zu einem Lächeln. Das war der Beweis: Er war nicht fähig zu lächeln.

„Hör zu, ich brauch mal Urlaub. Stört's dich, wenn ich mich bei dir

einquartiere?“

„Warum nicht? Wann kommst du an?“

„Ich dachte da an morgen Nacht.“

„Wer holt dich vom Flughafen ab?“

„Ich frag Oliver.“

„Gut. Ich gebe ihm dann den Hausschlüssel für dich mit.“

„Hey Mann, alles in Ordnung?“

„Mir ging’s nie besser.“ Zane legte auf und schob das Telefon wieder zurück in seine Hosentasche.

Wenn es stimmte, dass es ihm blendend ging, dann fragte sich Portia, wie er wohl drauf war, wenn er gerade angepisst war. Sie hatte aber nicht vor, es am eigenen Leib zu erleben.

„Nun zu dir“, sagte er langsam und richtete seinen Blick auf sie. „Wohin wolltest du?“

„Das geht dich überhaupt nichts an!“ Sie drehte ihre Hände und versuchte, sich aus seinem Griff zu lösen.

Zane war noch nicht bereit, sie gehen zu lassen und schnappte nach ihrem Arm, verhinderte somit, dass sie sich an ihm vorbeidrücken konnte. Nicht dass ihn hier und da ein bischen Drücken gestört hätte. Er genoss den Körperkontakt viel zu sehr, obwohl sie sich jetzt still verhielt.

Wenn er den knirschenden Rahmen des alten Schiebefensters nicht gehört hätte, wäre Portia ihm entkommen. Zum Glück hatte er schon etwas Derartiges erwartet und deshalb vermieden, selbst Geräusche zu verursachen, sodass er sie oben besser hatte hören können. Als er die Schranktür zuschnappen gehört hatte, hatte er sich schon gedacht, dass sie sich umziehen wollte. Das konnte nur einen Grund haben.

Und er hatte recht gehabt. Das neckische Top, das sie trug, schrie förmlich *fick mich* als hätte sie es sich auf ihre Stirn tätowiert. Ihr kurzer Rock war kein Stückchen besser. Er verbarg nichts von ihrer perfekten Figur und ihren üppigen Kurven. Wenn er ihr junges Alter und ihrer Größe bedachte, hätte sie eigentlich dürr sein sollen, doch ihre Hüften waren angenehm gepolstert und ihre Brüste…

Zane wandte seinen Blick ab und schluckte. Es war nicht gut, seine Gedanken in diese Richtung schweifen zu lassen. Nur ein Trottel würde sich erlauben, sich von ihren vielversprechenden Vorzügen ablenken zu lassen. Und er war kein Trottel. Sie war ein Auftrag wie jeder andere. Und er würde sich selbst verfluchen, wenn er irgendetwas tun würde, um seine bereits fragwürdige Position bei Scanguards zu gefährden. Wenn Samson und Gabriel glaubten, sie könnten ihn manipulieren, indem sie eine derartige Versuchung vor seiner Nase baumeln ließen, würde er alles in seiner Macht stehende tun, um diesen Test zu bestehen. Selbst wenn das bedeutete, einer heißen Frau zu widerstehen.

„Gut. Mir ist es auch egal, was du vorhattest, denn deine Pläne haben sich ohnehin geändert.“ Er ließ ihre Arme los, denn seine Hände brannten von der Berührung. „Zurück ins Haus.“

Als sie sich umdrehte, um ums Gebäude herumzugehen schnappte er sie am Shirt und zog sie zurück.

Portia wirbelte herum, ihre Haare flatterten und sie blickte ihn empört an. Der Anblick hinderte ihn beinahe daran, ihr mit Gleichgültigkeit zu begegnen.

„Ich war doch schon auf dem Weg nach drinnen“, keifte sie.

Zane schüttelte den Kopf, bevor er nach oben zu ihrem Fenster deutete. Ihre Augen folgten seinem Blick. Als ihr Mund offen stehen blieb, wusste er, dass sie ihn verstand.

„Das ist nicht dein Ernst“, protestierte sie.

„Siehst du mich lachen?“ Er zweifelte daran, dass er sich überhaupt daran erinnern konnte, wie man lächelte oder gar lachte. Es war schon verdammt lange her, dass seine Gesichtsmuskeln das letzte Mal eine solche Bewegung durchgeführt hatten.

„Und wie soll ich da rauf kommen?“ Sie deutete zum Fenster.

„Du bist alleine runter gekommen. Ich bin sicher, du findest auch einen Weg, wie du wieder da hoch kommst.“

Er verschränkte die Arme vor seiner Brust und lehnte sich an die Hauswand, wartete gespannt darauf, was sie nun tun würde. Genauer gesagt wollte er sehen, wie sie die Mauer hoch und durch das Fenster kommen wollte, ohne ihm einen Blick auf ihre langen Beine und dem, was auch immer sie noch unter ihrem kurzen Rock versteckte, zu gewähren. Er konnte sie zwar nicht anfassen, doch keiner konnte es ihm übel nehmen, sie anzuschauen. Und er würde schauen, solange es ihm passte. Nicht dass ihm das helfen würde, den kleinen Teufel in ihm zu bändigen, der mehr forderte.

Portia trat einen weiteren Schritt zurück in den Garten und blickte zum Fenster hoch. Ihre Stirn legte sich in Falten, als sie versuchte, die Situation abzuschätzen. Er konnte fast die kleinen Rädchen sehen, die sich in ihrem Kopf drehten, als sie ihre Augen zusammenkniff. Kurz blickte sie zu ihm und hob dann mit offensichtlicher Missachtung ihren Kopf. Ihm war's recht. Er war schließlich nicht hier, um Freundschaften zu schließen.

Als sie plötzlich in den hinteren Teil des Gartens rannte, war er überrascht. Er brauchte eine halbe Sekunde, sich wieder zu fangen und legte dann einen kurzen Sprint ein, um ihr zu folgen. Sie war gerade dabei, über den Gartenzaun zu klettern, als er sie einholte und sie herunterzerrte. Ohne zu zögern warf Zane sie sich über die Schulter, ihr Kopf baumelte an seinem Rücken, seine Hände umschlossen ihre Beine.

„Lass mich los!", schrie sie und schlug ihre Fäuste gegen seinen Rücken.

Es störte ihn nicht. Sie berührte ihn und im Moment war das alles, woran er denken konnte. Je schneller er sie ins Haus brachte, umso besser war seine Chance, seine Hände von ihr zu lassen. Denn selbst die wenig liebevolle Zuwendung, die sie ihm gerade schenkte machte ihn heiß. Wenn er dann noch bedachte, wie er sie trug, ihr wohlgeformter Rumpf auf einer Höhe mit seinem Gesicht, als brauchte er noch eine deutlichere Einladung, war ihm klar, dass er den Kampf bereits verloren hatte. Er hielt ihre nackten Beine fest mit seinen Armen umschlungen, konnte seinen Daumen aber nicht davon abhalten, über ihre zarte Haut zu streicheln.

Frustration machte sich breit, und es hatte nichts mit dem gescheiterten Fluchtversuch seines Schützlings zu tun, sondern mit der Erregung, die die kurze Jagd in ihm ausgelöst hatte. Als würde er seine Beute jagen.

Er wandte sich bewusst von Portias niedlichem Hinterteil ab, als er in Richtung Haus ging, doch selbst das verschonte ihn nicht davor, dass sein empfindlicher Geruchssinn ihren verlockenden Duft einnahm. Die zehn Sekunden bis zum Haus waren reinste Folter.

Und er war das arme Schwein, das dieser Folter ausgesetzt war.

Zane stieß die Haustür mit seinem Fuß zu und ließ Portia auf die Couch fallen. Doch wenn sie dachte, dass er sie so einfach davonkommen lassen würde, täuschte sie sich gewaltig. Bevor sie sich bewegen konnte, war er bereits auf ihr, hielt sie mit seinem Körper über ihr schwebend gefangen und forderte sie geradezu heraus, einen weiteren Fluchtversuch zu starten.

Es war keine Angst, die ihm aus ihren feurigen Augen entgegenspuckte, sondern Verärgerung. Er ignorierte es und senkte seinen Kopf, sodass lediglich ein paar Zentimeter Luft zwischen ihnen lagen. Ein paar Zentimeter von einem Kuss entfernt, falls er dies wollte.

„Möglicherweise habe ich vergessen, etwas sehr Wichtiges zu erwähnen“, begann er. „Lass es mich also jetzt deutlich machen: Unterschätze mich nicht. Was ich sage ist Gesetz.“

Ihr Atem traf ihn, als sie ihre Lippen teilte und er nahm den Duft auf. Alles, was es brachte, war, dass er nur noch härter wurde. Falls sie ihn spüren konnte, ließ sie sich nichts anmerken, was ihn noch mehr ärgerte.

„Dann lasse ich dich feuern.“ Ihr Busen hob sich und streifte gegen seine Brust.

Zane unterdrückte das Verlangen, bei der Berührung zu stöhnen. „Da wärst du nicht die Einzige. Ich würde dich ja in den Club der Leute reinlassen, die mich gerne feuern würden, aber leider ist der schon voll.“

„Ich hasse dich!“

Er verringerte den Abstand zwischen ihnen, drehte dann langsam seinen Mund zu ihrem Ohr, ihre Wangen berührten sich beinahe. Er atmete tief ein, konnte nicht genug von ihrem Duft bekommen. Doch es war nicht sein einziges Vergnügen: Ihre Brüste waren jetzt ganz an seine Brust gedrückt, ihre Nippel stießen gegen ihn.

„Anscheinend suchst du dir gerne die falschen Clubs aus. Leider hat dieser hier eine lange Warteliste. Es ist mir vollkommen egal, wer mich hasst.“

„Wirklich?“, forderte sie ihn heraus.

Zane hob seinen Kopf, um sie anzusehen. Ihre langen, geschwungenen Wimpern flatterten für einen kurzen Moment, bevor sie nach oben schwangen, als sie ihre Augen ganz öffnete. Ihr Blick nagelte ihn plötzlich intensiver fest als zuvor.

Vermutete Portia, dass er nicht wollte, dass sie ihn hasste? Erriet sie, dass die Emotion, die er sich am meisten von ihr wünschte, weit entfernt von Hass war, jedoch gleichzeitig so nah war wie das Quäntchen Kontrolle, das er noch über sich besaß?

„Hass ist die einzige zuverlässige Emotion.“ Liebe war den

Herausforderungen dieser Welt nicht gewachsen.

„Hass ist die zerstörendste und unnützeste Empfindung, die es gibt."

Zane hob eine Augenbraue. „Dann hast du noch niemals wahren Hass empfunden. Du hast keine Ahnung von seiner Macht."

Es war die Macht, die ihn leitete, die zu seinem Überleben beitrug. Ohne Hass hätte er die ersten Wochen als Vampir nicht überlebt. Allein der Hass hatte ihn damals am Leben erhalten. Er wurde zu seinem ständigen Begleiter, einem, dem er vertrauen konnte, einem, der ihn nie enttäuschte.

„Es gibt eine stärkere Kraft als Hass."

„Wenn du mir jetzt mit Religion kommst, kannst du auch gleich –"

„Ich spreche von Liebe", unterbrach Portia ihn.

Instinktiv zog er sich zurück und erkannte das darauf folgende zufriedene Blitzen in ihren Augen.

„Davor hast du also Angst. Liebe."

Ihre Worte ließen ihn in einer Millisekunde aufspringen. Zane erhob sich so blitzschnell, als bedrohte sie ihn mit einem Pflock. In einer flüssigen Bewegung drehte er ihr den Rücken zu.

„Ich denke, du solltest jetzt auf dein Zimmer gehen. Du solltest längst im Bett sein." *Und es wäre sicherer für dich,* wollte er noch hinzufügen.

Er hörte, wie sie aufstand. „Nun, ich denke, ich habe bei dir auf einen Nerv getroffen."

Portia marschierte an ihm vorbei und streifte absichtlich seinen Körper. Die kurze Berührung schmerzte ihn wie ein heißes Eisen, das dazu gedacht war, ein Kalb zu brandmarken.

„Du denkst wohl, dein Psychologie-Grundkurs macht dich zu einem Spezialisten im Analysieren von Leuten."

„Mein Hauptfach ist Psychologie. Also ja."

Sein Stolz wollte sie dieses Spiel nicht gewinnen lassen. „Du weißt nichts über mich, und du wirst nie etwas über mich erfahren."

Sie drehte sich nicht um, als sie einen Fuß auf die erste Treppenstufe setzte. Ihre Worte waren leise, als murmelte sie zu sich selbst, doch er hörte sie deutlich. „Dann pass nur auf, harter Kerl."

Pass selber auf oder du landest bald flach auf deinem Rücken, wollte er antworten, hielt sich aber zurück.

8

Die Tür schnappte hinter ihm ein, als er seine Diele betrat, die aufgehende Sonne im Nacken. Er hatte einen arglosen Passanten auf dem Nachhauseweg seines Blutes beraubt. Da er von seinem Streit mit Portia noch immer aufgewühlt war, hatte es länger gedauert als gewöhnlich. Und selbst nach dem Liter Blut, den er getrunken hatte, fühlte sich sein Körper noch unzufrieden an. Er wusste nur zu gut, wonach sein Körper verlangte, um die ausbleibende Befriedigung zu erlangen. Doch diese Erkenntnis brachte ihn keinen Schritt näher an das, was er so verzweifelt suchte: von Portia zu kosten, nicht nur einen Kuss oder einen schnellen Fick, sondern einen Schluck ihres Blutes, ihrer Erregung, ihrer Hitze.

Ihre Worte und der Blick in ihrem Gesicht, als sie diese gesprochen hatte, hatten sein Innerstes aufgewühlt wie ein Tornado, der durch eine Stadt im mittleren Westen wütete und nur Zerstörung und Verwüstung zurückließ. Auf einmal war er nicht derjenige, der austeilte. Sie hatte die Zügel in die Hand genommen und ihn niedergemacht, in dem sie seine größte Angst entlarvt hatte.

Wieder zu lieben.

Er hatte seine Eltern und seine Schwester geliebt. Er hatte die Worte geliebt, mit denen er wundervolle Meisterstücke erschaffen hatte. Er hatte die Vögel geliebt, die im Garten pfiffen.

Er hatte das Leben geliebt.

Dann hatten sie ihm alles genommen: seine Eltern, seine Schwester und seine Leidenschaft. Und schließlich sein Leben.

Sie hatten ihm alles genommen aufgrund dessen, was er war und es mit Hass und dem Verlangen nach Rache ersetzt. Wieder zu lieben wäre nur eine schmerzliche Erinnerung an das, was er verloren hatte. Das noch intakte Stückchen seiner Seele würde als Folge eines weiteren Verlustes zerbrechen, eines Verlustes, der sicher eintreten würde, wenn er seinem Herzen noch einmal erlaubte, schwach zu werden.

Vor langer Zeit hatte er ein Versprechen abgelegt, dass die Gerechtigkeit siegen würde. Nur wenn er standhaft blieb, konnte er sein Ziel erreichen und sein Versprechen einlösen. Liebe hatte keinen Platz in seinem Leben.

Zane schlüpfte aus seiner Lederjacke und warf sie über den Stuhl im Flur. Mit dem nächsten Schritt landete er in etwas Weichem. Der begleitende Duft, den er erst jetzt registrierte, da er zu sehr in seinen Gedanken verloren war, als er das Haus betreten hatte, bestätigte, dass er noch einiges zu tun hatte.

„Z!“, rief er. „Wo zum Teufel bist du?“

Er wusste, dass es eine schlechte Entscheidung gewesen war, den Hund alleine zu Hause zu lassen. Er hätte ihn in den Garten aussperren sollen. Er schaltete das Licht an und begutachtete das Ausmaß des Schadens. Na super! Die Sohlen seiner Stiefel steckten in Hundescheiße.

„Ich bringe dich um, Z!“

Der Hund wusste wohl, was ihm blühte, denn er ließ sich nirgends blicken. Nicht dass ihn das vor einer Bestrafung verschonte. Sich zu verstecken würde lediglich das Unvermeidliche verzögern.

Zane wütete in die Küche und griff sich ein Handtuch. Als er den Hundehaufen wegwischte, verfluchte er Yvette nochmals. Wenn sie schon den Welpen an einen neuen Besitzer abschob, hätte sie wenigstens dafür sorgen können, dass er stubenrein war. Besitzer? Nicht wenn er etwas zu sagen hätte. Noch in dieser Nacht würde der Hund Geschichte sein.

Er warf das Tuch auf den Boden, um es später wegzuräumen. Seine Schuhe landeten in der Spüle, bevor er barfuß ins Wohnzimmer ging. Es war leer. Nun ja, fast: Dort stand eine riesige Ledercouch, die in Richtung eines monströsen high-definition Fernsehers zeigte. Abgesehen von diesen beiden Gegenständen war das Wohnzimmer leer; kein Teppich, kein Kaffeetisch, keine Bilder an den Wänden. Obwohl er das Haus schon vor fünf Monaten gekauft hatte, hatte er es noch immer nicht geschafft, es abgesehen von ein paar Notwendigkeiten zu dekorieren.

„Zeeeeet, Papi ist zu Hause“, lockte er, doch das dumme Tier reagierte nicht.

Zane atmete ein, ignorierte den stechenden Gestank der Hundekacke und konzentrierte sich auf den unterschwelligen Duft des Hundefells. Er hob seinen Kopf. „Hab dich.“

Er ging geräuschlos nach oben in den ersten Stock in Richtung seines Schlafzimmers. Das obere Geschoss hatte ursprünglich drei

Schlafzimmer. Er hatte das größte, das nach hinten in den Garten hinauszeigte und über eine kleine Terrasse verfügte, für sich gewählt. Das zweite Schlafzimmer hatte er in ein großes Badezimmer und einen begehbaren Kleiderschrank umbauen lassen. Das zweite Badezimmer auf dieser Etage war als Gästebad gedacht, doch wenn man bedachte, dass er nie Gäste hatte, war es ein unnötiger Luxus. Er blieb kurz stehen, erinnerte sich daran, dass Quinn am nächsten Tag ankommen würde. Er war noch nicht sicher, ob er sich auf den Besuch freuen sollte oder nicht. Im Moment gab es wichtigere Dinge, also verschob er die Entscheidung auf später.

Als er sein Schlafzimmer durch die offen stehende Tür betrat, hörte er die leisen Atemzüge des Hundes. Er schloss die Tür hinter sich, um sicherzugehen, dass der kleine Köter keine Chance haben würde, zu entkommen. Zane konnte das Tier nicht sehen, doch es war nicht schwer herauszufinden, wo es sich versteckte. Es gab nur ein Möbelstück, unter dem er sich verstecken konnte. Diese Tatsache erinnerte ihn erneut daran, dass er seinem Haus einen persönlichen Schliff verleihen musste, so wie er es mit dem Badezimmer getan hatte. Aber erst kamen die wichtigen Dinge.

Er kniete sich auf den Boden und spähte unters Bett. Wie erwartet kauerte Z darunter, genau in der Mitte des übergroßen Bettes, vorerst in Sicherheit. Seine runden Augen waren groß, als Z ihn anstarrte. Wusste der Hund, was er ausgefressen hatte, oder reagierte er lediglich auf Zanes Wut? Zane atmete durch. Verdammt, er hatte keine Ahnung von Hunden. Er sollte der Letzte sein, der einen Hund besaß.

„Komm schon kleiner Z, sei ein guter Hund und komm raus."

Zane kam sich albern vor, als er das dumme Tier mit dieser Babystimme versuchte herauszulocken. Wenn ihn jemand so sehen würde, müsste er diese Person in 1000 Stücke zerteilen, damit es keine Zeugen gab.

Z setzte eine Pfote vor die andere, neigte seinen Kopf und bewegte sich einige Zentimeter nach vorne. Zane streckte seine Hand unters Bett, doch der Hund schreckte vor ihm zurück. Er fletschte die Zähne. Dummes Tier!

„Komm jetzt, Z. Du musst doch hungrig sein", forderte er den Welpen auf, indem er seine Stimme in einen lieblich-süßen Klang verwandelte.

Das Tierchen ging ein paar weitere zögerliche Schrittchen auf ihn zu. Zane legte seine Hand mit der Handfläche nach oben flach auf den Boden. „Komm zu Papi." Oh, Scheiße! Er verwandelte sich in einen kompletten Idioten.

Im nächsten Moment leckte Z seine Hand. Zane handelte, packte den Hund am Kragen und zog ihn aus seinem Versteck, während das Hündchen versuchte, sich mit den Hinterläufen am Boden festzukrallen. Seine Krallen verursachten einen kratzenden Klang auf dem Holzfußboden.

„Hab dich!"

Zane stand mit dem Welpen im Arm auf. Als das Tierchen sich an ihn schmiegte und ihn mit großen Augen anschaute, wich alle Wut aus Zane. Er konnte das Tier nicht bestrafen. Doch irgendjemand musste büßen.

Er hielt Z mit einer Hand fest, griff mit der anderen in seine Hosentasche und zog sein Handy heraus. Mit dem Daumen wählte er eine Nummer. Er drückte das Telefon an sein Ohr, als wenige Momente später der Anruf entgegengenommen wurde.

„Der verdammte Köter ist nicht stubenrein!"

Havens gelassene Stimme antwortete: „Ah, Zane. Ich dachte mir schon, dass du früher oder später anrufen wirst."

„Ich will mit deiner Frau sprechen!"

Havens Stimme wurde leiser. „Baby, Zane ist ein bisschen sauer. Möchtest du mit ihm sprechen oder soll ich ihn abwimmeln?"

„ICH BIN NICHT SAUER!" Er war auf hundertachtzig.

Z jaulte eingeschüchtert. Instinktiv streichelte Zane beruhigend über seinen Nacken.

„Guten Morgen, Zane."

Als er Yvettes Stimme hörte, wiederholte er seine Beschwerde. „Der Hund ist nicht stubenrein!"

„Natürlich ist er stubenrein."

„Warum kackt er dann mein ganzes Haus voll?"

„Was erwartest du von ihm?", protestierte Yvette. „Lässt du ihn nach draußen, wenn er raus muss?"

Zane öffnete seinen Mund und schloss ihn gleich wieder. Verdammt, daran hatte er nicht gedacht. „Oh."

„Also entweder du sperrst ihn in den Garten, wenn du weg bist, oder du musst eine Hundeklappe einbauen lassen."

„Ich werde ihn nicht behalten!" Bei den Worten blickte Zane zu dem Hündchen, das zufrieden seine Schnauze an seinem Shirt rieb.

„Er ist wie für dich gemacht. Und außerdem gibt man ein Geschenk nicht einfach zurück. Es ist unhöflich."

„Das nennst du Geschenk? Und seit wann kümmere ich mich um ein freundliches Auftreten?"

„Er wird dir ans Herz wachsen", versicherte sie ihm.

„Er wird mir den letzten Nerv töten. Das wird geschehen."

Doch er konnte Yvettes Aussage nicht vollständig widerlegen. Die kleine Kreatur hatte seinen ganz eigenen, unwiderstehlichen Charme. Allein das war schon unglaublich nervig. Ein Tier, das er mit einer Hand zerquetschen konnte, wenn er wollte, würde ihn nicht in die Knie zwingen.

„Nicht, wenn du eine Hundetüre einbauen lässt. Hör zu, ich ruf den Kerl an, der mir meine eingebaut hat. Er macht das gut, und er ist schnell. Ich schicke ihn dir gleich vorbei. Bis dann!"

„Verdammt nein –"

Doch Yvette hatte bereits aufgelegt und gab ihm somit keine weitere Gelegenheit, ihr zu widersprechen.

„Du bleibst mir wohl", sagte er zu dem Hund und kraulte ihm den Nacken.

Z drehte den Kopf und leckte über Zanes Arm, als wollte er ihm danken. Der Hund war sich eindeutig noch nicht bewusst, dass Zane nicht gerade der herzlichste Zeitgenosse war – oder er war äußerst nachgiebig. Bald würde er sich wünschen, wieder in Yvettes gemütlichem Häuschen zu sein, umgeben von Liebe. In der Zwischenzeit, solange der Hund ihn nicht verließ, schob Zane das seltsame Gefühl beiseite, dass sich etwas in seinem Leben grundlegend ändern würde. Wer am Ende von dieser Änderung profitieren würde, das war noch nicht entschieden.

Als es zwanzig Minuten später klingelte, musste er gestehen, dass Yvette wenigstens ihr Versprechen hielt. Offensichtlich hatte sie nicht zu viel versprochen, denn der Handwerker war wirklich schnell.

Zane drückte einen der vielen Türöffner, die er hatte einbauen lassen, sodass er tagsüber nicht die Sicherheit der verdunkelten Räume verlassen musste. Er lauschte nach der Eingangstür, während er die

Wasserschüssel des Hundes neu füllte.

Seine dreckigen Schuhe verpesteten immer noch die Luft in der Küche. Das und das aufgeregte Herumspringen des Hundes um seine Beine lenkten ihn von seinem Besucher ab, bis es zu spät war.

„Zacharias Eisenberg."

Zane wirbelte herum. Innerhalb einer Millisekunde bemerkte er mehrere Dinge: Der Eindringling war ein Hybrid von durchschnittlichem Körperbau; er war nicht hier, um eine Hundeklappe einzubauen; und er wusste von Zanes Vergangenheit. Ihn mit seinem richtigen Namen anzusprechen bestätigte dies, was zugleich etwas anderes klarstellte: Der Eindringling war hier, um ihn umzubringen.

Die Wasserschale fiel ihm aus der Hand, und der Inhalt verlief auf den Boden, als Zane sich auf seinen Angreifer stürzte. Seine Klauen kamen zum Vorschein, und seine Fänge fuhren sich aus, bereit, den anderen Vampir zu töten.

Eine eiserne Faust blockte ihn erst ab, schleuderte ihn dann zur Seite, als seine Schulter die Auswirkungen des Schlages abbekam. Zane konzentrierte sich, ignorierte den vorübergehenden Schmerz und schlug seine Klauen gegen die ihm gegenüberliegende Brust. Er schnitt lediglich durch die Kleidung und die äußere Hautschicht.

Z japste und knurrte am Rande.

Im Gesicht des Hybrids war der Schmerz kaum sichtbar. Er kickte mit dem Fuß gegen Zanes Hüften und schleuderte ihn damit gegen die Spüle. Zane stützte sich an der Küchenzeile ab, nutzte den Moment, um sein gesamtes Gewicht gegen den etwas kleineren und leichteren Eindringling zu werfen. Sie fielen gegen eine Vitrine, jede Scheibe darin zerbrach.

Sein Kiefer verspannte sich im Gleichklang mit seinem Körper, als Zane seine Klauen in den Mann stieß, dieser ihm jedoch Paroli bot. Die Klauen seines Gegners waren scharf und unbarmherzig. Erst jetzt bemerkte Zane, dass die Hände seines Gegenübers mit fingerlosen Handschuhen bekleidet waren. Sie schützten seine Handflächen, während sie seinen Klauen erlaubten, sich auszufahren.

„Verdammt!", fluchte Zane.

Ein gemeines Grinsen erschien auf dem Gesicht des Hybrids und verschwand schnell wieder, als er fortfuhr seine Klauen gegen Zane einzusetzen. Trotz seiner durchschnittlichen Größe, kam er Zane in

Kraft und Wildheit gleich und wich Schlag um Schlag aus, ohne jegliche Zeichen der Erschöpfung zu zeigen.

Zane holte aus, um sich auf einen Schlag vorzubereiten, als ihn ein Tritt ins Knie traf und seine Bewegung kurzzeitig einschränkte, während er versuchte, den Schmerz zu verkraften. Im nächsten Moment spürte er einen brennenden Schmerz an seinem Hals, gefolgt von dem Geruch verbrannten Fleisches. Silber! Zane wich von dem Schmerz zurück, taumelte und landete am Boden.

Sein Angreifer stürzte sich auf ihn. Mit seinen behandschuhten Händen, drückte er eine Silberkette gegen Zanes Hals. Er rang nach Luft, seine Hände kamen instinktiv zu seinem Hals hoch und versuchten, das Silber wegzuschieben.

„Endlich hab ich dich“, presste der Eindringling heraus.

Zane bemerkte den Akzent, während er gegen die Auswirkungen des Silbers ankämpfte; vermutlich ein Südamerikaner. Da Silber das einzige Metall war, das einen Vampir verletzen oder gar umbringen konnte, fürchtete er sich davor ebenso wie jeder seiner Rasse. Obwohl der Schmerz immer qualvoller und lähmender wurde, wusste er, dass er nicht aufgeben durfte. Er war nicht bereit zu sterben.

Seine Finger brannten, als er die Kette berührte, doch er ließ trotzdem nicht davon ab und ignorierte den spottenden Ausdruck im Gesicht des Fremden.

„Mörder! Heute wirst du dafür bezahlen!“

Nicht wenn er es verhindern konnte. Zane trat sein Bein gegen den miesen Typen, der ihn zu Boden drückte, doch dies hatte aufgrund seiner schwindenden Kräfte dank des Silbers nicht mehr Auswirkungen als das Japsen des Hundes.

Seine Augen schnellten zu dem Tier, doch von ihm konnte er keine Hilfe erwarten. Vielleicht hätte es geholfen, wenn er einen ausgewachsenen, gut trainierten Hund gehabt hätte, doch bei Z war es wahrscheinlicher, dass er den Kerl zu Tode lecken würde, statt ihn zu beißen.

„Warte bis Müller herausfindet, dass ich dich gefunden habe. Jetzt bekomme ich meine Rache“, verkündete der Eindringling und hob sich etwas von ihm ab, während er in seine Jackentasche griff und die Silberkette mit der anderen Hand an Zanes Hals drückte.

Zane war nicht überrascht, dass der Attentäter von Müller geschickt worden war. Früher oder später musste er mit so etwas rechnen. Doch er konnte dem Kerl nicht erlauben, zu gewinnen.

Zane löste seine Hände von dem brennenden Metall, konnte den Schmerz nicht länger verkraften und langte über seinen Kopf, um nach etwas zu greifen, das er als Waffe benutzen konnte. Seine Finger fanden ein feuchtes Tuch und ergriffen es. In dem Moment, als sein Angreifer einen Pflock herauszog, warf Zane den nassen Lappen in dessen Gesicht. Es war der, den er benutzt hatte, um die Hundekacke wegzuwischen.

Als das verdreckte Stück Stoff das Gesicht des Hybrids traf, löste dieser seine Hand kurz von der Kette. Es gab Zane genug Zeit, um es von seinem Hals zu reißen und sich zu befreien.

Der Angreifer zerrte das Tuch von seinem Gesicht, gerade als Zane ausholte und mit seinen Klauen über seine Haut kratzte und seine Wange aufschlitzte. Der Halbvampir heulte auf und Zane schleuderte ihn gegen den Herd.

Zane sprang auf und trat mit beiden Füßen in die Brust des Fremden. Als einige Rippen brachen, rappelte sich sein Gegner wieder auf. Mit mörderischer Absicht in seinen Augen und Hundekacke über seine Wangen geschmiert stürzte er wieder auf Zane zu.

Zane knurrte und wich ihm aus. Jetzt hatte er die Oberhand: Sein Feind war verärgert, und das machte aus ihm einen emotionalen Kämpfer, der nicht nachdachte.

„Deine Zeit zu sterben“, flüsterte Zane hinter dem Rücken des Attentäters und sprang auf ihn, umklammerte seinen Hals wie mit einem Schraubstock. Mit dem Pflock noch immer in der Hand versuchte der Angreifer sich zu drehen, doch Zane hielt ihn fest wie eine Schraubzwinge. Gleichzeitig trat er ihm in die Kniekehle, was ihn zusammensacken ließ.

„Verdammter Bastard!“, presste der Hybrid heraus.

Zanes Blick schweifte durch die Küche, um zu sehen, wo die Silberkette gelandet war. Er hielt den Kopf seines Gegners fest und schob den Mann vor sich her. Vom Tresen schnappte er sich ein Geschirrtuch und wickelte es um seine verletzte Hand, versuchte möglichst viel von der Wunde zu bedecken.

Dann zwang er seinen Angreifer in die Knie und hob die Silberkette vom Boden auf. Er entließ ihn aus dem Schwitzkasten, indem er seinen

Kopf nach unten drückte und dann die Kette um seinen Hals wickelte. Im Nacken drehte er sie zu einem Knoten zusammen.

„Schau, so macht man das richtig."

Der Hybrid schrie gequält, als sein Fleisch brannte. Seine Versuche, die Kette zu entfernen, waren vergeblich. Zane benutzte jetzt beide Hände, geschützt durch das Geschirrtuch als Barriere gegen das Silber, um die Kette eng um seinen Hals zu halten. Dem Attentäter fiel der Pflock aus der Hand.

„Schau, du bist es falsch angegangen. Du hast mit der obligatorischen Bösewicht-Ansprache begonnen, bevor du mich gebändigt hast. Großer Fehler", verkündete Zane.

Er zerrte ihn hoch und zog ihn in Richtung Ofen. Bevor das Arschloch Zeit hatte zu reagieren, befestigte Zane die Kette an der Herdplatte, indem er sie um einen der Eisenbrenner schlang.

Als er zurücktrat und den Pflock aufhob, den sein Gefangener hatte fallen lassen, schaute er kurz zu Z, der ihn interessiert anblickte und endlich aufgehört hatte zu bellen.

Zane blickte an dem Hybrid hinunter und musterte ihn. Obwohl er sicher war, dass er ihn nicht kannte, hatte er etwas Vertrautes an sich – und es war nicht die Hundekacke, die noch immer an seiner Wange klebte. Die sonderbare Krümmung seiner Nase und die blauen Augen erinnerten ihn an jemanden.

„Wer bist du?", fragte er fordernd.

Der Mann spuckte, doch sein Widerstand wurde sofort von der Silberkette bestraft, die um seinen Hals lag und sich mit jeder unnötigen Bewegung noch mehr in seine Haut brannte.

Zane griff in die Taschen seines Opfers, auf der Suche nach einem Ausweis. Doch weder in der Jacke noch in seiner Hose war eine Geldbörse mit einem Ausweis zu finden.

„Rede und ich werde die Kette lockern." Nicht.

Sein eigener Hals brannte noch immer, und seine Haut und sein Fleisch würden einen ganzen Tag Schlaf brauchen, um sich zu regenerieren. Seine Hand spannte sich fester um den Pflock, als er sich seinem Opfer einen Schritt näherte.

„Jetzt, bevor ich ungeduldig werde", kommandierte er und verkniff sich den Schmerz. Er brauchte Blut, doch der Blick zu den geschlossenen Rollos sagte ihm, dass die Sonne längst aufgegangen war und er nicht nach draußen gehen konnte.

Das Blut seines Opfers stieg ihm in die Nase. Er atmete tief ein, nahm den deutlichen menschlichen Unterton im Blut des Hybrids wahr. Es würde Zane genauso ernähren und stärken wie rein menschliches Blut.

Sein Blick landete auf seinem Handgelenk. „Du willst nicht reden? Dann bist du wohl nur für einen Snack zu gebrauchen."

Zane schnappte sich den Arm des Hybrids und zog ihn an seinen Mund. Seine Fänge bohrten sich in sein Fleisch und er saugte schnell an der Vene, als der Fremde sich wehrte und versuchte, ihn mit dem anderen Arm und seinen Beinen zu verletzen. Doch Zane hielt ihn davon ab. Mit jedem Tropfen Blut, der den Weg in seinen Körper fand, spürte er seine Kraft zurückkommen. Sobald er genug hatte, um zu heilen, ließ er angewidert von dem Kerl ab.

Die Augen seines Opfers waren geschlossen, das Gesicht schmerzverzerrt. Doch der Anblick löste keinerlei Mitleid in Zane aus. Dieser Mann war gekommen, um ihn umzubringen.

„Wer bist du?"

Seine Augen öffneten sich, das intensive Blau traf auf Zanes düsteren Blick. „Ich bin Volker Brandts Sohn."

Verdammt! Er hatte Brandt im Jahr zuvor in Brasilien umgebracht und gedacht, dass er dieses Kapitel abgeschlossen hatte. „Dann wirst du sterben wie dein Vater. Du bist reines Gift, du bist böse wie er. Nichts, das von ihm kommt, kann gut sein. Seine Saat kann nur Schlechtes produzieren."

Brandts Sohn versuchte, seinen Kopf hochzuheben, doch die Kette machte Hackfleisch aus seinen Bemühungen. „Ich bin nicht alleine. Wenn du mich umbringst, dann bringen dich die anderen um. Sie werden dich finden, genauso wie ich dich gefunden habe."

Zane nahm den Wagemut gelassen hin. „Eben hast du noch gesagt, Müller würde sich freuen zu hören, dass du mich gefunden hast. Das heißt dann wohl, dass er keinen Schimmer hat, wo ich bin."

„Er weiß es!"

„Wenn er es wüsste, wäre er persönlich hier, um mich auszuschalten."

Der Hybrid schloss seine Augen, um seinem Blick zu entkommen, doch Zane interpretierte dies als Bestätigung seiner Vermutung.

Missachtung stand in Brandts Augen als er wiederholte: „Er wird dich finden."

„Nicht wenn ich ihn zuerst finde. In welchem Loch versteckt er sich?"

„Ich weiß es nicht."

Zane schlug ihm ins Gesicht, schleuderte damit seinen Kopf zur Seite, was Brandts Haut durch den Kontakt mit dem Silber brutzeln ließ. „Wo ist er?"

„Keiner weiß, wo er sich aufhält."

„Du lügst. Wo ist Franz Müller?"

„Wenn ich es wüsste, denkst du, ich wäre alleine gekommen?"

Zane verdaute die Worte. Entweder wusste das Arschloch es wirklich nicht, oder er war zu loyal, ihn zu verraten. In jedem Fall machte es keinen Unterschied. Er würde Müller selbst finden. Eines Tages.

„Dann bist du für mich nutzlos."

Mit einem kräftigen Schlag mit seiner rechten Hand rammte er den Pflock in Brandts Herz.

„Völlig nutzlos", flüsterte er, als der Hybrid sich zu Staub verwandelte.

Die Silberkette fiel auf den Boden, zusammen mit einigen Metallgegenständen: einem kleinen Schlüssel, einigen Münzen und einer Anstecknadel. Zane kniete sich hin, um alles einzusammeln. Er starrte auf das Symbol, das auf der Anstecknadel eingraviert war.

Er hatte nie zuvor etwas Derartiges gesehen. Doch er würde sein letztes Hemd verwetten, wenn es ihn nicht irgendwie zu Müller brachte. Der Tote war Volker Brandts Sohn, und der alte Brandt war Müllers rechte Hand gewesen. Sie mussten irgendwie in Kontakt gestanden haben. Und er würde nichts unversucht lassen, bis er herausgefunden hatte, wo Müller sich versteckte.

9

Portia blickte in den Spiegel und begutachtete ihr Gesicht. War es offensichtlich, dass sie etwas mehr Make-up als gewöhnlich aufgelegt hatte? Verdammt, wem wollte sie da etwas vormachen? Sie trug meistens nur Eyeliner, doch heute hatte sie nicht nur ihn sondern auch noch Mascara, Lipgloss, Rouge und etwas Lidschatten aufgetragen. Ein weiterer kritischer Blick in den Badezimmerspiegel bestätigte es. Sie hatte ihren gesunden Menschenverstand verloren und sich für die einzige Person so angemalt, die sie ohnehin ignorieren würde: Zane.

Portia warf den Waschlappen ins Waschbecken, über sich selbst verärgert. Es gab keinen Grund, warum sie sich zu diesem Idioten hingezogen fühlen sollte, dessen einzige Aufgabe es war, sie von ihren männlichen Kommilitonen oder jeglichem anderen Kerl fernzuhalten, der eine Gefahr für ihre Jungfräulichkeit darstellen konnte.

Und wer hielt sie von Zane fern? War das die endgültige Bestrafung, die ihr Vater sich ausgedacht hatte? Ihr den heißesten Typen seit der Erfindung der Chippendales vor die Nase zu setzen, wo sie doch wusste, dass Zane sie nur als lästiges Übel betrachtete?

Nun, sie würde ihm zeigen, dass ihr seine Gleichgültigkeit egal war und jedem beweisen, dass es jemanden gab, der mehr als glücklich wäre, sie von ihrer Unschuld zu befreien.

Portia hörte die sich öffnende Haustür sowie die Worte, die Oliver mit Zane austauschte. Beim Klang seiner Stimme wurden ihre Knie weich und Schmetterlinge tobten in ihrem Bauch. Sie stützte sich am Waschbecken ab. Das war nicht gut. Wenn sie ihre Körperreaktionen nicht unter Kontrolle bringen konnte, konnte sie ihm nicht unter die Augen treten.

Sein Vampirgehör würde ihren rasenden Herzschlag wahrnehmen ebenso wie die Tatsache, dass sie Pheromone aussandte. Das hatte sie im Biologieunterricht gelernt, und ihr eigener Scharfsinn sagte ihr, dass ihr Körper genau das gerade tat. Was sie geplant hatte, würde nicht funktionieren. Sie nahm ihr Handy und tippte eine Nachricht an Lauren: *In 15 Min bei mir. Leg viel Chanel auf und bring's mit.*

Sie atmete tief durch, öffnete die Badezimmertür und ging nach unten. Wie erwartet, hatte Zane es sich auf der Couch bequem gemacht, sodass er sowohl die Treppe als auch die Eingangstür im Blick hatte.

Ihr entging das Flattern seiner Nüstern nicht, als sie die unterste Stufe der Treppe erreichte. Das begleitende Blitzen seiner Augen hätte eine optische Täuschung sein können, wenn er nicht direkt danach seine Hände zu Fäusten geballt hätte, als wollte er etwas bekämpfen. Sie zweifelte keine Sekunde daran, dass er ihre Erregung wahrnehmen konnte. Ein Gedanke schnellte durch ihren Kopf. Vielleicht war es sogar gut und würde es leichter machen, ihren Plan für heute Abend auszuführen.

„Guten Abend, Zane“, sagte sie höflich und näherte sich der Couch. Ja, es war das Beste, wenn er eine gute Nase voll von ihr abbekam.

Seine Augen verengten sich, als er sie verdächtig anblickte und ihre Begrüßung erwiderte. „Portia.“ Dann schickte er einen langen Blick über sie, bevor seine Augen bei ihrem Gesicht hängen blieben. „Hast du heute Nacht etwas vor?“

Der höhnische Ton in seiner Stimme ließ sie fast ausrasten, doch sie hielt sich zurück. „Ich trage Jeans und T-Shirt. Wohl kaum ein Outfit zum Auszugehen.“

Das kaufte er ihr nicht ab. „Was ist mit dem Make-up?“

„Wer bist du, mein Vater? Ich kann so viel Make-up tragen wie ich möchte.“

Zane sprang auf und stand eine Sekunde später nur einen Schritt von ihr entfernt. „Du hast dich doch nicht für mich hübsch gemacht, oder?“

Wut kochte in ihr hoch, doch sie riss sich zusammen, damit der arrogante Trottel es nicht bemerkte. Ihre Wut würde ihr heute Nacht nicht zugute kommen.

„Bitte! Du bist mein Bodyguard, nichts weiter.“ Ihr Herz pochte hoch bis in ihre Kehle und erschwerte es, ihre Stimme weiterhin so gleichgültig klingen zu lassen. „Ich trage immer Make-up.“

Zane kam noch näher, und sein sündiger Körper war nun nur noch Zentimeter von ihrem entfernt. „Ach wirklich?“ Seine Augen senkten sich auf ihre Lippen, und sie leckte sie instinktiv.

Das Grummeln, das von Zanes Brust kam, konnte nur ein unterdrücktes Stöhnen sein. Vielleicht war sie ihm doch nicht so gleichgültig, wie er versuchte vorzugeben.

Portia schloss für einen Moment ihre Augen, erlaubte ihren anderen Sinnen, sie zu leiten. Das Erste, das sie wahrnahm, war sein maskuliner

Duft. Er war nun stärker als zu dem Zeitpunkt, als sie das Wohnzimmer betreten hatte. Als sie ihn tief in ihre Lungen einsog, konnte sie ihren Körper nicht daran hindern, darauf zu reagieren. Ein Schauer lief ihren Rücken entlang.

Plötzlich breitete sich Hitze in ihrem Körper aus, was sie dazu brachte, ihre Augen zu öffnen, um den Auslöser dafür zu suchen. Zane stand direkt vor ihr, sein Körper berührte ihren. War er derjenige, der die letzten Zentimeter, die sie teilten, überwunden hatte, oder hatte sie das getan? Sie wollte zurückweichen, den Körperkontakt abbrechen, als er seine Hand auf den Ansatz ihres Pos legte und sie an sich zog. In diesem Augenblick verschwanden all ihre vorherigen Gedanken und wurden von einer einzigen Einsicht ersetzt: Zane war von ihr angeturnt. Der harte Umriss seiner Erektion, die gegen ihr Fleisch drückte ließ keinen Zweifel daran offen.

Sein Herzschlag hallte wie der ihre wider und seine Augen glühten jetzt. Es gab lediglich zwei Auslöser, warum die Augen eines Vampirs rot glühten: wenn er in Kampfbereitschaft war und wenn er sexuell erregt war.

Mit jedem Atemzug strich ihr Busen gegen seine Brust. Ihre Nippel wurden bei dem Kontakt hart. Sein zusammengebissener Kiefer war ein Zeichen dafür, dass er ihre Reaktion auf ihn bemerkte. Eine Reaktion, die ihr unbekannt war. Nicht einmal als sie einen Jungen geküsst hatte, war sie je so angeturnt gewesen, so haltlos wie sie sich in diesem Moment fühlte. Und Zane hatte noch nicht einmal Anstalten gemacht, sie zu küssen. Stattdessen bewegte sich seine Hand auf ihrem Rücken langsam hin und her, sein Daumen zeichnete Kreise auf ihrer Hüfte, bevor seine Hand tiefer rutschte und das Gleiche auf ihrem Hintern tat.

Sie sollte ihn wegstoßen und ihm solche Freiheiten nicht erlauben, da sie wusste, dass er sie nicht leiden konnte, doch ihr Körper schmolz förmlich in seinen Armen dahin und war wehrlos. Diese Empfindung war so neu und aufregend, sie brachte es nicht zustande, ihn dazu zu bringen, damit aufzuhören. Nicht dass Zane wirklich etwas tat. Er stand nur da, sein Körper wie eine Marmorsäule, hart und unnachgiebig, nur seine Finger und Hände bewegten sich, streichelten sie zärtlich. Alles andere bleib regungslos, außer vielleicht seiner Erektion, welche zu wachsen schien.

Portia bewegte sich, passte ihre Mitte seiner harten Länge an und spürte, wie ein Wimmern über ihre Lippen kam.

„Fuck!“, knurrte er.

Panisch hob sie ihre Lider und traf seinen erregten Blick. Sein Kopf kam näher. Ihr Puls begann zu stottern: Zane war kurz davor, sie zu küssen.

Als seine Lippen sanft gegen ihre streiften, teilten sich ihre und ihre Augen fielen zu.

Ding Dong! Ding Dong!

„Fuck!“, fluchte Zane und stieß sich von Portia weg, wirbelte gleichzeitig herum, damit sie nicht sah, was für eine Wirkung sie auf ihn hatte. Als machte das die Sache besser. Er hatte seinen geschwollenen Schwanz so hart und so lange gegen sie gedrückt, dass es keinen Zweifel mehr darüber gab, dass sie wusste, was sie in ihm auslöste.

„Die Tür“, sagte sie mit ruhiger Stimme, als hätte sie nur Pizza bestellt und nicht, als wäre sie im denkbar ungünstigsten Zeitpunkt unterbrochen worden.

Vielleicht sollte er demjenigen, der an der Tür stand, dankbar sein, dass er ihn vor dem größten Fehler seiner Karriere bewahrt hatte, wenn nicht gar vor dem größten Fehler seines Lebens: eine Frau zu küssen, die er beschützen sollte. Und so viel er wusste, hätte der Kuss zu noch viel mehr geführt. Innerhalb von Minuten hätte er sie flach auf dem Rücken liegend vor sich gehabt: sein Schwanz in sie stoßend und seine Lippen jeden Zentimeter ihres Körpers erkundend.

„Ich mache auf.“ Portias Stimme durchdrang den Schleier seiner Sinne.

Er drehte sich um. „Nein, ich werde aufmachen.“

Immerhin war er ihr Bodyguard und dafür verantwortlich, dass sie keiner Gefahr ausgesetzt war. Ja, und das funktionierte auch blendend.

Er schritt zur Tür und spähte durch den Spion.

„Meine Freundin Lauren wollte noch vorbeikommen“, sagte Portia von hinter ihm.

Zane öffnete die Tür und musterte die junge Frau, die selbst nachts eine Sonnenbrille trug. Sie war so alt wie Portia und soweit er aus Portias Akte wusste, war sie die Tochter des Bürgermeisters und auch ein Hybrid. Er schnüffelte. Ihr Duft war so stark mit Parfum überdeckt, sodass er ihren natürlichen Duft fast nicht wahrnehmen konnte. Nur ihre

Aura identifizierte sie als Hybrid.

„Hey, Lauren. Komm rein."

Das Mädchen schob ihn zur Seite. Sie öffnete ihren grauen Parka und zupfte die Kapuze hinunter, offenbarte dadurch das gleiche lange Haar wie Portia. Ihre Stöckelschuhe klapperten auf dem Holzfußboden, als sie ihre Freundin umarmte, als hätten sie sich wochenlang nicht gesehen.

„Lass uns an die Arbeit gehen", sagte Lauren.

„Wir sind dann mal oben. Bitte keine Störungen. Wir müssen für einen Test pauken", forderte Portia, ohne ihn anzusehen.

Die kleine Schlampe hatte ihn verführt und jetzt zeigte sie ihm die kalte Schulter.

Zane kochte, als er die Haustür zuschlug und zurück zum Sofa ging.

„Was sollte das denn?", flüsterte Lauren.

Obwohl die beiden schon das obere Stockwerk erreicht hatten, hörte Zane Portias Antwort deutlich. „Kümmere dich nicht um ihn. Er ist nur ein Bodyguard."

Zanes Fänge verlängerten sich. Nur ein Bodyguard. Oh, er würde ihr zeigen, was er von dieser Äußerung hielt, sobald Lauren wieder weg war. Wenn Portia dachte, sie könne ihn so behandeln, nachdem sie ihn so angebaggert hatte, dann würde er ihr zeigen, wo es lang ging. Wie konnte sie es wagen, ihren Körper so an seinen zu drücken, ihn mit dem Duft ihrer Erregung zu umgarnen, als wäre sie läufig und ihn dann Minuten später kalt abservieren?

Er knurrte leise. Oh, er würde ihr zeigen, was sie sich damit eingehandelt hatte.

Die nächsten zwei Stunden verbrachte Zane damit, auf den stumm geschalteten Fernseher zu blicken, im Wohnzimmer auf- und abzugehen und Löcher in die Luft zu starren. Die ganze Zeit versuchte er, die Unterhaltung zwischen den Mädchen zu belauschen. Es gab allerdings nicht viel zu hören. Sie sprachen kaum und wenn sie es taten, taten sie es leise. Die Bruchstücke, die er aufschnappte, handelten von einem Psychologietest, der anscheinend für den kommenden Morgen geplant war. Alles in allem ging ihm das Warten auf den Keks und die Zeit verging langsamer, als es zu ertragen war.

Zane kratzte sich am Hals und bemerkte die makellose Haut, die über seine Verletzungen gewachsen war. Es wäre besser, wenn er

Samson um ein paar freie Nächte bitten würde, um herauszufinden, wo Brandts Sohn sich aufgehalten hatte, bevor er bei ihm eingedrungen war. Mit ein bisschen Glück führte ihn die Spur direkt zu Müller. Denn er verschwendete hier eindeutig seine Zeit.

Als er plötzlich eine sich öffnende Tür im Obergeschoss hörte, setzte er sich auf.

„Danke fürs Helfen!", sagte Portia.

„Schon gut. Wozu hat man denn Freunde?", war Laurens voraussagbare Antwort.

Bla bla, verschwinde schon!, fluchte Zane innerlich.

„Können wir die Fragen morgen früh noch mal kurz durchgehen?", fragte Portia.

„Sicher. Sagen wir eine halbe Stunde vorher? In der Cafeteria?"

„Super."

Schritte waren auf der Treppe zu hören. Zane schlich schnell zurück zur Couch und griff sich eine Zeitschrift.

Laurens grausames Parfum kroch ins Wohnzimmer, als sie nach unten kam. Aus dem Augenwinkel sah er, dass sie die Mütze ihres Parkas bereits aufgezogen hatte, als sie zur Tür tigerte. Er nickte kurz zur Bestätigung, dass er sie bemerkt hatte, schaute sie aber nicht an. Das war alles, was er noch brauchte: Lauren, die Portia erzählte, dass er sich einen Scheiß kümmerte.

Als sich die Tür hinter ihr schloss, warf er die ungelesene Zeitschrift zurück auf den Kaffeetisch und wippte ungeduldig mit dem Fuß, versuchte, sich davon abzuhalten, sofort aufzuspringen und in Portias Zimmer zu stürmen. Wenigstens konnte er die Täuschung aufrechterhalten, dass er noch Kontrolle über sich hatte und es nicht offensichtlich machen, dass sein Verlangen sie aufgrund ihrer vorausgehenden Verführung zu tadeln überhandnahm.

Er konnte sich zehn Minuten zurückhalten, bevor er von der Couch aufsprang. „Ach zum Teufel noch mal!"

Laurens Parfum hing noch immer im Haus, als er im oberen Geschoss ankam. In Richtung Portias Zimmer wurde der Geruch noch intensiver. Wie sie bei dem Gestank überhaupt schlafen konnte, war ihm unverständlich. Er erstickte fast an dem Geruch.

Zane blieb vor der verschlossenen Tür stehen, zögerte einen Moment. Sollte er klopfen? Der Gedanke verärgerte ihn. Er war hier, um eine Bestrafung für ihr Benehmen auszuteilen. Es würde also kein freundliches Klopfen geben, das sein Eindringen ankündigen würde. Vielleicht hatte sie sein Näherkommen bereits wahrgenommen, obwohl seine Schritte geräuschlos wie immer waren. Mit dem verflixten Parfum im Haus wäre es schwer für sie, ihn wahrzunehmen, ebenso wie er Probleme hatte, sie zu riechen.

Sein Herz blieb plötzlich stehen. Er konnte sie nicht wahrnehmen. Er zerrte an dem Griff, riss die Tür auf und stürmte in den Raum, obwohl er bereits wusste, was er dort vorfinden würde.

„Diese kleine Schlampe!“ Sie hatte ihn überlistet.

Auf Portias Bett lag Lauren, die gelangweilt durch die Kanäle zappte. Als sie ihn sah, fiel ihr die Fernbedienung aus der Hand und sie rappelte sich hastig auf.

„Oh, Scheiße!“ Lauren hatte den Anstand, schuldig dreinzublicken, da ihr Schwindel aufgeflogen war.

„Dein verdammtes Parfum!“, knurrte er.

Die beiden Frauen hatten absichtlich seinen Geruchssinn überlistet, damit Portia sich aus dem Haus schleichen konnte. Der dicke graue Parka mit der Kapuze sowie die Sonnenbrille hatten ihren Teil zu der Verkleidung beigetragen. „Ich hätte wissen müssen, dass es ein Trick war.“

„Hättest du“, antwortete Lauren mit einem Achselzucken.

Zane knurrte, machte sich nicht die Mühe, seine Fänge zu verstecken. „Wo ist sie?“

„Weiß ich nicht.“

Zane erkannte eine Lüge, wenn er sie hörte. Er war nicht in der Stimmung, ein Katz-und-Maus-Spiel mit einem halbstarken Hybriden zu spielen. Ohne Vorwarnung machte er einen Satz zum Bett, schnappte Lauren am Arm und drückte sie an das Kopfteil des Bettes. Das Mädchen starrte ihn erstaunt an. Sie hatte offensichtlich nicht erwartet, dass er handgreiflich werden würde.

„Jetzt werde ich meine Frage wiederholen: Wo ist Portia?“

„Mein Dad wird dich dafür dran bekommen.“ Sie hob trotzig ihr Kinn.

„Dein Vater wird dir Hausarrest erteilen, und mir wird er auf die Schulter klopfen.“

Lauren presste ihre Lippen zusammen. „Das wird er nicht tun.“

„Rede, oder ich schleif dich jetzt gleich zu deinem Vater, und wir werden rausfinden wer recht hat."

Ihr Widerstand dauerte 30 Sekunden und Zane blinzelte nicht ein einziges Mal. Dies hier war seine Spezialität, und Lauren war ein blutiger Anfänger. Offensichtlich war sie sich nicht so sicher über die Reaktion ihres Vaters, wie sie versuchte vorzugeben.

„Du gewinnst. Sie ist zu einer Party gegangen."

„Wo?"

„In einem der Verbindungshäuser."

Sobald Zane die Adresse hatte, tippte er sie in das Navi seines Mobiltelefons ein und stürzte zur Tür hinaus.

10

Das Verbindungshaus vibrierte. Musik dröhnte aus den überdimensionalen Lautsprechern und erfüllte die gesamte dreistöckige viktorianische Villa. Das Haus war vollgestopft mit Studenten, die Bierflaschen oder Plastikbecher mit Hochprozentigem in den Händen hielten. Im vorderen Teil wurde getanzt, doch weiter hinten wurde versucht, über die laute Musik hinweg zu reden.

„Ach komm schon, Michael. Sei nicht sauer auf mich." Portia schlug heftig mit ihren Lidern. „Ich sagte bereits, dass mein Vater letzte Nacht einen Notfall hatte und ich zu ihm musste. Ich hätte früher angerufen, wenn ich gekonnt hätte."

Michael zog sie in den Flur, wo es unmerklich ruhiger war. „Na gut. Aber nur dass du's weißt, ich bin keiner, der sich herumschubsen lässt. Du bist heiß, Portia, aber ich lass mir nicht auf meiner Nase herumtanzen."

Sie legte ihre Hand auf seinen Arm. „Ich weiß, Michael. Warum gehen wir nicht wo hin, wo's etwas leiser ist?" Sie deutete zur Treppe, die nach oben führte.

Als Michael ihre Hand nahm, um sie ins obere Geschoss zu führen, wartete sie auf ein Aufflackern der Vorfreude, doch nichts passierte. Sie blickte ihn von der Seite an. Er war ein paar Zentimeter größer als sie, für einen 22-Jährigen recht ansehnlich und gut gebaut. Ihr hätte Schlimmeres passieren können als Michael. Doch obwohl er ihre Hand fest in seiner hielt und die Berührung nicht unangenehm war, kamen keine elektrischen Impulse und keine lodernden Flammen auf, die sie gespürt hatte, als Zane sie berührt hatte.

Vielleicht würde sie in Stimmung kommen, sobald sie begannen, sich zu küssen. Sie hoffte es. Es konnte ja nicht so schwer sein, in Stimmung für Sex zu kommen. Verdammt, eine Berührung von Zane und sie war bereit gewesen zu explodieren wie der Vulkan von St. Helens. Wenn ein unfreundlicher Zeitgenosse wie Zane das mit ihr machen konnte, sollte es nicht jenseits des Möglichen sein für einen netten Kerl wie Michael. Sie brauchten nur ein bisschen Privatsphäre und eben die richtige Stimmung: einen dunklen Raum, Kerzen, ein brennendes Kaminfeuer, ein paar Kissen am Boden.

Ach Scheiße! Sie sollte nicht von etwas Romantischem träumen. Es ging hier nicht um Romantik. Sie wollte doch nur ihre Unschuld verlieren. Sie war nicht an einer romantischen Beziehung mit Michael interessiert. Wusste er das?

Als sie oben angekommen waren, zupfte sie an seinem Arm. Er drehte sich zu ihr.

„Nur für heute Nacht“, stammelte sie, ein bisschen unsicher, wie sie ihm beibringen sollte, dass sie keine Beziehung mit ihm eingehen wollte.

„Keine Sorge. Lauren hat’s mir schon erklärt.“

Erschrocken blieb Portias Mund offen stehen. „Was hat sie gesagt?“

Sie hoffte, Lauren hatte nicht mehr als wirklich nötig ausgeplaudert. Es war sowieso schon peinlich genug.

Er grinste, zeigte damit seine niedlichen Grübchen. „Schau nicht so geschockt. Sie sagte, du bist ein bisschen schüchtern was Männer betrifft. Und dass du es einmal machen willst, um deine Schüchternheit zu überwinden.“

Portia schrak zusammen, doch schluckte ihre Angst hinunter. Lauren hatte recht, sie musste das einfach nur einmal machen und dann konnte sie ihr Leben weiterleben und auf den Richtigen warten. Und es war besser, dass Michael sie verstand. So würde es hinterher nicht peinlich werden und sie könnten Freunde bleiben.

Portia blickte zu den paar Leuten, die im oberen Flur herumstanden und fragte sich, ob sie wussten, was Michael und sie vorhatten. Doch sie schienen so sehr mit sich selbst beschäftigt zu sein, dass sie sie nicht bemerkten. Dafür war sie dankbar.

„Na dann.“ Sie zwang sich zu einem Lächeln und ging auf eines der Schlafzimmer zu. Eine starke Hand griff sie an der Schulter und zog sie zurück.

„Was zum –“ Die Worte blieben ihr im Halse stecken.

Zane ragte über ihr, sein Gesicht ein Abbild der Wut. „Hast du wirklich geglaubt, ich würde dich nicht finden?“

Eigentlich nicht; aber sie hatte gedacht, dass er wenigstens so lange brauchte bis sie sich um, nun, um ihre Angelegenheit gekümmert hatte.

„Hey, wer bist du?“, mischte sich Michael ein. „Lass sie in Ruhe. Sie ist mit mir hier.“

Zane funkelte Michael an und sofort hatte Portia Mitleid mit ihm. Er würde kaum besser davonkommen als Eric, der mit ihrem Vater zusammengerückt war. Und sie wollte Michael wirklich nicht auch noch auf ihrem Gewissen haben.

„Sie ist nicht mit dir hier, also zieh hab.“ Zane packte sie am Arm und zog sie in Richtung einer der Türen.

„Lass sie los!“, beharrte Michael.

Portia blickte ihn flehend an. Michael würde nur verletzt werden, wenn er versuchte, sich gegen Zane zu wehren. Und während sie Zane selbst bekämpfen wollte, musste sie zuerst Michael beruhigen.

„Schon gut Michael. Er arbeitet für meinen Vater.“

Michael neigte den Kopf. „Bist du sicher? Ich kann die Polizei rufen.“

Portia schüttelte den Kopf. „Nein, bitte nicht. Dann wird mein Vater nur sauer.“

Schließlich nickte Michael. Er blickte Zane nochmals mit mattem Blick an, bevor er sich abwandte.

Zane drückte die nächste Tür auf. Ein Pärchen, das im Bett herummachte, erschrak.

„Hast du keine Augen im Kopf? Dieses Zimmer ist bereits belegt!“, rief der Junge.

„Raus! Alle beide!“, befahl Zane mit einer Stimme, die keine Widerworte duldete. „Ich werde es nicht noch einmal sagen.“ Seine böse Miene unterstrich, dass er nicht bluffte.

Die beiden Studenten verkrochen sich aus dem Zimmer. Zane schlug die Tür hinter sich zu und drehte den Schlüssel um. Klick. Sie war alleine mit ihm. Und er war nicht gut drauf. Oh nein, er war angepisst. Und so wie es aussah, würde er seine schlechte Laune an ihr auslassen.

Zane konnte seine Wut nicht länger unterdrücken und ließ seine Fänge ausfahren. Portia war drauf und dran gewesen, mit diesem Kerl in eines der Schlafzimmer zu verschwinden, um – er wollte den Gedanken nicht einmal zu Ende denken, denn alleine die Vorstellung der Hände dieses Kerls auf ihr brachte sein Blut zum Kochen. Und wenn es einmal so weit war, gab es nichts, das es wieder abkühlen könnte.

„Was zum Teufel hast du geglaubt, dass du da machst?“, bezichtigte er sie, unfähig, seinen Zorn zu kontrollieren.

Portia hob verteidigend ihre Hand und blickte ihn böse an. „Geht dich gar nichts an!“ Ein *verdammt* brauchte sie nicht hinzufügen, denn das war in ihrem Ton schon mit inbegriffen.

Zane knurrte. Ihre Worte hatten gerade seinen Bös-o-meter zum Überlaufen gebracht. Er griff nach ihr und drückte sie gegen die Tür, fixierte sie mit seinem Körper.

„Das geht mich sehr wohl etwas an, ob es dir passt oder nicht.“

Ihr stockte der Atem und er drückte seine Hüften in sie, sein Ständer suchte den Kontakt zu ihr.

„Du Idiot! Ich kann tun, was ich will!“

„Nicht solange ich für dich verantwortlich bin. Man hat mich vor dir gewarnt: Partys, Männer, Alkohol, Drogen.“

Wovor ihn keiner gewarnt hatte war, wie sehr er sich zu ihr hingezogen fühlte. Wie sehr er sie begehrte.

Ihre Augen wurden größer, ihr Mund blieb offen stehen. „Wer hat dir das gesagt?“

„Dein Vater. Was denkst du denn? Er hat uns engagiert, dich vor dir selbst zu beschützen. Und genau das tue ich.“ Nun, nicht genau das, denn es beinhaltete nicht, seine Erektion in sie zu drücken. Sein geiler Körper tat das ganz von selbst.

„Er hat dich angelogen! Deshalb hat er euch nicht angeheuert!“ Sie war außer sich, ihre Augen glühten verärgert.

„Er hat gesagt, dass du das behaupten würdest.“ Als würde er auch nur ein Wort von dem glauben, was diese Frau ihm erzählte. Sie wollte ihn doch nur manipulieren. Das tat sie schon, seit er sie zum ersten Mal gesehen hatte.

„Das ist eine Lüge! Willst du wirklich wissen, warum er euch engagiert hat? Willst du das?“

Portia wartete nicht auf eine Antwort, nicht dass er bereit war, eine zu geben. Wollte er überhaupt noch mehr von ihren Lügen hören?

„Er will mich von Männern fernhalten, damit ich meine Jungfräulichkeit nicht verliere.“

Zanes Antwort kam automatisch. „Bullshit. Du bist genauso wenig eine Jungfrau wie ich ein Lämmchen.“

Portia wehrte sich gegen ihn. Doch das turnte ihn nur noch mehr an.

„Und weißt du, woher ich das weiß?“, fragte er und neigte seinen Kopf, senkte seine Lippen, die er über ihren schweben ließ. „Du riechst nicht wie eine Jungfrau. Selbst jetzt bereitet sich dein Körper darauf vor, Sex zu haben.“ Und der Duft stieg ihm in die Nase. „Verführerin!“

Hastig zog er seine Fänge ein, bereitete sich auf den nächsten Zug vor.

„Du –“

Doch ihre Worte wurden von seinen Lippen erstickt, die ihren Mund einfingen und den Kuss nahmen, der schon lange fällig gewesen war.

Zane war nicht auf die Wirkung, die sie auf ihn hatte, vorbereitet. Zuerst versuchte sie, zu widerstehen und sich in seinen Armen steif zu halten, schlug sogar mit ihren Fäusten gegen ihn. Doch als er seine Lippen fordernder an ihre drückte und mit seiner Zunge über ihre Lippen leckte, gewährte sie ihm Einlass.

Als ihr Geschmack seine Zunge berührte, verkrampfte sich sein Herz, blieb kurz stehen und fing dann mit dreifacher Geschwindigkeit wieder an zu schlagen. Ihre Lippen passten sich perfekt seinen an, und sie neigte ihren Kopf, um ihm eine bessere Position anzubieten. Als er ihren einladenden Mund mit seiner Zunge erforschte, spürte er, wie sie ihre Hände um seinen Hals legte und ihn näher an sich zog.

Er knurrte seine Zustimmung und schob seinen Schenkel zwischen ihre, teilte sie, um an ihrem Geschlecht zu reiben. Selbst durch den Jeansstoff spürte er ihre feuchte Wärme, Nachweis dafür, dass sie ebenso erregt war wie er.

Zane leckte, saugte und liebkoste, drang tiefer in ihren köstlichen Mund, bis sie schließlich ihre Zunge gegen seine streifte. Der Kontakt sandte eine Welle der Begeisterung durch ihn, die er noch nie zuvor empfunden hatte. Er konnte seine Fänge nicht davon abhalten sich auszufahren. Er konnte sich nicht zurückhalten und intensivierte seinen Kuss, begann gezielt an ihren Zähnen zu lecken, um ihre Vampir-Seite hervorzulocken.

Ihr Puls schlug schneller, ihr Herzschlag pochte gegen seine Brust. Seine Hände wanderten ihren Oberkörper hinauf, streichelten ihre Flanken, bis er eine ihrer Brüste erreichte. Er strich mit seiner Hand darüber, neckte die Brustwarze, die darauf thronte. Keine Unterwäsche verhinderte seine Berührung; nur der Stoff ihres T-Shirts bildete eine Barriere zwischen ihrer Haut und seiner Hand.

Zane streichelte über ihren Nippel, ließ ihn hart werden. Portia stöhnte in seinen Mund und im selben Moment spürte er die scharfen

Spitzen ihrer Fänge hervorkommen.

„Ja!“, stöhnte er und leckte vorsichtig aber gründlich über einen ihrer Fänge.

Portia riss ihre Lippen von seinen. „Oh, Gott!“ Ihren Augen waren groß vor Schreck.

Hatte noch nie jemand an ihren Fängen geleckt?

„Lass sie mich lecken“, knurrte er und senkte seinen Kopf wieder zu ihrem.

Die Fänge eines Vampirs waren eine erogene Hauptzone. Sie zu lecken bereitete, abgesehen von Sex, die größten erotischen Empfindungen. Wusste Portia das nicht? Er trennte seinen Mund von ihrem.

„Hat noch nie jemand deine Fänge geleckt?“

Portia schüttelte mit gesenktem Blick den Kopf, schien peinlich berührt. „Ich habe noch nie einen anderen Vampir geküsst.“

Er verstand. Mit einem Menschen konnte sie sich nicht derart gehen lassen und ihren Fängen erlauben, sich zu zeigen. Aber mit ihm…

Zane nahm ihre Lippen erneut, dieses Mal sandte er seine Zunge bewusst langsam über ihre Fänge, liebkoste und streichelte. Sie stöhnte und es war der reinste Klang, den er je gehört hatte. So wunderschön, so unschuldig. Und er wollte es wieder hören, also fuhr er mit seinem sinnlichen Überfall fort.

Währenddessen streichelten Portias Finger seinen Hals, bevor eine Hand hoch wanderte, um über seinen kahl geschorenen Kopf zu streichen. Bei der Berührung erschauderte er. Die Frauen, mit denen er bisher geschlafen hatte, hatten ihn kaum liebkost. Und wenn sie es taten, blieben sie seinem Kopf fern und widmeten sich tiefer liegenden Körperregionen. Doch aus irgendeinem Grund fühlte es sich intim an, von Portia an dieser Stelle berührt zu werden.

Als sie ihre Hand auf seine Schulter legen wollte, ergriff er sie und führte sie wieder zu seinem Kopf. Sie tat ihm den Gefallen und streifte nochmals über seine Kopfhaut. Er stöhnte seine Freuden heraus und unterbrach den Kuss.

„Schlaf mit mir“, flüsterte sie. „Bitte. Ich will, dass du mir meine Unschuld nimmst.“

Ihre Worte katapultierten ihn aus der Situation. Er betrachtete sie misstrauisch. „Du küsst nicht wie eine Jungfrau, also warum ersparst du uns nicht das Theater?“

„Es ist kein Theater!“, rief sie. Zorn verdunkelte ihre lustdurchtränkten Augen. „Ich bin eine Jungfrau.“

Ihr rasender Herzschlag hallte in seinen Ohren wider und er konnte das Blut, das durch ihre Venen rauschte und das ihre Wangen hinreißend – fast jungfräulich – erröten ließ, deutlich riechen. Zane sah, wie ihr Blick an ihm vorbei ging, als schämte sie sich für etwas. Er ließ sich von seiner Ausbildung als Bodyguard leiten und suchte nach einem kleinen Hinweis bei ihr, der ihre Lüge aufdecken konnte, fand jedoch nichts.

Langsam schüttelte er den Kopf. Sie konnte unmöglich die Wahrheit sagen. Alles an ihr schrie förmlich nach Leidenschaft, Verlangen, Lust. Konnte eine Jungfrau wirklich solche Gefühle heraufbeschwören?

„…und ich muss meine Unschuld verlieren, bevor ich 21 werde, sonst…“ Sie schloss ihre Augen als ihr Atem stockte und sie ein Schluchzen unterdrückte. Als sie ihre Augen wieder öffnete und ihren Kopf hob, war ihr Blick…resignierend.

Da traf es ihn. Er hatte ihre Unschuld wahrgenommen, ihre Reinheit und ihr Zögern, als sie auf seinen Kuss reagiert hatte. Konnte es wirklich wahr sein, dass sie eine Jungfrau war? Konnte er sich derart getäuscht haben, weil alles, was er in ihr sah, die Frau war, die ihm seinen Verstand raubte? War das der Grund, warum er ihre Jungfräulichkeit nicht erkennen konnte? Aber was, wenn sie recht hatte? Was, wenn ihre Behauptung stimmte? Sie war nahe daran, die endgültige Form ihres Körpers zu erlangen. Wenn sie also die Wahrheit sagte und sie wirklich eine Jungfrau war…

„Dann wirst du für immer eine Jungfrau bleiben“, beendete er ihren Satz.

Ihr Nicken war zu ernst, um es zu verwerfen.

Verdammt! Portia sagte die Wahrheit. Er sah es an der verbissenen Kurve in ihrer Braue und den harten Rändern ihrer Lippen, die sie nun zusammenpresste, als versuche sie nicht zu weinen.

Scheiße! Scheiße! Scheiße!

Er war nicht der Typ, der Mädchen entjungferte. Und er würde jetzt nicht damit anfangen.

„Bitte. Wir müssen es nur einmal machen. Ich verspreche es“, bettelte sie.

Wen versuchte sie zu verarschen? Wenn er seinen Schwanz auch nur einmal in sie tauchte, würde er es wieder tun wollen. Und wieder und wieder. War ihr das nicht klar? Er schüttelte den Kopf. „Nein."

Ihr Körper bebte bei seiner schroffen Ablehnung. Schnell schlang sie ihre Arme um ihre Taille. „Du schuldest mir etwas. Du hast soeben meine Chancen bei Michael zunichte gemacht."

Wut strömte aus seinen Lungen. „Du wolltest mit diesem Jüngchen schlafen? Du verdienst etwas Besseres!"

Sein Schaft stimmte ihm von ganzem Herzen zu, doch er hatte nicht vor, diesem lüsternen Anhängsel zu gehorchen.

„Warum tust *du* es dann nicht? Es hat dich ja offensichtlich auch nicht gestört, mich zu küssen!", bezichtigte sie ihn, während sie ihren Blick auf seinen Schritt senkte.

Großartig! Natürlich wusste sie, dass er von ihr angeturnt war, und jetzt benutzte sie es gegen ihn.

„Glaub mir, du willst nicht, dass ich dein Erster bin. Keine Frau mit Verstand würde das wollen."

Er war nicht einfühlsam, nicht sanft. Er war nicht der Richtige, um eine Jungfrau zu beglücken.

„Mein 21. Geburtstag ist in fünf Wochen. Mir läuft die Zeit davon", plädierte sie, Tränen bildeten sich in ihren Augen.

Zane wandte seinen Blick ab, erlaubte sich nicht, sich von seiner vorausgegangenen Aussage abbringen zu lassen. Das hier war nicht Teil seines Jobs. Im Gegenteil: Sein Job war klar definiert, sie von Partys, Männern und Saufgelagen fernzuhalten.

„Ich kann dir nicht helfen."

„Ich hasse dich."

Er nickte. Gut. Solange sie ihn hasste, würde sie wenigstens ihre Forderung, mit ihr zu schlafen, nicht wiederholen. Nicht dass das einen großen Unterschied machte. Jetzt, da er sie gekostet hatte und seine Körperreaktion auf sie gespürt hatte, war es noch schwerer, seine Finger von ihr zu lassen.

„Ich bringe dich nach Hause."

„Nein!" Plötzlich war die Kampflust wieder in sie zurückgekehrt.

Er schaute sie an. „Du bleibst nicht hier."

Sie blickte ihn mit finsterer Miene an. „Ich werde meinen 21. Geburtstag nicht als Jungfrau feiern. Wenn du es also nicht tust, werde ich jemand anderen finden, der es tut."

„Nur über meine Leiche!", knurrte er.

„Du hast da nichts zu melden!"

„Ich bin dein Bodyguard, also habe ich sehr wohl ein Wörtchen mitzureden!"

„Du klingst mehr wie mein Vater und der wird sich in der Angelegenheit genauso wenig einmischen. Hast du überhaupt eine Ahnung, wozu er mich damit verdammt? Ein Leben voller Schmerzen! Das lasse ich mir nicht gefallen!"

Zane seufzte. Vielleicht gab es lediglich ein Missverständnis zwischen Portia und ihrem Vater. „Vielleicht ist er sich der Folgen nicht bewusst."

„Er hat es zugegeben! Und du bist kein Stück besser als er, sonst würdest du mir helfen."

„Dir helfen?" Er neigte seinen Kopf. „Ich glaube, du hast mich nicht ganz verstanden, Baby Girl. Ich bin kein Gentleman; ich bin nicht der Richtige, der eine Jungfrau anfassen sollte. Wenn es um Sex geht…" Er strich mit der Hand über seine Glatze. „Ich bin grob. Ich mach's hart. Ich denke nur an mich; mich würde es nicht kümmern, ob es dir gefällt oder nicht."

Zane wandte seinen Blick ab, damit Portia seine Lüge nicht erkennen konnte. Ja, er war grob, doch um sie würde er sich sorgen; bei ihr würde er sich bemühen, dass es ihr gefiel. Für sie konnte er dies tun. Aber er wollte nicht, dass sie es wusste, denn es würde niemals passieren. Wenn er Portia nahm, würde er sie verzehren, sie verschlingen. Und dann, wenn sie ihn verlassen wollte, würde er sie zwingen zu bleiben, weil er sie nicht gehen lassen konnte. Seit er sie gekostet hatte, wusste er dies mit Sicherheit. Er wollte das Schicksal nicht weiter herausfordern.

„Es muss mir keinen Spaß machen."

Er schüttelte den Kopf. „Sag das nicht. Du hast keine Ahnung, was du dann verpasst."

„Dann zeig's mir", forderte sie ihn heraus.

Zane ballte seine Hände zu Fäusten. „Ich sagte bereits, ich kann nicht."

Er würde sie nicht nur verletzen, er würde auch das Vertrauen seiner Kollegen und seines Vorgesetzten missbrauchen. Und wenn er

Scanguards verlor, verlor er seine Familie. Er wäre wieder alleine, denn Portia würde nicht bei ihm bleiben. Sie war jung, sie hatte ihr ganzes Leben noch vor sich; sie hatte viele Möglichkeiten. Für sie war er nur ein Mittel zum Zweck. Sobald er sie entjungfert hatte, würde sie ihn wegstoßen und sich einen suchen, der besser zu ihr passte.

Als er eine einzelne Träne ihre Wange hinunterkullern sah, machte sich ein dumpfer Schmerz in seinem Bauch breit. Bevor dieser hochwandern konnte, packte er sie am Arm und zog sie auf den Flur und aus dem Verbindungshaus. Auf dem Nachhauseweg sagte sie kein Wort. Lediglich ihre Augen sprachen zu ihm. Und er mochte nicht, was er hörte.

Er hatte sie enttäuscht.

Doch wenn er ihren Wünschen nachgab, wäre die Enttäuschung viel größer. Für beide. Und der Schmerz würde länger anhalten. Vielleicht ewig.

11

Zane schlug seine Haustür zu und hörte umgehend das aufgeregte Japsen seines Hundes. Z kam aus dem Wohnzimmer gelaufen und krachte direkt in seine Beine. Er bückte sich, um das aufgedrehte Tierchen hochzuheben. Z leckte sogleich seinen Hals.

„Hey, so lange war ich nun auch wieder nicht weg", flüsterte er dem Tier zu und streichelte mit dem Finger über das weiche Fell.

„Du hast nicht erwähnt, dass du dir einen Hund zugelegt hast."

Zane blickte zur Wohnzimmertür, wo Quinn lässig am Türrahmen lehnte. Obwohl Quinn über hundert Jahre älter als Zane war, sah er nicht so aus: Sein Gesicht war im Alter von Mitte Zwanzig eingefroren. Sein blondes Haar und seine braunen Augen trugen zu seinem jugendlichen Charme bei. Wenn er gewollt hätte, hätte er mit dem richtigen Outfit als Erstsemesterstudent am College durchgehen können.

Zane setzte den Hund auf den Boden und richtete sich wieder auf. „Ich behalte ihn nicht. Er ist nur auf vorübergehend hier."

Quinn grinste. „Das ist ja lustig, denn ich dachte, ich hab 'ne Hundetür hinten rausgehen sehen. Sah für mich recht endgültig aus."

Zane zuckte mit den Achseln. „Der Hund muss eben raus, wenn ich weg bin." Dann ging er auf Quinn zu und gab ihm einen freundschaftlichen Klaps auf den Arm. „Schön dich zu sehen."

„Gleichfalls. Schöne Bude hast du." Quinn drehte den Kopf, um das ganze Haus einzuschließen. „Zwielichtige Gegend."

„Amaury hat mir versichert, dass es eine gute Investition ist. Außerdem herrscht hier nachts ein reges Treiben."

Quinns Gesicht verwandelte sich in ein breites Lächeln. „Und mit reges Treiben meinst du vermutlich saftige Hälse, die dir zur Verfügung stehen?"

„Wenn du es dir ehrlich eingestehst, musst du zugeben, mein Freund, dass das in Flaschen abgefüllte Zeug es einfach nicht bringt."

Ja, seine Freunde und Kollegen von Scanguards bevorzugten vielleicht das Blut, das eine Briefkastenfirma als medizinisches Präparat weltweit an Vampire verkaufte, aber Zane rührte das Zeug nicht an.

„Es gibt nichts Besseres als warmes Blut direkt aus einer Vene zu trinken. Aber nur zu, mach dir weiter etwas vor." Zane ging ins

Wohnzimmer und ließ sich auf die Couch fallen.

„Was ist dir denn über die Leber gelaufen?“, fragte Quinn, der ihm folgte und es sich ebenfalls auf dem Sofa bequem machte.

Da er nicht preisgeben wollte, was ihn wirklich beschäftigte, versuchte Zane die Unterhaltung auf ein anderes Thema zu lenken. Eines, das geradliniger war, doch ähnlich gefährlich.

„Gestern hat jemand versucht, mich umzubringen.“

„Scheiße!“ Quinn drehte sich zur Seite. „Wer war es?“

Z watschelte in den Raum, hob seinen Kopf und schaute sie beide an.

Zane verzog sein Gesicht. „Ein Attentäter.“

Er winkte Z einladend zu sich, und der Hund sprang auf seinen Schoß.

„Ich habe seinen Vater letztes Jahr umgebracht. Er wollte ihn rächen, indem er mich umbringt.“

Quinn nickte. „Ist er davongekommen?“

Zane schnaubte. „Sehe ich so aus, als ließe ich einen Attentäter laufen?“

„Hey, ich will dich ja nicht beleidigen.“

Zane grunzte. Beinahe bereute er es, Quinn in einem schwachen Moment vor fünfzig Jahren von seiner Vergangenheit erzählt zu haben – oder zumindest einen Teil davon. Es war der einzige Grund, warum Quinn ihn nicht für die Morde, die er begangen hatte, verurteilte. Denn diese Morde waren Hinrichtungen. Es erlaubte ihm, zumindest mit einer Person über die Dinge zu sprechen, die er getan hatte. Gelegentlich war es eine Erleichterung.

Zane zog die Anstecknadel und den Schlüssel aus seiner Hosentasche und warf sie Quinn zu, der diese mühelos auffing. „Die hatte er bei sich.“

Quinn musterte die Gegenstände. „Der Schlüssel sieht aus, als gehöre er zu einem Schließfach.“

Zane nickte. „Darauf bin ich auch schon gekommen. Was ist mit dem Anstecker? Hast du das Symbol schon mal gesehen?“

Quinn schüttelte den Kopf und drehte den Gegenstand in seiner Hand. „Hmm. Komisch, diese zwei Teile“, kommentierte er. „Diese Welle in der Mitte könnte ein Fluss sein. Aber es könnte auch bedeuten, dass etwas in zwei Teile zerbrochen ist.“

Er schaute den Anstecker genauer an. „Das Symbol oben sieht aus wie ein U, das noch einen zusätzlichen Strich nach rechts hat, fast wie ein Topf. Und das untere Symbol ist die Spiegelung davon." Er blickt auf. „Könnte es eine Art mathematische Gleichung sein?"

Zane nahm den Pin aus Quinns Hand, um ihn nochmals genauer anzusehen. Er hatte ihn stundenlang angestarrt, nachdem er Brandts Sohn umgebracht hatte, konnte sich aber keinen Reim daraus machen.

„Ich habe noch nie ein derartiges mathematisches Symbol gesehen."

„Vielleicht bedeutet die Linie in der Mitte, dass die beiden Teile zusammengehören", vermutete Quinn.

Zane konzentrierte sich und stellte sich vor, die Linie wäre weg. Die beiden Teile verbanden sich zu einem Symbol, das ihm nur allzu vertraut war.

„Es ist ein zerbrochenes Hakenkreuz."

„Du scheinst überrascht zu sein. Wenn man bedenkt, wer der Mann war, den du voriges Jahr getötet hast, sollte das nicht der Fall sein."

Zane schüttelte den Kopf. „Ich habe bei Brandt oder den anderen nie so etwas gefunden. Warum also bei seinem Sohn? Und warum ist das Hakenkreuz entzwei geteilt? Warum geben sie nicht zu, wer sie sind?"

„Vielleicht bedeutet die Bruchlinie etwas anderes?"

Unbehagen schlich über Zanes Rücken und kroch hinauf zu seinem Hals. „Es ist zu offensichtlich. Ich mag es nicht. Fast, als wäre die alte Garde noch hier. Aber jetzt sind ihre Kinder am Zug und drücken allem ihren eigenen Stempel auf."

„Um was zu tun? Die Nazis kommen nie mehr an die Macht. Keine Regierung dieser Welt würde das zulassen."

„Was, wenn sie nicht wie Nazis aussehen? Was, wenn keiner bemerkt, dass sie es sind, dass sie nur verkleidet sind?"

Quinn atmete tief durch. „Ich denke, du steigerst dich da zu sehr rein. Der Kerl wollte den Tod seines Vaters rächen, das ist alles. Jeder hätte das Gleiche getan. Es heißt nicht, dass sich dahinter eine Riesenverschwörung befindet."

„Was meinst du damit? Spuck's aus!"

„Hast du schon mal daran gedacht, dass du ein wenig paranoid wirst, weil du dir einredest, dass sie noch immer hinter dir her sind?"

Zane sprang auf, der Hund auf seinem Schoß rutschte winselnd hinunter. „Paranoid? Du denkst, ich leide an Verfolgungswahn? Brandt sagte, er könne es nicht abwarten, Müller zu erzählen, dass er mich gefunden hat. Er ist noch immer irgendwo da draußen."

Zane deutete in Richtung des Fensters, ließ seinen Blick folgen. Irgendwo hatte der Mistkerl sich versteckt und ein Leben gelebt, das er nicht verdient hatte.

„Vielleicht ist es an der Zeit aufzuhören", schlug Quinn vor.

Zane knurrte, ließ seine Fänge hervorblitzen, um seinen Widerspruch zu verdeutlichen. „Ich werde aufhören, wenn Müller tot ist und keine Minute früher."

Er hob seine Hand, verkrampfte sie so, wie er sie auch um Müllers Hals verkrampfen würde, bevor er ihn an einer Silberkette aufhängen und ihn auf den Sonnenaufgang warten lassen würde. Ein Pflock war zu gut für Müller, zu menschlich.

„Es frisst dich auf."

„Wer bist du, mein Psychiater? Ich dachte, wir wären Freunde, aber wenn das zu viel verlangt ist, weißt du ja, wo die Tür ist. Benutze sie."

Er brauchte keinen Freund, der ihm nicht den Rücken stärkte oder versuchte, ihn von seinem Vorhaben abzubringen.

Quinn seufzte. „Was soll ich tun?"

Erleichtert nickte Zane. Er hätte es nie zugegeben, doch wenn Quinn sich zum Gehen entschlossen hätte, hätte es ihn tief getroffen.

„Schicke eine Zeichnung des Symbols an unsere Kontakte und sieh, ob sich etwas ergibt. Irgendjemand muss es schon mal gesehen haben. Es muss etwas bedeuten."

„Weißt du sonst noch etwas über den Attentäter?"

Zane zuckte mit den Achseln. „Er hatte einen südamerikanischen Akzent. War von Brandts Sohn zu erwarten, doch sein Englisch war gut; also gehe ich davon aus, dass er schon länger in den Staaten war. Außer dem Anstecker, dem Schlüssel und ein paar Münzen hatte er nichts bei sich. Selbst wenn er hier wohnt, muss er seinen Ausweis und Geld irgendwo versteckt haben. Ich vermute, es gibt irgendwo ein Schließfach. Er sagte auch, dass Müller ihn belohnen würde."

„Also hat er ihn geschickt."

„Möglich. Aber es scheint, als wüsste Müller nicht, wo ich bin. Ich schätze eher, der Kerl war auf eigene Faust unterwegs."

„Ich werd's herausfinden. Der Schlüssel sollte kein Problem sein und über das Symbol können wir bestimmt auch etwas herausfinden. Ich werde am Flughafen anfangen und sehen, ob er sich dort ein Schließfach genommen hat. Es wäre das Naheliegendste, wenn er aus einer anderen Stadt angereist ist.“ Quinn pausierte und lächelte dann. „Und jetzt, da wir das geklärt haben, erzähl mir, was wirklich los ist.“

Zane plumpste auf das Sofa zurück. Sofort schaute der Hund ihn mit großen Augen an. Er schlug sich einmal auf den Schenkel und schon sprang das Tier auf seinen Schoß.

„Nichts Neues. Alles beim Alten.“

Und das war alles, was Quinn über dieses Thema von ihm erfahren würde. Niemals ließe Zane sich dazu bewegen, über seinen derzeitigen Auftrag zu sprechen und schon gar nicht über Portia, die Frau, die sein Hirn zu Brei verwandelt hatte, als hätte sie es in einen Mixer geschmissen und auf höchste Stufe eingeschaltet.

***

Portia schaute weg, gab vor, an dem Essen auf ihrem Teller interessiert zu sein. Die Cafeteria war nahezu leer. Oliver schlenderte an der Tür entlang, beobachtete sie, gab ihr jedoch Freiraum. Lauren und sie schwänzten eine Stunde, um Zeit zum Reden zu gewinnen. Jetzt wünschte sie sich, sie hätte nie ein Wort über das verloren, was sie beschäftigte.

„Dieser widerliche Typ? Du verarschst mich, oder? Bitte sag mir, dass du mich verarschst“, forderte Lauren und legte ihre Hand auf Portias Unterarm.

Portia schüttelte den Kopf. „Als er mich geküsst hat…“

Ihre Welt hatte sich seit dem Kuss auf den Kopf gestellt. Plötzlich hatte sie erkannt, was sie all die Jahre verpasst hatte.

„Du findest einen Besseren als ihn“, beharrte Lauren.

„Lustig, er hat das Gleiche gesagt.“

Doch das kaufte sie ihm nicht ab. Warum sollte ein Mann, der sich zu ihr hingezogen fühlte – und das tat er zweifellos – eine Nacht voller Sex und ohne Verpflichtungen abschlagen? „Er ist verrückt.“

Lauren hob ihre Augenbrauen. „Das seid ihr beide! Du kannst das nicht tun. Nicht mit jemandem wie ihm. Ich meine, kannst du dir seinen Glatzkopf über dir schwebend vorstellen, während er… igitt!“

„Ich finde seinen Kopf attraktiv. Und überhaupt, ich glaube er ist dort recht empfindlich.“

Es war ihr nicht entgangen, dass er erschaudert war, als sie seine

Kopfhaut gestreichelt hatte. Und dass er wollte, dass sie es wieder tat.

„Igitt!“ Lauren wedelte mit ihren Händen vor ihrem Gesicht. „Vorstellung löschen, Vorstellung löschen! Du kannst nicht mit ihm schlafen.“

„Jetzt spiel mir nicht Mutter Theresa vor. Überhaupt wollte er mich nicht. Ich meine, kannst du das glauben? Als wäre ich so abgrundhässlich.“ Es tat weh, sich so zu öffnen und dann abgewiesen zu werden.

„Er hat was getan?“

„Du hast schon richtig gehört.“

„Was für ein Arschloch! Er hat kein Recht, dich abzulehnen. Er sollte dankbar sein, dass du ihn überhaupt in die engere Wahl gezogen hast! Was denkt er, wer er ist?“

Der heißeste Typ, der ihr je untergekommen war, wollte Portia schreien, unterdrückte aber das Verlangen, da sie Lauren nicht noch mehr Munition geben wollte, die sie gegen sie verwenden konnte.

„Genau!“, warf sie stattdessen ein.

„So kommt er uns nicht davon! Wie kann er es wagen, dich wie ein Mauerblümchen zu behandeln? Idiot!“

Lauren schlug mit der Faust auf den Tisch, was die darauf stehenden Tabletts wackeln ließ. Ein Student, der in ihrer Nähe saß, schaute zu ihnen hinüber, bevor er seinen Blick wieder auf sein Buch richtete.

„Du kannst jeden haben, den du willst, Portia.“ Lauren ließ ihren Blick über Portias Körper wanden. „Du bist hübsch, hast eine gute Figur, schöne Brüste. Jeder Kerl wäre froh, dich zu ficken.“

Portia schreckte bei der ordinären Wortwahl zurück.

„Entschuldige“, sagte Lauren, „ich sag’s ja nur, wie’s ist.“

Doch Portia wollte nicht irgendeinen, sie wollte Zane.

Er war der erste Mann, bei dem sie etwas empfunden hatte. Ihr Körper hatte unter seiner Berührung gesummt, sein Kuss so siedend heiß, dass sie dachte, sie würde in Flammen aufgehen. Mit ihm hatte sie keine Angst, dass ihr erstes Mal lediglich eine Notwendigkeit würde. Wenn Zane sie anfasste und aus ihr eine Frau machte, wusste sie, dass sie es genießen würde, obwohl er sie vor sich gewarnt hatte.

Sie glaubte nicht, dass er grob zu ihr sein würde. Sein Kuss war nicht grob gewesen. Im Gegenteil, er hatte ihr geschmeichelt. Ja, er hatte gefordert, doch gleichzeitig hatte er abgewartet, bis sie ihm erlaubt hatte, weiterzugehen. Und als er an ihren Fängen geleckt hatte, war sie förmlich explodiert. Sie hatte keine Ahnung gehabt, wie erregend es war, wenn ein anderer Vampir ihre Fänge liebkoste. Mit solch einer Zartheit und gleichzeitig so leidenschaftlich.

„Was soll ich jetzt tun?“ Portia hob ihren Kopf und schaute ihre Freundin an.

Lauren lächelte resignierend. „Bist du sicher, dass ich dir das nicht ausreden kann?“

Portia nickte. „Ich will ihn.“

„Was hat er gesagt, als er dich abgewiesen hat? Und sei genau; lass nichts aus. Jedes Wort ist wichtig.“

Vertrauend auf die Erfahrung ihrer Freundin mit Männern rutschte Portia auf ihrem Stuhl nach vorne und sprach leise. Sie wollte nicht, dass sie jemand bei dem belauschen konnte, was sie zu sagen hatte.

12

Als Portia die Haustür hörte, ihr zuvor aber kein Auto aufgefallen war, wusste sie, dass es Zane war. Sie fragte sich, warum er immer zu Fuß anstatt mit dem Auto kam. Es konnte nur bedeuten, dass er nicht weit weg wohnte. Sie machte sich gedanklich eine Notiz, Lauren zu bitten, herauszufinden wo er wohnte. Sie war sicher, dass Lauren als Tochter des Bürgermeisters einen Weg hatte, Zanes Adresse herauszufinden. Vielleicht war es einmal nützlich. Sie würde nichts dem Zufall überlassen.

Portia blickte in den Spiegel. Ihre tief sitzende Jeans zeigte ihren flachen Bauch. Das Shirt, das mindestens eine Größe zu klein und zu kurz war, zeigte ihre Taille und dehnte sich straff über ihrem Busen. Sie musste zugeben, dass Lauren recht hatte: Sie hatte schöne Brüste, voll und rund und tatsächlich etwas kurvenreicher geformt als die der meisten ihrer Mitstudentinnen.

Als Hybrid hatte sie sich als Teenager schneller entwickelt und ihr Körper war bereits erwachsener als der eines gewöhnlichen 20-jährigen Mädchens. Auch gut: Es wäre fürchterlich, für den Rest ihres Lebens in einem schlaksigen Teenager-Körper gefangen zu sein. Doch mit dem Körper, den sie nun hatte, konnte sie sich gut identifizieren.

So oder so würde Zane sich ihr ergeben. Selbst wenn sie sich ihm an den Hals werfen musste. Sie hatte noch fünf Wochen und während dieser fünf Wochen würde sie seinen Widerstand kleinkriegen. Kein Mann konnte sich so gut beherrschen, etwas abzulehnen, das jede Nacht vor seiner Nase baumelte, nicht einmal Zane. Früher oder später würde er nachgeben. Ließ sie das noch eine Spur verzweifelter wirken?

Portia atmete tief ein und spreizte ihre Beine etwas mehr, legte einen verführerischen Blick auf und schaute in den Spiegel. Sie verkrampfte. Vielleicht musste sie den Blick erst noch etwas besser üben. Es wirkte noch nicht sehr überzeugend, denn sie bezweifelte, dass sich Zane von einem schmierigen Grinsen, begleitet von wackelnden Augenbrauen, anmachen ließ. Vielleicht etwas mehr Lippenstift, grübelte sie und drehte den Verschluss von ihrer neuesten Errungenschaft auf. Als sie ihre Lippen mit noch mehr von der blutroten Farbe betupfte, wusste sie, dass sie es nicht länger hinauszögern konnte. Die Nacht würde nicht ewig dauern und Zane würde später wieder von Oliver abgelöst werden.

Mit klammen Händen öffnete sie die Tür und verließ ihr Zimmer. Ihr Herz schlug so laut, sie war sicher, Zane konnte es unten im Wohnzimmer hören. Langsam ging sie die Stufen hinunter, ihre nackten Füße erzeugten kaum einen Ton. Nur das Knarren einiger Stufen echote durch das alte Haus. Als sie unten angekommen war, konnte sie anhand Zanes steifer Sitzposition im Sessel feststellen, dass er sie bereits gehört hatte.

„Hi."

Er blickte kurz hoch, murmelte eine schwer erkennbare Begrüßung und senkte seinen Kopf wieder, um die Zeitschrift zu lesen, die er in den Händen hielt. Oder vorgab zu lesen. Seine Augen schienen nicht von links nach rechts zu wandern, sondern starrten eher auf einen Punkt.

Zane trug, was er immer trug: eng anliegende Jeans, ein schwarzes langärmeliges Shirt und Stiefel, die aussahen, als könne er damit die Scheiße aus jemandem treten. Seine Lederjacke hing über einem Stuhl in der Nähe des Eingangs. Und verdammt noch mal, wenn dieses Outfit ihn nicht wie Sex am Stiel aussehen ließ! Warum Lauren darauf bestand, dass sein kahler Schädel unattraktiv aussah, verstand Portia nicht. Tatsächlich hatte sie noch nie jemanden getroffen, der den Haarverlust so gut wegsteckte wie Zane, mit seiner friss-oder-stirb-Mentalität, als scherte er sich einen Dreck, was andere über ihn dachten. Vielleicht war es das, was sie am meisten an ihm mochte.

Mochte? Das war nun zu viel des Guten. Sie *mochte* ihn nicht wirklich – sie fand ihn attraktiv – und das war etwas ganz anderes. *Mögen* hatte damit überhaupt nichts zu tun.

„Fertig mit der Fleischbeschauung?", grunzte Zane.

Scheiße! Sie hasste es, ertappt zu werden. Sie konnte nur hoffen, dass sie nicht sabberte.

„Gibt nicht viel zu sehen; du hast zu viel an."

Sein Kopf schoss hoch, er kniff die Augen zusammen und funkelte sie an. „Diese Art Unterhaltung ist gefährlich."

Sie ging ein paar Schritte in seine Richtung und zupfte provokant an ihrer Kleidung. „Hast du Angst vor mir?"

Überrascht von ihrer eigenen Kühnheit schlug ihr Puls schneller und unregelmäßiger als zuvor.

Er schnaubte. „Musst du nicht Hausaufgaben machen, Baby Girl?"

Ihr Mut machte Verärgerung Platz. „Wenn du denkst, du kannst dir einreden, dass ich keine erwachsene Frau bin, indem du mich Baby Girl nennst, nur zu."

Zane krallte sich so fest an die Zeitschrift, dass seine Knöchel weiß wurden. Sie kam an ihn heran, genauso wie sie es wollte. Nur anstatt ihn heiß zu machen, schien sie ihn zu verärgern. Vielleicht war sie nicht so gut im Flirten. Wie auch? Sie hatte noch nie das Bedürfnis gehabt, mit dem anderen Geschlecht zu flirten.

„Es kümmert mich nicht, ob du eine erwachsene Frau bist. Wie oft muss ich das noch wiederholen? Ich bin NICHT an dir INTERESSIERT!"

Erschrocken von seinem groben Ausbruch drehte sie sich um und ging in die Küche.

„Lügner", murmelte sie, bevor sie die Tür öffnete und zum Kühlschrank ging.

Nun, das lief ja vorzüglich! Lauren hatte sie gewarnt, dass ein Mann wie Zane nicht leicht zu knacken war. Nach diesem Reinfall musste sie sich mit ihrer Freundin beraten, wie sie weiter vorgehen sollte. Lauren hatte viel mehr Erfahrung mit Männern. Ihr würde bestimmt etwas einfallen, wie sie die Situation retten konnte.

Portia nahm sich eine Cola, da sie den Zucker- und Koffeinschub brauchte, und schloss die Kühlschranktür.

Einen Moment später fand sie sich an die kalte Stahltür gepresst wieder. Zanes Gesicht war nur Zentimeter von ihrem entfernt. Die Coladose glitt ihr aus der Hand und landete am Boden, verursachte einen lauten Knall beim Aufprall auf den Kacheln.

Er fletschte die Zähne und warnte sie: „Nenn mich niemals einen Lügner!"

Ihre Brust hob sich aufgrund des plötzlichen Bedürfnisses zu atmen, ihr Busen drückte gegen seinen durchtrainierten Körper. Bei jedem Atemzug reagierten ihre Nippel auf die Reibung. Als sie ihre Hüften nach vorne schob, ermutigte eine Erkenntnis sie, zu sprechen: Er hatte eine Erektion.

„Ich würde dich ja Liebhaber nennen, aber du lässt mir keine Wahl."

Zane schloss seine Augen und im selben Moment bebten seine Nüstern. „Ich werde nie dein Liebhaber sein", konterte er, all seine Wut tropfte aus seiner monotonen Stimme. „Geh und spiel mit jemand anderem, bevor du etwas anfängst, mit dem du nicht umgehen kannst."

Er dachte, dass sie nicht mit ihm umgehen konnte? Er irrte sich! Und das würde sie ihm beweisen!

Abrupt ließ Zane sie los, doch bevor er zurücktreten konnte, nahm sie sein Gesicht in beide Hände und drückte ihre Lippen auf seine.

„Nicht", flüsterte er, doch wich er nicht zurück.

Portia leckte über seine Lippen, forderte seine Kapitulation. Ein Schauer lief durch ihren Körper, als Zane sich bewegte. Seine Lippen teilten sich und im nächsten Moment fand sie sich eingeklemmt zwischen Kühlschranktür und seinem stählernen Körper wieder.

Ihre Hände wichen von seinem Gesicht, um sich um seinen Hals zu schlingen und um sicherzugehen, dass er seine Meinung nicht änderte.

„Du wirst es bereuen", murmelte er gegen ihre Lippen.

„Werde ich nicht."

„*Ich* aber."

Trotz seines widersprüchlichen Kommentars streifte er seine Zunge gegen ihre Lippen, bevor er in sie eintauchte und ihren Mund gefangen nahm. Er hielt sie so fest, sie hätte es nicht einmal mit ihrer Hybrid-Kraft geschafft, sich von ihm loszureißen.

Zane küsste sie, als wollte er sie bestrafen. Seine Zunge peitschte gegen ihre, seine Lippen wie Seile, die sie gefangen hielten, als seine Hände verzweifelt ihren Oberkörper entlangwanderten und jeden Zentimeter von ihr berühren wollten, bevor einer von beiden seine Meinung änderte.

Als sie den puren Hunger in seinem Kuss kostete, die offensichtliche Verzweiflung, sie zu besitzen und zu verschlingen, erkannte Portia ihre eigenen Bedürfnisse: Sie wollte sich diesem Mann ergeben, diesem Vampir, ihrem Verlangen nachgeben, dem Verlangen, das sie noch nie zuvor verspürt hatte. Alles war neu und unbekannt. Wie hatte sie nur leben können, ohne zu wissen, was ein Kuss und eine Berührung tun konnten, wie es eine Person einnehmen konnte, wie ein Flächenbrand einen Wald einnehmen konnte und nichts hinterließ als Asche?

So fühlte sie sich jetzt: Ihre Haut brannte, als hätte heiße Lava sie berührt anstelle der zarten langen Finger des verführerischsten Mannes – Mensch oder Vampir –, dem sie je begegnet war. Und diese Finger machten Dinge mit ihr, unglaubliche Dinge, aufregende Dinge: Die Berührung war Gift und lindernde Medizin zugleich, erst erregte er ihr

Innerstes, dann beruhigte er es wieder.

Der Rhythmus seiner Berührung passte sich ihrem Atem an, das Beben in ihr erreichte Erdbebenstärke. Wo auch immer Zanes Körper Kontakt mit ihrem hatte, brannte sie – und brannte nach mehr. Wie ein Abhängiger zog sie ihn näher, stöhnte ihre Zustimmung und ihre Kapitulation in einem Atemzug. Doch noch immer schien er nicht zu verstehen, was sie brauchte, da er fortfuhr seine verwüstenden sexuellen Kräfte an ihr auszuüben, wo er ihr doch längst die Kleider vom Leib reißen und in sie eindringen sollte.

Portia riss ihre Lippen von seinen. „Nimm mich, jetzt."

Zane hörte nicht auf sie. Seine Antwort war ein Knurren, ein Ton, den nur ein Tier erzeugen konnte. Seine Augen glühten in einem satten Orange, und sein Atem rauschte von seinen Lungen. Ohne eine Antwort nahm er ihren Mund wieder gefangen und fuhr fort als sei er nie unterbrochen worden.

Um die Qual zwischen ihren Beinen zu lindern, zog Portia eins ihrer Beine hoch und schlang es um seinen Oberschenkel, damit er sich näher an sie drückte. Sie spürte den harten Umriss seiner Erektion gegen ihr weiches Zentrum pressen und rieb sich an ihn, um Erlösung von ihrer Qual zu finden.

Ein Stöhnen polterte aus seiner Brust und hallte in ihrem Brustkorb wider. Eine seiner Hände wanderte zu ihrem Hinterteil, drückte sie eng an sich, verstärkte damit die Reibung zwischen ihnen.

Sie erhob sich auf Zehenspitzen, um seine Erektion an ihrer Klitoris zu spüren, die im Einklang mit ihrem Herzschlag pochte. Ihre Hände wanderten zu seinem Hintern, ihre Fingernägel bohrten sich in die Jeans, von der sie sich wünschte, er würde sie nicht tragen.

Urplötzlich hob Zane sie hoch, drückte ihre Beine weiter auseinander, zwang sie, sie um seine Hüften zu schlingen, während er gegen sie stieß.

Der Kühlschrank hinter ihr schepperte, Plastikbehälter im Inneren fielen um. Es kümmerte sie nicht. Bei jedem Stoß traf sein Schwanz das kleine Nervenbündel in ihr, das geschwollen war und um Erlösung bettelte. Alles woran sie denken konnte, war, dass er nicht aufhören sollte; dass es niemals endete.

„Ich brauche…", wimmerte sie gegen seine Lippen, unfähig ihre Körperreaktionen länger zu kontrollieren.

Im nächsten Moment spürte sie, wie seine Fänge an ihrer Lippe kratzten, sanft an ihr knabberten. Ihre Nase nahm den Geruch von Blut auf, doch ihre Zunge schmeckte es nicht, da Zane ihr das Blut von der Lippe leckte und es schluckte.

„Fuck!“, fluchte er und schloss seine Augen.

Sie wusste nicht, was er meinte, noch kümmerte es sie. „Mehr!“

Als ihre Hüften gegen seine rieben, glitt sein Schaft bei jeder Bewegung an ihrer Klitoris entlang. Sie zog seinen Kopf zu sich.

Ding Dong! Ding Dong!

Nein, nicht jetzt! Sie würde es ignorieren. Portia drückte ihre Lippen auf Zanes und hoffte, er hatte das Klingeln in seinem lustgetränkten Zustand nicht gehört, doch er zog sich zurück. Im nächsten Augenblick stand sie wieder auf ihren Beinen. Auf Beinen, die unkontrollierbar zitterten, ebenso wie ihr ganzer Körper, der vor Verlangen bebte.

„Nein!“, protestierte sie. Sie streckte ihre Hand nach ihm aus, doch er wandte ihr den Rücken zu.

„Fuck!“, hörte sie ihn fluchen, als er ohne einen weiteren Blick oder ein weiteres Wort aus der Küche eilte.

Er war schwach geworden.

Portia hatte ihn als Lügner bezeichnet und sie hatte recht. Doch er wollte die Wahrheit nicht sehen. Also hatte er sie dafür bestraft, dass sie ihn durchschaut hatte. Sich selbst hatte er noch viel schlimmer bestraft. Denn zu wissen, wie es mit ihr wäre, jedoch sicherzustellen, dass es niemals passierte, würde ihn umbringen. Genauso wie ein Pflock durch sein Herz ihn umbringen würde.

Wenn er ihre Beine noch eine Sekunde länger um sich gespürt hätte, ihre Erregung noch länger gerochen und ihr Blut nochmals gekostet hätte, dann hätte er ihre Kleider in Stücke zerrissen und sie gegen die kalte Stahltür des Kühlschranks gefickt. Und er hätte sich nicht darum gekümmert, dass sie eine Jungfrau war, die es sanft brauchte und nicht hart.

Mit seinem Ärmel wischte sich Zane den Schweiß von der Stirn. Scheiße! Was zum Teufel sollte er jetzt machen? Er konnte diesen Auftrag nicht beenden. Jede Sekunde in Portias Gegenwart wäre reine Folter. Und was, wenn sie ihn wieder provozierte? Würde er nehmen, wonach er sich verzehrte? Und sobald sie erkannte, wie brutal er war, würde sie ihre Meinung ändern? Doch dann wäre es bereits zu spät. Er würde sie trotzdem nehmen – nehmen, was er ohnehin als sein ansah.

Er hätte nie ihre Lippe beißen und ihr Blut kosten dürfen. Ein Tropfen war genug gewesen, um seine Vampir-Seite dazu zu bringen, sich nach etwas zu sehnen, das er nicht wagte zu fordern: eine Frau für sich allein. Es war nicht richtig. Wie konnte er erwarten zu lieben und geliebt zu werden, wenn er ausschließlich für Hass und Rache lebte?

Und er hatte seine Rache noch nicht vollendet. Die Gerechtigkeit forderte noch eine weitere Hinrichtung. Ein Name stand noch auf der Liste derer, die verantwortlich waren für so viel Leid, so viele Tote und für den Raub des Lebens, das er nie hatte führen dürfen. Er konnte jetzt nicht aufgeben; er musste es zu Ende bringen.

Wenn er Portia nahm und sich ihr hingab, würde sie ihn ergründen und ihn hassen, weil er schon seit einiger Zeit vermutete, dass er mit den Jahren so böse geworden war wie die Männer, die er seit langem verfolgte. Wenn sie ihn so sah, wäre dies nur noch eine Bestätigung seiner Befürchtung. Er konnte das nicht zulassen. Keiner sollte wissen, was in ihm lauerte, da er es sich selbst nicht eingestehen konnte.

Ding Dong! Ding Dong! Ding Dong!

Es klingelte noch dringlicher als zuvor und erinnerte Zane daran, warum er aus der Küche gestürmt war. Er richtete sich auf und räusperte sich. Verdammt, er hatte noch immer ihren Geschmack auf der Zunge und sein Schwanz drückte gegen den Reißverschluss seiner Hose und erwartete Freilassung. Vergebens.

Durch den Spion in der Tür erkannte er Thomas und Eddie. Was zum Teufel wollten sie von ihm? Er war gerade nicht in der geistigen Verfassung, um sich jetzt mit seinen Kollegen zu befassen. Insbesondere nicht mit dem immer gut gelaunten Eddie, der Amaurys Schwager war. Er hatte auch keine Nerven für Thomas, den scharfsinnigen Mentor, der noch nie in seinem Leben etwas falsch gemacht hatte – nun, vielleicht einmal, als er mit Milo angebändelt hatte, seinem Liebhaber, der sie alle später betrogen hatte.

„Hör zu, Zane“, sagte Thomas schließlich auf der anderen Seite der Tür, „wir wissen, dass du da bist, also mach die Tür auf.“

Es gab Zeiten, in denen Zane die übernatürlichen Sinne hasste, die jeder Vampir hatte. Heute Nacht war einer dieser Momente.

Er öffnete die Tür und ging zur Seite, hoffte, dass der Geruch des alten Hauses von Portias Duft ablenken würde, der an seinem Körper und seiner Kleidung klebte. Doch in dem Moment, in dem Thomas eintrat, wie immer in Biker-Klamotten gekleidet, die aus Leder und noch mehr Leder bestanden, verriet das Flattern seiner Nasenflügel, dass er etwas bemerkt hatte. War ja klar.

Als Eddie Thomas folgte und die Tür hinter sich schloss, blickte Zane zu Thomas, wartete auf eine spitze Bemerkung von ihm. Thomas' Alter und seine Erfahrung gewannen offensichtlich über dessen Verlangen, das auszusprechen, was ihm auf der Zunge lag. Jetzt musste Portia nur in der Küche bleiben, dann wüsste Thomas lediglich, dass der Geruch einer Frau an ihm klebte und nicht, dass es der Geruch seines Schützlings war.

„Was gibt's?" Zane biss durch seine Zähne hindurch.

„Hey, Zane", begrüßte Eddie ihn und blickte um sich.

Thomas nickte. „Ich bin hier, um dich zu abzulösen."

Ihn abzulösen? Verdammt! Wie konnten sie bereits wissen, was er getan hatte, dass er gegen den ethischen Kodex von Scanguards verstoßen hatte?

Thomas neigte seinen Kopf zu Eddie. „Eddie bringt dich zu deinem Termin bei Drake."

Termin? Zanes Blick schwang zu Eddie, dann wieder zu Thomas. Sein Herzschlag erhöhte sich. „Ich wüsste es, wenn ich bei dem Quacksalber einen Termin hätte!"

Das beschrieb genau, was er von dem Psychiater hielt, der unter einigen Angestellten von Scanguards scheinbar recht beliebt war.

„Samson hat sich schon gedacht, dass deine Reaktion in etwa so ausfallen würde, deshalb hat er sich entschlossen, nichts –"

„Er hat sich entschlossen? Samson bestimmt nicht mein Leben!"

„Wenn du weiter für ihn arbeiten möchtest, befolgst du besser seine Regeln."

Zanes Gaumen sehnte sich nach einem Biss. „So läuft es also? Und ihr beide spielt seine Boten, weil er nicht die Eier dazu hat, es mir selbst zu sagen?"

Er hob sein Kinn herausfordernd an, wartete nur darauf, dass Thomas ihm eine Gelegenheit gab, seine Fäuste in sein zu hübsches Gesicht zu schlagen.

Thomas bewegte sich in Vampirgeschwindigkeit auf Zane zu. „Sei vorsichtig mit dem, was du über Samson sagst, mein Freund. Ich bin mit ihm schon sehr lange befreundet, länger, als ihr alle ihn überhaupt kennt. Wenn ich beschließe, unsere kleine Unterhaltung in seiner Gegenwart zu erwähnen, gehörst du nicht mehr zu uns. Geht das in deinen dickköpfigen Schädel rein?"

„Was ist hier los? Wer sind diese Leute, Zane?", kam Portias Stimme von hinten.

Verdammt, sein Glück hatte ihn soeben verlassen.

Zane drehte seinen Kopf, sah, wie sie vorsichtig näher kam. „Kollegen", drückte er heraus.

„Ach so, na dann…" Sie lächelte Thomas und Eddie freundlich an.

Hatte Portia *ihn* jemals so angelächelt? Er konnte sich nicht erinnern. Die Erkenntnis traf ihn wie ein Pflock ins Herz. Portia konnte ihn überhaupt nicht leiden, warum sonst sollte sie ihn nicht auch so anlächeln wie sie Thomas und Eddie jetzt anlächelte?

Als Eddie auf sie zuging und ihr die Hand schüttelte, ballte Zane seine Hände zu Fäusten. Er berührte sie! Die Spitzen seiner Fänge kamen zum Vorschein, als er das Verlangen unterdrückte, ihre Hände voneinander zu trennen.

„Ich bin Eddie. Du musst Portia sein."

Aus dem Augenwinkel sah Zane, wie Thomas seinen Kopf ungläubig schüttelte.

„Ja. Hallo Eddie."

Zane wandte seinen Kopf Thomas zu, der sich noch immer nicht bewegt hatte und nur Zentimeter von ihm entfernt stand.

„Du verdammter Dreckskerl", zischte Thomas gerade so laut, dass nur Zane ihn hören konnte. „Was denkst du, was das hier für ein Spielchen ist?"

Zane blinzelte und senkte seine Stimme auf denselben Geräuschpegel. Thomas hatte den Geruch an ihm als Portias erkannt. „Warum nimmst du nicht Eddie, fickst ihn und lässt mich in Ruhe?"

Thomas' Gesichtszüge entgleisten. Zane wusste, dass seine letzte Bemerkung unter seinem Niveau war, doch irgendjemand musste es schließlich mal aussprechen. Wenn Thomas nicht mit seiner eigenen Situation unzufrieden wäre, würde er seine Nase vielleicht nicht ständig in Angelegenheiten anderer Leute stecken.

„Du verdammtes Arschloch. Du gehst jetzt zu Drake, keine

Widerworte, oder ich berichte Samson hiervon und du fliegst raus.“

Die Strenge in Thomas’ Stimme und seinem Gesicht waren nicht zu leugnen. Zane hatte keine Wahl, als bei der kleinen Erpressung mitzuspielen. Ohne ein Wort zu Thomas drehte er sich um.

„Eddie, lass uns gehen.“

„Wo gehst du hin?“ Portias Stimme klang vorwurfsvoll. Ihr Lächeln war verschwunden.

Bevor er die richtigen Worte finden konnte sprach Thomas. „Zane hat eine wichtige Verpflichtung, der er die nächsten paar Stunden nachgehen muss.“ Er ging zu Portia und streckte seinen Arm aus. „Ich bin Thomas. Es ist mir eine Ehre.“

Zane ging zur Tür, Eddie knapp hinter ihm.

„Du kannst mein Motorrad nehmen“, rief Thomas ihm hinterher, doch Zane antwortete ihm nicht.

„Arschloch“, murmelte er vor sich hin.

13

Kühle Nachtluft begrüßte ihn, als er in die Einfahrt trat. Zane wartete einen Moment darauf, dass Eddie zu ihm aufholte. Noch immer kochend vor Wut über Thomas' Erpressung blickte er sich um und fand Eddies Motorrad nahe beim Tor geparkt. Er reckte seinen Kopf.

„Wo ist die Ducati von Thomas?"

„Er ist nicht mit der Ducati hier. Er hat heute seine BMW genommen", sagte er und schlenderte an ihm vorbei.

Zane folgte ihm. „Ich wusste nicht, dass er eine BMW hat."

„Weil er gerade erst fertig geworden ist, sie zu restaurieren. Sie ist antik."

Zane erreichte Eddies Bike und ging darum herum. Hinter Eddies Kawasaki stand ein kleineres Gefährt. Zane blieb plötzlich stehen.

„Es ist eine R6, 1937er Modell", sagte Zane mit der noch verbliebenen Luft in seiner Lunge, die er durch seine Stimmbänder fließen ließ.

„Ja, stimmt. Thomas ist ziemlich stolz darauf. Er musste ganz schön viel dafür hinlegen. Aber er hat sie gut zusammengeflickt, findest du nicht?"

Eddies Worte verschwanden im Hintergrund, als Zane die Umrisse des Motorrads bestaunte, das er so gut kannte. Es war schwarz-verchromt genau wie das, das er einst hatte; die R6, die ihm gehört hatte, als er noch Zacharias war, als er noch Haare hatte und einer vielversprechenden Zukunft entgegengeblickt hatte.

Sogar jetzt konnte er noch den Wind spüren, der sein Haar zerzauste, während er durch die Straßen von München bretterte.

Das Kopfsteinpflaster sandte kleine Schockwellen durch seinen Körper, als er beschleunigte und ein Auto überholte. Hinter ihm saß seine Schwester Rachel auf dem kleinen Gepäckträger, der eigentlich nicht als Beifahrersitz gedacht war, und klammerte sich an ihm fest, ihre Beine in Richtung des Gehsteigs ausgestreckt.

„Nicht so schnell, Zacharias!", bettelte sie, kicherte aber gleichzeitig. Es machte ihr ebenso viel Spaß wie ihm.

„Hast du etwa Angst?", spottete er lachend. Es gab nichts Besseres, als auf dem Motorrad zu sitzen und die Luft an seinen Ohren

entlangwehen zu lassen.

„Nein, aber Papa wird sauer sein, wenn wir stürzen und uns verletzen.“

„Mach dir über Papa keine Gedanken.“

Sein Vater hätte ihm dieses Geburtstagsgeschenk nicht gegeben – eine 3-jährige BMW R8, die wie neu aussah – wenn er nicht gewollt hätte, dass er sie fuhr und damit Spaß hatte. Rachel war einfach noch ein Kind. Mit gerade mal 14 Jahren gehorchte sie ihren Eltern noch aufs Wort, während er bereits mehrere Male rebelliert hatte. Er war schon einmal kurz davor gewesen auszuziehen, doch seine Mutter hatte es für keine gute Idee gehalten. Außerdem war er als aufstrebender Poet finanziell immer noch von seinen Eltern abhängig.

„Wir sollten nach Hause fahren. Mama wartet bestimmt schon mit dem Abendessen auf uns“, drängte Rachel.

„Nur noch einmal um den Block“, schmeichelte er und drehte den Griff, um die Geschwindigkeit zu erhöhen.

Aus einmal wurde dreimal und als sie das Stadthaus ihrer Eltern erreichten, war es bereits dunkel. Rachel sprang herunter und Zacharias rollte das Motorrad in Richtung Garage, als er den uniformierten Mann am Hauseingang bemerkte.

Sofort erfüllte ihn Panik. War seinen Eltern etwas geschehen, während Rachel und er unterwegs gewesen waren und Spaß hatten? Er stellte das Motorrad schnell ab und stürzte zur Haustür, die Rachel bereits erreicht hatte.

„Mama? Papa?“ Die Stimme seiner Schwester schallte gegen die Mauern, die die enge Straße einsäumten.

„Ist unseren Eltern etwas zugestoßen? Was ist los?“ Worte purzelten über Zacharias Lippen wie Wasser, das einen Wasserfall hinunterstürzte.

Der Mann mit dem verräterischen SS-Emblem auf seiner Uniform antwortete mit stoischem Blick.

„Zacharias und Rachel Eisenberg?“

Zacharias nickte automatisch. „Das sind wir.“

Er ergriff die Hand seiner Schwester und drückte sie. Ein Gedanke durchdrang ihn plötzlich: Er hatte davon gehört, dass SS-Personal an den Häusern anderer Familien aufgetaucht war. Es gab Gerüchte, dass anständige Bürger von ihnen einfach verschleppt wurden.

Der SS-Mann deutete zum Flur hinter sich und ließ sie passieren. Zacharias ließ die Hand seiner Schwester nicht los, rannte mit ihr in den hinteren Teil des Hauses, wo er Stimmen hörte. Jeder Raum, an dem er vorbeilief, war hell erleuchtet.

Sorge ließen sein Herz wie eine Lokomotive schlagen, bis er endlich das Wohnzimmer erreichte. Seine Mutter saß auf der Couch, ihren Kopf in die Hände gestützt und sein Vater stand neben ihr, offensichtlich angespannt. Zane warf nervöse Blicke zu den Männern im Raum: drei weitere SS-Mitglieder mit schwarzen Uniformen und glänzenden Stiefeln, die im künstlichen Licht schimmerten.

„Sind das Ihre Kinder?“, fragte der blonde Mann.

Zacharias Vater nickte und blickte ihn und Rachel reumütig an.

„Vater?“ Er versuchte, den Kloß in seinem Hals zu schlucken, erfolglos.

Die Anwesenheit dieser Männer in seinem Zuhause konnte nur eines bedeuten. Die Gerüchte waren wahr; er wusste es, als er in die Gesichter seiner Eltern schaute.

Das Gesicht seiner Mutter war verweint. Zacharias stürzte zu ihr und nahm ihre Hände in seine, als er sich vor ihr niederkniete.

„Sie nehmen uns mit. Uns alle.“ Sie schluchzte und hinter sich hörte er Rachels erschrockenes Nachluftringen. „Sie verhaften uns.“

Zacharias drehte seinen Kopf zu den Eindringlingen. Obwohl er die Antwort bereits kannte, musste er die Frage stellen. „Warum?“

Als ein böses Grinsen auf dem Gesicht des Blonden erschien, fühlte Zacharias sich, als packte ihn eine eisige Hand am Hals, die das Leben aus ihm pressen wollte. Eine Art Vorahnung nahm ihn ein.

„Warum?“ Der Mann tauschte einen Blick mit seinen Kollegen. „Weil ihr Juden seid, darum. Judenschweine!“

Judenschweine. Das Wort spukte noch immer in seinem Kopf, als die SS-Wachen ihn und seine Familie aus dem Haus in den wartenden Lieferwagen schoben. Er blickte sich um, erhaschte einen letzten Blick auf sein Motorrad, mit dem er nur Minuten zuvor nach Hause gekommen war. Er hatte es nur einen Tag besessen – einen einzigen Tag im Jahre 1940. Er war 24 Jahre alt, und das Leben, wie er es kannte, hatte sich schlagartig verändert. Wie drastisch hätte nie jemand ahnen können.

Zane riss seinen Blick von dem Motorrad weg und schaute dann zu

Eddie. „Die kann ich nicht fahren.“

„Natürlich kannst du das. Sie funktioniert genauso wie –“

„Ich sagte, ich kann nicht“, fauchte Zane hinter gefletschten Zähnen hervor und starrte Eddie an.

Sein Kollege tat gut darin, nicht weiter dumme Fragen zu stellen. „Gut, dann fährst du eben mit mir.“

***

Zane fühlte sich wie benommen, als er in Drakes Praxis ging. Er schaute die Empfangsdame böse an und ignorierte ihren Protest, dass sie ihn erst anmelden müsse. Stattdessen drang er einfach ins Büro des Doktors ein und knallte die Tür hinter sich zu.

Drake saß hinter seinem Schreibtisch. Er blickte nur kurz auf, scheinbar unbeeindruckt von Zanes dramatischem Auftritt.

„Ich bin hier“, verkündete Zane, als der Seelenklempner sich wieder seinen Unterlagen zuwandte. Er hasste es, wenn er ignoriert wurde.

„Ich bin nicht blind“, antwortete der Doktor ruhig.

„Wenn Sie diese Sitzung nicht sofort beginnen, werde ich dafür sorgen, dass Sie in einem Aschenbecher Platz finden“, murmelte Zane.

„Und auch nicht taub“, fügte Drake an und schloss die Akte, die er gelesen hatte, und legte sie weg. „Ich hatte nicht erwartet, dass Sie so erpicht darauf sind, gleich anzufangen.“

Zane ließ seine Knöchel knacken. „Wenn Ihre Kenntnisse als Arzt ebenso scharf sind wie Ihre Menschenkenntnisse, schlage ich einen Berufswechsel vor.“

Als wäre er hier, um eine doofe Psychoanalyse von so einem Quacksalber machen zu lassen! War etwa Spinner auf seiner Stirn tätowiert? Der Kerl bekäme kein einziges Wort aus ihm heraus, das schwor sich Zane.

„Ich würde Ihnen ja einen Sitzplatz anbieten, aber ich habe den Eindruck, Sie stehen lieber, also lasse ich es.“

„Wieder falsch“, antwortete Zane und ließ sich auf das scheußliche Sarg-Sofa fallen und legte seine Beine auf den Holzpaneelen ab, die eigentlich als Armlehnen gedacht waren. Natürlich hätte er bevorzugt zu stehen, doch er würde dem Idioten nicht recht geben. Innerhalb fünf Minuten würde er beweisen, dass Drake inkompetent war. Und am Schluss würde Drake ihm sogar zustimmen.

„Nette Einrichtung“, log er. Er würde den Arzt so aus der Bahn werfen, indem er ihm falsche Antworten gab, dass dieser am liebsten nach China auswandern wollte.

Eine hochgezogene Augenbraue zeigte an, dass Drake seine Verwirrungstaktik durchschaut hatte. „Ihr Boss hat mich schon vorgewarnt, dass Sie besondere Vorlieben haben."

Zane blickte gelassen drein, obwohl ein Sturm in ihm tobte. „Ich zweifle daran, dass er mich hergeschickt hat, um meine Vorlieben zu diskutieren. Was wollen Sie, Drake?" Er schlug die Beine übereinander, gab eine entspannte Pose vor.

„Das liegt ganz an Ihnen."

„Lügen Sie mich nicht an. Wir wissen beide, dass das nicht wahr ist. Sie haben von Samson genaue Anweisungen bekommen, worüber Sie mit mir sprechen sollen." Er blieb so ruhig wie er konnte und fuhr fort: „Also machen wir's kurz: Ich habe das Schwein umgebracht. Ob ich's genossen habe: sehr. Ob ich es bedauere: kein bisschen. Würde ich es anders machen, wenn ich nochmals die Chance hätte: verflucht nein."

Zane schwang seine Füße auf den Boden. „Und da wir das jetzt geklärt haben, berechnen Sie Samson die volle Stunde und machen Sie die verbleibende Zeit was immer Sie wollen." Er stand auf.

Der Doktor klatschte, langsam und bedächtig.

Zane blickte ihn kühl an.

„Fabelhaft, exzellent! Eine gute Vorstellung liebe ich so sehr wie jeder Vampir. Haben Sie je darüber nachgedacht, Schauspieler zu werden?"

„Idiot!"

„Nein, ernsthaft." Drake stand auf und umrundete seinen Schreibtisch. „Ich sehe viel Potenzial in Ihnen."

Zane kniff bei der offensichtlich sarkastischen Bemerkung des Arztes die Augen zusammen. „Wir sind hier fertig."

„Nicht so hastig. Sie sind sich sicherlich darüber im Klaren, dass ich angehalten bin, es Samson zu berichten, sollten Sie einen Ihrer Termine verpassen oder frühzeitig verlassen." Er blickte vorsätzlich auf seine Armbanduhr. „Sie sind gerade mal fünf Minuten hier. Das ist tatsächlich ein Rekord." Dann schaute er wieder zu Zane. „Das hier ist doch kein Speed-Dating."

Zane ballte seine Fäuste und atmete tief ein. Gut, der Doc bestand darauf, dass er die volle Stunde hier blieb? Das konnte er haben. „Wie

Sie wünschen“, drückte er heraus.

Er legte sich auf das Sarg-Sofa, stopfte eines der Kissen unter seinen Kopf und schloss die Augen. „Wecken Sie mich in 55 Minuten.“

Es war still im Zimmer. Zane begann zu zählen. Eine Minute verstrich und eine weitere. Dann schallte das Lachen des Psychiaters durch den Raum. Zane riss die Augen auf, starrte den Mann mit böser Miene an.

„Und Ihre Kollegen wollten mir weiß machen, dass Sie keinen Sinn für Humor haben“, sagte Drake.

„Sie sind echt nervig.“ Fast so nervig wie Portia sein konnte.

Fuck, er sollte nicht an sie denken und daran, was vor nicht mal einer Stunde geschehen war. Noch sollte er sich fragen, was passieren hätte können, wenn sie nicht unterbrochen worden wären. Verdammt, er würde nicht mit einer Jungfrau schlafen. Es war nicht richtig.

„Was wissen Sie über Hybride?“ Die Frage war raus, bevor Zane überhaupt wusste, dass er fragen wollte.

„Ich schätze, Sie sprechen gerade nicht von Autos?“

Zane blickte ihn genervt an.

„Sie sind nicht der Einzige, der Humor besitzt.“ Drake kicherte.

Zane rollte mit den Augen. Verdammt, warum musste Drake der einzige Psychiater in der Stadt sein? Oder besser gesagt, der einzige Psychiater weit und breit?

„Ein Hybrid ist das Produkt der Liebe eines männlichen Vampirs und seiner sterblichen, blutgebundenen Frau, oder in anderen Fällen ein Nachkomme eines Hybriden.“

Mit einer ungeduldigen Geste stand Zane auf. „Selbst ich wusste das bereits.“

„Dann möchten Sie Ihre Frage vielleicht wiederholen und dabei etwas präziser werden?“ Der Doktor setzte sich in den Sessel gegenüber des Sofas.

Zane änderte seine Sitzposition. Mist, vielleicht sollte er das Ganze lieber vergessen. Es ging ihn nichts an. Es wäre klüger, sich da rauszuhalten. Aber seine verdammte Klappe hatte seinen eigenen Antrieb.

„Gibt es einen Grund, warum ein Elternteil nicht will, dass seine Hybrid-Tochter ihre Unschuld verliert bis ihr Körper seine endgültige Form erreicht?“

„Was?“

„Ich dachte, Sie wären nicht taub.“

„Oh, ich habe Sie klar und deutlich verstanden. Aber Ihre Frage überrascht mich.“

„Also?“

Drake spielte mit seinen Fingern. „Ich vermute, Sie beziehen sich auf die Tatsache, dass ihr Jungfernhäutchen nach der Umwandlung noch intakt sein wird?“ Er wartete auf Zanes Nicken, bevor er weiter sprach. „Ehrlich gesagt macht es keinen Sinn. Nur ein Sadist würde jemandem so etwas antun. Wie alt ist der Hybrid, wenn ich fragen darf?“

Zane schnaubte. „Das war eine hypothetische Frage.“

Drake runzelte die Stirn. „Wie alt ist Ihr hypothetischer Hybrid?“

„In ein paar Wochen ist ihr 21. Geburtstag.“

„Ich schlage vor, Sie informieren ihre Mutter über die Folgen.“

„Ihre Mutter ist tot.“

„Dann ihren Vater.“

„Er hält sie praktisch gefangen, damit sie keinen Kontakt zu Männern aufbauen kann.“

„Sie denken also, es ist seine Absicht?“

„Was sonst?“ Die Anweisungen, die Scanguards von ihrem Vater erhalten hatte, waren kristallklar: sie von Männern fernhalten.

Drake wagte zu fragen: „Warum sind Sie so an diesem Hybrid interessiert?“

Zane sprang auf. „Ich bin nicht interessiert!“ Ach, nicht mal er selbst glaubte diesen Unsinn!

„Hmm. Sie könnten mich ja fast davon überzeugen.“

Zane ignorierte Drakes Kommentar, als ihm ein anderer Gedanke kam. „Kann ein Jungfernhäutchen nicht irgendwie anders zerstört werden außer durch Sex?“

„Nein.“

Zane blinzelte. Saß er wirklich mit einem Psychiater in dessen Büro und diskutierte über Geschlechtsorgane? Er musste den Verstand verloren haben ohne es zu bemerken.

„Aber…Ich habe gehört, dass es beim Menschen selbst bei normaler körperlicher Aktivität reißen kann. Könnte es nicht sein, dass ihr Jungfernhäutchen bereits gerissen ist?“

Er hatte sie aus dem Fenster springen und rennen sehen, als würde sie vom bösen Wolf höchstpersönlich verfolgt. Konnte man das nicht energische körperliche Aktivität nennen?

Drake hob eine Augenbraue.

„Ja, ich schaue gelegentlich den Discovery Channel an. Verklagen Sie mich doch“, schnaubte Zane.

Drake räusperte sich. „Um wieder zu Ihrer Frage zurückzukommen, leider nein. Ein Hybrid ist einer solchen dauerhaften Verletzung nicht ausgesetzt. Das Jungfernhäutchen kann zwar verletzt werden, doch während des Schlafes heilt es wieder von selbst. Nicht einmal sie mit dem Finger zu ficken, entschuldigen Sie meine Wortwahl, würde etwas bringen. Nur richtiger Geschlechtsverkehr reicht aus, um es derart zu beschädigen, dass es nicht wieder verheilen kann.“

Drake rutschte auf seinem Sessel nach vorne. „Ein Penis aus Fleisch und Blut und lebendiger Samen ist notwendig, um ein Jungfernhäutchen in die Ewigkeit zu verabschieden. Es gibt nur einen Weg. Ich schätze, unser Erschaffer wollte, dass wir gezwungen sind, uns fortzupflanzen.“ Er zuckte mit den Achseln.

Zane schluckte. „Bleibt also nur noch Sex.“

Schwitziger, leidenschaftlicher, aufregender Sex mit Portia.

14

Nachdem Zane Drakes Praxis verlassen hatte, fuhr er mit Eddie zurück zu Portias Haus. Er ließ sich die Worte des Doktors immer noch durch den Kopf gehen, nicht in der Stimmung, sich zu unterhalten. Als er das Haus erreichte, informierte ihn Thomas glücklicherweise, dass Portia zu Bett gegangen war. Wenigstens musste er ihr jetzt nicht gegenübertreten, wo er diesen inneren Konflikt hatte, was er als Nächstes tun sollte.

Er war froh, als Oliver ihn kurz vor Sonnenaufgang ablöste.

„Kannst du morgen eineinhalb Stunden vor Sonnenaufgang kommen?“, fragte Zane seinen menschlichen Kollegen.

„Wofür?“

„Ich muss noch zu Samson.“

„Sicher. Kein Problem.“

„Danke, Kumpel.“ Er klopfte Oliver auf die Schulter und verließ das Haus.

Auf dem Heimweg ernährte sich Zane von einem Penner, der in einem Hauseingang lag. Er musste sich beinahe übergeben. Seit er diesen winzigen Tropfen von Portias Blut gekostet hatte, schmeckte jetzt alles andere wie Batteriesäure. Verdammt, er war wirklich im Arsch. Während er sich früher nie besonders darum geschert hatte, woher sein nächster Imbiss kam, solange er in einer pulsierenden Vene gereicht wurde, hatte sich wohl sein Geschmackssinn gerade verfeinert.

Er war ein McDonalds-Typ; doch plötzlich bestand er auf Mahlzeiten mit drei Michelin Sternen. Super!

Als er zu Hause ankam, lenkte Quinn ihn von seinen störenden Gedanken ab.

„Das wirst du nicht glauben!“

Müde hob Zane eine Augenbraue und ließ sich auf die Couch plumpsen. Z sprang auf ihn und kuschelte sich an ihn. „Hat er gefressen?“

Quinn nickte. „Ich hab ihn nach unserem Spaziergang gefüttert.“

Zane blickte den Hund an. „Danke. Also, was werde ich dir nicht glauben?“

„Die Anstecknadel, die du bei deinem Angreifer gefunden hast: Ich habe das Symbol gefunden."

Ein Schwall der Aufregung durchdrang ihn. Endlich gab es etwas, worauf er seine Energie lenken konnte. „Was bedeutet es?"

„Jetzt hör dir das an: Es ist eine Gruppe von Vampiren und Hybriden, die sich zusammengeschlossen haben, um eine übergeordnete Rasse zu erschaffen."

Zane spitzte die Ohren. „Eine neue Rasse?"

„Nicht neu, übergeordnet. Sie wählen Vampire und Hybriden für ein Programm aus, um Kinder zu zeugen; stärkere, *übergeordnete* Hybriden."

Zane erschauderte. Es klang zu sehr nach etwas, das er kannte. „Wie die Nazis es versucht hatten, ihr arisches Superheer zu erschaffen: große blonde Männer und Frauen mit überdurchschnittlicher Intelligenz, körperlicher Stärke und Schönheit, die Kinder zeugen sollten."

Quinn nickte. „Nur jetzt sind es nicht blonde, blauäugige, die sie wollen, sondern hauptsächlich Hybriden. Sie nehmen auch Vampire, aber nur außergewöhnliche: stärkere, tödlichere, intelligentere, mit mehr Fähigkeiten. Sie wollen diese Eigenschaften in die nächste Generation von Hybriden hineinzüchten."

„Wie hast du das herausgefunden?"

Quinn zuckte mit den Achseln. „Ein verärgerter Vampir, der vom Programm abgelehnt wurde, hat sich bei einem meiner Kontakte gemeldet."

„Verärgert? Nicht gerade die zuverlässigste Quelle. Solche Leute übertreiben bekanntlich."

„Er wirkte aufrichtig."

Zane zweifelte, obwohl Quinn eine verblüffende Fähigkeit hatte, Leute zu durchschauen.

„Irgendwas stimmt da trotzdem nicht. Wenn ich so etwas versuchen würde, würde ich nicht gleich jeden möglichen Rekruten darüber informieren. Erst wenn jemand akzeptiert ist, würde ich mehr Informationen preisgeben. Und selbst dann nur, was sie unbedingt wissen müssen."

Quinn blickte drein, als überdachte er seine Worte. „Mein Informant erschien mir, als würde er selbst die Initiative ergreifen, um an Informationen zu kommen, wenn du weißt, was ich meine."

Ein Vampir, der seine Nase in Angelegenheiten steckte, die ihn nichts angingen? Nun, zumindest konnte Zane versuchen herausfinden, was dieser wusste. Es bedeutete ja nicht, dass er es auch glauben musste.

„Weiß er, wer hinter der Sache steckt?“

„Er wusste es nicht. Nur die, die angenommen werden, dürfen früher oder später die Bosse kennenlernen.“

Das klang wenigstens plausibel. „Was wusste er noch?“

„Der Ort ihres Hauptsitzes ist geheim. Nur die paar an der Spitze wissen, wo er ist. Alles wird geheim gehalten: die Anzahl der Rekruten sowie die Anzahl der neuen Hybrid-Babys, die sie auf die Welt bringen.“

„Weiß er überhaupt etwas? Was ist das Ziel dieser Gruppe? Es muss einen Grund geben, warum sie das tun.“

„Ich denke, das können wir anhand des Symbols erraten, das sie gewählt haben: Es ist tatsächlich ein Hakenkreuz, ein zerbrochenes, angedeutet durch die Linie, die durch die beiden Teile läuft. Eines, was der abgelehnte Vampir herausgefunden hat, ist, dass sich das Symbol verändert. Alle paar Jahre gibt es ein neues und jedes Mal wandern die beiden Teile des Hakenkreuzes näher zusammen.“

Zane fluchte. Ein solches Symbol konnte nur eines bedeuten. „Sie wollen das Dritte Reich wiederauferstehen lassen.“

„Vielleicht nicht ganz. Aber sie nehmen dieselben Ideen auf, um stärkere, unzerstörbarere Hybriden zu erschaffen. Und da diese keine vollblütigen Vampire sind, können sie tagsüber raus ins Sonnenlicht. Sie können sich unter die menschliche Bevölkerung mischen und sich in ihrem Schutz ungehindert weiterverbreiten. Stell dir vor, wie mächtig sie dadurch werden können. Und die Restlichen von uns, die Vollblutvampire, sind währenddessen lahm gelegt, da wir nur nachts eingreifen können. Wenn diese übergeordnete Rasse Interesse an der Weltherrschaft hat…“ Quinn musste seinen Satz nicht zu Ende führen.

„Die perfekte Herrenrasse mit den Kenntnissen und Vorteilen von Menschen sowohl unserer Spezies, doch ohne jegliche Schwachstellen.“ Zane atmete durch. Und er hatte keinen Zweifel, dass sein größter Feind dahinter steckte. „Franz Müller ist ihr Anführer.“

„Das weißt du nicht.“

Zane lachte bitter. „Das Komplott ist teuflisch.“ Er warf seinem Freund einen Blick zu und fuhr fort. „Wenn irgendjemand zu so etwas fähig ist, dann ist es Müller. Sein Hintergrund passt; er hat das medizinische Wissen zu verstehen, welche Charakterzüge für ein Zuchtprogramm von Vorteil wären, und er hat die nötigen Kontakte. Seine Kollegen und er haben dies wahrscheinlich direkt nach dem Krieg schon aufgezogen. Sobald sie herausfanden, dass sie sich mit Menschen fortpflanzen konnten, um Hybrid-Kinder zu zeugen, hatten sie alles, was sie brauchten."

„Du stellst ihn ja dar, als wäre er eine Art Überbösewicht. Er ist nichts dergleichen. Nimmst du diese persönliche Fehde nicht etwas zu ernst? Er ist nur ein Vampir, der dir bisher entwichen ist."

Zane schüttelte den Kopf. „Unterschätze Müller nicht. Tu es und du bist tot. Er ist böse bis ins Knochenmark. Und seine Ambitionen schüren dieses Übel nur noch mehr an. Wenn er sich etwas in den Kopf gesetzt hat, dann tut er es auch. Es war seine Forschung und seine Gerissenheit, die es möglich gemacht hatten, das Programm in Buchenwald durchzuführen. Er war derjenige, der herausfand, wie man Vampire erschaffen kann, nachdem ein Wächter einen Vampir beobachtete, als dieser sich von einem Häftling ernährte. Er war derjenige, der darin eine Gelegenheit erkannte. Und er ergriff sie."

Quinn legte seine Hand auf Zanes Unterarm. „Aber eine Herrenrasse? Denkst du nicht, dass dies selbst für Müller ein etwas zu hoch gestecktes Ziel ist?"

„Er hat einen Gott-Komplex. Er ist ein Psychopath."

Quinn seufzte. „Was willst du jetzt machen?"

„Es gibt nur eines, was ich machen *kann*: ihn finden und zur Strecke bringen. So wie ich ihn kenne, traut er niemandem. Er wird der Einzige sein, der alle Informationen darüber hat, wie das Programm abläuft und wie es aufgebaut ist. Wenn er stirbt, stirbt auch das Programm."

„Das trifft nur zu, wenn er der Kopf der Sache ist."

„Er muss es sein."

Müller hatte Autorität immer gehasst. Selbst damals in Buchenwald hatte er es gehasst, einem Vorgesetzten Rechenschaft zu geben. Es ist undenkbar, dass er als Zivilist Anweisungen folgt; Müller ordnet sich niemandem unter. Er ist der Anführer."

„Wie sollen wir ihn finden?"

„Lass uns bei Brandts Sohn weitermachen. Er wird uns zu ihm führen. Irgendetwas über den Schlüssel?"

Quinn schüttelte den Kopf. „Stell dir vor, es gibt keine Schließfächer am Flughafen. Wohl wieder so eine dumme Idee der Homeland Security. Ich werde die Bahnhöfe überprüfen."

„Mach das. Er kann nicht hierher gekommen sein, ohne etwas bei sich zu tragen. Er muss seine Sachen irgendwo untergestellt haben."

Und hoffentlich führte Brandt sie direkt zu der Organisation. Obwohl Brandt behauptet hatte, nicht zu wissen, wo Müller sich aufhielt, bedeutete das nicht viel. Wenn nur die Führungsriege wusste, wo sich das Hauptquartier befand und wo Müller sich aufhielt, konnte das nur bedeuten, dass Brandt nicht zu diesem Kreis gehörte. So einfach war das.

Zane schlug eine Faust in seine Handfläche. Er konnte es kaum erwarten, Müller zu finden, jetzt mehr denn je. Wenn dieser wirklich der Kopf dieses Neonazi-Zuchtprogramms war – und da war Zane sich sicher – dann musste Müller so schnell wie möglich von der Bildfläche verschwinden. Vampire und Hybriden waren den Menschen bereits in Kraft und Schnelligkeit überlegen. Müller zu erlauben, eine Rasse zu erschaffen, die noch übergeordneter war – in Verbindung mit der Motivation, so viele Menschen wie möglich zu dominieren – würde die gesamte Menschheit in Gefahr bringen.

Zane konnte nicht zulassen, dass das passierte. Das Böse musste vernichtet werden.

***

„Du kannst nicht einfach bei ihm vorbei schauen", flüsterte Lauren, als sie den Wasserhahn in der Damentoilette der Universität abdrehte. „Er wird dich nicht reinlassen."

Portia kämmte mit den Fingern durch ihre Haare. „Ich werde doch nicht einfach auftauchen und warten, bis er die Tür aufmacht. Ich breche bei ihm ein."

Lauren schüttelte den Kopf. „Ist dir klar, dass jeder dein Benehmen auf meinen schlechten Einfluss zurückführen wird?"

„Dir wird nichts passieren. Bis es jemand herausfindet, wird es vollbracht sein."

„Bist du dir da sicher?"

Portia nickte. „Du warst nicht dabei, aber ich sage dir, Zane hat mich buchstäblich aufgefressen. Wenn seine Kollegen nicht aufgetaucht wären, hätten wir letzte Nacht Sex gehabt. Dummerweise habe ich schon geschlafen, als er zurückgekommen ist, obwohl ich versucht habe, wach zu bleiben."

Lauren trug Lippenstift auf. „Warum willst du nicht bis heute Nacht warten?"

Sie konnte nicht warten. Während der Vorlesungen am Vormittag hatte sie sich überhaupt nicht konzentrieren können. Sie brannte förmlich. Wenn sie noch eine weitere Stunde warten musste, müssten die Feuerwehren der gesamten Stadt kommen, um sie zu löschen.

„Ich kann nicht." Das Verlangen, ihn zu haben, seinen Körper mit ihrem zu vereinen, wuchs zu schnell und zu stark.

„Und wie wirst du Oliver los?" Lauren drehte ihren Kopf in Richtung Tür, auf deren anderer Seite Oliver auf sie wartete.

„Keine Sorge. Er ist nur ein Mensch. Ich werde so schnell weg sein, dass er gar nicht wissen wird, wie ihm geschieht."

„Sei vorsichtig. Es darf niemand etwas von deiner Vampir-Schnelligkeit mitbekommen, sonst stecken wir beide ziemlich tief in der Scheiße."

„Du machst dir zu viele Gedanken." Portia lächelte innerlich.

Seit sie Zane kannte, war sie selbstsicherer. Sie war bereit, Risiken einzugehen, denn was sie wollte, war es wert. Zanes Hände auf ihrem Körper zu spüren war es wert. Und sobald sie Sex gehabt hätten, würde er vielleicht mehr wollen. Denn sie wollte mehr. Sie wollte ihn kennenlernen und erforschen, was unter seiner undurchschaubaren, brutalen Maske steckte. Zu sehen, was er versuchte, vor der Welt zu verstecken; zu finden, worauf er so bedacht war, zu verbergen.

Ja, sie gestand es sich ein; nicht gegenüber Lauren und gegenüber jemand anderem, sondern nur sich selbst: Sie sollte sich vermutlich am besten von Zane fernhalten, aber sie wusste, dass sie es nicht konnte. Die Kraft, die sie zu ihm zog, war zu stark, wie eine Strömung, gegen die sie nicht länger anschwimmen konnte. Es war besser, den Kampf aufzugeben und sich in seine Arme treiben zu lassen.

„Bist du fertig?" Laurens Augen suchten ihre im Spiegelbild.

„Hmm. Hast du die Adresse?"

Lauren zog einen Zettel aus ihrer Tasche und reichte ihn ihr.

Portia studierte das Blatt Papier, auf dem Lauren die Adresse notiert hatte. „Das finde ich."

Ein Schauer lief ihr den Rücken entlang, als sie die Tür der Toilette öffnete und in den Korridor trat.

„Gerade wollte ich nach euch schauen“, bemerkte Oliver.

„Du musst mich wirklich nicht wie ein Baby behandeln. Ich kann schon allein auf die Toilette gehen.“

Portia blicke den Korridor auf und ab. Es waren zu viele Studenten unterwegs, um in Vampir-Geschwindigkeit wegzurennen. Sie musste etwas verschlagener vorgehen.

15

Zane legte die Gewichte ab und atmete aus. Er war durchgeschwitzt von seinem kräftezehrenden Training. Nach seiner Unterhaltung mit Quinn hatte er versucht zu schlafen, doch er konnte keine Ruhe finden. Quinn schlief hingegen tief.

Als er nach oben ging, verhielt er sich keineswegs ruhig. Es war sein Haus und wenn er jemanden störte, konnte derjenige schließlich verschwinden. Außerdem war es Quinn von ihm gewohnt, dass er den halben Tag auf den Beinen war. In New York hatten sie eine Weile zusammengewohnt und Quinn hatte gelernt, Zanes Poltern zu ignorieren.

Verdammt, er hatte eine Scheißlaune. Der Verdacht, dass Müller eine Gruppe leitete, die versuchte, eine neue Herrenrasse zu züchten, nagte an ihm. Er machte sich selbst dafür verantwortlich. Wenn er nicht gescheitert wäre, den Schweinehund zu finden und ihn umzubringen, wäre es nie so weit gekommen. Er hatte über 60 Jahre versucht, Müller zur Strecke zu bringen, doch dieser war ihm bei jedem Versuch durch die Lappen gegangen.

Zane machte sich auf den Weg in die Dusche und zog sich aus. Als das warme Wasser seine nackte Haut entlang floss, schloss er die Augen und lehnte seine Stirn gegen die Kacheln. Es war an der Zeit zuzugeben, dass der Grund für seine schlechte Laune in Wirklichkeit Portia war. Er begehrte sie gegen alle Vernunft. Doch zu nehmen, was sie ihm anbot, würde gegen so viele Regeln verstoßen. Samson würde ihn niedermachen.

Und selbst wenn er den ethischen Kodex von Scanguards nicht verletzte, müsste er immer noch gegen seine eigenen Skrupel ankämpfen.

Zane blickte an sich hinunter. War klar, dass sein Schwanz hart und bereit wurde, sobald er an Portia dachte. Doch er würde dieser Versuchung nicht nachgeben. Mit einem schmerzhaften Fingerschnippen gegen die Spitze seines Schafts brachte er seinen geilen Körperteil unter Kontrolle. Nachdem er sich eingeseift und den Schaum wieder abgespült hatte, drehte er das Wasser ab und stieg aus der Dusche auf die weiche Badematte.

Das Kläffen von Z ließ ihn für einen Moment aufhorchen. Das Tier rumorte den ganzen Tag lang im Haus und Garten umher, bellte jeden Passanten und jede Blume an.

Er schüttelte den Kopf und fuhr fort, sich abzutrocknen. Wenigstens einer in diesem Haus hatte Spaß. Er zog sich seinen Bademantel über und schnürte diesen zu, als er eine Stufe knarren hörte. War Quinn aufgestanden?

Barfuß schlich Zane sich vom Badezimmer in sein Schlafzimmer. Er schnappte sich einen Pflock aus seiner Kommode. Wenn noch ein Attentäter versuchen würde, ihn zu erledigen, wäre er vorbereitet. Er betätigte den Lichtschalter und hüllte damit den Raum in Dunkelheit, ließ damit den Eindringling denken, dass er schlief.

Es kam kein Ton mehr aus dem Flur. Hatte er sich das Geräusch nur eingebildet? Vielleicht machte das alte Haus von selbst Geräusche. Zane spitzte die Ohren, als er wartete, und drückte sich an die Wand neben der Tür, bereit jederzeit anzugreifen.

Er hielt den Atem an, um seine Position nicht zu verraten, als der Türgriff sich langsam drehte. Die Scharniere knarrten, als die Tür aufging. Der Schatten bewegte sich und Zane sprang, wickelte seinen Arm um den Hals des Eindringlings, drückte ihn an seine Brust. Mit der anderen Hand hielt er den Pflock.

Schließlich atmete er ein und nahm einen Duft auf, der ihm nur allzu vertraut war. Er hatte ihn nicht eher bemerkt, da er seinen Atem angehalten hatte.

„Verdammt, Portia!“, fluchte er leise und ließ sie aus dem Schwitzkasten.

Sie drehte sich um und ihre Augen wanderten sofort über seinen spärlich bekleideten Körper. Instinktiv straffte er den Gürtel seines Bademantels.

„Hi.“

Er legte seine Hand auf ihren Mund, befürchtete, dass ihre Begrüßung Quinn aufgeweckt haben könnte. Zane neigte seinen Kopf zu ihrem Ohr. „Was zum Teufel tust du hier?“

Sie murmelte etwas gegen seine Hand, doch er ließ sie nicht los.

„Ich bin nicht alleine hier, also wenn du nicht willst, dass ich als dein Bodyguard gefeuert werde, sei still“, flüsterte er durch gefletschte Zähne.

Sie nickte und er senkte seine Hand. Portia bewegte ihren Kopf instinktiv zu seinem Gesicht. Scheiße, sie roch so gut, er wusste nicht, wie lange er sich beherrschen konnte, sie nicht zu berühren.

„Ich wollte dich sehen." Ihre Stimme war leise und verführerisch.

Klang sie schon immer so, oder wurde er immer verzweifelter, je länger er versuchte, sich davon abzuhalten, sie zu seinem zu machen?

„Und deshalb brichst du in mein Haus ein?"

Sie zuckte mit den Achseln. Dann legte sie ihre Hand auf seine Brust und ihre Finger spielten mit dem Gürtel seines Morgenrocks. Bevor sie ihre Hand auf seine nackte Haut legen konnte, schnappte er diese und hielt sie fest.

„Hör damit auf!"

Nein, tu es, wollte er brummen.

Ihre andere Hand kam zu schnell für ihn, um zu reagieren, schob seinen Morgenrock zur Seite und berührte seine haarlose Brust. Ihre Hand brannte wie Höllenfeuer, so verführerisch, so verlockend, jedoch so verboten. Vielleicht konnte er sich für eine Sekunde erlauben, ihre Essenz in sich aufzunehmen, ihren verführerischen Duft seinen Körper durchdringen zu lassen.

„Ich will dich", murmelte sie und drückte ihren Mund gegen seine Haut.

Ihre Lippen bewegten sich, wanderten an seinem überhitzten Körper entlang in Richtung seines Halses. Er drehte seinen Kopf, unfähig, das Vergnügen, das sie anbot, auszuschlagen. Aufregung erfüllte ihn, als sie seine Haut zwischen ihre Lippen nahm und daran saugte.

Seine Hände packten sie am Hintern und drückten sie gegen seine Erektion.

„Beiß mich", forderte er mit rauer Stimme.

Portia riss ihre Lippen von ihm los und blickte ihn überrascht an.

„Ja", sagte er, jetzt lauter. „So wäre es. Wir wären wie Tiere, wild, ohne Kompromisse. So wäre es, mit mir zusammen zu sein." Er ließ sie los und wich einen Schritt zurück. „Gib's zu: du bist dazu nicht bereit. Du willst nur ein bisschen Kuschelsex. Den kann ich dir nicht geben."

„Das stimmt nicht! Ich will…mehr."

Er schüttelte den Kopf. „Geh nach Hause, Baby Girl." Dann kam ihm etwas. „Wo ist Oliver?"

„Bin ihm entkommen."

„Wie?“

„Gedankenkontrolle.“

„Du hinterhältiges kleines…“ Er konnte ihr eigentlich nichts vorwerfen. Genau wie sie tat auch er alles, wenn er etwas wollte.

„Ich hab ihn ja nicht verletzt.“

„Er muss dich abholen und nach Hause bringen.“

Zane wandte sich ab, um zur Kommode zu gehen, auf der sein Telefon lag, doch Portias Hand spannte sich um sein Handgelenk.

„Nein!“

„Du hast keine Wahl.“

„Du bist ein Riesenfiesling!“

Zane zuckte mit den Achseln. Gab’s sonst noch was Neues?

„Zane?“ Quinns Stimme war begleitet von einem Klopfen an seine Tür.

Scheiße. Er schaute Portia vorwurfsvoll an.

„Ist alles in Ordnung?“

Zane deutete zu Portia, dann zum Bett. Sie verstand und kroch hinein, zog sich die Decke bis zum Hals und drehte ihren Kopf von der Tür weg.

„Alles ist okay“, sagte er ruhig, während er die Tür einen Schlitz öffnete, sodass Quinn Portias lange braune Haare, jedoch nicht ihr Gesicht sehen konnte. Wenn er nicht aufgemacht hätte, wäre Quinn misstrauisch geworden.

Quinn spähte in den Raum. „Hey, ich habe mich nur wegen des Attentäters von neulich Sorgen gemacht.“ Dann grinste er. „Jemand Besonderes?“

Zane schüttelte den Kopf. „Nur was für heute.“

„Wenn ihr fertig seid, kannst du sie ja zu mir rüberschicken“, schlug Quinn mit einem lasziven Grinsen im Gesicht vor.

Hätte er wohl gerne! „Wenn ich mit ihr fertig bin, wird sie nicht mehr stehen können.“

Quinn schmunzelte. „Gut für dich.“

Zane schlug ihm auf die Schulter und schloss die Tür. Als er sich dem Bett zuwandte, sah er, wie Portia die Decke zur Seite schob und ihre Schuhe abstreifte.

„Hör auf“, warnte er, wollte nicht, dass sie noch mehr von ihrer Kleidung ablegte.

Die Versuchung war schon schlimm genug, wenn sie voll bekleidet war. Wenn sie einmal nackt war, bestand keine Chance, dass er die Finger von ihr lassen konnte.

„Was willst du denn tun? Um Hilfe rufen?“, neckte sie.

Zane sprang aufs Bett und ergriff ihre Arme, drückte sie in die Matratze. „Du, Baby Girl, hörst mir jetzt zu. Du hast eine Wahl: Entweder du benimmst dich, und ich lasse dich vielleicht bis heute Nacht bleiben oder ich lasse dich sofort von Oliver abholen.“

Was zum Teufel bot er ihr da nur an? Sie bleiben lassen? Um was zu tun? Um ihn die nächsten paar Stunden zu foltern? War er total wahnsinnig geworden?

Portia spitzte ihre Lippen. „Definiere *benehmen*.“

„Spiel deine Spielchen nicht mit mir, Portia. Ich warne dich.“

„Oder du tust was?“

Dich küssen. Dich ficken. Dich beißen. Das waren die Worte, die er zu ihr sagen wollte aber nicht konnte. Alles, was er konnte, war, sie anzustarren und sich in der grünen Tiefe ihrer Augen zu verlieren, sich wundern, wie es gewesen wäre, wenn sie sich unter anderen Umständen kennengelernt hätten, zu einem anderen Zeitpunkt. Wenn er ein anderer Mann wäre, nicht aufgefressen von Hass und Rachegelüsten, vielleicht könnte er sie sogar glücklich machen. Doch er war, wer er war.

„Du musst gehen.“ Er ließ ihre Hände los und rollte sich zur Seite.

„Aber du hast eben noch gesagt, wenn ich mich benehme, darf ich bleiben.“

Er schüttelte den Kopf. „Es ist besser für uns beide, wenn du jetzt gehst.“

Sie drehte sich auf ihre Seite und stützte sich auf ihren Ellbogen. „Weil du denkst, dass ich nicht will, was du willst?“

„Du hast keine Ahnung, was ich will.“

„Warum sagst du’s mir dann nicht?“

„Ich will nicht reden.“

Sie hob die Hand und streichelte entlang seiner Wange. Zane schloss seine Augen, hin- und hergerissen, ob er sie wegstoßen oder an sich ziehen sollte. Er tat nichts von beidem, denn ihre Berührung brachte ihn zu Boden wie ein Holzfäller einen Baum fällte. Er fühlte sich ebenso verletzlich in Portias Händen.

„Ich möchte dich berühren“, flüsterte Portia.

„Du berührst mich bereits.“ Wenn sie etwas noch Intimeres mit ihm machen würde, wäre es mit seiner Kontrolle vorbei.

„Ich will den Rest deines Körpers berühren.“

Zane stöhnte. „Bitte nicht.“ *Ja, bitte!*

„Es wird dir vielleicht gefallen.“

„Genau davor habe ich Angst“, murmelte er vor sich hin.

Verdammt, er hatte sich in seinem gesamten Leben noch nie so schwach gefühlt, nicht einmal als Mensch. Doch obwohl er wusste, dass er sie jetzt aufhalten und heimschicken sollte, folgte sein Körper keinem der Signale seines Gehirns und blieb einfach liegen, angespannt in Vorfreude auf ihre Liebkosung.

Als ihre Hand unter den Stoff auf seine Brust glitt und ihn streichelte, beschleunigte sich sein Puls und sein Atem stockte. Ihre Finger waren zärtlicher als er erwartet hatte und wo auch immer sie ihn berührte, brannte seine Haut, als käme er mit heißem Teer in Berührung. Schmerz und Vergnügen verbanden sich mit jedem langsamen Streicheln und jeder sinnlichen Berührung.

„Sagtest du nicht, du seist noch Jungfrau?“

Er atmete schwer, nicht in der Lage zu verbergen, welche starke Auswirkung die Berührungen der jungfräulichen Portia auf ihn hatten.

„Ich folge meinen Instinkten.“

Und ihre Instinkte sagten ihr scheinbar in diesem Moment, dass sie seinen Gürtel öffnen und den Bademantel zur Seite schieben sollte.

Er war noch nie seines Körpers wegen verlegen geworden, und Nacktheit störte ihn nicht, weder in der Anwesenheit von Frauen noch in Gesellschaft seiner Freunde und Kollegen. Aber dieses Mal war es anders. Er fühlte sich vor ihr nackt, ungeschützt und verwundbar in seinem Verlangen nach ihr. Er konnte sich jetzt nicht mehr vor ihr verstecken und verbergen, wie sehr er sie wollte und brauchte.

Er beobachtete wie Portia ihren Mund öffnete und ihren Blick auf seinen Schaft senkte. Seinen voll erigierten Schaft. Er konnte sich nicht daran erinnern, je so hart gewesen zu sein.

„Du bist…“, sie leckte über ihre Lippe, „…groß.“

Doch trotz der Bedenken, die er bei ihr wahrnahm, wanderte ihre Hand südwärts über seinen Bauch hinab, mit Entschlossenheit und einer klaren Vorstellung, wo dies enden würde. Wenn er sie nicht bald aufhielt, würde sie seine Erektion berühren und innerhalb von Sekunden würde er in ihrer Hand kommen, unfähig, sich noch länger zu beherrschen.

„Portia, bitte…“

Ihre Hand erreichte das Nest seiner dunklen Locken, die seinen Schaft umgaben.

„…hör auf. Nicht…“ Die Luft strömte aus seinen Lungen, als ihre Finger seinen Schwanz erreichten und sein empfindliches Fleisch berührten.

Er zuckte unwillkürlich und ergriff im nächsten Augenblick ihre Hand. „Nein!“

„Zane, ich möchte –“

Das Klingeln seines Telefons rettete ihn. Froh um die Unterbrechung sprang er aus dem Bett, wickelte den Morgenrock eng um sich und ging ans Telefon. „Ja?“

„Zane, tut mir leid, dass ich dich aufwecke. Ich bin’s, Oliver. Ich brauche deine Hilfe.“ Er klang aufgeregt und Zane hatte eine recht klare Vorstellung, warum er so aus dem Häuschen war.

„Was gibt’s?“

„Scheiße, ich habe Portia verloren. Sie hat mich reingelegt und ist dann weggelaufen. Ich weiß nicht, was ich tun soll. Samson und Gabriel machen mir die Hölle heiß, wenn sie’s rausfinden. Du musst mir helfen.“

„Bleib ruhig, Oliver. Ich bin schon dabei.“ Das konnte man wohl sagen! „Portia ist zu mir gekommen. Sie ist hier.“ Aber war sie in Sicherheit?

„Oh, Gott sei Dank! Ich komme gleich vorbei und hole sie ab. Ich bin dir so dankbar.“ Dann veränderte sich Olivers Ton plötzlich. „Hey, was hat sie bei dir zu Hause verloren?“

Mist, der Junge war schlauer, als er ihm zugetraut hatte. „Hör zu, ich sag Samson nicht, dass du versagt hast, wenn du über das hier schweigst.“

„Was hat sie bei dir verloren?“

„Was denkst du denn, was sie hier tut?“ *Ihn verführen*, das war es, was sie tat.

„Sag’s mir.“

„Du musst sie abholen. Jetzt gleich.“ Er ignorierte Portias Protest hinter sich. „Aber sei vorsichtig. Quinn ist bei mir. Ich will nicht, dass er dich hört. Ist das klar?“

„Ja. Ich bin in zehn Minuten da.“

Es klickte in der Leitung.

Zane drehte sich um und erblickte Portia, eine sehr empörte Portia.

Die Hände in die Hüften gestemmt stand sie neben dem Bett und starrte ihn an. „Ich sagte bereits, dass ich nicht gehen werde.“

„Das wirst du, Baby Girl. Und zwar freiwillig.“

„Ha!“, schnaubte sie. „Du kannst mich nicht zwingen. Oliver kann mich nicht aufhalten. Ich werde ihm wieder entkommen.“

„Nein, das wirst du nicht.“

„Wirst du schon sehen“, drohte sie.

Mit einer Gelassenheit, die er nicht verspürte, nahm er Portias Hände und führte sie zu seinem Gesicht. Er schmiegte seine Wangen in ihre Hände und drückte einen Kuss darauf, erkannte, wie Portia dahinschmolz.

„Du wirst nichts dergleichen unternehmen. Solltest du es doch tun, werde ich meinen Boss bitten, mich von diesem Auftrag abzuziehen, und du wirst mich nie wieder sehen.“

Seine Drohung war ein Bluff, aber er war gut im Bluffen, sein Gesicht blieb eine eiserne Maske, eine Maske, die er seit Jahrzehnten trug. Mit den Jahren fiel es ihm immer leichter, doch heute empfand er es als das Schwierigste, das er je getan hatte.

„Das würdest du nicht tun!“ Ihre Augen studierten ihn, doch er blieb standhaft und blinzelte nicht.

Als sie schließlich ihre Lider senkte, sah er die Enttäuschung, die in ihr Gesicht trat. „Du hast gewonnen. Aber nur für heute. Es ist noch nicht vorbei.“

Er hielt sie nicht auf, als sie nach unten ging, doch er folgte ihr bis zur Treppe und beobachtete sie, während sie auf Oliver wartete. Als dessen Auto in der Einfahrt anhielt, ging sie ohne sich noch einmal umzudrehen, obwohl sie wissen musste, dass er dastand.

Wissend, dass er jetzt unmöglich schlafen konnte, ging er ins Wohnzimmer, wo Z friedlich schlummerte.

„Du bist mir ja ein Wachhund! Sonst bellst du alles und jeden an, aber vor ihr kannst du mich nicht warnen?“

Der Hund blinzelte kurz, bevor er mit seiner Siesta fortfuhr.

16

Quinn klopfte an die Tür zu Samsons privatem Büro und nahm einen tiefen Atemzug. Er fühlte sich wie ein Verräter. Es war nicht richtig, dass man ihm aufgetragen hatte, ein Auge auf Zane zu werfen. Schließlich war er Zanes engster Freund und sollte ihn unterstützen. Doch er fühlte sich auch Scanguards gegenüber loyal, und außerdem hatte er noch seine eigenen Bedenken, dass sein Freund geradewegs auf eine Klippe zusteuerte.

Er hatte es immer in Zane gesehen, die Verzweiflung, die ihn manchmal packte, wenn er glaubte, er hätte darin versagt, die Monster seiner Vergangenheit zur Rechenschaft zu ziehen – Monster wie Müller und Brandt. Jedoch hatte er nie ein Wort über Zanes Vergangenheit verloren. Keiner von Scanguards wusste, durch welche Hölle Zane gegangen war. Selbst Quinn kannte nur die groben Umstände. Den Rest hatte er sich selbst zusammengepuzzelt – und wünschte sich jetzt, dass er es nicht getan hätte. Es gab einen Punkt an dem zu viel Information nicht gut war, und diese speziellen Details konnten sogar ihm den Magen verderben.

„Herein“, erklang Samsons Stimme.

Quinn drehte den antiken Türgriff und trat ein.

Samson war nicht alleine. Wie erwartet war Gabriel bei ihm und wartete ebenfalls auf den Bericht über Zanes derzeitigen Gemütszustand. Nach dem obligatorischen Händeschütteln setzte sich Quinn in den bequemen Sessel und schaute Samson direkt an.

„Schön, dass du gekommen bist. Wie war dein Flug?“

„Wie gewöhnlich war ich von Luxus umgeben.“

Samson grinste. „Ja, wir haben den Jet gerade neu ausgestattet. Mit Delilah und dem Baby wollte ich ein kleines Plätzchen, wo sie sich hinlegen kann.“

„Klein?“, wunderte sich Quinn. „Die Suite ist größer als meine ganze Wohnung in New York.“

Gabriel rollte die Augen. „Wenn du auf eine Gehaltserhöhung hoffst, lass dir was Besseres einfallen.“

Quinn zog eine Grimasse. „Was für ein Glück, dass ich gern bescheiden lebe.“

Samson lachte. „So nennt man das Leben in der Park Avenue also heutzutage.“

Quinn zuckte mit den Achseln. „Es ist nur eine Eigentumswohnung.“

„Ein 500m²-Reich, wenn ich mich recht erinnere“, fügte Gabriel an.

„Das dringend eine Renovierung nötig hat.“

„Scherz beiseite, kennt Zane den Grund für deinen Besuch?“, fragte Samson.

„Soweit ich weiß nicht. Er ist grob wie eh und je.“

Bevor er den Raum betreten hatte, hatte sich Quinn bereits entschlossen, dass er nichts über den Attentäter verraten würde, der Zane einen Besuch abgestattet hatte. Sonst müsste er das *Wie* und *Warum* erklären, und er wollte Zanes Vertrauen nicht verlieren, indem er die Geheimnisse seiner Vergangenheit verriet.

„Gut. So soll es auch bleiben.“

Gabriel nickte zustimmend und scharrte mit seinem Fuß am Boden. „Ist dir aufgefallen, dass er aggressiver ist als sonst?“

„Eigentlich nicht. Ich finde sogar, dass er ruhiger ist. Ich glaube, der Hund tut ihm gut. Süßer kleiner Fratz.“ Der Welpe war ein wildes kleines Biest und der perfekte Begleiter für Zane. „Der Hund hört sogar auf Zane. Wann immer Zane sich hinsetzt, springt er auf seinen Schoß. Und scheinbar stört es ihn nicht.“

Samson grinste Gabriel an. „Scheinbar war meine Idee gar nicht so dumm.“

„Wird sich zeigen“, antwortete Gabriel. „Er hat den Hund ja erst drei oder vier Tage. Ich würde gerne die Langzeitauswirkungen sehen.“

„Schläft er?“, fragte Samson, der wieder zu Quinn blickte.

„Der Hund? Den ganzen Tag.“

„Nein, Zane.“

Quinn konnte ein Grinsen nicht unterdrücken. „Also gestern hat er sicher nicht viel geschlafen.“

Samson hob die Augenbrauen, doch Quinn winkte schnell ab. „Nicht was du denkst. Er hat nicht gegrübelt. Er hatte Damenbesuch.“

„Ich dachte, er nimmt nie Frauen mit nach Hause“, wunderte sich Samson.

Quinn zuckte mit den Schultern. „Hat mich auch ganz schön überrascht. Aber sie lag in seinem Bett. Und er hatte auch nicht die

Absicht, sie zu teilen. Muss ein ganz schöner Fang gewesen sein. Nicht, dass ich jetzt beleidigt bin oder was. Ich kann selbst Frauen aufreißen. Aber es war eine ziemliche Abweichung von seiner gewöhnlichen Vorgehensweise.“ Was im Regelfall einen schnellen Fick im Hinterzimmer einer Bar oder in einer Gasse bedeutete.

„Weißt du, ob er sie verletzt hat?“, fragte Gabriel.

Da Quinn wusste, dass Zane gerne mal Schmerzen einfließen ließ, überraschte ihn Gabriels Frage nicht. Trotzdem hatte er keine Antwort für ihn. „Ich war nur einen halbe Stunde oder so wach. Ich hab jedenfalls keine Schreie oder Ähnliches gehört, wenn es das ist, wonach du fragst. Und heute Abend habe ich Zane auf der Couch schlafend gefunden, mit dem Hund im Arm. Muss ziemlich anstrengend gewesen sein, wenn er so ausgepowert war. Ich musste ihn wecken, damit er nicht zu spät zu seinem Job kam.“

Samson ließ sich Quinns Worte durch den Kopf gehen, bevor er sprach. „Nun, wenigstens scheint er sich unter Kontrolle zu haben. Ich habe schon mit Drake gesprochen. Seine Schweigepflicht verbietet ihm zu verraten, worüber er mit Zane gesprochen hat, doch Drake weiß, dass er mich über Unregelmäßigkeiten bei seinen Terminen informieren muss. Und bisher schien alles in Ordnung.“

„Denkst du, er versucht uns zu täuschen, indem er vorgibt, ruhig zu sein?“, fragte Gabriel und starrte Samson an.

„Sollte es so sein, gelingt es ihm ganz gut“, warf Quinn ein, der nicht wollte, dass die beiden erfuhren, wie aufgewühlt Zane in Wirklichkeit war.

Die Begegnung mit dem Attentäter und die Erkenntnis, dass Müller höchstwahrscheinlich dabei war, eine Herrenrasse zu erschaffen, hatten Zane aufgewühlt; Quinn konnte das sehen. Eine Frau für ein kleines Spielchen in sein Bett einzuladen, hatte ihn vermutlich etwas entspannt, doch Quinn wusste nur zu gut, dass dies Zane nicht ewig beruhigen würde. Nur eine Sache würde das schaffen: den Hauptsitz des Zuchtprogramms zu finden und dessen Führer auszumerzen.

Sobald die letzten Monster aus der Vergangenheit seines Freundes zerstört wären, konnte dieser vielleicht seinen Frieden finden.

„Halte ein Auge auf ihn. Wenn sich etwas verändert, setze uns darüber sofort in Kenntnis. Wir möchten keinen weiteren Mord.“

Quinn nickte und erhob sich. „Ich muss mich noch um ein paar

Dinge kümmern. Ich melde mich ab und zu.“

„Danke, Quinn. Du bist uns eine große Hilfe.“ Samson streckte ihm seine Hand hin und Quinn schüttelte sie.

Als er Samsons viktorianisches Haus in Nob Hill verließ und den Hügel hinunter ging, fühlte er sich, als wäre ihm eine schwere Last von den Schultern genommen worden. Er hatte nichts Negatives über Zane gesagt; er hatte nichts preisgegeben, das auch nur annähernd an Verrat heranreichte. Natürlich würde Zane das nicht so sehen. Er würde ihn immer noch als Maulwurf darstellen und ihn rauswerfen. Aber wenn er ehrlich war, müsste selbst Zane zugeben, dass er ihm nur half. Solange er Samson und Gabriel beschwichtigte und sicherging, dass sie dachten, dass Zane kein Sicherheitsrisiko mehr darstellte, half er seinem Freund und hinterging ihn nicht.

Quinn war auf dem Weg zum Bahnhof und hoffte, dass er dort mehr Glück hatte, ein Schließfach finden zu können, das er mit dem Schlüssel öffnen konnte, den Zane ihm gegeben hatte.

Die Rush-Hour-Meute hatte den Bahnhof längst verlassen, und die wenigen, die bis spät in die Nacht arbeiteten, warteten jetzt auf den Zug, der sie nach Hause brachte. Quinn begutachtete den Bahnsteig. Zwei Züge standen auf den Gleisen, einige Dutzend Fahrgäste bummelten herum, warteten darauf, dass ihr Zug ankam. Ein Schaffner wanderte am Tickethäuschen entlang und blickte immer wieder auf seine Uhr.

Alles schien normal zu sein. Doch Quinn arbeitete schon lange genug als Sicherheitsexperte, dass ihn der Anschein von Normalität nicht täuschen konnte. Er ließ sich nie einlullen. Jederzeit konnte ein weiterer Angreifer auftauchen. Wenn Brandts Sohn die Vorkehrung getroffen hatte, seine Ausweispapiere nicht bei sich zu tragen, war es ein klares Zeichen dafür, dass diese Information es wert war, geschützt zu werden. Und Quinn wusste, wie er vorgehen musste, um solche Informationen aufzudecken.

Anstatt direkt zu den Schließfächern zu gehen, die er am Eingang zum ersten Gleis entdeckt hatte, ging er zur Abreisetafel. Es waren nur noch fünf Züge für heute Nacht geplant. Er blickte zu den Fahrgästen, die auf den Gleisen warteten. Sein Misstrauen war beruhigt, als er bestätigen konnte, dass nur auf den Gleisen Leute warteten, wo auch innerhalb der nächsten 30 Minuten Züge abfahren sollten. Gut. Zumindest sah es so aus, als wären nur echte Passagiere anwesend.

Quinn drehte sich um und ging in Richtung Gleis eins. Er hatte sich die Nummer des Schlüssels gemerkt und überflog nun Reihe um Reihe, suchte nach dem richtigen Schließfach. Es waren nicht besonders viele, aber er hatte Glück, seine Nummer war dabei. Er blickte sich um und sah den Schaffner vorbeigehen.

Dann lenkte Quinn seine Aufmerksamkeit wieder auf die Schließfächer, griff in seine Tasche und zog den Schlüssel heraus. Er steckte den Schlüssel hinein, was ihn kurzzeitig ermutigte, da er sich umdrehen ließ. Doch es gab nur ein Klicken. Er rüttelte daran, doch die Tür öffnete sich nicht.

Schritte von hinten brachten ihn dazu, sich schnell umzudrehen, bereit anzugreifen.

„Wenn es sich nicht öffnen lässt, müssen Sie mehr Geld einwerfen“, brummte der Schaffner. Er deutete auf das rote Fähnchen über dem Schlüsselloch, das ABGELAUFEN anzeigte.

„Oh, danke.“ Quinn zog ein paar Münzen aus seiner Hosentasche und warf sie ein. Nach der dritten Münze färbte sich das Fähnchen grün. Er drehte den Griff und hörte ein weiteres Klicken.

Die Härchen an seinem Nacken stellten sich auf. Er inhalierte hastig. Scheiße! Ein ihm bekannter Duft erreichte sein empfindliches Riechorgan.

„Geht es noch immer nicht auf?“ Die Hand des Schaffners streckte sich zum Griff aus. „Manchmal muss man einfach daran rütteln.“ Und das tat er dann auch.

„NEIIIIN!“, rief Quinn, um den Mann vom Öffnen der Tür abzuhalten, doch es war bereits zu spät.

Die Explosion schleuderte ihn zurück. Er handelte aus purem Instinkt und schnappte sich den Schaffner und zog ihn einige Meter Richtung Gleis. Während er ihn mit seinem Körper abschirmte, zog brennende Hitze über ihn hinweg und Trümmer fielen ihm um die Ohren. Glücklicherweise gab sein schwerer Ledermantel einen gewissen Schutz vor der Hitze sowie vor den herumfliegenden Metallteilen.

„Scheiße!“, fluchte er. Er hatte die Sprengstoffpartikel in dem Moment gerochen, als der Schaffner an der Tür gerüttelt hatte.

Aufgeregte Stimmen und Schreie waren von den Wartenden zu hören, und aus dem Augenwinkel sah er einige Leute, die rannten. Quinn drehte den Kopf und beobachtete die Menge. Seine Augen erblickten einen Mann, der am anderen Ende des Bahnsteigs stand und sich nicht bewegte.

Ihre Blicke trafen sich für einen Moment, und selbst aus der Entfernung erkannte Quinn dessen Vampir-Aura. Er hätte schwören können, dass der Mann zuvor nicht dort gestanden war.

Fuck!

Er erhob sich von dem Schaffner, der, obwohl er am ganzen Körper zitterte, unverletzt schien. Helfende Hände streckten sich nach ihm aus, doch die guten Samariter standen ihm nur im Weg. Als er wieder zurück zu dem Vampir blickte, war dieser bereits verschwunden.

Jetzt konnte er nur noch Schadensbegrenzung leisten. Er zählte: Zwei Dutzend Leute hatten die Explosion mitbekommen. Er brauchte Hilfe. Und zwar schnell.

17

„Zane, ich brauche dich am Bahnhof an der Vierten, Ecke King Street, jetzt gleich“, klang Quinns verzweifelte Stimme durchs Telefon.

Im Hintergrund hörte Zane einen Tumult.

„Es gab eine Explosion.“

„Fuck! Ich bin in zehn Minuten da.“

„Mach fünf draus. Wir müssen Schadensbegrenzung leisten.“

Zane legte auf und blickte die Treppe hinauf, die zu Portias Zimmer führte.

„Portia, komm sofort runter!“, rief er.

Zu seiner Überraschung rauschte sie einige Sekunden später mit überraschtem Gesichtsausdruck die Treppe hinunter. „Was ist los?“

Verdammt viel, doch er hatte keine Zeit, es zu erklären.

„Ich muss mich um etwas Wichtiges kümmern. Und du wirst mich begleiten.“

Er packte sie am Arm und zog sie zur Tür.

„Ich komm ja mit. Kein Grund, grob zu werden.“

Sofort ließ er sie los. In seiner Eile hatte er nicht bemerkt, wie brutal er sie gepackt hatte. „Wir müssen uns beeilen.“

Er stürzte aus der Tür hinaus, Portia dicht an seinen Fersen. Zum Glück war er mit seinem Hummer gekommen, da er vorhatte, nach seiner Schicht noch zu Samson zu fahren. Da Samson am anderen Ende der Stadt wohnte, hatte er sich gegen einen Fußmarsch entschieden. Jetzt war er froh darum, dass das Auto in der Einfahrt stand.

Er sprang hinein. Einen Moment später nahm auch Portia im Auto Platz. Er warf den Motor an und donnerte Sekunden später den Hügel hinab.

Der Hummer war in mehr als einer Hinsicht wie ein Panzer gebaut. Zane hatte erst kürzlich die Fenster mit spezieller UV-Folie bekleben lassen, die Thomas entwickelt hatte. Durch sie wurde das Auto zu einem verdunkelten Gefährt, das ein Vampir auch tagsüber fahren konnte. Keine schädlichen Sonnenstrahlen konnten den Innenraum des Autos erreichen. Von außen sah es aus wie ein normaler Geländewagen.

Doch nicht einmal die speziell beklebten Fenster eliminierten alle Risiken, die ein Vampir einging, wenn er Auto fuhr. Tagsüber in einen

Verkehrsunfall verwickelt zu werden war lebensgefährlich, und eine Verkehrskontrolle brachte auch Probleme mit sich. Wenigstens konnte er durch Gedankenkontrolle Verkehrspolizisten, die ihn aus dem Verkehr zogen, daran hindern, ihn zu zwingen, das Fenster zu öffnen. Aber wenn die Fenster bei einem Unfall zerbrachen, wäre er Toast. Deshalb war der Hummer auch mit splitterfreiem, kugelsicherem Glas ausgestattet. Alle Sicherheitsvorkehrungen waren getroffen.

„Wo fahren wir hin?“

Zane bog eng um eine Ecke und bretterte die enge Straße hinunter, versuchte dabei, die Spiegel der parkenden Autos nicht zu beschädigen. „Zum Bahnhof.“

Er konzentrierte sich auf den Verkehr, seine übernatürlichen Sinne warnten ihn vor anderen Autos, gaben ihm eine Chance, Kollisionen zu vermeiden, obwohl er fast achtzig Stundenkilometer schnell fuhr.

Er mied die geschäftige 16th Street und nahm eine Seitenstraße, während er das Gaspedal durchdrückte. Drei Minuten waren seit Quinns Anruf verstrichen, und er war schon nahe an seinem Ziel. Je nachdem wie viele Zeugen die Explosion gesehen hatten und wie viele Verletzte es gab, würde es Quinn und ihn all ihrer Kräfte bedürfen, um sicherzugehen, dass der Ort abgeschirmt wurde und niemand sich an Quinn erinnern konnte.

„Was ist passiert?“ Portias Stimme durchbrach seine Gedanken.

„Eine Explosion.“

Ihr Mund blieb offen stehen. „Oh, Gott. Gibt es Verletzte?“

„Weiß ich nicht.“ Falls es so wäre, konnten wenigstens Quinn und er sie mit Vampirblut heilen. Wenn es allerdings Tote gab, war es zu spät.

Der Bahnhof lag zu seiner Rechten und er parkte den Wagen mit quietschenden Reifen.

„Du bleibst hier.“

„Aber ich kann hel –“

Er schaute sie durchdringend an. „Du bleibst hier. Rühr dich nicht vom Fleck!“

Zane sprang aus dem Wagen und schlug die Tür zu. Es wäre besser gewesen, wenn er alleine hätte kommen können, aber er konnte es nicht riskieren, Portia im Haus zu lassen. Sie könnte die Gelegenheit nutzen und zu irgendeiner Party gehen. Diese Studenten veranstalteten schließlich jede Nacht irgendwo eine Party.

Wenn sie nur ein paar Meter entfernt war, könnte er sie wieder einfangen, selbst wenn sie weglaufen würde.

Er steuerte ins Bahnhofsgebäude und checkte die Situation ab. Er erblickte Quinn sofort. Eine Gruppe Passanten stand herum und unterhielt sich aufgeregt. Einige telefonierten, alarmierten vermutlich Freunde und Behörden.

Zane stürzte auf Quinn zu.

„Hilf mir, ihre Gedanken zu löschen“, forderte Quinn. „Für mich allein sind es zu viele, die ich abhalten müsste, die Polizei zu rufen: Sie dürfen sich nicht daran erinnern, mich je gesehen zu haben.“

Zane nickte. „Geht’s dir gut?“

„Ja.“

„Verletzte?“

„Keine. Hilf mir.“ Quinn deutete auf einige Leute, die auf einer Bank saßen. „Um die hab ich mich schon gekümmert.“

Zane konzentrierte sich und ließ seine Kräfte zu der Gruppe fließen, die bei den Schließfächern stand und das Ausmaß der Beschädigung begaffte. Warme Energie durchflutete ihn, als er seine Gedanken an sie sandte, ihren Geist infiltrierte und seine eigenen Gedankenvorschläge einpflanzte. Dabei löschte er die Erinnerungen an die Explosion.

Minuten verstrichen in stiller Anspannung, als Quinn und er Seite an Seite arbeiteten.

„Ich denke, wir haben jetzt alle“, flüsterte Quinn.

Zane schaute ihn an. „Jetzt erzähl mir, was passiert ist.“

„Ist jemand verletzt?“, kam Portias Stimme von hinter ihm.

Zane wirbelte herum und starrte sie an. „Ich habe gesagt, du sollst im Auto warten.“

Sie stemmte die Fäuste in die Hüften. „Ich wollte nachsehen, ob ich helfen kann.“

Portia reckte den Hals, um an ihm vorbeisehen zu können, doch er packte sie am Ellbogen und führte sie nach draußen. Er konnte Quinn hinter sich wahrnehmen und hoffte, sein Freund würde Portias Duft nicht als den seines Besuchs vom Tag zuvor erkennen.

„Hey, Zane. Willst du uns nicht vorstellen?“ Quinn stellte sich neben Zane und lächelte Portia an.

„Portia, das ist Quinn“, knurrte er widerwillig.

Als Quinn ihr die Hand schüttelte und einatmete, bemerkte Zane, wie seine Nasenflügel flatterten. Ein Blick von der Seite bestätigte, dass Quinn sie tatsächlich wiedererkannte. Nun, vielleicht konnte er noch immer alles geheim halten. Quinn musste nie erfahren, wer sie war.

„Schön, dich kennenzulernen. Bist du auch Bodyguard so wie Zane?“

Er nickte. „Einer der Besten. Und du?“

Portia öffnete ihren Mund, um zu antworten.

„Quinn, können wir über die Explosion sprechen?“ Zane versuchte, die Unterhaltung in eine andere Richtung zu lenken.

„Oh, ich bin Zanes Auftrag“, beantwortete Portia Quinns vorausgegangene Frage.

Scheiße! Er hätte das Risiko, sie mitzubringen nicht eingehen sollen.

„Auftrag?“ Quinns richtete seinen Blick auf ihn und ihre Blicke kollidierten. Er senkte seine Stimme. „Sie ist dein *Schützling*?“

Die Warnung war deutlich in Quinns Ton erkennbar. Nachdem, was er am vergangenen Tag gesehen hatte, musste er das Schlimmste annehmen. „Es ist nicht, wonach es aussieht.“

„Wo habe ich das nur schon mal gehört?“

„Können wir jetzt über die Explosion sprechen?“, zischte Zane.

Quinn blinzelte. „Gut. Aber das Thema ist noch nicht abgehakt.“

Polizeisirenen ertönten in der Ferne.

„Lasst uns von hier verschwinden, bevor die Polizei ankommt“, schlug Quinn vor.

Zane stimmte zu und deutete auf den Hummer. „Steigt ein.“

Sobald sie alle im Auto saßen, ließ Zane es an und fuhr das Embarcadero entlang. An einer ruhigen Stelle parkte er den Wagen und drehte sich zu Quinn um, der auf der Rückbank saß.

„Jetzt gib mir die Fakten. Was ist passiert?“

„Das Schließfach war mit einem Sprengsatz versehen. Ich habe es gerochen, doch dieser dumme Schaffner hat den Griff hinuntergedrückt, bevor ich ihn aufhalten konnte und dann ist uns das Ding um die Ohren geflogen. Wir hatten Glück, dass niemand verletzt wurde. Ich schätze, dein Attentäter hat sich auf alles vorbereitet.“

„Attentäter?“, wiederholte Portia. „Jemand versucht dich umzubringen?“

Zane richtete seine Aufmerksamkeit auf sie. Er hätte sie nicht mitnehmen sollen. Es gab keinen Grund, warum sie das alles wissen sollte. Doch gleichzeitig wollte er, dass sie wusste, wie sein Leben war, dass sie von den Gefahren wusste, denen er tagtäglich ausgesetzt war, den Gefahren, denen auch sie ausgesetzt wäre, wenn sie mit ihm zusammen wäre. Machte er das, um sie abzuschrecken oder um ihr zu imponieren? Was verdammt noch mal hatte er im Sinn?

Er zuckte mit den Achseln. „Es gibt immer jemanden, der mich umbringen will. Das ist nichts Neues.“

„Aber das ist ja schrecklich!“ Ihre Hand streifte seinen Unterarm.

Scheiße, sie zeigte Mitgefühl. Er hätte wissen müssen, dass diese Art Neuigkeiten sie nicht abschrecken würde.

„Das war noch nicht alles“, warf Quinn unverzagt ein. „Es hat mich jemand beobachtet. Ich habe ihn erst nach der Explosion entdeckt.“

„Mensch oder Vampir?“, fragte Zane.

„Vampir, vielleicht auch Hybrid. Konnte ich von der Entfernung nicht ausmachen. Aber er hat mich gesehen. Und er wusste, dass ich versucht habe, an den Inhalt des Schließfachs ranzukommen.“

Zane biss die Zähne zusammen. „Denkst du, sie haben ihn geschickt, nachdem Brandts Sohn nicht zurückgekommen ist?“

„Höchstwahrscheinlich. Sie wussten vermutlich von seinen Plänen und hatten Anweisung, nach ihm zu suchen, falls er nicht zurückkäme.“

Zane befürchtete, dass Quinn recht hatte. „Dann wissen sie jetzt, dass wir hinter ihnen her sind. Sie sind also gewarnt.“

„Wer sind sie?“, unterbrach Portia.

Sie wusste bereits zu viel. Er würde ihr nicht noch mehr erzählen. „Das brauchst du nicht zu wissen.“ Dann blickte er zu Quinn. „War etwas vom Schließfach zu retten?“

„Ich habe ein Handy gefunden. Es ist kaputt und halb geschmolzen.“

Zane schürzte die Lippen. „Wenn er sein Telefon da gelassen hat, vermute ich, dass er derjenige war, der das Schließfach manipuliert hat.“

„Könnte aber auch der Vampir gewesen sein, den ich nach der Explosion gesehen habe.“

„Wir wissen beide, wie diese Dinge laufen: man geht auf eine Mission, will aber seine Spuren verwischen, sollte nicht alles laufen wie geplant. Also verstaut man alles, das einen identifizieren kann und beschützt diese Sachen.“

„Mit einer kleinen Bombe“, warf Quinn ein.

„Genau. Wenn alles gut geht, dann entschärft man die Bombe und bekommt seine Sachen zurück. Wenn nicht, geht man sicher, dass dem Feind alles um die Ohren fliegt, sobald er das Schließfach findet.“ Zane fuchtelte mit den Händen in der Luft, um eine Explosion nachzuahmen.

„Generell stimme ich dir zu. Leider können wir jetzt aber nicht mehr feststellen, ob Brandt die Bombe leicht selbst entschärfen hätte können. Wir können die Möglichkeit also nicht ausschließen, dass der Vampir, den ich gesehen habe, die Bombe installiert und das Handy dort deponiert hat, um uns auf eine falsche Fährte zu lenken.“

„In jedem Falle müssen wir diesem Hinweis nachgehen.“

Quinn nickte zustimmend. „Ich bringe das Telefon zu Thomas. Vielleicht kann er ein paar Infos von dem Chip bekommen, falls er ihn aus diesem verschmolzenen Elend herausbrechen kann.“

„Es ist einen Versuch wert. Kannst du ihn darum bitten, ohne ihm zu sagen, worum es geht?“ Das Letzte, was Zane jetzt brauchte, war, dass Scanguards herausfand, in welcher Scheiße er steckte.

„Er schuldet mir noch etwas. Er wird keine Fragen stellen.“

„Dann nur zu.“ Zane ließ den Motor an.

***

Selbst nachdem Zane Quinn abgesetzt hatte, drehte sich Portias Kopf noch. Sie erkannte, welch behütetes Leben sie bisher geführt hatte. Obwohl sie sich sicher war, dass ihr Vater wie jeder Vampir auch Feinde hatte oder sich vor Leuten versteckt halten musste, hatte sie noch nie die Art von Gefahr erlebt, der Quinn soeben entkommen war und der Zane vermutlich immer noch gegenüberstand.

„Jemand versucht, dich umzubringen?“

Zane blickte sie von der Seite an, bevor er seine Augen wieder auf die Straße richtete und langsamer fuhr als zuvor. „Wäre nicht das erste Mal.“

„Aber warum? Was hast du getan?“

„Warum muss es etwas sein, das *ich* getan habe?“

Portia ließ die Worte in sich einsinken. „Oh, was wollen die dann von dir?“

„Das willst du nicht wissen.“

„Doch.“

„Lass mich das anders formulieren: Es geht dich nichts an.“ Trotz der Maßregelung war seine Stimme ruhig.

„Was ist aus dem Attentäter geworden, den Quinn erwähnt hat?“

„Ich hätte dich nicht mitnehmen sollen."

„Das ist keine Antwort. Was ist also mit ihm geschehen? Ist er davongekommen?" Sie würde keine Ruhe geben, bis sie wusste, was los war.

„Was glaubst du?", forderte er sie heraus.

Ein Schauer lief ihre Arme entlang, was Gänsehaut unter den Ärmeln ihres Pullovers verursachte. Ihr Instinkt beantwortete die Frage für sie. „Du hast ihn umgebracht."

„Überrascht dich das?"

Sie schluckte und überdachte ihre Antwort. War sie überrascht? Angewidert? Verängstigt? „Nein."

Zane richtete seinen Blick auf sie, offensichtlich erstaunt. „Ich habe ihn umgebracht, ohne eine Sekunde zu zögern. Und ich würde es wieder tun."

„Wenn du versuchst, mich zu verängstigen, dann musst du dir schon etwas Besseres einfallen lassen." Verdammt, warum funktionierte es nicht? Warum war sie sich so sicher, dass, obwohl Zane spielend jemanden umbringen konnte, er sie nicht verletzen würde? Hatte sie ihn nicht schon oft bis zur Weißglut gebracht, um seinen Zorn herauszufordern? War das nicht Grund genug, warum sie in seiner Gegenwart vorsichtig sein sollte?

Als er nur grunzte und sich auf den Verkehr konzentrierte, legte sie ihre Hand auf seinen Schenkel. Sofort spannten sich seine Muskeln unter ihrer Berührung an.

„Verdammt, Portia. Lass das!"

Sie konnte nicht. Ihr Körper loderte. Das Wissen, dass er in Gefahr war, ließ ihr Verlangen nach ihm noch dringlicher werden. „Tust du mir weh, wenn ich's nicht tue?"

Sie erkannte, wie er seine Zähne zusammenbiss, als wollte er einen unsichtbaren Schmerz verdrängen.

„Du könntest irgendwo stehen bleiben und die Türen verriegeln. Keiner wird uns sehen. Die Fenster sind verdunkelt. Keiner wird je erfahren, was wir getan haben."

Zane trat auf die Bremse und stellte den Wagen ab. Mit glühend roten Augen nahm er ihre Hand und zog sie von seinem Schenkel.

„Du spielst mit dem Feuer, Portia. Geht das nicht in deinen Kopf hinein? Ich bin ein Killer, ich bin brutal, mich kann man nicht kontrollieren. Du willst mich nicht.“

„Doch“, flüsterte sie, ignorierte ihr wummerndes Herz und ihren galoppierenden Puls. *Mehr denn je*, wollte sie schreien, doch das letzte bisschen Stolz, das sie noch besaß, untersagte es ihr.

„Das solltest du nicht, Baby Girl. Ich bin nicht gut für dich.“

Der traurige Blick, mit dem er sie anschaute, brach ihr das Herz. Und wann immer er sie *Baby Girl* nannte, schmolz etwas in ihr dahin, obwohl er es nicht zärtlich meinte, sondern es als Maßregelung verwendete.

Instinktiv hob sie ihre Hand und führte sie zu seinem Gesicht, wollte über seine Wange streicheln und ihm zeigen, dass auch er Liebe verdiente. Doch er war zu schnell; er wich aus und brachte den Hummer zum Laufen.

Sie war verrückt, doch nun, da sie wusste, dass er in Gefahr war, verspürte sie diesen unerklärlichen Drang, ihn zu beschützen. Es war natürlich dumm. Schließlich war er Bodyguard und dazu da, *sie* zu beschützen, nicht umgekehrt. Überhaupt wollte er ihre Hilfe nicht. Sein aggressives Verhalten war ein deutlicher Hinweis dafür, dass er sich von ihr fernhalten wollte.

„Können wir ein bischen herumfahren?“

„Warum?“

„Ich möchte noch nicht nach Hause. Mir fällt dort die Decke auf den Kopf.“

„Ich verstehe.“

Überrascht von seiner Antwort musterte sie sein Profil. Vielleicht waren sie gar nicht so verschieden. Im Grunde waren sie beide alleine. Und während hinter ihr kein Attentäter her war, hatte sie eine Frist, die ihr im Nacken saß. Fünf Wochen bis zu ihrem Geburtstag und dem Tag, an dem ihr Körper seine endgültige Form annahm und sich nie wieder verändern würde. Sie musste noch Entscheidungen treffen: Wie lange sie ihr Haar tragen wollte, ob sie vorher noch ein oder zwei Kilo abnehmen sollte, Dinge, die plötzlich belanglos schienen.

„Wie ist es, zum Vampir verwandelt zu werden?“

Sie war als Halb-Vampir geboren worden, doch für einen Vampir wie Zane, der einst ein Mensch gewesen war, musste es eine andere Erfahrung gewesen sein.

Die Knöchel von Zanes Hand wurden weiß, als er das Lenkrad

fester umklammerte. „Es ist die Hölle.“

Ihr Herz schmerzte instinktiv. „Tut mir leid.“

„Warum?“

„Schon mal von Mitgefühl gehört?“

Konnte er nicht einmal akzeptieren, dass es ihr leid tat, durch welche Qualen er gehen hatte müssen? Dass sie so sehr wünschte, es lindern zu können?

Zane ignorierte die Bemerkung. „Ich hab’s überlebt. Aber sie haben dafür bezahlt.“

„Bezahlt?“ Sie hielt den Atem an, war nicht sicher, ob sie es genauer wissen wollte.

Er beehrte sie mit einem Blick von der Seite. „Die Männer, die mich verwandelt haben.“

„Es waren mehrere?“ Sie verstand nicht, was er damit meinte.

„Es war eine ganze Gruppe. Sie sind jetzt tot, alle außer einem von ihnen.“ Dann suchte er ihre Augen, blickte sie tief an und fuhr fort, „Ich habe einen nach dem anderen umgebracht. Langsam und schmerzvoll.“

Portia rang nach Luft, ihr Herz stolperte bis zum Stehenbleiben. Sie wollte etwas sagen, doch kein Wort kam über ihre Lippen. Er hatte die Männer umgebracht, die ihn verwandelt hatten? Männer?

„Ich verstehe immer noch nicht. Haben mehrere Vampire dich verwandelt?“

Er schüttelte den Kopf und beobachtete wieder den Verkehr. Sie fuhren jetzt durch einen Golfplatz, doch Portia blickte nicht aus dem Fenster, um die Aussicht zu genießen.

„Es waren fünf. Und sie waren Menschen.“

„Aber –“

Zane unterbrach sie. „Ich will nicht darüber reden. Also entweder hörst du auf, Fragen zu stellen oder ich fahre dich sofort nach Hause.“

Portia hielt den Mund und nickte.

Einige Momente später hielt Zane an und schaltete den Motor ab.

„Von hier aus hat man einen großartigen Blick auf die Golden Gate Brücke.“

Er öffnete die Tür und kletterte aus dem Wagen. Portia tat es ihm gleich und überquerte die Straße. Drüben war ein weiteres Loch des Golfplatzes und dahinter sah sie die Bucht von San Francisco und die Golden Gate Brücke, die sich über deren Eingang streckte. Von

Lichtern erleuchtet funkelte sie in Rot- und Orangetönen.

„Sie ist wunderschön“, gab sie zu und blieb neben Zane stehen.

„Die Schönheit hat ihren Preis. Elf Männer sind während ihres Baus ums Leben gekommen.“

Portia seufzte. „Musst du immer das Negative an allem sehen?“

„Ich versuche nur, nicht zu vergessen, dass dort, wo es Schönheit gibt, auch das Elend nicht weit weg ist.“

„Warst du schon immer ein Pessimist?“

„Nur in der Jugend ist man noch Optimist, weil man es da noch nicht besser weiß“, konterte er.

„Und du weißt es besser?“

Er nickte. „Ich habe in meinem Leben schon mehr gesehen als ich je wollte.“

„Aber nicht alles kann so schlimm gewesen sein, wie du es darstellst. Du musst auch gute Dinge erlebt haben: Freundschaft, Liebe.“

Wenn er sie nur näher an sich heranlassen würde, vielleicht könnte sie dann diejenige sein, mit der er diese Emotionen teilte. Die kühle Nachtluft ließ sie zittern oder vielleicht war es die Spannung zwischen ihnen, die die Luft plötzlich prickeln ließ.

„Es wird spät. Ich sollte dich nach Hause bringen. Du hast morgen Vorlesungen.“

Der Moment war dahin. Zane würde sie in dieser Nacht nicht näher an sich heranlassen, so gut kannte sie ihn bereits. Es war besser, es für heute Nacht bleiben zu lassen und ihre Energie für die nächste Nacht aufzusparen.

18

Es war noch immer dunkel draußen, als Oliver kam, um ihn abzulösen. Er sah müde aus, was Zane veranlasste, ihn zu beruhigen.

„Sie wird dir heute keine Schwierigkeiten machen."

Oliver hob zweifelnd eine Augenbraue. „Wirklich?" Er entledigte sich seiner Jacke und trat ins Wohnzimmer. „Ich schwöre, die Göre ist schwieriger zu bewachen als ein ausgewachsener Krimineller."

Zane wollte beinahe lächeln – beinahe, tat es aber natürlich nicht. Er lächelte niemals. „Ich weiß, was du meinst. Ich hab mit ihr über ihr Benehmen von gestern gesprochen. Glaub mir, sie wird's nicht noch einmal versuchen."

„Und woher willst du das wissen? Sobald du weg bist, wird sie wieder Gedankenkontrolle an mir anwenden und abhauen."

„Wird sie nicht. Sie kennt die Konsequenzen."

„Womit hast du ihr gedroht? Folter?"

„So ähnlich."

Doch wenn er seine Drohung, sich von diesem Auftrag abziehen zu lassen, wirklich einlösen würde, bedeutete das mehr Folter für ihn als für sie.

„Ich kann dir sagen, es ist echt ätzend, dass sie ein Vampir ist und ich nicht. Ist ein echter Nachteil für mich."

Es war nicht das erste Mal, dass Oliver die Vorteile des Vampirdaseins hervorhob. Zane fragte sich schon länger, ob er Samson eines Tages um die Erlaubnis bitten würde, sich verwandeln zu lassen. Aber wusste Oliver wirklich, worauf er sich da einließ?

„Ein Vampir zu sein ist auch nicht das Nonplusultra."

„Wie meinst du das?", fragte Oliver schockiert.

„Erstens mal: keine Strandtage mehr", antwortete Zane locker.

Für einen Moment überlegte er, ob er die Sonne tatsächlich vermisste. Er lebte bereits so lange im Dunkeln, dass er sich kaum noch daran erinnern konnte, wie es war, die Sonnenstrahlen auf seiner Haut zu genießen. Außerdem passte die Finsternis zu seiner Stimmung. Besonders im Moment.

„Als gäbe es jemals Strandwetter in San Francisco. Den ganzen Sommer über steckt die Stadt im Nebel und an den obligatorischen drei

Tagen, an denen es heiß ist, ist es bestimmt Mittwochnachmittag, wo alle arbeiten müssen."

An Olivers Einschätzung war was dran. „Ja, hier ist das Wetter etwas eigensinnig. Man könnte sich natürlich auch mal krankmelden."

Oliver runzelte die Stirn. Nein, er würde seine Aufgaben nicht vernachlässigen. Sein Pech.

„Wenn das also das Einzige ist, das ich aufgebe, wenn ich ein Vampir werde, dann ist die Entscheidung nicht sehr schwer."

Zane schüttelte den Kopf. „Die Verwandlung ist schmerzhaft."

„Ich bin ja kein Schwächling."

„Das sagt ja auch keiner."

„Um Unsterblichkeit zu erlangen und all die großartigen Fähigkeiten stört es mich nicht, wenn ich erst Schmerzen erleiden muss."

„Mit den Fähigkeiten kommt aber auch Verletzlichkeit. Außerdem kann ein langes Leben sehr einsam sein." Wie Zanes Leben. Einsam und eingenommen von Hass.

„Darüber würde ich mir keine Sorgen machen." Er grinste ihn herausfordernd an. „Stell dir vor, ich kann alle Mädels haben, die ich will."

„Ja." Als hätte das etwas damit zu tun, ein Vampir zu sein. Zane blickte auf seine Uhr. „Ich muss los."

„Bis heute Nacht."

Zane ging zu seinem Hummer und fuhr zu Samsons Haus in Nob Hill. Da es noch lange vor Sonnenaufgang war, waren die Straßen nahezu leer. So war es ihm am liebsten.

Er stellte den Wagen vor Samsons Garage ab. Das viktorianische Haus war hell erleuchtet. Er wusste, dass selbst Delilah ihre Gewohnheiten angepasst hatte, nachts wach zu bleiben und tagsüber zu schlafen, um wenigstens halbwegs ein normales Eheleben führen zu können. So normal, wie das Leben mit einem Vampir eben sein konnte.

Samson öffnete die Tür und ließ ihn hinein. „Du wolltest mich sprechen?"

Zane nickte.

„Gehen wir in mein Büro."

Zane folgte Samson und übte die Unterhaltung, die er mit seinem Chef haben wollte, in seinem Kopf. Dummerweise war er nicht sehr diplomatisch, und es war nicht einfach, das zu sagen, was ihm auf dem

Herzen lag.

Als er die Tür hinter sich schloss, wandte Samson sich ihm zu und lehnte sich an den schweren Mahagonischreibtisch.

„Also, was gibt's?"

Zane trat von einem Fuß auf den anderen, versuchte, eine normale Pose anzunehmen, scheiterte aber. „Es geht um meinen Auftrag."

Samson hob eine Hand. „Halt. Das haben wir bereits durchgekaut. Wir haben beschlossen, dass du einen stressfreien Job brauchst, einen risikofreien, bis wir sicher sein können –"

„Darum geht es nicht. Wir hätten den Auftrag nicht annehmen sollen."

Samson blickte ihn überrascht an. „Was? Hör zu, nur weil du von dem Job nicht begeistert bist, heißt das nicht –"

Zane unterbrach ihn erneut. „Wir hätten nicht annehmen sollen, weil es nicht richtig ist, was wir dem Mädchen damit antun."

Samson blickte düster drein. „Zweifelst du Gabriels und meine Entscheidung an?"

Zane machte sich breitbeinig. „Ja, das tue ich."

„Dass solltest du aber besser erklären."

„Hast du eine Ahnung, was ihr Vater von uns verlangt?"

Samson biss die Zähne zusammen. „Wenn du eine Klarstellung dessen brauchst, was in den Anweisungen steht, erkläre ich es dir gerne noch einmal: Sie ist eine impulsive junge Frau, die um ihre tote Mutter trauert und sich nicht beherrschen kann. Wir sind da, um sicherzustellen, dass sie sich nicht verletzt."

„Unsinn!", brach es aus Zane heraus. „Das ist, was ihr Vater uns glauben lassen möchte. Es ist eine Lüge!"

Samson drückte sich vom Schreibtisch weg und überquerte die Entfernung zwischen ihnen. „Es wäre besser für dich, wenn du diese Anschuldigung auch begründen könntest."

„Portias Vater versucht, sie von allen Männern fernzuhalten, damit sie bis nach ihrem 21. Geburtstag eine Jungfrau bleibt."

„Rede keinen Schwachsinn!"

Zane konnte förmlich sehen, was Samson durch den Sinn ging. Da er selbst Vater einer Hybrid-Tochter war, wusste er, was das bedeutete. Und bei dem Blick, den er im Gesicht trug, wurde Zane klar, dass Samson seiner Tochter so etwas nie antun würde. Er würde dafür sorgen, dass sie ihre Unschuld verlor, bevor ihr Körper seine endgültige Form erlangte, selbst wenn er persönlich die potenziellen Liebhaber heranschaffen musste.

„Niemand würde das seiner eigenen Tochter antun." Samsons Stimme war hart, als er sich mit der Hand durch sein rabenschwarzes Haar strich.

„Er tut's aber."

„Und woher willst du das wissen?" Samsons Augen blickten ihn ungeduldig an.

„Sie hat's mir erzählt." Wie er es herausgefunden hatte, ging Samson nichts an. Verdammt, es ging niemanden außer Portia und ihn etwas an.

„So einfach?"

„Ich habe sie erwischt, wie sie abhauen wollte und dann hat sie's mir gesagt."

Nun, das war nahe genug an der Wahrheit. Dass sie sich in dieser Nacht das erste Mal geküsst hatten tat nichts zur Sache. Die Wahrheit war noch immer die Wahrheit.

„Interessant." Samson grübelte. „Und die Idee, dass sie dich mit dieser Lügengeschichte einlullen wollte, ist dir nicht gekommen?"

Natürlich lullte Portia ihn ein, doch nicht so, wie Samson es annahm. Sie versuchte, ihn dazu zu bringen, mit ihr zu schlafen. Und verdammt, er wollte es. „Sie manipuliert mich nicht."

„Ich glaube, sie verarscht dich."

Zane fluchte. „Niemand verarscht mich! Siehst du nicht, was er versucht ihr anzutun? Sie wird in fünf Wochen 21, und sie wird eine Jungfrau bleiben. Kannst du das wirklich verantworten?"

„Ich habe viel von dir erwartet, aber Leichtgläubigkeit? Du musst noch viel über junge Frauen lernen. Sie ist praktisch noch ein Teenager. Sie tut alles, um die Regeln ihres Vaters zu missachten. Sie lügt und erfindet Geschichten, um Sympathie zu bekommen. Verdammt, darum haben wir dich für den Job ausgesucht: Weil du nicht weich wirst, wenn dir jemand was vorheult."

„Sie heult mir nichts vor. Ihr Vater verurteilt sie dazu, Jungfrau zu bleiben. Hast du eine Vorstellung davon, was das für sie bedeutet?"

„Belehre mich bei dem Thema nicht. Ich weiß, was es bedeutet. Und ich weiß, dass kein Vater, der alle Sinne beisammen hat, das seiner

Tochter antun würde. Er liebt sie. Er versucht lediglich, sie vor sich selbst zu schützen."

„Das ist eine Lüge!"

Samson schnaubte. „Gut. Willst du wissen, woher ich weiß, dass sie dich anlügt?" Er ging um seinen Schreibtisch herum und öffnete eine Schublade. Im nächsten Moment landete eine Akte auf dem Tisch.

„Öffne sie, Seite drei."

Zögernd ging Zane einen Schritt nach vorne und griff nach der Akte. Er öffnete sie langsam und blätterte auf Seite drei. Er überflog die Notizen. In der Mitte hielt er an.

Eine ihrer Lieblingslügen ist, vorzugeben, sie sei eine Jungfrau und ihr Vater halte sie davon ab, ihre Unschuld zu verlieren, stand da.

„Nein…" Zane schüttelte den Kopf.

Hatte sie ihn angelogen? Hatte sie sich alles nur ausgedacht, um ihn dazu zu bringen, mit ihr ins Bett zu gehen? War sie eine Art Nymphomanin, die ihre Hände nicht von den Männern um sich herum lassen konnte?

Nein, er konnte es nicht glauben. Am Anfang war ihr Kuss so unschuldig gewesen. Ihre Reaktionen auf ihn waren ehrlich.

„Glaubst du mir jetzt?", fragte Samson.

Nur weil es schwarz auf weiß da stand, bedeutete es nicht, dass es auch stimmen musste. Doch er widersprach Samson nicht weiter. Samson irrte sich; sie irrten sich alle, wenn es Portia betraf. Er kannte sie besser. Er hatte ihre Tränen gesehen, als sie ihm von ihrem Schicksal erzählt hatte. Er konnte tief in sie blicken und verstand, dass es kein Vorwand war, dass ihre Worte keine Lügen waren.

„Sie würde mich nicht anlügen."

Dann drehte er sich um und stürmte aus Samsons Büro. Er ignorierte die Stimme seines Chefs, die ihn zurückrief.

***

Samson drehte sich um und blickte auf die Uhr auf seinem Nachttisch. Es war noch immer Nachmittag.

„Ich weiß, dass es dir keine Ruhe lässt", sagte Delilah sanft und setzte sich im Bett neben ihm auf.

Es war einer der Nachteile, blutgebunden zu sein: Der Gefährte wusste immer, wenn mit dem anderen etwas nicht stimmte. Wenn er nicht schlafen konnte, konnte es Delilah auch nicht.

„Tut mir leid, Süße“, sagte er, drehte sich zu ihr und zog sie in eine Umarmung. „Aber irgendwas stimmt nicht.“

„Denkst du, dass an Zanes Vorwurf etwas dran ist?“

„Nein. Du weißt genauso gut wie ich, dass kein Vater seiner Tochter so etwas antun würde. Genauso wenig wie ich das tun würde.“

Sie lächelte ihn an und er fühlte die Liebe zwischen ihnen strahlen. „Ich vermute, du wirst jeden Mann überprüfen lassen, der auch nur in Isabelles Nähe kommt?“

Samson grinste. „Da kannst du drauf wetten. Aber sobald sie 18 ist, wird sie Angebote annehmen. Und derjenige behandelt sie besser gut, oder ich werde ihm den Kopf abreißen.“

Delilah drückte ihre Lippen auf seine Wange. „Was bereitet dir dann wegen Zane Sorgen, wenn du nicht wirklich glaubst, dass er recht hat?“

„Es geht mir nicht um das, *was* er gesagt hat, sondern darum, *wie* er es gesagt hat. Als wüsste er etwas, das sonst keiner weiß. Delilah, er glaubt ihr. Zane lässt sich nicht leicht überzeugen und ihn kann man auch nicht einfach täuschen. Etwas ist da passiert. Er war nicht so kalt und unbeteiligt wie sonst. Diese Sache liegt ihm am Herzen.“

„Du denkst aber nicht, dass da etwas läuft, oder?“ Sie schüttelte sofort den Kopf. „Zane ist Scanguards gegenüber loyaler als jeder andere. Er würde niemals etwas tun, das gegen deine Regeln verstößt.“

„Da bin ich mir nicht mehr so sicher. Als er vorhin hier war, habe ich wahrgenommen, dass er rebellieren wollte. Er hat meine Entscheidung in Frage gestellt, ohne sie mit Fakten widerlegen zu können. Das sieht ihm nicht ähnlich. Er handelt nach Emotionen.“

„Ist das nicht gut? War das nicht der Hauptgrund für deine Bedenken, dass er zu kaltherzig ist, zu emotionslos? Vielleicht kommt ja Drake an ihn ran.“

„Nach einem Termin? Das bezweifle ich. Nein. Es muss etwas anderes vorgefallen sein.“

„Mit dem Mädchen?“

Samson hoffte, dass er falsch lag, doch sein Bauchgefühl sagte ihm, dass er dem nachgehen musste. Er könnte es sich nicht verzeihen, wenn etwas passierte, weil er nichts unternommen hatte.

„Was willst du tun?“

Er setzte sich auf und nahm das Telefon. „Mich mit Oliver unterhalten. Ich muss wissen, ob sie ihm die gleiche Geschichte aufgetischt hat."

Delilah wusste bereits, was er dachte, ihr inneres Band zu ihm erkannte bereits seine nächsten Gedanken. „Wenn sie es getan hat, versucht sie's bei jedem. Wenn nicht, dann muss es etwas mit Zane zu tun haben."

Olivers Handy klingelte nur einmal, bevor er den Anruf annahm. „Samson?" Im Hintergrund hörte er Geschnatter. Samson vermutete, dass er und Portia noch in der Universität waren.

„Kannst du reden?"

„Klar. Portia verabschiedet sich gerade von ihren Freunden. In ein paar Minuten fahren wir nach Hause."

„Hör zu, es mag zwar etwas seltsam klingen, aber hat Portia versucht, sich bei dir darüber auszuheulen, dass ihr Vater versucht, ihr etwas anzutun, damit du sie entkommen lässt?"

Samson sagte bewusst nichts über ihre Aussage, ihre Unschuld verlieren zu müssen. Er wollte ihm keine Information füttern, die er vielleicht noch nicht hatte.

Oliver zögerte kurz, bevor er antwortete. „Nein, sie hat nichts gesagt. Sie ist meistens mit Lauren zusammen. Sie geht zu all ihren Vorlesungen. Eine Vorzeigestudentin, ziemlich anständig."

„Also hat sie nicht versucht, dir zu entkommen oder dich zu bezirzen?"

„Nein. Keinesfalls."

Komisch. Samson tauschte einen Blick mit Delilah, die mit den Achseln zuckte.

„Danke, Oliver. Gute Arbeit."

Er legte auf und wählte eine weitere Nummer. Er war mit Olivers Antwort noch nicht zufrieden. Vorzeigestudentin? Das klang nicht nach dem Mädchen, das ihr Vater Gabriel gegenüber beschrieben hatte.

„Hey, Samson", begrüßte Thomas ihn durchs Telefon mit etwas schläfriger Stimme. „Bitte sag, dass du einen guten Grund hast, mich aus dem Schlaf zu reißen."

„Entschuldige, Thomas. Aber ich mache mir Sorgen um Zane."

„Was hat er jetzt wieder angestellt?"

„Nichts. Es geht mehr darum, was er *gesagt* hat – oder besser gesagt, was er verschwiegen hat. Ich brauche deine Meinung."

„Sicher."

„Du hast für ihn übernommen, als er zu Drake musste. Welchen Eindruck hast du von Portia erhalten?“

„Ich bin nicht sicher, was du meinst. Sie wirkte nett, geradezu höflich.“

„Hat sie versucht, dein Mitleid zu erwecken, indem sie dir eine Lügengeschichte erzählt hat, warum ihr Vater will, dass wir sie beschützen?“

„Nein. Was hätte sie mir denn sagen sollen?“

„Zane war heute bei mir. Er sagte, sie habe behauptet, dass ihr Vater versucht, sie abzuschirmen, damit sie ihre Jungfräulichkeit nicht verliert, bevor sie in fünf Wochen 21 wird.“

Es gab eine Pause. „Oh, Scheiße.“

Thomas’ Fluchen ließ Samsons Körper in Alarmbereitschaft springen.

„Bedeutet das, dass sie es dir auch erzählt hat?“

„Nein. Aber – Samson, das ist nicht gut.“ Thomas räusperte sich.

Sofort alarmiert drückte Samson das Telefon fester an sein Ohr. „Was weißt du? Spuck’s aus.“

„Hör zu, Samson. Ich bin keiner, der seine Freunde verrät, aber…als ich zu Portias Haus gekommen bin…ich konnte sie an ihm riechen. Als hätten sie sich geküsst.“

„Fuck!“

„Ich bin mir nicht hundertprozentig sicher“, fügte Thomas hastig an.

„Verdammt, Thomas! Das hättest du mir sagen müssen!“

„Ich konnte nicht. Ich habe Zane gewarnt. Er wusste, dass ich ein Auge auf ihn halte. Aber das, ich meine, zu wissen, dass sie ihre Unschuld verlieren möchte, das ändert alles.“

„Thomas, es ist eine riesige Lüge. Sie kann unmöglich noch Jungfrau sein. Kein Vater würde es zulassen, dass seiner Hybrid-Tochter so etwas passiert. Sie benutzt die Geschichte, um Zane zu manipulieren und zu bekommen, was sie möchte. Und Zane ist so dumm und fällt auch noch auf sie herein.“

„Du musst ihn von dem Auftrag abziehen.“

„Ich hätte ihm den Job nie zuteilen dürfen. Es war ein Riesenfehler. Wir können nicht zulassen, dass er sie noch einmal anfasst.“

„Ich hoffe, es ist noch nicht zu spät“, grübelte Thomas.

Samson schüttelte den Kopf. Er hatte nichts Verdächtiges an Zane gerochen und war sich ziemlich sicher, dass Zane sie in der letzten Nacht nicht angerührt hatte. Doch er konnte nicht riskieren, dass Zane noch einmal in ihre Nähe kam. Es würde das Vertrauen, das ihr Vaters in Scanguards gesetzt hatte, verletzen: seine Tochter zu beschützen. Einen Vampir zu ihr zu schicken, der die Anweisungen ihres Vaters außer acht ließ, würde den guten Ruf der Firma aufs Spiel setzen.

„Du musst Oliver bei Sonnenuntergang ablösen."

Bei Thomas konnte er wenigstens sicher sein, dass es keine Probleme gab: Er war immun gegen den weiblichen Charme, egal, wie verlockend das Angebot war. Es war gut, einen schwulen Vampir im Team zu haben.

„Alles klar."

„Danke." Er legte auf.

„Und jetzt?", fragte Delilah.

„Zane ist fällig für eine Standpauke."

Eine ausgewachsene Standpauke.

19

Zane schoss von seinem Bett hoch und wunderte sich kurz, warum er aufgewacht war, als er erneut ein Geräusch hörte: Sein Handy vibrierte. Er schnappte es sich vom Nachttisch und blickte auf die Anruferkennung.

Scheiße! Es war nie gut, zu dieser Uhrzeit einen Anruf von seinem Boss zu bekommen.

„Samson, was –"

„Ich entziehe dir deinen Auftrag. Ab sofort!" Samsons Stimme klang verärgert.

Ein sofortiges Fluchen kam über seine Lippen, bevor er seinen Mund hielt. „Scheiße!"

„Ja, dieses Mal hast du echt Scheiß gebaut. Ich will dich in meinem Büro sehen. 30 Minuten nach Sonnenuntergang."

„Verdammt noch mal, was hab ich denn getan?"

„Oh, du weißt sehr genau, was du getan hast. Wenn du das Mädel noch einmal anfasst, wird es dich deinen Kopf kosten. Ist das klar?"

Scheiße, scheiße, scheiße!

Quinn!

Dieser Arsch hatte Samson erzählt, dass Portia bei ihm zu Hause gewesen war, noch dazu in seinem Bett. Und Zane hatte in dieser Nacht vorgegeben, eine Frau dazuhaben, um Sex mit ihr zu haben. Quinn, dieser dreckige Verräter, war prompt zu Samson gelaufen und hatte ihn verpetzt.

„30 Minuten nach Sonnenuntergang in meinem Büro!"

Zane schlug seine Faust in die Matratze, seine Laune so mies wie noch nie zuvor. Er rollte sich vom Bett, bereit, seinen Freund zu zermalmen. Freund? Er hatte keinen Freund!

Wie konnte Quinn ihn derartig hintergehen? Ohne jegliche Warnung!

Hass, gefolgt von Enttäuschung, kam in ihm auf, als er versuchte, Quinns Handeln zu ergründen und was es zur Folge hatte. Zwei Dinge waren sofort klar: Portia würde ihr ganzes Leben lang eine Jungfrau bleiben, und er würde sie nie wieder sehen.

Beides schmerzte gleichermaßen. Es schmerzte ihn, den Mann, der dachte, er könnte keinen Schmerz mehr empfinden, da er bereits zu viele Schmerzen erlebt hatte. Doch es war schlimmer denn je: Der Schmerz durchdrang ihn wie ein heißes Stück Eisen sein pochendes Herz durchdringen würde. Ja, es pochte fester denn je, doch nicht, weil es Blut durch seinen Körper pumpen musste, sondern weil er Mitgefühl für eine andere Person empfand: für Portia.

Trotz der Dinge, die in ihrer Akte standen, wusste er, dass sie ihm die Wahrheit gesagt hatte. Sie mochte vielleicht in anderer Hinsicht versucht haben, ihn zu manipulieren, doch er konnte nicht leugnen, was er gesehen hatte.

Und verdammt sei er, wenn er sie jetzt ihrem Schicksal überlassen und in die Hände anderer Leute geben würde.

Er blieb vor Quinns Schlafzimmertür stehen. Es würde ihm nichts bringen, wenn er seine Rachegelüste jetzt sofort stillen würde. Quinn würde die Strafe, die er verdiente, noch früh genug bekommen. Erst einmal musste Zane sich um wichtigere Dinge kümmern.

So leise wie sein Zorn es erlaubte, ging er zurück in sein Schlafzimmer und zog sich an. Ein flüchtiger Blick auf seine Uhr bestätigte, dass es noch etwa zwei Stunden bis Sonnenuntergang waren. Es war egal. Er musste sofort handeln, bevor jemand irgendetwas von seinem Vorhaben mitbekam und ihn aufhalten konnte.

Zane schlich die Treppe hinunter und vermied die Stufen, die knarrten. Im Flur drehte er sich zur Tür, die zur Garage führte.

Ein leises Wimmern ließ ihn herumwirbeln. Z blickte ihn mit großen Augen an, sein Schwanz wedelte aufgeregt hin und her.

„Geh schlafen“, flüsterte er.

Wie zu erwarten verstand ihn das Tier nicht und sprang sein Bein hinauf und umarmte seine Wade.

Zane ging in die Hocke. „Du kannst nicht mitkommen.“

Große Kulleraugen bettelten ihn an, es sich noch einmal zu überlegen.

Ach Scheiße!

„Gut“, grummelte er. „Aber beschwer dich nicht, wenn dir kalt wird.“

Er nahm den Hund in den Arm und schlüpfte mit ihm durch die Tür in die Garage. Er hielt sich nicht mit dem Lichtschalter auf, sondern stieg sofort ein und plumpste auf den Fahrersitz.

Dann setzte er Z auf den Rücksitz und zog die Tür leise zu.

Als er den Schlüssel in der Zündung umdrehte, hoffte er, dass der Lärm des Motors Quinn nicht aufweckte. Sein Schlafzimmer war hinten im Haus, und da sein Gast sich noch nicht an die Geräusche in der Nachbarschaft gewöhnt hatte, konnte er nur hoffen, dass Quinn dachte, das Anlassen und Garagentüröffnen gehöre zum Nachbarhaus.

Zane drückte den automatischen Garagentoröffner und schoss aus der Garage, sobald das Tor weit genug hochgefahren war. Als er auf die Straße einbog, schloss es sich hinter ihm.

Der Feierabendverkehr war mörderisch. Es war immer ein Risiko, tagsüber draußen zu sein, selbst in speziell verdunkelten Fahrzeugen. Ein Unfall wäre das Todesurteil für jeden Vampir. Es war mit ein Grund, warum Zane sich einen Hummer angeschafft hatte. Es brauchte schon so einiges, um dieses Auto zu zerstören.

Sicherer als in diesem Auto könnte er bei Tageslicht nicht sein. Es war noch immer ein Risiko, doch dieses Mal konnte er es nicht vermeiden.

Als er sich durch den Verkehr schlängelte, wählte er Portias Mobiltelefonnummer.

Es klingelte zwei Mal, bis sie annahm. Doch bevor sie auch nur ein Wort sagen konnte, wies er sie an: „Sag *Hi, Lauren.*“

„Hi, Lauren.“ Portias Stimme war für einen Moment unsicher, doch sie fing sich sogleich wieder. „Was gibt’s?“

Er war erleichtert, dass sie so schnell begriff. „Hör gut zu. Willst du noch immer deine Unschuld verlieren?“

„Ja, natürlich.“

„Bist du dir sicher, dass du es mit mir tun willst?“

„Ja.“

„Gib keine Ein-Wort-Antworten. Es könnte Oliver misstrauisch machen.“

„Oh, das wäre super, Lauren. Wann würde es dir denn passen?“

„Das klingt schon besser.“

„Wie bist du darauf gekommen?“, fragte sie.

„Mein Boss zieht mich von meinem Auftrag ab.“

„Oh, nein!“

„So wie ich Samson kenne, setzt er bestimmt jemanden auf dich an, der dich auf keinen Fall davonkommen lässt.“

„Das ist nicht fair.“ Sie hielt inne. „Lauren, das ist echt Scheiße!“

„Geh jetzt rauf in dein Zimmer. Pack ein paar Sachen zusammen, hauptsächlich warme Kleidung, robuste Schuhe und eine dicke Jacke. Sachen für ein paar Nächte.“

„Ein paar?“

„Außer du möchtest nicht.“

„Nein, ich will wirklich, Lauren.“

„Gut. Du hast zehn Minuten. Sobald du Olivers Telefon klingeln hörst, kletterst du wie letztes Mal aus dem Fenster. Ich werde ihn am Telefon ablenken. Lauf durch den Garten und klettere über den Zaun eures Nachbarn. Ich werde in einem schwarzen Hummer eine Querstraße weiter auf dich warten. Weißt du, wie du da hinkommst?“

„Klar. Das ist eine tolle Idee.“

„Wenn du einsteigst, beeil dich. Ich habe keine Lust, einen Sonnenbrand zu bekommen.“

„Danke. Ich weiß es zu schätzen.“

Zane legte auf und lenkte seinen Wagen an einem Truck, der in zweiter Reihe parkte, vorbei. Sein Auto schoss über die nächste Ampel, um die Mission Nachbarschaft hinter sich zu lassen, bis er endlich Noe Valley erreichte.

Sobald er an der geschäftigen 24th Street vorbei war und das Wohnviertel erreicht hatte, wurde der Verkehr leichter. Einen Block entfernt bog er in die Parallelstraße zu Portias Haus ein. Er zählte die Häuser ab und parkte direkt bei dem, das Garten an Garten an ihrem lag.

Zane stellte den Wagen ab, da er nicht riskieren konnte, dass Oliver übers Telefon den laufenden Motor hörte.

Nachdem er eine Textnachricht an einen Kontakt geschickt hatte, blickte er auf die Uhr. Er wartete noch zwei Minuten und hoffte, dass er damit Portia genug Zeit gegeben hatte, um ihre Sachen zu packen. Dann nahm er wieder sein Handy und rief Oliver an.

Dieser nahm beim zweiten Klingeln ab. „Hey, Zane. Du bist ja früh wach.“

Zane zwang sich, normal zu klingen. „Der verdammte Köter weckt mich ständig mitten am Tag auf. Ich schwöre, ich werde ihn Yvette wieder zurückgeben.“

„Ja, darum habe ich keine Haustiere. Zu viel Verantwortung.“

„Ja. Hör zu, Oliver. Wir haben uns doch darüber unterhalten, dass es cool wäre, ein Vampir zu sein.“

„Ja?“ In Olivers Stimme schwang plötzlich Interesse mit.

Perfekt! Er hatte das richtige Thema gefunden, um Oliver für ein paar Minuten abzulenken. Er würde es nicht hören, wenn Portia ihr Fenster öffnete und hinaussprang.

***

Portia war vor Aufregung ganz aus dem Häuschen. Es passierte wirklich. Zane hatte beschlossen, ihr zu helfen. Heute Nacht würde sie ihre Unschuld verlieren und Zane würde derjenige sein, der ihr sie abnahm. Was auch immer ihn dazu gebracht hatte, diese Entscheidung zu treffen, interessierte sie in diesem Moment nicht. Vermutlich hatte seine Aussage, dass sein Boss ihn von diesem Auftrag abzog, etwas damit zu tun. Doch sie hatte keine Gelegenheit gehabt, nachzufragen. Insbesondere nicht, da Oliver lauschte.

Wenigstens hatte sie ihrem Bodyguard weißmachen können, dass sie mit Lauren telefonierte, obwohl sie sich nur kurz zuvor von dieser verabschiedet hatte.

Sie wühlte in ihrem Schrank herum und zog ein paar Teile heraus, wusste nicht recht, was sie einpacken sollte. Verdammt, warum hatte er ihr nicht etwas früher Bescheid gegeben? Dann hätte sie noch zu Victoria’s Secret gehen und etwas Angemessenes kaufen können. Jetzt war alles, was sie finden konnte, ihre langweiligen Höschen und ein einfarbiger BH ohne Spitze. Super! Das sah nicht sehr romantisch aus.

Als sie unten Olivers Telefon klingeln hörte, unterdrückte sie ein Fluchen und warf die Kleidungsstücke, die sie in der Hand hielt, in ihren Rucksack und zog den Reißverschluss zu. Dann schnappte sie sich ihre Stiefel, die unten in ihrem Schrank standen, und rauschte zum Fenster.

So leise wie möglich drückte Portia das Fenster hoch und warf ihren Rucksack nach draußen, gefolgt von ihren Stiefeln. Schnell kletterte sie aus dem Fenster und ließ sich fallen. Ihre Landung war leise. Sie wurde mittlerweile gut darin.

Sie blickte nach links und rechts und horchte, ob ein Geräusch von drinnen kam, doch es war ruhig. In die eine Hand nahm sie ihren Rucksack, in die andere ihre Stiefel und flitzte zum Zaun. Mit Leichtigkeit sprang sie darüber. Ihre Vampirkräfte und -schnelligkeit kamen ihr gelegen.

Der Nachbargarten war leer und sie hoffte, dass keiner sie sehen und Oliver alarmieren würde, dass sie dabei war, auszureißen. Sie lief die Büsche entlang, ihre Socken aufgeweicht vom feuchten Erdboden. Doch sie wollte sich die Zeit nicht nehmen, ihre Stiefel anzuziehen, bis sie in sicherer Entfernung war.

Sie lief an den Mülltonnen vorbei und kam am Gartentor an, das sie aufstieß. Vor ihr lag die Straße.

„Hey!“, rief ihr eine männliche Stimme hinterher, doch es kümmerte sie nicht, was ihr Nachbar von ihr dachte.

Sie lief weiter auf die Straße, während ihre Augen nach dem schwarzen Hummer suchten. Er stand in zweiter Reihe geparkt vor dem Haus zu ihrer rechten Seite. Die Scheinwerfer blinkten sie an.

Zane!

Für den Bruchteil einer Sekunde fragte sie sich, ob sie einen Fehler machte, einem Mann zu vertrauen, den sie kaum kannte, und ihm erlaubte, sie zu entführen. Doch der Gedanke verabschiedete sich so schnell wieder wie er gekommen war. Ihr Herz schlug schneller, doch nicht von dem kurzen Sprint, sonders weil sie wusste, dass sie gleich bei Zane sein würde, dem Mann, der sie erregte wie kein anderer.

Noch konnte sie umdrehen, doch dann wäre sie keinen Schritt weiter als zuvor. Nein, bei Zane wäre sie sicher.

Als sie den Hummer erreichte, erinnerte sie sich daran, dass Zane sagte, sie solle sich beim Einsteigen beeilen. Sie riss die Tür auf, warf Rucksack und Schuhe hinein, sprang schnell in den Wagen und schlug die Tür hinter sich zu.

Der Motor heulte auf und sie wurde nach vorne geschleudert. Sie stützte sich am Armaturenbrett ab.

„Halt dich gut fest.“

Zanes Stimme überschlug sich beinahe. Sie verstießen gegen die Regeln von Portias Vaters als auch gegen die von Scanguards. Sie wusste, dass er deswegen in Schwierigkeiten geraten würde. Doch jetzt gab es kein Zurück mehr.

„Wo fahren wir hin?“, fragte sie, als sie nach dem Sicherheitsgurt griff und ihn einrasten ließ.

„Dorthin, wo keiner uns finden wird. Schalte dein Handy aus.“

Sie zog es aus ihrer Tasche. „Warum?“

„Scanguards hat deine Nummer. Mit den Signalen deines Handys können sie deinen Standort herausbekommen."

Sie erschauderte bei dem Gedanken, dass sie auf der Flucht waren.

„Hast du Bedenken?"

Portia schüttelte schnell den Kopf. „Nein."

Sie hatte keine Bedenken; sie hatte Angst. Angst davor, was passieren würde. Was, wenn sie es nicht mochte? Was, wenn es ein Fehler war? Doch jetzt konnte sie keinen Rückzieher mehr machen. Sie musste es tun. Zane riskierte vermutlich seinen Job für sie; sie konnte ihn jetzt nicht hängen lassen.

„Wir können noch umdrehen, solltest du deine Meinung geändert haben."

Sie schaute ihn an und er wandte sein Gesicht ihr zu. Seine Augen leuchteten verständnisvoll. Doch darunter sah sie die Enttäuschung, die in ihm schlummerte, Enttäuschung, die an die Oberfläche gelangen würde, wenn sie einen Rückzieher machen würde.

Ein Kläffen vom Rücksitz gab ihr Zeit, sich ihre Antwort zu überlegen. Sie lehnte sich zurück und fand einen Labradorwelpen, der sie anblickte.

„Du hast einen Hund?"

Sie streckte sich nach dem Kleinen aus und zog ihn zu sich auf den Schoß.

„Du verwöhnst ihn. Er ist noch nicht trainiert und so wie es aussieht, wird das auch nichts mehr."

Portia streichelte über das weiche Fell. „Wie heißt er?"

„Z."

„Z? Nur ein Buchstabe?"

„Mehr verdient er nicht. Er ist eine Plage." Trotz der harten Worte war Zanes Stimme warmherzig, zeigte seine Zuneigung zu dem Tier.

Zane hatte ihn nicht einfach zurückgelassen. Er hatte den Welpen mitgenommen. Bedeutete das nicht, dass er sich um ihn sorgte, dass er Verantwortung zeigte und dass er offensichtlich nicht so abgestumpft war, wie er sich gerne darstellte? Ein Mann, der einen Hund besaß, besonders so einen niedlichen, war ein Mann, der ein Herz und Gefühle hatte.

Für sie war es Beweis genug. Sie konnte ihm vertrauen. Er würde sich um sie kümmern, genauso wie er sich um seinen Hund kümmerte.

„Lass uns hinfahren, wo immer du hin möchtest."

Da war etwas in seinem Gesicht, das man fast als Lächeln bezeichnen konnte oder zumindest den Beginn von einem: Seine Lippen kräuselten sich einen winzigen Bruchteil eines Zentimeters nach oben.

„Wie weit ist es?“

„Wir werden in vier Stunden da sein.“

„Ich kann’s kaum erwarten.“

Sie hob ihre Hand von dem Welpen und legte sie auf Zanes Schenkel ab. Plötzlich fühlte sie sich mutig. Seine Muskeln spannten sich an wie beim letzten Mal, als sie das getan hatte. Jedoch folgte ihrer dreisten Handlung dieses Mal keine Zurückweisung.

„Vielleicht kann ich ja dreieinhalb Stunden draus machen“, räumte er ein und legte seine Hand auf ihre. Nicht um sie wegzuschubsen, sondern um sie festzuhalten.

„Das wäre schön.“ Portia hatte ihre eigene Stimme noch nie so rau gehört.

Als ihre Blicke sich für einen flüchtigen Moment trafen, brannte ihr Körper mit ungezügelter Lust, einer Lust, die sich in Zanes Augen widerspiegelte.

Ja, sie hatte die richtige Entscheidung getroffen. Die einzige Entscheidung. Zane würde ihr gehören. Bald.

20

Quinn schlug das Tor der leeren Garage zu und drückte das Telefon gegen sein Ohr.

„Scheiße, er hat den Hummer genommen. Und der Hund ist auch weg."

Am anderen Ende der Leitung fluchte Oliver vor sich hin. „Verdammt! Ich hatte gehofft, dass sie zu ihm gegangen ist. Warst du schon in seinem Schlafzimmer?"

„Er ist weg, Oliver. Und so wie es aussieht, hat er Portia mitgenommen." Warum hatte er das nicht kommen sehen? Das war genau das, warum Samson ihn nach San Francisco geholt hatte, um ein Auge auf Zane zu werfen – und um genau dies zu vermeiden.

„Mist! Was soll ich jetzt machen? Samson wird mich dafür verantwortlich machen." Angst klang aus Olivers Stimme hervor.

Quinn konnte es nachvollziehen. Dies war Olivers erster großer Auftrag und er hatte es gehörig vermasselt. Nein, in Wahrheit hatte Zane ihn in die Scheiße geritten.

„Hol mich von Zanes Haus ab. Wir gehen zusammen zu Samson."

„Danke, Quinn."

Zehn Minuten später holte ihn ein deprimiert aussehender Oliver mit einer Limousine ab. Weitere 20 Minuten später kamen sie bei Samsons Haus in Nob Hill an.

Oliver stellte den Motor ab und atmete tief durch.

„Das ist echt beschissen. Ich hätte vorher etwas sagen sollen."

„Worüber?", fragte Quinn.

„Dass Portia letztens meine Gedanken kontrolliert hat und mich im Regen stehen hat lassen. Als ich Zane um Hilfe gebeten habe, sagte er mir, dass sie bei ihm war. Fuck, warum sollte sie zu ihm gehen? Warum legt jemand den einen Bodyguard rein, um dann zu dem anderen zu laufen?"

Quinn schlug ihm auf die Schulter. „Dir ist wohl nicht aufgefallen, wie sich die beiden ansehen?"

Oliver sah ihn überrascht an. „Du hast sie zusammen gesehen?"

„Letzte Nacht. Lange Geschichte. Aber ich sage dir eins: Wenn zwei sich so ansehen, dann kann man nichts tun. Besser, man hält sich raus."

„Zane steht auf Portia? Unmöglich!“

„Nicht nur das. Ich glaube, dass sie auch auf ihn steht. Und ich bin mir nicht sicher, ob es so banal ist. Ich kenne Zane zu gut. Normalerweise ist er wegen einer Frau nicht so besitzergreifend. Ich gebe dir einen guten Rat: Verlier kein Wort darüber, was gestern geschehen ist. Das braucht keiner zu wissen. Es bringt dich bei Samson nur in Teufels Küche.“

Oliver streifte sich durch sein extrem zerzaustes Haar. „Bist du sicher? Was, wenn noch jemand davon weiß?“

„Ich bin der Einzige, der noch davon weiß, und ich werde nichts sagen. Also hör auf mich. Was heute Nacht betrifft, haben sie dich beide reingelegt. Es ist nicht deine Schuld. Mich hat er auch verarscht und ich kenne ihn viel besser; ich hätte die Anzeichen erkennen müssen.“

Außerdem hätte er das Garagentor hören müssen. Doch mit dem ständigen Lärm in der Nachbarschaft und den Geräuschen des Tages hatte er versucht, alles auszublenden, um schlafen zu können. Da ihm dies aber eher schwer fiel, hatte er sich mit Ohrstöpseln beholfen.

„Na gut“, willigte Oliver schließlich ein.

„Lass mich reden. Und gib keine Information preis, nach der du nicht gefragt wirst.“

Oliver trottete die fünf Stufen zu Samsons Haus hinauf. Quinn drückte den Klingelknopf und war überrascht, als die Tür sich fast zeitgleich öffnete.

Samson hielt das Telefon an sein Ohr gepresst. Als er Oliver erblickte, deutete er auf ihn.

„Warte Thomas, es ist Oliver.“ Dann funkelte er seinen menschlichen Bodyguard an. „Wo ist dein Schützling?“

Oliver wich zurück. „Sie hat mich reingelegt und ist entkommen.“

Quinn schob seinen Kollegen ins Haus und schloss die Tür hinter sich.

„Fuck!“, schimpfte Samson. „Thomas, ich stell dich auf Lautsprecher.“ Er drückte eine Taste und hielt das Telefon in die Luft.

„Als Thomas zum Ende deiner Schicht ankam, fand er ein leeres Haus vor. Was ist passiert?“, forderte Samson von Oliver.

„Warum sollte Thomas Oliver ablösen? Das ist doch Zanes Job“, unterbrach Quinn.

Samson funkelte Quinn an. „Zane hat’s vermasselt. Ich habe ihn suspendiert und Thomas den Fall zugewiesen."

„Kein Wunder, dass er weg ist", antwortete Quinn.

„Was?" Samson blickte zwischen Oliver und Quinn hin und her.

„Zane ist weg. Er hat den Hummer genommen. Den Hund hat er auch mitgenommen", schilderte Quinn.

Oliver nickte. „Und vermutlich auch Portia."

„Er hat Portia mitgenommen?", rief Samson.

„Zane hat mich so ungefähr eine Stunde vor Sonnenaufgang angerufen. Er hat mich am Telefon abgelenkt, sodass Portia hinten raus verschwinden konnte."

„Woher willst du das wissen?"

„Ihr Fenster war offen und ich habe Fußabdrücke im Garten gefunden. Er muss auf sie gewartet haben."

„Scheiße!", fluchte Samson.

„Ich versuche mal, ob ich sein Telefon oder seinen Hummer orten kann", kam Thomas' Stimme aus dem Telefon.

„Mach's gleich", wies Samson an.

„Ich rufe dich gleich zurück."

Samson legte das Telefon weg und starrte Quinn an. „Hast du nicht mitbekommen, dass er mitten am Tag das Haus verlässt? Ich dachte, du passt auf ihn auf."

Quinn verlagerte sein Gewicht von einem auf den anderen Fuß. „Du weißt doch selbst, wie er herumschleicht. Ich habe nichts gehört. Nicht mal das verdammte Bellen des Hundes. Wann hast du ihn suspendiert?"

„So um vier Uhr nachmittags."

„Das hat vermutlich an ihm genagt."

„An ihm genagt? Du verstehst wohl nicht, Quinn. Er hat etwas mit seinem Schützling angefangen! Das geht nicht nur gegen die Vorschriften von Scanguards, sondern auch gegen die ihres Vaters – unseres Klienten. Sie ist noch minderjährig!"

„Sie ist 20", warf Oliver ein.

Samson warf einen Blick auf seinen einst vertrauenswürdigen Assistenten.

„In unserer Welt macht sie das zu einer Minderjährigen. Wer weiß, was er ihr vorgelogen hat, damit sie mit ihm mit ist."

Quinn hob seine Hand. „Samson, es gehören immer zwei dazu. So wie ich das Mädel einschätze, ist sie eher eigensinnig. Sie lässt sich nicht von Zane manipulieren. Ich denke, sie weiß sehr genau, was sie tut."

„Zane ist gefährlich. Er hat erst vor ein paar Tagen einen Mann kaltblütig ermordet. Hast du das schon vergessen?"

Mach zwei draus, dachte sich Quinn und war froh, dass Samson nichts von dem Attentäter wusste. Er würde es so belassen. „Er hatte seine Gründe. Der Kerl war ein Vergewaltiger."

„Zane hätte ihn den Behörden überlassen sollen. Verdammt, Quinn." Samson hob seine Hand und deutete zur Tür. „Zane ist mit dem Mädchen da draußen. Hast du eine Ahnung, was er ihr antun wird?"

Ihr den Verstand herausvögeln, wenn er Zane richtig eingeschätzt hatte, als er sie zusammen gesehen hatte. Doch Quinn hielt seinen Mund. Es gab Situationen, in denen es besser war, Fragen nicht zu beantworten, speziell wenn es eindeutig rhetorische Fragen waren.

Samsons Telefon klingelte. Er ging sofort ran, aktivierte den Lautsprecher. „Ja?"

„Das GPS seines Hummers ist deaktiviert und sein Handy kann ich auch nicht orten. Wir sind praktisch blind."

„Scheiße! Ruf Gabriel an. Er soll all unsere Kontakte in Nordkalifornien auf Bereitschaft rufen. Schickt ihnen ein Foto von Zane und gebt ihnen sein Autokennzeichen durch. Keiner soll eingreifen. Ich will nur seinen Standort.

„Ich bin dran." Thomas legte auf.

„Oliver, du gehst zu Lauren. Ich informiere den Bürgermeister, dass du kommst. Befrage sie und überprüfe ihr Handy auf Telefonate, Text-Nachrichten und dergleichen von Portia in den letzten paar Stunden. Und auch ihre E-Mails."

Oliver nickte pflichtbewusst. „Sie hat mit Lauren telefoniert, nur ein paar Minuten…" Auf einmal kratzte er sich am Kopf. „Ah, verdammt! Das war bestimmt Zane, der sie angerufen hat. Ich dachte mir schon, dass die Unterhaltung etwas aufgesetzt geklungen hat, aber…"

Quinn stieß Oliver mit dem Ellbogen, erinnerte ihn damit daran, nicht zu großzügig mit Informationen um sich zu werfen. Er brachte sich nur in Schwierigkeiten, wenn er so weiter machte. Samson war aus gutem Grunde schon sauer genug. Wenn sie Portia nicht bald fänden, müssten sie sich überlegen, was sie ihrem Vater erzählen sollten. Es war eine Unterhaltung, die keiner gerne führen wollte.

„Sprich sofort mit Lauren. Wir müssen wissen, was sie weiß.“

„Ja, Samson.“ Oliver drehte sich zur Tür um und ging.

„Quinn, das hätte nicht passieren dürfen.“

Quinn nickte und nahm einen tiefen Atemzug. „Er wird ihr nichts antun.“

Samson schüttelte den Kopf. „Du kennst nicht die ganze Geschichte. Letzte Nacht war er hier, um mit mir zu sprechen. Er behauptete, dass ihr Vater absichtlich dafür sorgt, dass sie eine Jungfrau bleibt, obwohl sie in fünf Wochen 21 wird. Augenscheinlich hat sie ihm das alles eingeredet.“

„Ist es wahr?“

„Natürlich nicht. Ihr Vater hat uns vorgewarnt, dass sie diese Geschichte immer erzählt, um Mitleid zu erregen. Sie belügt ihn.“

„Hast du ihm das gesagt?“

„Natürlich. Ich habe ihm die Akte gezeigt. Aber ich glaube nicht, dass es ihn überzeugt hat.“

„Wie auch?“, murmelte Quinn.

„Was?“ Verdacht blitzte in Samsons Augen auf.

„Ich meine, so wie ich Zane kenne, lässt er sich nicht umstimmen, nur weil etwas in einer Akte steht. Du kennst ihn: Er ermittelt selbst, um die Wahrheit aufzudecken.“

Quinn dachte wieder an die Nacht zuvor, als er sie zusammen gesehen hatte. Ihre Gesten hatten klar gezeigt, dass etwas zwischen ihnen war, dass sie aber noch nicht intim waren – obwohl er Portia bereits in Zanes Bett gesehen hatte.

„Das kann ich ihm nicht durchgehen lassen. In jedem Fall wäre es falsch: Wenn sie keine Jungfrau ist, wird er ausrasten, weil sie ihn reingelegt hat. Und wer weiß, was er dann anstellt.“

Quinn hob eine Augenbraue. „Und was, wenn sie eine Jungfrau *ist*?“

Samson blinzelte. „Wenn ihr Vater wirklich beabsichtigt, dass sie bis nach Erlangen ihres endgültigen Körpers unschuldig bleibt, wird er Zane umbringen, wenn er erfährt, dass er ihr ihre Unschuld geraubt hat.“

„Wenn er ihn findet“, fügte Quinn an.

„Wir müssen ihn zuerst finden und ihn aufhalten, bevor er etwas tut, das wir nicht wieder gutmachen können.“

Quinn schaute seinen Boss lange an, fragte sich, ob er seine nächste

Frage stellen sollte oder nicht. Dieses Mal gewann aber sein Sinn für Gerechtigkeit. „Was ist mit dem Mädchen?"

„Was meinst du?"

„Wenn sie wirklich noch Jungfrau ist, können wir ihrem Vater nicht erlauben, ihre Unschuld bis nach ihrem Geburtstag aufrechtzuerhalten." Er könnte es nicht mit seinem Gewissen vereinbaren, einfach zuzusehen, wie ihr Klient seiner Tochter etwas derartiges antat.

„Ich weiß das, und es hat mich bereits den ganzen Tag beschäftigt. Ich hoffe nur, dass sie Zane anlügt. Denn ihren Vater diesbezüglich zu bekämpfen ist nichts, worauf ich mich freue."

21

Zane fuhr in die Garage seiner Berghütte und hielt den Wagen an. Die Ketten, die er an die Reifen montiert hatte, bevor sie die Berge erreicht hatten, klapperten laut auf dem Betonfußboden. In dem Moment als er den Motor abstellte, rührte Portia sich und öffnete ihre Augen. Sie war vor einer halben Stunde mit Z auf ihrem Schoß eingenickt. Das Bild war gänzlich fremdartig, doch es erwärmte sein Herz.

„Sind wir da?“ Ihre Augen schossen in der Garage hin und her, dann wieder zu ihm.

„Ich hole die Taschen. Warum gehst du nicht schon mal mit Z ins Haus?“

Portia öffnete die Tür und Z sprang heraus, schnüffelte aufgeregt an seiner neuen Umgebung herum.

„Ich kann gar nicht glauben, dass du ein Häuschen in Tahoe hast!“

Zane umrundete den Hummer mit Portias Tasche in der Hand und öffnete den Kofferraum. Für Notfälle hatte er immer eine Tasche mit allem, was er für ein paar Nächte brauchte, im Auto.

„Es ist nicht groß, aber für mich reicht’s. Ich komme normalerweise immer alleine hierher.“ Er stoppte sich selbst.

Dies war sein Heiligtum. Er hatte noch nie eine Frau hierher gebracht. Nicht mal seine Freunde und Kollegen von Scanguards wussten von diesem Ort. Er hatte Amaurys Maklerkenntnisse nicht in Anspruch genommen, als er das Haus gekauft hatte. Er wollte, dass dies sein persönlicher Zufluchtsort war, den keiner kannte.

Zane nahm seine Tasche und schloss den Kofferraum. Portia wartete noch immer neben der Beifahrertür auf ihn. Ihre Blicke trafen sich.

„Ich brauche auch nicht viel Platz“, flüsterte sie und leckte sich über die Unterlippe. „Wir brauchen nur ein Bett. Wenn du eins hast…“

Ihre Bäckchen verfärbten sich zu einem hübschen Rosa. Zane ließ die Taschen fallen und ging mit zwei großen Schritten auf sie zu. Er blieb nur Zentimeter vor ihr stehen.

„Geh jetzt rein, Portia. Und tu mir einen Gefallen: Erwähne Worte wie Bett nicht, bevor wir drinnen sind, sonst wird dein erstes Mal in der Garage stattfinden, mit dem Rücken gegen das Auto gedrückt.“

Er hielt jegliche Drohung aus seiner Stimme heraus, doch er konnte die Lust nicht unterdrücken, die durch ihn zog. Es ließ ihn heiser klingen. Während der gesamten Autofahrt hatte er gegen das Verlangen angekämpft, den Wagen anzuhalten, sie auf den Rücksitz zu zerren und sie sich dort zu nehmen. Denn seit er sich entschieden hatte, mit Portia zu schlafen, konnte er keine Minute länger warten.

Ihre Wimpern prallten gegen ihre Lider, als sie sie in einer geschmeidigen Bewegung hob. „Lass mich nicht zu lange warten."

Dann drehte sie sich um und scheuchte den Hund durch die Tür nach drinnen.

Warten? Dieses Wort wurde soeben aus seinem Wortschatz gelöscht und von dem einzig akzeptablen ersetzt: jetzt. Zanes Herz schlug gewaltig gegen seinen Brustkorb und sein Schwanz, der die ganze Fahrt lang halb erigiert gewesen war, schwoll zu einer ausgewachsenen Erektion an.

Er hob die Taschen wieder auf und folgte ihr. Drinnen ließ er das Gepäck fallen und richtete sich auf. Wie gewöhnlich überkam ihn ein Gefühl der Ruhe, als er den großen Wohnraum seiner Hütte betrat. Die gewölbte Decke und die Holzbalken ließen das kleine Häuschen geräumig wirken, obwohl es kaum 100 m² groß war. Die Einrichtung war rustikal, etwas, wovon er erst gedacht hatte, dass er es nicht mögen würde, doch es war ihm mit der Zeit ans Herz gewachsen.

„Es brennt ein Feuer im Kamin", bemerkte Portia mit leichter Panik in ihrer Stimme. „Wohnt hier jemand?"

Zane schüttelte den Kopf. „Ich habe meinem Verwalter aufgetragen, alles für ein paar Tage Aufenthalt herzurichten, als ich auf dich gewartet habe. Schau mal in den Kühlschrank. Er dürfte mit menschlichem Essen voll sein."

Später müsste er wohl noch auf Blutjagd gehen, außer… Er schob den Gedanken schnell wieder weg, bevor dieser sich in seinem Kopf ausbreiten konnte. Eins nach dem anderen: Erst der Sex, und dann könnte er ja vielleicht später –

„Der Kühlschrank ist gestopft voll mit Essen. Was denkt dein Verwalter, wer ich bin? Ein 130-Kilo-Gorilla?" Sie lachte und drehte sich zu ihm. Ihr Haar fiel ihr ins Gesicht.

„Ich wusste ja nicht, was du magst, also habe ich ein bisschen von allem herbringen lassen."

Mit Blut war es so viel einfacher. Es gab nur acht Varianten, vier positive, vier negative. Und er mochte alle.

„Du bist ja süß."

Süß? Niemand hatte ihn je als süß bezeichnet. Langsam aber bestimmt ging er auf sie zu und bemerkte, dass sie völlig regungslos dastand, nur ihre Augen bewegten sich, als er näher kam. Er blieb einen Schritt von ihr entfernt stehen und strich ihr die Haarsträhne aus dem Gesicht.

„Mach nicht den Fehler, mich als etwas zu sehen, was ich nicht bin. Ich habe keinen einzigen süßen oder freundlichen Knochen in mir und wenn es das ist, wonach du suchst, dann sollte ich dich jetzt nach Hause bringen."

Sobald die Worte über seine Lippen waren, wusste er, dass wenn sie weg wollte, er das nicht erlauben konnte. Sie kannte jetzt seinen geheimen Zufluchtsort, und der einzige Weg, wie sie diesen Ort wieder verlassen würde, war als echte Frau, ihre Unschuld eine blasse Erinnerung.

Portia hob ihre Hand und legte sie um seinen Nacken, während sie tadelnd den Kopf schüttelte. „Kommt ja gar nicht in Frage."

Das mochte er an ihr: Sie machte nie einen Rückzieher, nachdem sie sich zu etwas entschlossen hatte.

„Du hättest jeden haben können, den du wolltest. Warum mich, Baby Girl?"

Wusste sie nicht, wie begehrenswert sie war, dass jeder Mann mit Augen im Kopf die leidenschaftliche Frau sehen musste, die kurz davor stand, an die Oberfläche zu gelangen?

Sie beugte sich zu ihm, ihr Mund schwebte gegenüber seinem. „Weil ich etwas empfinde, wenn du mich küsst."

Mit ihrer freien Hand nahm sie seine und führte sie zu ihrer Brust, wo ihr Herz wie wild schlug.

„Hier."

Sie drückte seine Hand gegen ihr Herz, schob sie dann tiefer, am Bund ihrer Jeans vorbei bevor er die Sanftheit ihres Fleisches genießen konnte. Sie belohnte ihn jedoch, indem sie seine Hand zu ihrem Geschlecht führte, das er umschloss.

Sie hob ihre Lider und blickte ihm in die Augen. „Und hier."

Wärme strömte in seine Handfläche, als er gegen ihr Zentrum drückte. Ein engerer Kontakt wurde durch den robusten Stoff ihrer Hose verhindert. Trotzdem reagierte sein Schaft.

Er stöhnte, konnte die Lust in sich nicht zurückhalten. „Da wir ehrlich zueinander sind“, sagte er heiser und trank das Grün ihrer Augen in sich ein, „solltest du auch wissen, wo ich etwas fühle, wenn du mich küsst.“

Zane nahm ihre Hand und führte sie zu seiner Erektion, ließ sie über seine gesamte Länge streichen. „Hier.“

Sie drückte seinen Schaft, ließ ihn dadurch die Zähne zusammenbeißen, um gegen die bevorstehende Erlösung anzukämpfen.

„*Wau! Wau!*“

Seine Aufmerksamkeit lenkte sich von Portia und ihren Händen zu Z und dessen Bellen.

„Das ist gerade ein echt schlechter Zeitpunkt, Z.“

Portia nahm ihre Hand von ihm und beugte sich zu dem Hund. „Ich glaube, er muss mal raus.“

Das passte Zane gerade überhaupt nicht, aber da er wusste, welche Schweinerei sein Hund machen konnte, war ihm klar, dass er keine Wahl hatte.

„Ich geh schon. Mach’s dir doch in der Zwischenzeit bequem. Ich bin in zehn Minuten wieder zurück.“

Vielleicht auch in fünf: Der kleine Hund wusste bestimmt nicht, was Schnee war. Die Berge waren mit einer frischen Schicht bedeckt und die Temperatur war, jetzt wo es dunkel war, unter dem Gefrierpunkt. Er wettete, dass Z sich binnen Minuten den Hintern abfrieren würde und wieder nach drinnen ins Warme wollte.

Portias Augen folgten Zane, als er mit dem Hund in die verschneite Wildnis hinausging. Trotz seiner schlanken Figur füllte dieser Mann seine Hose aus wie es sein sollte. Seine Muskeln bewegten sich mit jedem Schritt und sie fragte sich, wie es wäre, wenn sie schließlich beide nackt waren und seine Haut gegen ihre rieb.

Als er die Tür hinter sich schloss, hörte sie auf, den Atem anzuhalten. Sie sollte die Zeit, die sie alleine war, besser nutzen. Sie hatte vor der Abreise keine Gelegenheit gehabt, frische Kleidung anzuziehen, geschweige denn zu duschen. Wenn sie bedachte, was sie beide heute Nacht vorhatten, war es ihr wichtig, sich zurechtmachen, nicht nur um ihm zu gefallen, sondern auch um ihr Selbstvertrauen aufzumöbeln. Sie hatte noch keinen Mann so intim berührt, wie sie es bereits bei Zane getan hatte, und sie hoffte, dass ihr Instinkt ihr helfen würde, dass sie sich nicht zu ungeschickt im Bett anstellte.

Im Schlafzimmer zog Portia schnell Jeans und Pulli aus und warf dann ihre Socken, Höschen und BH auf einen Stuhl. Als sie auf ihre Unterwäsche blickte, erkannte sie wie unattraktiv diese aussah und warf sie kurzerhand unters Bett. Er musste ja nicht sehen, welch schauderhafte Höschen sie trug. Es würde ihn nur abturnen, statt ihn anzuturnen.

Ein Blick auf das große Bett mit dem ausgesprochen maskulinen dunkel-gestreiften Bezug ließ sie trotz der einladenden Wärme in dem kleinen Haus erschaudern. In Kürze würden sie sich dort nackt in den Armen liegen, nur von ihrer Leidenschaft und ihrem gegenseitigen Begehren umgeben.

Sie verschwendete keine Zeit, eilte ins angrenzende Bad und stieg unter die Dusche. Geschmeidiger Granit berührte ihre Fußsohlen, dieselben Steine, die auch an den Wänden der Dusche emporragten. Sobald sie den Wasserhahn aufdrehte, liefen die warmen Wassertropfen ihren Körper entlang.

Sie nahm die Seife und schäumte sich ein. Als sie einatmete, bemerkte sie, dass die Seife parfumfrei war. Es überraschte sie, besonders da Zane einen so männlichen Duft abgab. Sie hatte angenommen, dass dieser Geruch von einer Seife stammte. Doch scheinbar war der Duft, der sie so einnahm, sein eigener. Das hätte sie sich denken können. Ein Vampir wie Zane, dessen rohe Kraft und Energie ständig überkochten, musste einfach einen so potenten Duft ausstrahlen.

Portia hielt sich nicht damit auf, ihre Haare zu waschen. Es würde zu lange dauern, bis sie wieder trocken waren und da Zane komplett kahl war wettete sie darauf, dass er keinen Föhn hatte. Schnell spülte sie die Seife von ihrem Körper. Dann stieg sie auf den weichen Teppich vor der Dusche und griff nach dem Handtuch, das an einem Haken hing.

„Als ich sagte, mach's dir bequem, hätte ich nicht gedacht, dass ich damit etwas Wichtiges verpassen würde."

Sie drehte ihren Kopf zur Tür, wo Zane im Türrahmen stand.

Reflexartig drückte sie das Handtuch gegen ihren Oberkörper und bedeckte ihre Nacktheit, während sie einen überraschten Atemzug ausstieß.

Seine Augen wurden dunkel und verweilten auf dem Handtuch. „Das wirst du nicht brauchen."

Zögerlich senkte sie ihre Hände und legte ihre Nippel frei, die plötzlich hart und seinem Blick ausgesetzt waren.

Zanes Nasenflügel bebten und er bewegte sich auf sie zu. Mit zwei Schritten erreichte er sie und legte seine Hand auf ihre. Sie überließ das Handtuch seiner Kontrolle. Eine Sekunde später fiel es zu Boden.

Zanes Shirt streifte gegen ihre Brüste, als er sie an seinen Körper zog. „Ich hätte dir beim Duschen zusehen können, wenn dieser verdammte Köter den Schnee nicht wider Erwarten so aufregend gefunden hätte."

Sie hob ihre Lider und verlor sich in den goldenen Flecken seiner Iris. „Oder du hättest mir helfen können."

Mit einem Stöhnen senkte er seine Lippen auf ihre. Auf seine Forderung teilte sich ihr Mund, hieß ihn und seine energische Invasion willkommen. Reine und unverfälschte Lust lief anstelle des Blutes durch ihre Venen. Ihr Puls wurde schneller als es bei einem Menschen je möglich gewesen wäre, als Zanes Zunge gegen ihre streifte und Kapitulation verlangte.

Ihr Instinkt antwortete für sie. Portia begrüßte seinen maskulinen Geschmack mit einem ungezügelten Stöhnen und sandte damit unmissverständliche Signale, dass sie, wenn er ihre Kapitulation forderte, dasselbe von ihm fordern würde.

Ohne sie von seiner suchenden Zunge und seinen drückenden Lippen zu verschonen, glitten seine Hände zu ihrem Hinterteil. Im nächsten Augenblick zog er sie an sich, sein Schwanz so steif wie zuvor, nur seine kalte Jeans ein Hindernis zwischen ihnen. Ein Hindernis, das sie beseitigen wollte.

Sie zerrte an seinem Shirt, zog es aus seiner Hose und fummelte an den Knöpfen herum. Doch aufgrund des Verlangens, das er in ihr hervorrief, zitterte sie zu viel, sodass ihre Finger keinen Erfolg hatten.

Zane stöhnte und das Poltern sank tief in ihr Inneres, steuerte auf ihren Unterleib zu, wo es mit den Wellen zusammenstieß, die ihr Körper erzeugte. Als er seinen Mund von ihrem löste, wollte sie schreien, protestieren, doch bevor sie dazu kam, liebkosten seine Lippen die empfindliche Haut an ihrem Hals, den sie ihm freizügig anbot.

Eine Hitzewelle lief an ihr entlang, wo seine Lippen an ihrer feuchten Haut saugten, und ließen damit die letzten Wassertropfen, die die Dusche hinterlassen hatte, verdampfen.

„Zane“, murmelte sie, wusste nicht wirklich, worum sie ihn bat, war sich jedoch sicher, dass, was immer es war, sie es wollte. Ihn wollte.

„Ruhig, Baby Girl“, hauchte seine raue Stimme gegen ihren Hals, als seine Lippen an ihrem Ohr knabberten.

Ein schmerzfreier Biss raubte ihr den Atem, ließ sie ihre Brust heben, was ihre Nippel an sein Shirt stoßen ließ. Es erinnerte sie erneut daran, dass er noch völlig bekleidet war. Doch sie musste ihn berühren. Ohne nachzudenken wurden ihre Hände zu Fäusten, die die Enden seines Hemdes ergriffen. Ein kräftiges Zerren daran und die Knöpfe flogen in alle Richtungen.

Endlich war Haut freigelegt, die sie berühren konnte: warme, weiche Haut. Genauso haarlos wie sein Kopf. Ihre Finger glitten über seine Brust, wo sehnige, straffe Muskeln sich zeigten und wo sein Herz heftig schlug.

„Oh, Gott, Portia“, stöhnte er, warf seinen Kopf zurück und ließ seine Hände kurz auf ihr verweilen.

Als sie ihm ins Gesicht blickte, sah sie, wie seine Fänge sich ausfuhren und das Glühen in seinen Augen intensiver wurde.

Bei dem Gedanken, dass sie diesen Mann dazu reduzieren konnte, dass er lediglich für diesen Moment der Leidenschaft und des Begehrens lebte, war ein Nervenkitzel für sie.

„Ich will dich“, flüsterte sie und spürte, wie ihre eigenen Fänge zum Vorschein kamen.

Seine Augen blitzten lustvoll auf und seine Nasenflügel bebten, bevor er seinen Kopf wieder zu ihr senkte. Doch statt ihre Lippen oder ihren Hals zu küssen, ging er tiefer und widmete sich ihren Brüsten. Ein Wort wehte zu ihren Ohren, doch sie war sich nicht sicher, ob sie es richtig verstanden hatte.

Aber es geisterte noch immer in ihrem Kopf herum: *mein.*

22

Mein.

Zane würde dieses Wort nie verlauten lassen, doch der Gedanke geisterte in seinem Kopf umher, verboten und unerreichbar. Nur weil er nicht entsprechend handeln konnte, stoppte das jedoch nicht seinen Wunsch, es immer und immer wieder zu wiederholen.

Mein, mein, mein.

Wie ein Lied in einer endlosen Schleife, wiederholte es sich so regelmäßig wie die Sekunden einer Uhr. Da er seinem Verstand nicht klar machen konnte, dass er ein Recht darauf hatte, sie zu seinem zu machen, tat er das Einzige, das ihm möglich war: Er überschüttete ihren Körper mit der Leidenschaft, die so lange in ihm begraben gewesen war.

Seine Lippen um einen ihrer Nippel geschlossen, leckte er mit der Zunge darüber und genoss Portias atemloses Stöhnen. Sie war empfänglicher als er es von einer Jungfrau erwartet hätte. Gleichzeitig reagierte sie auf ihn aber so pur und unvoreingenommen wie es nur eine unerfahrene Frau tun konnte. Es gefiel ihm besser als die gekünstelten Schreie, die die Prostituierten von sich gaben, die er gelegentlich konsultierte.

Jedes Stöhnen und jedes Keuchen, das über Portias Lippen kam, war wie ein Geschenk für ihn. Und egoistisch wie er war, lockte er mehr davon aus ihr hervor, indem er intensiver an ihr saugte und mit einer Hand an ihrer anderen Brust spielte, sie drückte und in seiner Hand formte. Ihr Körper war ein Widerspruch in sich, so fest und doch gleichzeitig so weich.

Außerstande genug von ihr zu bekommen, zog er sie mit sich auf den gekachelten Boden und legte sie auf den weichen Badeteppich. Seine Hände wanderten über ihren Körper, erkundeten unbekanntes Terrain.

Als er Küsse weiter nach unten über ihren Bauch hauchte, hob sie ihren Kopf. „Zane, was machst du?“

Es war kein Vorwurf, sondern eine in Unglauben und Überraschung gehüllte Frage. Er hob seine Lider und traf auf ihren Blick, sah ihre grünen Augen vor Lust glühen. Sie musste doch wissen, was jetzt kam. Selbst als Jungfrau konnte sie nicht so unwissend sein.

„Ich muss deine Muschi kosten."

Ihr stockte der Atem. Seine Nüstern flatterten, als der Duft ihrer Erregung stärker wurde.

„Das musst du nicht tun", flüsterte sie mit schwachem Protest, doch ihre Augen schimpften sie eine Lügnerin. Sie wollte seine Lippen auf sich spüren, seine Zunge in ihr.

„Ich muss aber."

Nicht einmal eine Horde Vampirjäger mit Pflöcken bewaffnet konnte ihn jetzt aufhalten. Er senkte seinen Kopf und drückte ihre Schenkel auseinander, öffnete sie für sein Vergnügen.

Ein Dreieck dunkler Locken begrüßte sein Kommen und der verführerische Duft von Jugend und Reinheit bettelte darum, dass er weiter nach Süden steuerte. Er senkte seinen Kopf zwischen ihre gespreizten Schenkel und atmete ein, erlaubte ihrem Duft, ihn einzunehmen. Alles andere trat in den Hintergrund. Der kalte Boden war plötzlich vergessen. Und selbst das leise Bellen seines Hundes im Nebenzimmer verstummte. Das Einzige, was seine Sinne wahrnehmen konnten, war ihr Duft und ihr seidenes Fleisch unter seinen Händen. Ihr sanftes, fast unhörbares Stöhnen sorgte für Hintergrundmusik zu diesem Bild der reifen, bereitwilligen Frau.

Zane streichelte mit den Fingern ihre Schenkel hinauf, brachte sie an der warmen Feuchtigkeit ihrer zarten Falten zusammen. Als er gegen ihre heiße Spalte streifte, machte Portia einen Ruck.

„Ich werde vorsichtig sein", hörte er sich sagen.

Vorsichtig? Konnte er das wirklich? Konnte er zärtlich und behutsam mit einer Frau wie ihr umgehen? Oder würde sein Begehren nach ihr das Biest in ihm hervorrufen?

Er wollte sich zurückziehen, Kontrolle über sich gewinnen, um ihr nicht wehzutun, als ihre Hände plötzlich über seine Glatze streichelten und ihre Fingernägel vorsichtig auf seiner Kopfhaut entlangstreiften. Er verlor die Fähigkeit, sich zu bewegen. Ein Schauer schoss durch ihn, direkt in seinen Schaft.

Zane leckte über ihr Fleisch, schleckte ihre Säfte auf, mit denen es benetzt war. Als er zum ersten Mal ihre Unschuld kostete, wurde sein gesamter Körper wie gelähmt.

Heilige Scheiße!

Er hatte nie etwas so Wohlschmeckendes gekostet, und er hatte schon viele Frauen in seinem Leben geleckt. Dies war nicht damit zu vergleichen. Ihr würziger Geschmack war reichhaltig und reif, die Beschaffenheit ihres Fleisches weich und geschmeidig, neckte seine Lippen und Zunge, indem sie sie prickeln ließ. Sein Puls raste, sein Herz wummerte durch seine Brust, als wolle es hinausspringen und hinein in ihren Körper.

Portia schmeckte besser als das beste Blut, das er je gekostet hatte.

Das Verlangen, sie zu besitzen, drang durch jede Zelle seines Körpers.

Mein, rief sein Verstand erneut und betäubte ihn. Gegensätzliche Emotionen kämpften in seinem Herzen: das Verlangen, sie zu besitzen sowie das Verlangen, sie vor ihm zu schützen. Zwischen diesen beiden Gewalten keimte eine dritte in seinem Kopf auf: die Notwendigkeit, sich davon abzuhalten, sich in sie zu verlieben, davor, ihr sein Herz zu schenken, wo er doch wusste, dass es brechen würde, sobald sie ihn verließ.

Zane schob die Gedanken beiseite und zwang sich, nur für diesen Moment zu leben und zu nehmen, was sie ihm anbot: ihren Körper, nichts weiter. Er müsste sich damit zufriedengeben, auch wenn er mehr wollte. Er würde sein Möglichstes tun, um sie in Versuchung zu führen, ihm mehr zu geben. Er hatte bereits Scanguards' Regeln gebrochen. Und nach und nach brach er auch die Regeln, die er für sich aufgestellt hatte: nie mit jemandem eine Beziehung einzugehen, sich nie um jemanden zu sorgen und nie auf Liebe zu hoffen.

Das war jetzt alles dahin.

Wegen Portia und der Art, wie er auf sie reagierte. Und wie sie auf ihn reagierte. Ihr Körper wand sich unter seinem Mund, ihr Becken stieß gegen ihn und ihre Hände streichelten noch immer seine empfindliche Kopfhaut.

Zum ersten Mal in seinem Vampirleben war er dankbar, dass er einen kahlen Kopf hatte. Es ließ seine Haut empfindlicher auf Berührungen reagieren und war jetzt eine der erogensten Zonen seines Körpers, abgesehen von der, die darum bettelte, aus seiner Hose befreit zu werden.

Mit seiner Zunge kundschaftete er ihr weibliches Zentrum aus, nippte, saugte und leckte. Dann strich er höher hinauf und erreicht ihre Klitoris. Sie keuchte atemlos.

„So empfindlich“, murmelte er gegen ihr angeschwollenes Bündel von Nerven.

Doch Zane verschonte sie nicht. Er wollte ihre Leidenschaft kosten, ihre Lust und ihr Verlangen. Er wollte spüren, wie sie in seinem Mund kam, wollte wissen, dass er ihr etwas geben konnte, woran sie sich erinnerte, eine Empfindung, die sie nie vergessen würde und immer mit ihm in Verbindung bringen würde.

Während Sex bisher immer ein Machtspiel für ihn gewesen war, das er nie mit Zuneigung oder Liebe verwechselte, spürte er jetzt sein Herz erweichen, als Portia unter ihm lag und sich wand. Die Mauer um sein Herz begann zu bröckeln. Er wollte nicht weiter erforschen, welche Auswirkungen dies auf ihn haben würde und zog ihre Klitoris fester zwischen seine Lippen, drückte diese zusammen.

Ihr Stöhnen war gefolgt von einem Schauer. Welle um Welle schellte gegen seine Lippen, als ihr Orgasmus einbrach.

Sein eigener Höhepunkt wurde von der Enge seiner Jeans und deren Reißverschluss verhindert, der sich schmerzhaft in sein Fleisch drückte. Wäre er nackt gewesen, hätte er seinen Samen auf dem Fußboden vergossen.

Zane stöhnte und leckte weiter an ihrem Kitzler, entzückte sie erneut. Dann hob er seinen Kopf und blickte ihr ins Gesicht. Ihre Augen waren geschlossen, ihre Lippen leicht geöffnet, um die Spitzen ihrer Fänge zu offenbaren. Ihre Brust hob und senkte sich. Einen schöneren Anblick hatte er in seinem gesamten Leben noch nicht gesehen.

„Wenn du das nächste Mal kommst, werde ich in dir sein.“

Ihre Augen öffneten sich und sie nagelte ihn mit ihrem Blick fest. „Jetzt.“

Ihr atemloses Wort löste etwas Unbekanntes mit seinen Gesichtsmuskeln aus. Sie zuckten, seine Lippen zogen sich in einem Bogen nach oben. Er brachte eine Hand zu seinem Gesicht, um zu überprüfen, was geschah, und stellte zu seiner Überraschung fest, dass er lächelte.

Er hatte schon seit über 60 Jahren nicht mehr gelächelt.

Träges Vergnügen ließ ihren Körper sich haltlos fühlen. Portia hatte ein paar Mal masturbiert, und obwohl es sich gut angefühlt hatte, kam es nicht annähernd an das heran, was Zanes Hände und Mund mit ihr gemacht hatten. Sie fühlte sich schwerelos.

Als sie ihre Augen öffnete, blickte sie in Zanes lächelndes Gesicht. Er sah so anders aus, jünger und so viel glücklicher.

Zane erhob sich von ihren Schenkeln, Schenkel, die sie so bereitwillig für ihn gespreizt und dabei nur an ihr eigenes Vergnügen gedacht hatte. In einer fließenden Bewegung zog er sie in seine Arme, drückte sie gegen seine nackte Brust. Immer noch in Hemd und Hose trug er sie ins Schlafzimmer.

Sie drückte ihren Kopf in die Krümmung seines Halses und streifte ihre Lippen gegen seine Haut, küsste ihn. Sie spürte, wie er seinen Kopf neigte und ihr dadurch besseren Zugang verschaffte. Mit stöhnender Zustimmung streifte sie ihre Fänge gegen seinen Hals, spürte die pulsierende Vene darunter, die sie anbettelte, aus ihr zu trinken.

Zane grummelte. „Vorsicht, Portia. Wenn du mich beißt, könnte das hier ernster werden als du es willst."

Sie traf auf seine Augen und bemerkte ein seltsames Blitzen darin. Wies er sie zurück, bereute er, was er gerade getan hatte? Sie wandte ihren Blick ab. „Tut mir leid."

Als er sie aufs Bett legte, drehte sie sich von ihm weg. Seine Zurückweisung tat weh. Sie verfluchte ihre Unerfahrenheit. Wenn sie schon etwas mit einem Vampir gehabt hätte, wüsste sie vielleicht mehr über die Anstandsregeln rund ums Beißen. Aber so musste sie sich jetzt auf ihren Instinkt verlassen, und der sagte ihr, dass sie sein Blut ebenso wollte wie seine Erektion in sich.

Zanes Hand tippte ihr Kinn hoch, musterte ihren Gesichtsausdruck. „Versteh mich nicht falsch. Es würdest mich ehren, wenn du mein Blut trinken würdest."

Ihr Herz machte einen Sprung. „Aber warum –"

„Das Blut eines anderen Vampirs zu trinken erschafft eine Verbindung…"

Sie wusste alles über den Blutbund, ihre Mutter hatte ihr davon erzählt. „Aber wenn du mich nicht gleichzeitig beißt, gehen wir keinen Blutbund ein."

„Das ist nicht das, was ich meinte. Selbst ohne den Bund hätten wir eine tiefere Bindung als wenn wir nur Sex hätten."

Sie runzelte die Stirn. Nur Sex, wie emotionslos das klang. „Ich verstehe."

Alles was er wollte, war, worum sie ihn in erster Linie gebeten hatte: ihr zu helfen, ihre Unschuld zu verlieren. Nicht mehr und nicht weniger.

„Nein, du verstehst nicht."

Zane streifte sich sein Hemd vom Leib und warf es auf den Boden. Dann streckte er seinen rechten Arm aus und enthüllte die Innenseite seines Unterarms. Mit dem Finger seiner anderen Hand deutete er auf das Tattoo, das seine Haut markierte.

Portias Augen folgten seinem Finger und ihr Herz blieb stehen. Auf seiner Haut waren sechs Zahlen eintätowiert. Es dauerte weniger als eine Sekunde bis sie verstand, was sie bedeuteten. Von irgendwoher wusste sie es – aus Büchern oder einem Kurs, den sie in der Schule belegt hatte, oder vielleicht aus einem Dokumentarfilm, den sie im Fernsehen gesehen hatte. In jedem Fall war ihr klar, dass Zane ein Nazi-Konzentrationslager überlebt hatte.

„Das ist das, was ich bin, Portia. Ich habe unaussprechliche Dinge getan, um zu überleben. Du willst mein Blut nicht, glaub mir das. Ich bin ein Tier."

Überrascht von seinem Selbsthass hörte sie auf zu atmen.

„Ich bin ein Judenschwein, Portia. Willst du das wirklich?"

Er hasste sich, weil er Jude war? Sie schüttelte den Kopf, unfähig nachzuvollziehen, wie er diese Gefühle gegen sich entwickeln hatte können. Als er sich abwandte und seine Lider senkte, erkannte sie, dass er ihre Reaktion auf seine Frage missverstanden hatte.

„Nein!", rief sie und griff nach seiner Hand, zog seinen Arm näher zu sich. „Wer auch immer das über dich gesagt hat, hat Unrecht."

Wie lange hatten sie diese Worte wiederholt, bis er es nun selbst glaubte? Was hatten sie ihm angetan, dass er jetzt dachte, er sei aufgrund seiner Herkunft Abschaum?

Doch Zane hatte sich schon wieder verschlossen. Sein Lächeln war verschwunden und eine Maske der Gleichgültigkeit bedeckte sein Gesicht nun wieder.

„Ich will dich."

Er schüttelte den Kopf. „Ich will weder dein Mitleid noch deinen Sinn für Gerechtigkeit."

„Es ist nichts dergleichen." Verdammt noch mal, warum war er so stur?

Unbekümmert von ihrer Nacktheit rutschte sie zur Bettkante und blickte noch einmal auf seinen Unterarm. Sie brachte seinen Arm zu ihrem Mund und drückte einen Kuss auf die erste Zahl.

„Portia hör auf…“

Sein Protest verstummte, als sie die zweite Zahl küsste und dann die dritte. Bei der vierten Nummer stöhnte er leise und als sie die fünfte und dann die letzte Zahl küsste, schlang er bereits seinen anderen Arm um sie und kämmte seine Finger durch ihr Haar.

„Für mich bist du wunderschön, ehrenhaft und stark. Du bist der erste Mann, den ich je beißen wollte. Aber wenn du es nicht möchtest…“

Portia ließ ihre Worte im Raum hängen, gab ihm eine Chance, eine Entscheidung zu treffen.

„Du hast noch nie jemanden gebissen?“

„Ich bin mit Flaschenblut aufgezogen worden.“

Diese Neuigkeit schien ihn zu überraschen. Sie bemerkte, wie seine Augen sich veränderten, als ob er einen unsichtbaren Feind bekämpfte. Ein paar angespannte Momente verstrichen, bevor Zane sie schließlich in seine Arme zog und sein Gesicht in ihrem Haar vergrub.

„Wenn wir miteinander schlafen, wenn ich dein Jungfernhäutchen durchstoße, möchte ich, dass du deine Fänge in mich schlägst und so viel Blut von mir nimmst wie du möchtest.“

„Was, wenn ich nicht aufhören kann?“ So wie sein Blut roch, war sie sich nicht sicher, ob sie rechtzeitig aufhören konnte.

„Es wäre ein schöner Tod.“

Sie löste sich von ihm und starrte ihn an, sah, dass er lächelte.

„Wie kannst du darüber Witze reißen?“

„Wer sagt, dass es ein Witz war?“

„Du hast einen echt düsteren Humor, weißt du das?“ Denn es musste ein Witz sein.

„Viele Dinge an mir sind düster, Baby Girl. Und ich hoffe für dich, dass du sie nie zu sehen bekommst.“

Bevor sie antworten konnte, war sein Mund auf ihrem und unterdrückte jeglichen weiteren Protest bezüglich dieses Themas.

23

Zane intensivierte seinen Kuss und zog sich gleichzeitig seine Hose aus. Dank Portias enthusiastischer Hilfe war er wenige Momente später nackt. Schließlich drückte er sie zurück in die Matratze und bedeckte sie mit seinem Körper.

Obwohl die Welt über die Gräueltaten der Nazis belehrt worden war und jeder wusste, dass die Juden nicht die Einzigen gewesen waren, die zur Zerstörung gekennzeichnet worden waren, konnte er die Worte nicht vergessen, mit denen sie ihn gebrochen hatten: Judenschwein. Tief in ihm verankert war immer noch der Glaube, dass er es verdient hatte, der Abschaum zu sein, zu dem sie ihn in Buchenwald gemacht hatten. Ebenso blieb die Überzeugung in ihm verankert, dass er nie die Brutalität ablegen konnte, die er sich in den Jahren danach angeeignet hatte.

Er hätte sein Tattoo leicht noch länger vor ihr versteckt halten können, doch etwas hatte ihn dazu getrieben, es ihr zu zeigen, gespannt auf ihre Reaktion. Er hatte nicht erwartet, dass sie so verständnisvoll reagierte. Als Portia die Zahlen geküsst hatte, die ihn einst als Häftling identifizierten, hatte er gespürt, wie die Ketten um sein Herz sich lockerten. Wenn eine Unschuldige wie Portia über das Zeichen hinwegsehen konnte, das ihn tagtäglich an seine Vergangenheit erinnerte, vielleicht gab es dann doch Hoffnung. Hoffnung, dass er eines Tages frei von Scherz und dem Wunsch nach Rache war.

Frei, um zu lieben.

Er verbannte den Gedanken aus seinem Kopf und lenkte seine Aufmerksamkeit wieder auf Portias hinreißenden Körper. Er war wirklich ein Glückspilz, dass sie ihn als ihren ersten Liebhaber auserkoren hatte. Da er sicher war, dass ihm so etwas nie wieder widerfahren würde, wollte er den Moment auskosten. Und dass sie sein Blut trinken würde, wenn er tief in ihr war, machte die ganze Sache noch besser.

Ihre Lippen schmeckten nach Kapitulation und ihre Hände, die nun über seinen nackten Oberkörper streichelten, sprachen ihre eigene Sprache, eine Sprache der Begierde und der Leidenschaft.

Er trennte seine Lippen von ihren und blickte in ihr Gesicht. Ihre

Wangen glühten und ihr Atem kam nur stockend.

„Wir gehen es langsam an“, versicherte er ihr.

Zu seiner Überraschung schüttelte Portia ihren Kopf. „Ich will es nicht langsam. Ich will nicht, dass du dich zurückhalten musst.“

„Aber du bist eine –“

Sie drückte einen Finger auf seine Lippen. „Ich bin ein Hybrid. Du kannst mir nicht so leicht wehtun. Bitte.“

Zane streifte seine Knöchel über ihre Wange. „Was willst du von mir, Baby Girl?“

„Behandle mich wie eine Frau, die du begehrst. Gib vor, dass du dich nicht beherrschen kannst. Es macht nichts, dass es nicht echt ist. Lass es mich nur fühlen.“

Zane suchte ihre Augen. „Vorgeben?“ Er lehnte seine Stirn gegen ihre. „Ich kann dir nichts vorspielen.“

Sei seufzte enttäuscht, was ihn fast zum Lächeln brachte.

„Ich muss nichts vorgeben.“ Er strich mit den Lippen über ihre Augen und küsste sie. „Schau, Portia…“

Er nahm ihre Handgelenke und nagelte sie zu beiden Seiten ihres Kopfes fest. Ihr Herzschlag erhöhte sich sofort, doch sie leistete keinen Widerstand.

„...was ich will, ist dein Keuchen, wenn ich in dich stoße. Ich will, dass du nach mir schreist, das du bettelst, damit ich dich härter rannehme. Kannst du das für mich vortäuschen?“

Portias Augen leuchteten auf, sandten einen Hitzeschwall durch ihn. „Was, wenn ich es nicht vortäuschen muss?“

Zane knurrte leise zustimmend. „Selbst wenn ich dir weh tue?“

„Du kannst mir nicht wehtun.“

Er schloss für eine Sekunde seine Augen. Es gab so viele Wege, wie er sie verletzen konnte, obwohl sie ein nahezu unzerstörbarer Hybrid war.

„Du willst es also echt. Du willst Sex ohne Zurückhaltung, ohne Hemmungen?“

„Ja.“

Ohne ein weiteres Wort drückte er seinen Schenkel zwischen ihre und teilte sie damit. Der Duft ihrer Erregung verstärkte sich, erfüllte sein Schlafzimmer. Sein Schwanz streifte gegen ihren Oberschenkel, genoss die Hitze ihres Körpers.

Er ließ ihre Handgelenke los, wiegte sie näher und legte sich über ihre Mitte. Als er seine Hüften nach hintern schob, glitt seine Erektion zwischen ihre Beine und stieß gegen ihr feuchtes Zentrum. Der kurze Kontakt katapultierte ihn beinahe über die Kante.

Langsam tastete er an ihrem Eingang, die Spitze seines geschwollenen Schafts drückte gegen ihre äußeren Lippen und er spürte die Membrane, die ihre Unschuld beschützte.

„Gott, du bist eng“, flüsterte er in ihr Ohr.

„Tu es“, forderte sie und liebkoste seinen Hals mit ihren Lippen.

Zane neigte seinen Kopf, wissend, was als Nächstes passieren würde.

Portias Becken drückte gegen ihn. Ohne weiter nachzudenken stieß er vorwärts und durchtrennte ihr Jungfernhäutchen, das die letzte Barriere zu ihrem Schatz darstellte.

Im selben Moment senkte Portia ihre Fänge in seinem Hals, durchtrennte seine Haut. Als sie an seiner Vene zu saugen begann, durchdrang ihn ein Vergnügen so intensiv wie das, das er beherbergt in ihrer süßen Enge empfand.

Fuck!

Ihre Muskeln drückten ihn, was ihn die Zähne zusammenbeißen ließ, um einen vorzeitigen Orgasmus zu vermeiden. Er erlaubte dem Stöhnen, das sich in seiner Brust bildete, sich zu entfalten, kümmerte sich nicht darum, dass er damit preisgab, was für ein Vergnügen sie ihm bereitete. Portias Hand auf seinem Hinterkopf hielt ihn an ihrem hungrigen Mund, doch selbst wenn sie ihn nicht so fest an sich gedrückt hätte, wäre er nicht zurückgewichen. Ihre Fänge in seinem Hals waren das intimste Gefühl, das er je verspürt hatte.

Es gab nur eine Möglichkeit, das zu übertreffen. Zane zog sich aus ihr heraus, nur um seinen Schwanz wieder in sie zu stoßen und tiefer in sie zu gelangen als zuvor. Ihre Enge war feucht von ihrer Begierde und jeder Stoß war wie Seide auf Seide.

Sein triumphierendes Knurren vereinte sich mit ihrem Stöhnen, als ihn eine Erkenntnis traf. Portia hatte ihm nicht nur eins, sondern gleich zwei Geschenke gemacht: Sie hatte sein Blut akzeptiert und ihm zugleich ihre Unschuld geschenkt. Im Gegenzug würde er ihr geben, worum sie ihn gebeten hatte: sie mit Leidenschaft zu überschütten und sie begehrt fühlen zu lassen. Denn er begehrte sie.

Der Klang von Fleisch, das auf Fleisch traf, erfüllte den Raum. Vermischt mit Portias Seufzern und seinem wesentlich lauterem Stöhnen, spielte ein Konzert von Lust und Leidenschaft in dem kleinen Haus, das bisher nur eine ruhige Atmosphäre kannte. Nicht mehr. Der Klang des Liebesakts prallte gegen die Deckenbalken und fiel wie Wellen, die gegen den Strand krachten, auf sie zurück.

Ihre Körper bewegten sich in perfektem Rhythmus, als hätten sie dies schon tausendmal miteinander gemacht. Gleichzeitig war alles neu. Und während Zane wusste, dass Portia noch nie mit einem Mann zusammen gewesen und dies neu für sie war, spürte er gleichzeitig, wie seine Erinnerungen an die vielen Frauen verschwanden, mit denen er zusammen gewesen war.

Er fühlte sich ebenso unschuldig wie die biegsame Frau in seinen Armen. Niemals zuvor hatte er etwas so Sinnliches und Schönes verspürt als die Vereinigung ihrer beiden Körper. Er konnte sich plötzlich nicht daran erinnern, je eine andere Frau berührt zu haben. Nur Portia zählte, nur ihr Vergnügen war wichtig. Denn wenn er sie befriedigen konnte, würde dies seine eigene Befriedigung noch verdoppeln.

Er stieß seinen Schwanz wieder und wieder in sie, drückte sein Becken fest an sie, so wie sie es zuvor gefordert hatte. Er erkannte jetzt, dass er es nicht langsam hätte machen können. Zu viel aufgestautes Verlangen veranlasste ihn dazu, hart in sie zu stoßen, ihr Geschlecht für sich zu beanspruchen, sodass sie nur ihn wollen würde und keinen anderen Mann.

Das Verlangen, sie zu brandmarken schoss durch seinen Kopf, aber er wusste, dass sie es war, die ihn brandmarkte. Nicht nur mit ihrem Biss, sondern auch mit den Abdrücken ihrer Finger in seiner Haut, Finger, die zu Klauen geworden waren und sich in sein Fleisch gruben.

Zane spürte plötzlich, wie ihre Fänge von ihm abließen und sie über die kleine Wunde leckte.

„Hör nicht auf“, bat er und hob seinen Kopf.

Sie blickte ihn an, ihre Lippen blutverschmiert, ihre Augen funkelnd. Sie war jetzt noch schöner als zuvor.

„Ich liebe deinen Geschmack.“

Als er das hörte, wollte er wie ein wildes Tier den Mond anjaulen. Sie trug nun sein Blut in sich und sie mochte es. Was konnte er noch mehr verlangen? Es war schon mehr als er je erwartet hätte. Und jetzt, da sein Blut in ihren Venen floss, wusste er, dass sie stärker war. Sein Blut würde eine stärkende Auswirkung auf sie haben. Das war etwas, das er liebend gerne ausnutzen wollte.

Zane zog sich aus ihr zurück und hob seinen Körper, um sie auf ihren Bauch zu drehen.

„Oh!“, war alles, was über ihre Lippen kam.

„Du sagtest, ich soll mich nicht zurückhalten“, erinnerte er sie und zog sie an den Hüften hoch.

Ihr herzförmiger Hintern kam hoch und ihre Beine spreizten sich.

„Gutes Mädchen“, lobte er.

Sie stöhne, als er seine Hand zwischen ihren Backen entlang ihrer Spalte streifte und einen Finger in ihre warme Grotte schob.

„Ich werde dich von hinten ficken. Willst du wissen, warum?“

„Warum?“ Das Wort war mehr ein Stöhnen als eine Stimme.

Er positionierte sich hinter ihr, zog seinen Finger aus ihr und führte seine Erektion an ihre glitzernden Falten. Ihre Haut war rot und geschwollen, doch er würde sie nicht verschonen. Sie konnte ihn nehmen.

„Wenn du auf allen Vieren bist, habe ich völlige Kontrolle über dich. Ich kann dich so hart ficken wie ich will. Du wirst meiner Gnade ausgesetzt sein.“

„Ja…oh, Gott, ja…“

Zane stieß in sie, rammte seinen Schaft bis zum Anschlag in sie, sodass ihr ganzer Körper einige Zentimeter nach oben rutschte. Er hielt ihre Hüften fester und zog sie zurück, spießte sie auf, sodass seine gesamte Länge in sie eindrang.

„Noch mal“, spornte sie ihn an.

Das musste sie ihm kein zweites Mal sagen. Zane wiederholte die Bewegung und fand einen Rhythmus, der ihn schnell bis zur Kante brachte. Doch er konnte sich nicht erlauben zu kommen, bevor sie nicht gekommen war. Er ließ ihre rechte Hüfte los, streichelte über ihren Bauch hinunter zu ihrem Nest von Locken und fand ihre Klitoris.

Voll angeschwollen spitzte sie unter der kleinen Hauthaube hervor. Mit der Feuchte ihrer Begierde benetzte er seine Finger und streichelte über ihr empfindsames Organ, entlockte ihr damit ein lautes Stöhnen.

„Oh, Gott!“, rief sie aus.

Zane streifte noch einmal mit dem Daumen darüber, vor und zurück, dann verstärkte er kreisend den Druck. Er achtete auf ihre Reaktionen und passte sein Streicheln ihrem Rhythmus an, dabei tauchte er von hinten immer wieder in sie ein.

Als sich schließlich ihre inneren Muskeln um ihn krampften, kam es unerwartet. Sein Schaft explodierte in ihr, spuckte seine Samen in sie, während sie ihn weiter molk. Er verringerte den Druck an ihrem Kitzler nur gering, erlaubte ihr, die Wellen in ihrem Körper zu reiten. Als sie langsam abschwächten, streichelte er das empfindliche Bündel von Nerven erneut, brachte sie nochmals über die Kante, bis sie schließlich unter ihm zusammenbrach.

Sich weigernd, ihren Körper zu verlassen, rollte er sich auf die Seite und zog sie mit sich. Er drückte ihren niedlichen Hintern in seine Leiste, hielt sich damit in ihr. Sie schmiegte ihren Rücken an seine Brust und seufzte zufrieden.

Zane zog die Decke über sie und schlang seine Arme um sie.

„Zane“, murmelte sie schwach.

„Ja, Baby Girl?“ Er strich ihr Haar hinter ihr Ohr.

Als sie nicht antwortete, reckte er sich und schaute ihr ins Gesicht. Ihre Augen waren geschlossen und ihr ruhiges Atmen bestätigte, dass sie eingeschlafen war.

Sie schlief in seinen Armen und vertraute darauf, dass er sie beschützte. Sie war keine Jungfrau mehr.

24

Quinn bezahlte den Fahrer und stieg aus dem Taxi. Er wartete, bis es hinter den Hügeln verschwunden war, bevor er zwei Blocks zurück ging, in die nächste Straße bog und dann zwischen den hohen Bäumen verschwand, die die Straße einrahmten. Paranoia war schwer abzuschütteln und die Jahre als Bodyguard hatten ihn gelehrt, nie seine Garde fallen zu lassen, selbst wenn es keinen Grund gab zu glauben, dass er verfolgt wurde. Das Letzte, was er wollte, war, einen seiner Kollegen in Gefahr zu bringen, besonders da er gekommen war, um diesen um einen Gefallen zu bitten.

Nur weil Zane mit dem Mädchen verschwunden war, bedeutete das nicht, dass seine anderen Probleme sich einfach in Luft aufgelöst hatten. Herauszufinden, woher der Attentäter gekommen war, stand noch immer ganz oben auf der Liste und sobald Quinn eine Spur fand, könnte er diese als Druckmittel verwenden, um Zane wieder herzulocken. Er kannte seinen Freund gut genug, um zu wissen, dass, sobald Zane eine Spur hatte, die zu Müller führte, er nicht zu stoppen wäre, seinem Endziel nachzugehen: Rache. Nicht mal ein so süßer Hintern wie der von Portia konnte ihn davon abbringen – hoffte Quinn.

Mit einem Seufzer blieb er vor dem modernen Haus, das hoch oben in Twin Peaks lag, stehen. Die zimmerhohen Fenster hüllten zwei Seiten des Hauses ein, der hintere Teil reichte in den Berg dahinter. Obwohl es beeindruckend aussah, war es in dieser Gegend keinesfalls fehl am Platze. Genau wie das Zuhause eines Vampirs aussehen musste: Es besaß alle Annehmlichkeiten für ein angenehmes Leben, fiel aber nicht aus der Reihe, sodass es kein großes Aufsehen erregte.

Quinn marschierte zur Eingangstür und klingelte. Es dauerte nur einen Moment bis sie sich öffnete, doch es war nicht Thomas, der ihn begrüßte sondern Nina, Amaurys heißblütige Gefährtin. Ihre blonden Löckchen waren zerzaust und sie sah etwas außer Atem aus. Ihr Schweiß roch süß und ebenso verführerisch. Er konnte nur erahnen, wie gut ihr Blut schmeckte, doch er würde nie bestätigen können wie reichhaltig und wohlschmeckend es war. Nur Amaury wusste das. Und er würde jeden umbringen, der sie anrührte.

„Oh, hallo, Quinn."

„Gewonnen!“ Eddies freudiges Rufen kam von hinter ihr.

„Hi, Nina. Ist Thomas hier?“

Sie öffnete die Tür weiter und bedeutete ihm einzutreten. „Amaury und er sind unten in der Garage.“

Quinn betrat den offenen Wohnbereich, in dem in einer Ecke einige Computer standen. Ein großer Flachbildfernseher hing an der anderen Wand. Eddie, Ninas Bruder, stand mit einem weißen Plastikding in der Hand davor.

„Was macht ihr da?“, fragte Quinn und deutete auf den Bildschirm, auf dem eine Art grünes Feld zu sehen war.

„Wii Tennis“, antwortete Eddie und grinste. „Und ich trete meiner großen Schwester in den Hintern und besiege sie total!“

Quinn schmunzelte. Nun, wer sollte diesen knackigen Hintern auch nicht treten wollen oder doch besser schlagen? Noch etwas, das er unterlassen sollte, wenn er sich nicht am Ende eines Holzpflocks wiederfinden wollte.

„Es ist erst der zweite Satz; wir haben drei von fünf abgemacht“, erinnerte Nina ihren Bruder und schnappte sich den Wii-Controller.

Sie stellte sich in Position, begann einen neuen Satz und schwang ihren rechten Arm, als hielte sie einen echten Tennisschläger in der Hand. Schlaggeräusche ertönten aus dem Fernseher. Ihre Brüste hüpften, wann immer sie ihren Arm schwang. Quinn musste seinen Blick von diesem lieblichen Anblick abwenden. Er stand definitiv auf heiße Frauen, besonders auf die, die bereits an andere Männer vergeben waren. So wusste er wenigstens, dass keine von ihnen ihn um den Finger wickeln und ihn zwingen würde, etwas Ernsteres anzufangen. Zu heiraten war nicht seine Absicht – wer hatte auch schon mal etwas von einem verheirateten Playboy gehört? Und das war er, ein Playboy. Verglichen mit ihm war Hefner ein unerfahrener Schuljunge.

Quinn schmunzelte und ging hinunter in die Garage. Als er sich näherte, hörte er bereits Amaurys und Thomas’ Stimmen.

Er klopfte kurz an der Tür und trat dann in die Garage.

„Hi Leute.“

Thomas und Amaury blickten ihn beide an und begrüßten ihn begeistert.

„Wird ja Zeit, dass du dich mal blicken lässt“, sagte Amaury.

„Hey, Quinn.“ Thomas hob die Hand und wischte sie sich dann an seiner dreckverschmierten Hose ab.

Quinn blickte kurz zu dem Motorrad, das neben ihm stand. Scheinbar fehlte der halbe Motor. „Ihr arbeitet an dem Bike?“

„Nur ein paar Kleinigkeiten.“

Quinn hob zweifelnd eine Augenbraue. „Na wenn du das sagst.“

Wenn den Motor zu zerlegen und ihn dann wieder zusammenzusetzen eine Kleinigkeit war, wie schwer konnte es dann für dieses technische Genie sein, einen Chip aus dem zerfleischten Handy zu holen, das Quinn noch immer in seiner Tasche trug?

„Also, was Zane anbelangt“, begann Amaury und blickte ihn lange an.

„Ja, keine gute Situation“, fühlte Quinn sich gezwungen zu sagen.

Thomas ging einen Schritt näher heran. „Echt seltsam, dass du nicht bemerkt hast, was in ihm vorging, insbesondere da du ihn von uns allen am längsten kennst.“

Quinn zuckte mit den Achseln, wollte sein Geheimnis nicht verraten. „Ihr wisst ja, wie verschlossen er ist. Hey, jetzt können wir’s auch nicht mehr ändern. Habt Ihr schon eine Spur von seinem Hummer?“

Amaury schüttelte den Kopf. „Bisher nicht. Er ist wie vom Erdboden verschluckt.“

Thomas unterbrach: „Ich habe ein automatisches Softwareprogramm, das ich gerade über Zanes persönliche Konten laufen lasse. Ich sage euch, der Kerl leidet an Verfolgungswahn. Alles ist verschlüsselt bis zum geht nicht mehr. Aber früher oder später knacke ich seine Firewall.“

„Was hoffst du zu finden?“, fragte Quinn.

„Er muss doch geplant haben, wohin er Portia bringen kann. Er würde nicht einfach in ein Hotel fahren; zu gefährlich sobald es Tag wird. Ich vermute, er hat irgendwo ein Versteck.“

„Zane hat nie etwas dergleichen uns gegenüber erwähnt“, fügte Amaury an und sah Quinn eindringlich an. „Vielleicht hat er ja dir gegenüber mal etwas gesagt? Hat er versucht, dich zu erreichen?“

„Hör zu, Amaury. Und du auch, Thomas. Nur weil ich sein ältester und engster Freund bin, heißt das nicht, dass er mir alles erzählt. Ich bin der Erste, der zugibt, dass Zane am Rande eines Zusammenbruchs steht. Aber ich kann es nicht ausstehen, wenn ihr andeutet, dass ich etwas hätte wissen müssen oder dass ich euch etwas verheimliche. Ich bin Scanguards so loyal gegenüber wie ihr auch.“

Angriff war die beste Verteidigung; er hoffte, das würde ihnen den Wind aus den Segeln nehmen.

Amaury hob seine Hand verteidigend. „Hey, ich hatte nicht vor, dich zu beschuldigen. Wir sind nur alle ein bisschen aufgewühlt.“

Thomas nickte zustimmend. „Ich gebe mir selbst die Schuld. Ich hätte früher etwas sagen sollen, aber ich dachte, eine Warnung wäre genug.“

„Hättest *was* früher sagen sollen?“, wollte Quinn wissen und fühlte, wie sich seine Nackenhärchen aufstellten.

„Dass ich bemerkt habe, dass zwischen ihm und dem Mädchen etwas vorging. Aber als ich es Samson erzählt habe, war es bereits zu spät.“

Scheiße! Also war Thomas derjenige gewesen, der Zane verraten hatte. Quinn knirschte mit den Zähen.

Thomas hob die Hand. „Ich weiß, was du denkst, aber so war es nicht. Samson hatte bereits einen Verdacht. Ich habe ihn nur bestätigt. Und ich würde es wieder tun. Was ich bereue ist, dass wir nicht von Angesicht zu Angesicht mit Zane geredet haben. Wenn wir das getan hätten, hätten wir vielleicht erkannt, was er vorhatte.“

Quinn hielt seine Wut zurück. Es wäre nicht gut, einen Kampf mit Thomas anzuzetteln, besonders weil er ihn noch um einen Gefallen bitten musste.

„Ich glaube nicht, dass das etwas geändert hätte. Zane versteckt seine Gefühle besser als jeder andere“, bemerkte Amaury und schlug Thomas freundschaftlich auf die Schulter.

„Hey, Thomas. So wie die Dinge mit Zane gelaufen sind, willst du mir vielleicht helfen, ihn wieder herzulocken“, köderte Quinn seinen Kollegen.

Thomas’ Augenbraue hob sich. „Zane herlocken? Wie?“

Quinn zog das zerstörte Handy aus seiner Tasche und lenkte sowohl Amaurys als auch Thomas’ Aufmerksamkeit darauf.

„Hier drauf sind Informationen, hinter denen er her ist und ich bin ziemlich sicher, dass er schleunigst wieder zurückkommt, wenn wir sie für ihn besorgen können.“

Er hatte Zane zwar versprochen, dass er Thomas nicht erzählen würde, dass es etwas mit ihm zu tun hatte, aber er konnte dieses Versprechen unter den gegebenen Umständen nicht halten. Thomas würde viel schneller und zielorientierter arbeiten, wenn er wusste, dass er Zane damit zurücklocken konnte.

„Informationen auf diesem Häufchen Elend?“, fragte Amaury zweifelnd.

„Welche Art Informationen?“, fügte Thomas an.

„Telefonnummern, Gesprächsnachweise, alles, was du rausholen kannst.“

Quinn warf das Telefon in Thomas’ Richtung, und dieser fing es mit einer Hand auf. Er drehte es herum und betrachtete es von allen Seiten.

Dann hob er seinen Blick. „Explosion?“

Quinn zuckte mit den Achseln. „Kannst du den Chip retten?“

„Vielleicht.“

„Ich dachte, du seist ein Genie“, forderte Quinn ihn heraus.

„Und ich dachte, du wärst Scanguards gegenüber loyal.“

„Dies hat nichts mit Scanguards zu tun“, antwortete Quinn. „Und mehr kann ich dir dazu nicht sagen.“

„Ich geb’ mich vorerst damit zufrieden“, sagte Thomas ruhig, „aber wenn etwas an der Sache stinkt, will ich die ganze Geschichte hören.“

„Gut.“

25

Portia streichelte über Zanes Arm und fühlte eine Intimität und Verbundenheit, die sie zuvor nicht für möglich gehalten hätte. In Zanes Armen zu liegen hatte ihre wildesten Träume übertroffen. Der Schmerz, ihre Jungfräulichkeit zu verlieren, war flüchtig gewesen und vollständig von Vergnügen ersetzt worden, das gewachsen war, bis sie dachte, sie könne nicht mehr davon ertragen.

Sie schnurrte wie ein zufriedenes Kätzchen und schmiegte sich näher an Zanes schlanken Körper.

„Genau meine Meinung", sagte er mit heiserer Stimme, saugte ihr Ohrläppchen zwischen seine Lippen und summte leise.

Ihr Lächeln wurde stärker, als wollte es sich dauerhaft in ihr Gesicht einbrennen. „Es war gut."

„Nur *gut*?", grummelte er, während seine Hand auf ihrem Bauch sie fester an sich drückte – an seinen noch immer sehr harten Körper. „Du bist ja fast bewusstlos geworden."

Ihre Wangen entflammten. „Ich bin wohl eingenickt. Entschuldige."

Mit der Spitze seiner Finger hob er ihr Kinn an und drehte ihr Gesicht zu sich. „Schon gut. Ich finde es schön, dich zu halten."

„Nur schön?", neckte sie zurück.

Seine Augen funkelten als Antwort. „Was denkst du?"

Portia drehte sich in seinen Armen und streifte über die Stelle an seinem Hals, an der sie ihn gebissen hatte. Die Haut hatte sich sofort wieder versiegelt, doch sie konnte sich die winzige Wunde noch immer vorstellen.

Zanes Augen verdunkelten sich und ein Stöhnen kam von seiner Brust. „Ich kann deine Fänge noch immer dort spüren." Er zog sie näher an sich.

Sie leckte ihre Lippen, erinnerte sich an seinen vollmundigen Geschmack und war plötzlich hungrig nach mehr. „Können wir es nochmals tun?"

„Nur das Beißen?"

„Nein, beides."

„Beißen und miteinander schlafen?"

Portia spürte, wie Wärme sich in ihrem Bauch ausbreitete. „Ich will beides.“

„Jederzeit, Baby Girl. Sag mir einfach, wann du für mich bereit bist.“

Ermutigt von seiner zärtlichen Stimme und der Wärme, die von ihm kam, streifte sie über das Tattoo auf seinem Unterarm. Sie blickte darauf und spürte, wie er sich bewegte.

„Du musst mir nichts darüber erzählen, wenn du nicht möchtest…“

„Portia…“

Seine Muskeln spannten sich an.

„Du musst Schlimmes erlebt haben.“

Sie hatte schon zuvor erkannt, dass das, was auch immer er im Konzentrationslager erlebt hatte, seine Meinung über sich selbst beeinflusst hatte. Und jetzt, da sie die Leidenschaft kannte, die in Zane wohnte, wollte sie mehr. Sie wollte ihn verstehen, herausfinden, was noch in ihm steckte. Wenn er sie ließ.

„Es ist besser, es zu vergessen.“

„Aber du hast es nicht vergessen.“ Unter ihren Fingern schien das Tattoo zu brennen.

Zane schloss seine Augen. „Nein, ich kann es niemals vergessen.“

Ihre Hand wanderte zu seiner Wange. Für einen Moment zuckte er zurück, legte dann aber seine Hand über ihre.

„Warum willst du etwas darüber wissen?“ Er öffnete die Augen und blickte sie an.

„Weil ich wissen möchte, wer du bist.“ Sie sammelte all ihren Mut zusammen, um die nächsten Worte auszusprechen. „Weil ich mich in dich verliebe.“

Ein Anflug von Verzweiflung erschien in seinen Augen. „Oh Gott, Portia. Bitte nicht… Du bist zu jung. Es war dein erstes Mal. Du weißt nicht, was du fühlst.“

Portia schüttelte den Kopf. Ihre Gefühle ihm gegenüber waren intensiv und ehrlich, und vor allem deutlich: Es war nicht nur Begierde, die sie in seinen Arme gefangen hielt. Es war etwas Tieferes, mächtiger als alles, was sie bisher erlebt hatte. „Ich weiß, was ich fühle.“

„Du kennst mich nicht.“

„Dann hilf mir, dich kennenzulernen.“

Er starrte sie an, die Zähne fest aufeinander gebissen, seine Brust hievend, als hätte er Probleme zu atmen.

„Bitte“, flüsterte sie. „Sag mir, wer du bist.“

Zane schloss kapitulierend die Augen. „Versprich mir etwas.“

„Was immer du willst.“

„Verurteile mich nicht dafür, was ich bin.“

Sie beugte sich zu ihm, um ihn bestätigend zu küssen. Sie spürte etwas Verzweiflung, als er sie zurückküsste, ebenso wie einen Widerwillen, sie wieder loszulassen. Sie reagierte darauf, indem sie näher rückte.

„Ich war noch ein Mensch, als ich nach Buchenwald kam. Als Vampir bin ich ihnen entkommen. Dazwischen lagen fünf Jahre Not und Elend, Schmerz und Tod. Die ersten zwei Jahre im Lager waren von harter Arbeit in einer Rüstungsfabrik gekennzeichnet. Wir lebten in unzumutbaren Umständen, es war die Hölle auf Erden. Aber dann wählten sie meine Schwester und mich für ein anderes Programm aus.“

„Welches Programm?“, wiederholte Portia.

„Sie nannten es medizinische Forschung, doch es war viel mehr als das. Es war teuflisch.“

***

„Die Baracken sahen genauso aus wie die der anderen Häftlinge, doch innerhalb der hölzernen Gebäude war die Hölle nachgebildet worden. Die Zimmer oder eher Zellen waren an einer Seite über die gesamte Länge des Gebäudes aufgereiht. Auf der anderen Seite befanden sich Labore mit ominös aussehenden Containern, Räume, die vor Sauberkeit und Sterilität geradezu strahlten. Sie standen im Gegensatz zu dem erbärmlichen Zustand des Lagers.“

„Es muss schlimm gewesen sein“, warf Portia ein.

Zane nickte. „Unvorstellbar. Bist du sicher, dass du es wissen möchtest?“

„Ja. Erzähl weiter. Was ist in den Baracken geschehen?“

„Dort wurden die Häftlinge gut ernährt. Oberflächlich betrachtet sah es aus wie ein hochmodernes Krankenhaus mit jedem medizinischen Gerät, das es in den frühen 40er Jahren gab. Jeder normale Besucher hätte nichts weiter gesehen als ein Dutzend Insassen, die weiße Krankenhauskleidung trugen statt der gestreiften Häftlingsuniform, die die anderen Gefangenen trugen.

„Aber diese Frauen und Männer konnten sich nicht glücklich schätzen; jeder Einzelne von ihnen wünschte sich, nie von den Baracken ausgewählt worden zu sein, wo die anderen Juden, Zigeuner, Homosexuellen und die politischen Gefangenen hausten. Wenn sie gewusst hätten, was sie erwartete, wären sie liebend gerne wieder zu den anderen zurückgekehrt, um sich dort zu Tode zu schinden."

Zane spürte, wie Portia ihren Atem gespannt anhielt.

„Doch sie hatten keine Wahl. 1942 haben sie meine Schwester Rachel und mich ausgewählt, zwei Jahre nachdem wir im Lager angekommen waren. Der Tag, an dem sie uns in die Forschungsbaracke gebracht haben, war der Tag, an dem ich meine Eltern zum letzten Mal sah. Ich weiß nicht, was danach mit ihnen geschehen ist."

Portia streichelte über seinen Arm, tröstete ihn.

„Mein Haar war nur einen Zentimeter lang, aber sie haben mich trotzdem kahl rasiert, um die Elektroden, die sie für einige Experimente benutzten, besser anbringen zu können. Der medizinische Leiter der Einrichtung war Dr. Franz Müller. Unter ihm arbeiteten vier weitere Ärzte. Sie taten alles, was er wollte. Keiner hat seine Methoden in Frage gestellt. Selbst der Kommandant des Lagers, Standartenführer Hermann Pister, griff nicht ein.

„Müller hatte freie Hand. Sein offizieller Befehl war, medizinische Experimente durchzuführen, die dem deutschen Militär bei der Genesung ihrer verletzten Soldaten helfen sollten. Und das war es auch, was Ärzte in Buchenwald und auch in anderen Lagern wie Auschwitz und Mauthausen taten. Müller war so schlimm wie Mengele und so verrückt wie der Führer selbst. Doch das Schlimmste war seine Besessenheit, zwei Dinge zu erlangen: Unsterblichkeit und eine Herrenrasse."

„Oh mein Gott, ich habe immer gedacht, diese Geschichten seien nur Gerüchte."

Zane schüttelte den Kopf. „Die Insassen waren seine Meerschweinchen, an denen er herumspielte, wie er wollte. Grausamkeit war Teil des Programms. Zu Beginn testete er Schmerzschwellen, um herauszufinden, wie viel Schmerz ein Mensch aushalten konnte, indem er sie zahllosen Verletzungen, Schnitten, Verbrennungen und Peitschenschlägen aussetzte. Er wollte herausfinden, was ein menschlicher Körper aushalten konnte. Die Experimente waren brutaler und grausamer als man sich vorstellen kann: Knochen-, Muskel- und Nerventransplantationen von einem

Häftling zum anderen – ohne Analgetika; Erfrierungen, um herauszufinden, wann die Unterkühlung einsetzte und bei welcher Temperatur es unwiderruflich war."

Er fühlte, wie Portia neben ihm erschauderte, als spüre sie buchstäblich die Kälte, von der er sprach.

„Die Kopfverletzungsexperimente waren am Schlimmsten: Die Häftlinge wurden an Stühle gebunden und kontinuierlich mit dem Hammer auf den Kopf geschlagen. Die Schreie waren markerschütternd und die Auswirkungen unausweichlich: irreparable Hirnschäden und schließlich Tod.

„Müller hat hunderte von Häftlingen verbraucht; sie waren ersetzbar. Wenn er mit seinen Experimenten zu weit ging und dadurch ein Testobjekt umbrachte, ließ er sich von den Wachen neue Opfer aus den anderen Baracken bringen. Es war grenzenloser Vorrat vorhanden. Täglich kamen mehr mit dem Zug, wurden hereingetrieben wie Vieh. Buchenwald war kein Vernichtungslager, doch die Häftlinge außerhalb der Forschungsbaracken starben ebenso schnell an Erschöpfung und Unterernährung wie die, an denen experimentiert wurde.

Schließlich hatte Müller endlich genug Daten, um fortgeschrittene Tests durchzuführen. Er kannte die Grenzen, wie weit er einen menschlichen Körper belasten konnte, bevor dieser aufgab. Doch er brauchte mehr. Er spritzte den Insassen verschiedene Zusammensetzungen, testete, ob sie dadurch mehr Schmerz aushalten konnten, länger leben würden oder stärker wurden. So konnte er die Ideologie des Reichs weiterführen: eine Herrenrasse züchten, Menschen, die besser waren als andere, um die Welt zu beherrschen. Ebenso viele starben von den Injektionen wie von den Schlägen und anderen Verletzungen."

Portia seufzte. „Wie konnten diese armen Leute nur so lange überleben?"

Zane blickte sie für einen Moment an. „Ich habe mir damals so oft gewünscht zu sterben. Aber so viel Glück hatte ich nicht." Genauso wenig wie seine Schwester.

„Den Frauen haben sie dasselbe angetan. Selbst jetzt bekomme ich die Schreie nicht aus meinem Kopf. Rachels Schreie. Sie war damals 16 und ihr Leben war schon vorbei, bevor es überhaupt richtig angefangen hatte. Zu wissen, was sie durchstehen musste, tat mir mehr weh als die

Experimente, die sie an mir durchführten. Und ich hatte keine Möglichkeit, sie aufzuhalten, hatte keine Chance, meiner kleinen Schwester zu helfen.“

Er atmete durch, versuchte seiner Stimme die Stärke wiederzugeben, die sie immer verlor, wenn er von seiner Schwester sprach.

„Die Experimente haben nirgendwohin geführt. Das gesamte Projekt war ein Schuss in den Ofen. Aber Müller wollte nicht aufgeben. Mit jedem Monat, der verstrich, trieb ihn sein Wille, sein Ziel zu erreichen, zu immer brutaleren und übleren Experimenten… Müllers Gesicht hatte sich in eine Maske der Besessenheit verwandelt. Seine Augen waren oft wild von Besessenheit, seine Haare ständig zerzaust, weil er nicht aufhören konnte, sie sich zu raufen, während er neue Wege suchte, in seiner sogenannten Forschung weiterzukommen. Eines Tages im Winter 1944 fiel ihm die Lösung in den Schoß.

Genau wie Hitler vom Okkult besessen war, glaubte auch Müller ans Übernatürliche, genauso wie die Männer, die für ihn arbeiteten. Eines Nachts gab es im Lager ein seltsames Vorkommnis und die Wachen griffen ein. Sie fanden einen Mann, der sich an den Häftlingen ernährte. Er trank Blut. Später erfuhr ich von einem der Häftlinge, dass es Gerüchte gab, dass Vampire in der Gegend waren. Es wurde allerdings angenommen, dass jemand mit diesen Geschichten lediglich die Kinder einschüchtern wollte.

Sie haben es irgendwie geschafft, dem Vampir eine Falle zu stellen und ihn einzufangen. Als sie ihn in die Forschungsbaracken brachten, fesselten sie ihn mit Ketten so dick wie meine Arme. Müller hätte nicht ekstatischer sein können.“

„Aber ein Vampir hätte viel stärker als diese Menschen sein müssen.“

Zane nickte zustimmend. „Der Vampir hat einige der Wachen umgebracht, bevor die anderen ihn überwältigen konnten. Es stellte sich heraus, dass er nahe am Hungertod war, zu schwach weiterzukämpfen.“

„Was ist dann passiert?“

Er legte seine Hand auf ihre und drückte sie. „Schlimme Dinge, Baby Girl. Dinge, die niemals jemand erlebt haben sollte.“

26

„Ein Vampir“, wiederholte Müller mit großen Augen, die seine Überraschung widerspiegelten.

Von dem Stuhl aus, an den er gefesselt war, wurde Zacharias Zeuge des Wendepunktes in Müllers Forschungsarbeit.

Die Unsterblichkeit endlich in Reichweite, ging der Doktor auf die Kreatur zu. Das Wesen sah menschlich aus, abgesehen von den großen Fängen, die unter seinen Lippen hervorragten und den Händen, die mehr wie die Klauen eines Tieres aussahen. Sein Körper war mager, seine Wangen eingefallen; er schien am Verhungern zu sein, genau wie die Gefangenen der anderen Baracken. Das Knurren, das das Biest von sich gab, während es versuchte, die schweren Ketten zu sprengen, die die Wachen um ihn gewickelt hatten, schallte gegen die Wände und weckte die anderen Testobjekte in den angrenzenden Zellen auf.

Zacharias schloss seine Augen. Es war die einzige Möglichkeit, seinen Verstand nicht zu verlieren, indem er die anderen als Testobjekte sah und nicht als Menschen. Nur wenn er seine Schwester sah, wenn er an ihrer Zelle vorbeiging, um in seine zu gelangen, oder wenn er sie schreien und wimmern hörte, erinnerte er sich daran, dass sie alle Menschen waren. In diesen Momenten wünschte er sich einen Weg zu finden, sein Leben zu beenden. Doch es gab keinen.

„Ich bringe euch alle um!“, brüllte der Vampir auf Tschechisch, seine Stimme heiser und schwach.

Zacharias hatte etwas Tschechisch von einem Mithäftling gelernt, genug um zu verstehen, was der Vampir sagte.

„Es spricht!“, rief Müller erstaunt und blickte zu den Wachen. „Haben wir hier jemanden der Tschechisch spricht?“

Beide schüttelten den Kopf.

„Schnell“, wies Müller barsch an. „Findet jemanden, der es beherrscht und bringt ihn her."

Als der Vampir nach den Wachen ausholte und versuchte, mit den Fängen nach ihnen zu schnappen blickte Zacharias die arme Kreatur an. Sein Herz füllte sich mit Mitleid. Vielleicht war er ein Tier, ein gefährlicher Dämon. Doch gebändigt von den bösen Nazis war der Vampir nun ebenso ein Testobjekt geworden wie die anderen. Ein leises

Schluchzen entkam ihm. Keiner der Wachen schien es zu hören, doch der Blick des Vampirs schoss zu ihm. Für einen Moment sah er nur den Mann, der in der Kreatur steckte.

Zacharias flüsterte einige der wenigen tschechischen Worte, die er kannte. „Es tut mir leid."

Er war sich zu dem Zeitpunkt nicht bewusst, dass diese flüchtige Verbindung ihrer Seelen das war, was ihn schließlich retten würde.

Müller rieb sich die Hände. „Kettet ihn an der Trage fest. Weckt Brandt und Arenberg und bringt sie hierher. Wir müssen uns an die Arbeit machen."

Als die beiden untergeordneten Ärzte erschienen, schien keiner zu bemerken, dass Zacharias noch immer an den Stuhl in der anderen Ecke gebunden war. Alle Augen waren auf den Vampir gerichtet.

Müllers Anweisungen waren einfach. „Ich will sein Blut analysieren."

Brandt fuhr fort, dem gefesselten Vampir Blut abzunehmen, während Arenberg ihm assistierte. Müller beobachtete sie aus sicherer Entfernung.

Feigling, dachte sich Zacharias. Bei den schwachen menschlichen Insassen hatte Müller keine Hemmungen, ihnen Schmerzen und Verletzungen zuzufügen. Aber bei einem Vampir, der stärker war als er, und der schon einige seiner Wachen umgebracht hatte, hielt sich der Arzt in sicherer Entfernung.

Keiner wusste, wie stark der Vampir war und ob die Ketten halten würden. Schon jetzt, als Zacharias gespannt zusah und seinen Augen erlaubte, den seltsamen Mann zu beobachten, schien es, als dehnten sich die Ketten. Das Eisen quietschte, als der Vampir gegen seine Fesseln ankämpfte.

Ohne Augenkontakt zu dem Vampir, der nun auf dem Rücken auf der Trage lag, konnte Zacharias nicht mit ihm kommunizieren, ohne zu verraten, dass er etwas Tschechisch verstand. Sein Instinkt sagte ihm, dass er dies für sich behalten sollte.

Als das Geräusch von zerspringendem Metall plötzlich den Raum erfüllte und eine der Vampirhände die Ketten durchbrach, begannen Müllers Kollegen zu schreien.

„Er reißt sich los!"

Statt seinen Kollegen zu helfen, brachte sich Müller in Sicherheit, seine Augen weit offen vor Faszination. „So stark“, flüsterte er zu sich selbst.

Genau in dem Moment konnte Zacharias Müllers Gedanken förmlich lesen. Er würde alles unternehmen, um die Kraft des Vampirs anzuzapfen, sie zu rauben und für sich zu benutzen.

„Scheiße!“, schrie Brandt, bevor der Vampir eine Hand um dessen Hals wickelte.

Als sie kämpften und Arenberg versuchte, seinem Kollegen zu helfen, indem er dem Vampir eine Spritze mit unbekanntem Inhalt in den Hals schlug, berührte Arenbergs Silberkettchen die Haut des Vampirs.

Ein brutzelnder Ton, dem der Gestank verbrannten Haares und Haut folgte, vermischte sich mit den Schreien des Vampirs. Brandt entkam und machte einen Satz zurück.

„Das Silber!“, schrie Müller. „Es verbrennt ihn.“

Er rauschte zu Arenberg und riss die beiden Kettchen von dessen Hals. Dann legte er sie schnell um den Hals des Vampirs. Dieser heulte auf vor Schmerzen, als seine Haut zu schmoren begann, als hätten sie Säure auf ihn geschüttet. Seine Bewegungen wurden schwächer.

„Bringt mir mehr Silber!“, verlangte Müller.

Von dieser Nacht an banden sie den Vampir mit Silberketten fest. Es schwächte ihn und machte eine Flucht unmöglich.

Die nächsten Wochen waren die reine Qual, nicht nur für den Vampir sondern auch für die Häftlinge. Müller und seine Kollegen verpfuschten mehrere Versuche, Menschen in Vampire zu verwandeln. Den Testobjekten einfach das Blut des Vampirs zu spritzen reichte nicht aus. Obwohl es die Verletzungen der Häftlinge heilte, machte es sie jedoch nicht zu Vampiren und sie wurden davon auch nicht stärker.

Erst als sie herausfanden, dass der zu Verwandelnde nahe am Sterben sein musste und sie ihm dann das Vampirblut injizieren mussten, hatten sie Erfolg. Nachdem sie den ersten Häftling mit Hilfe des Blutes des tschechischen Vampirs verwandelt hatten, sorgten sie dafür, dass er schwach blieb, indem sie ihm den Zugang zu menschlichem Blut verweigerten. Das machte ihn gehorsam.

Zacharias war in der Zelle neben dem tschechischen Vampir, und wenn Müller nicht in der Forschungsbaracke war und nur wenige Wachen blieben, flüsterten sie sich manchmal zu. Während diesen gedämpften Unterhaltungen lernte Zacharias von dem Vampir so viel er konnte.

„Meinesgleichen kann Gedanken kontrollieren", sagte dieser eines Nachts.

„Gedanken kontrollieren?" Zacharias war sich nicht sicher, ob er richtig übersetzt hatte.

„Ja, ich kann meine Gedanken zu anderen senden, sodass sie machen, was ich möchte."

„Aber warum sagst du ihnen dann nicht, dass sie dich freilassen sollen?"

Ein müdes Lächeln erschien auf den Lippen des Vampirs. „Als sie mich gefangen genommen haben, war ich zu ausgehungert und schwach, und selbst jetzt halten sie mich zu schwach, um genug Kraft dafür aufzubringen. Ich brauche mehr Menschenblut."

Zacharias reagierte sofort, indem er von den Gitterstäben wich, die sie trennten. „Nein", flüsterte er sich selbst zu. Es war eine Falle. Wenn er dem Vampir erlaubte, sich von ihm zu ernähren, würde er selbst zu schwach werden. Und wer sollte dann Rachel retten?

„Gib mir dein Blut und ich werde dir helfen zu entkommen."

Zacharias schüttelte den Kopf, war zu verängstigt, um dem Mann zu glauben. „Du wirst uns alle umbringen."

Im Nachhinein war es ein Fehler, den Vampir zurückzuweisen. Er hätte sie alle retten können, doch Zacharias hatte an seinen Worten gezweifelt.

Im März 1945, einen Monat bevor Pattons Armee das Lager befreite, verwandelte Müller sowohl Zacharias, als auch seine Schwester Rachel in Vampire, um die Effekte von Mann und Frau dieser Spezies zu erforschen. Rachel ertrug die schlimmsten Experimente: Sie amputierten Finger und Zehen, nur um zu beobachten, wie die Körperteile während sie schlief nachwuchsen. Während der Schmerz letztendlich vergehen würde, bemerkte Zacharias, dass seine Schwester langsam aber sicher ihren Verstand verlor; die Verstümmelungen und der immer wiederkehrende Entzug von Blut machten sie verrückt. Ihre Augen hatten eine Leere in sich, die Zacharias verzweifeln ließ.

Seine eigene Verwandlung war schmerzhaft gewesen, doch schlimmer war der ständige Blutdurst. Er hatte gedacht, dass der Hunger, den er die ersten beiden Jahre im Lager erlebt hatte qualvoll war. Doch es gab keine Worte, um zu beschreiben, welche Gelüste sein

Körper produzierte und die Scham, die dies mit sich brachte. Er war jetzt ein Tier, nicht mehr der Sohn eines Anwalts, der Poesie und Musik liebte. Er war nicht mehr der Mann, der einst Zacharias Abraham Noah Eisenberg geheißen hatte, sondern nur die äußere Hülle von ihm, die es nicht verdiente, weiterhin diesen Namen zu tragen. Alles, was von seiner Menschlichkeit übrig war, war ein Bruchteil von dem, was er einst war: Z.A.N.E.

Doch wenn er dachte, dass er das Schlimmste bereits hinter sich hatte, dann lag er falsch.

Eines Nachts belauschte er die Wachen, die sich erzählten, dass ein Teil des Lagers evakuiert wurde und das Krankenhaus und all seine Insassen zerstört werden sollten, damit die Alliierten, die auf dem Weg waren, keinen Nachweis von Müllers Forschungen finden konnten. Verzweifelt, sich und seine Schwester zu retten, bat er den tschechischen Vampir um Hilfe.

„Jetzt kommst du zu mir“, sagte der Vampir schwach. „Jetzt ist es zu spät. Wir sind zu schwach. Wir brachen beide Blut.“

„Sag mir, was ich tun soll.“ Sein Überlebensinstinkt war noch immer stark und Rachel litt.

Er starrte in die leeren Augen seines Zellengenossen.

„Sie haben mich angezapft und mein Blut abgefüllt. Ich vermute, sie werden es später verwenden, um mehr Vampire zu erschaffen. Du willst entkommen? Das wird das Silber verhindern. Und Gedankenkontrolle ist eine Gabe, die viel Energie benötigt.“

Z.A.N.E. schüttelte seinen Kopf. Er konnte nicht aufgeben. Rachel zählte auf ihn. „Zeig's mir. Lehre mich alles, was du weißt.“

„Erinnerst du dich an den Tag, an dem sie mich gefangen haben?“

Er nickte.

„Du sagtest mir, dass es dir leid täte. Deine Worte haben mir Kraft gegeben, und wenn einer von ihnen nicht diese Silberkette getragen hätte, wäre ich in dieser Nacht entkommen. Dafür schulde ich dir etwas.“

Er schloss kurz seine Augen, bevor er fortfuhr. Seine Stimme wurde von Minute zu Minute schwächer.

„Jetzt hör zu, mein Freund. Mir bleibt nicht viel Zeit, aber vielleicht kannst du es schaffen. Vampirblut ist stark. Sie werden dir kein Menschenblut geben, damit du schwach bleibst, aber wenn du das letzte

Bisschen von mir trinkst, gewinnst du die nötige Kraft, um die Gedanken der schwächsten Wache zu beeinflussen, sodass er dich entfesselt. Sobald er die Silberketten löst, musst du ihn aussaugen. Mach es schnell. Es wird deinen Körper heilen und dich stärken.“

Z.A.N.E. schluckte. Der Gedanke seinen Hunger zu stillen übertraf seine Skrupel zu töten. „Und die Gedankenkontrolle? Wie funktioniert sie?“

„Du musst dich darauf konzentrieren, was du am meisten möchtest. Du wirst Wärme in deinem Bauch spüren. Diese Wärme wird deinen ganzen Körper erobern. Wenn du die Hitze spürst, konzentriere dich auf die Person, die du beeinflussen möchtest. Sag ihm, was du von ihm willst, und er wird es tun. Verliere aber nie deine Konzentration. Vergiss den Schmerz, den das Silber dir antut. Denk nur an dein Ziel.“

Die Atmung des anderen Vampirs wurde langsamer.

„Es tut mir leid.“

Als die Augen des Vampirs sich öffneten, fand er dort ein sanftes Funkeln. „Es ist Zeit zu sterben. Auf Wiedersehen, mein Freund. Und versprich mir eines, töte sie alle, all die Männer, die uns dies angetan haben.“

Z.A.N.E nickte und senkte seinen Kopf zum Hals des Mannes. Als seine Fänge in sein Fleisch sanken, saugte er an der Vene, bis sie leer war, bis der Herzschlag ausblieb. Er spürte, wie sich sein Körper mit der lebensspendenden Flüssigkeit füllte, seine Muskeln stärker wurden, und er wieder klar denken konnte.

Jetzt war er ein Killer; nichts würde dies je ändern.

Der tschechische Vampir hatte recht. Mit seinem Blut fühlte er sich stärker, und sein zehnter Versuch in Gedankenkontrolle zeigte schließlich den gewünschten Erfolg: Er schaffte es, einen der Wachsoldaten zu kontrollieren und brachte ihn dazu, ihn zu befreien, während die zweite Wache eingenickt war.

Er saugte die Wache aus, die ihn befreit hatte und ließ dann dessen leblosen Körper zu Boden sinken. Er spürte eine Flut von Kraft und Stärke in seinem neuen Körper, doch bevor er sich von dem zweiten Soldaten ernähren konnte, war dieser aufgewacht und betätigte den Alarm. Von allen Seiten kamen Wachsoldaten angerannt.

Um Verwirrung zu schaffen, öffnete Z.A.N.E. einige der Zellen, damit ein paar seiner Mithäftlinge entkommen konnten. Er nutzte die

Aufruhr, um nach seiner Schwester zu suchen. Schüsse wurden abgefeuert, und ein Kampf brach unter den befreiten Häftlingen und den Wachen aus. Verzweiflung und das Gerücht einer Rettung durch die Alliierten gab den menschlichen Meerschweinchen mehr Kraft als die Wachen vermutet hatten.

Aber Z.A.N.E. hatte keine Zeit zu jubeln. Er fand Rachel gefesselt auf einer Liege in einem der Versuchsräume. Ihr Körper war zerfleischt, sie hatten ihr bei lebendigem Leibe die Gebärmutter herausgeschnitten. Er vermutete, sie wollten untersuchen, ob sie funktionierende Fortpflanzungsorgane hatte.

Sein Herz verkrampfte sich. „Rachel."

Sie öffnete ihre Augen, erst starrte sie ins Leere, doch dann erkannte sie ihn. „Zacharias."

„Ich bin hier. Sie können dir nicht mehr wehtun."

Sie schüttelte den Kopf, ihre Augen füllten sich mit Tränen. „Lass mich gehen."

„Ja, wir gehen. Ich helfe dir zu heilen. Menschenblut", murmelte er. Er würde einen der Menschen holen und sie von ihm trinken lassen, damit sie heilen konnte.

„Nein. Lass mich gehen. Ich kann so nicht leben. Lass mich gehen", bettelte sie, und er verstand schließlich.

„Neeeeiin!", schrie er verzweifelt auf.

Sie streckte ihre Arme zu ihm und ihre Augen wiederholten ihren Wunsch. Dann schoss ihr Blick zu einem Tisch mit Instrumenten. Er folgte ihr und sah den Holzpflock, den die Ärzte geschnitzt hatten. Immer wenn sie mit einem Vampir fertig waren, den sie erschaffen hatten, oder wenn sie fürchteten, dass die Kreatur zu stark werden könnte, benutzten sie diesen Pflock.

Seine Füße bewegten sich vorwärts, bevor er wusste, dass sein Gehirn eine Entscheidung getroffen hatte. Als seine Hand sich um das glatt geschliffene Holz spannte, fühlte er sich, als würde ihm jemand sein schlagendes Herz aus dem Körper reißen.

Doch als er wieder zu Rachel blickte und sah, wie sie ihn anlächelte, wusste er, dass es die einzige Lösung war.

„Ich liebe dich, Zacharias."

Dann tat er, was er tun musste. Es war das letzte Mal, dass Tränen seine Wangen hinabflossen.

Schweres Schluchzen brachte ihn wieder in die Gegenwart. Die Tränen waren nicht seine, sondern Portias.

„Baby Girl, warum weinst du?"

„Sie haben dir so viel Schlimmes angetan."

Die Ketten um sein Herz lockerten sich. „Weine nicht um mich. Ich bin ein Killer."

Sie schüttelte ihren Kopf, ihr langes Haar kitzelte dabei seine Brust. „Es ist ihre Schuld. Du kannst nichts dafür. Die sind die Monster."

„Fast alle von ihnen sind jetzt tot."

Er hob ihren Kopf hoch und wischte ihr mit dem Daumen die Tränen aus ihrem Gesicht.

„Der Attentäter, den Quinn erwähnt hat. Ist er einer von ihnen?", fragte sie.

„Er war Brandts Hybrid-Sohn."

Ein Schreck ließ ihre Augen groß werden. „Aber Brandt war doch menschlich."

„Sie hatten noch das Blut, das sie von den Vampiren gewonnen hatten, die sie erschaffen hatten und flohen damit noch in derselben Nacht. Sie wussten, wie man Menschen in Vampire verwandelt. Sie haben sich gegenseitig zu Vampiren gemacht. Es war das, was Müller immer wollte: Unsterblichkeit und eine Herrenrasse. Er hatte, was er wollte."

„Woher weißt du, dass sie das getan haben?"

„Ich hatte schon einen Verdacht, als sie flohen und das ganze Vampirblut weg war. Und es wurde bestätigt, als ich später einen von ihnen fand. Er war dann schon ein Vampir. Und ich habe ihn umgebracht. Erst Wolpers, dann Arenberg, dann Schmidt und dann Brandt."

„Und Müller?"

„Er ist noch immer irgendwo da draußen. Er ist derjenige, der mir Brandts Sohn auf den Hals gejagt hat. Da bin ich sicher. Er will meinen Tod. Er weiß, dass ich ihn jage. Und er weiß, dass ich nicht damit aufhören werde."

Portia hob ihre Hand, um seine Wange zu streicheln. „Ich hoffe, er stirbt einen qualvollen Tod."

Zane legte einen Finger auf ihre Lippen, um sie vom Reden abzuhalten. „Ich will nicht, dass du dich von meinem Hass anstecken lässt. Das ist meine Sache.“

„Du hast so viel durchstehen müssen. Ich möchte dich unterstützen.“

Er seufzte. „Oh, Baby Girl. Du solltest dich da nicht einmischen.“

„Zu spät“, flüsterte sie und streifte ihre Lippen gegen seine.

Ihr verführerischer Duft wusch die Erinnerungen an seine Vergangenheit weg und erinnerte ihn daran, warum sie hier waren.

„Gott, du fühlst dich gut an“, murmelte er, als er sie näher an sich zog.

„Können wir noch einmal miteinander schlafen?“

„So oft du willst.“

Und selbst das wäre nicht oft genug. Doch wenigstens für ein paar Stunden oder vielleicht sogar für ein paar Tage könnte er seine Vergangenheit und seine ungewisse Zukunft vergessen und nur in der Gegenwart leben.

27

Das Tageslicht kam und ging. Ihre Zeit im Bett wurde nur unterbrochen, wenn sie den Hund füttern oder mit ihm Gassi gehen mussten.

Portia rollte sich zur Seite und bemerkte, dass sie alleine im Bett lag. Zanes Duft lag noch immer in der Luft. Sie musste wohl irgendwann kurz vor Sonnenuntergang eingeschlafen sein. Ihre Augen schweiften zu dem Wecker auf dem Nachttisch. Es war erst kurz nach neun.

Sie streckte ihre angenehm-schmerzenden Muskeln, schlüpfte aus dem Bett und schnappte sich eines von Zanes T-Shirts aus dem Schrank. Nur mit dem Shirt bekleidet, das ihr bis über die Oberschenkel reichte, schlenderte sie ins Wohnzimmer.

Zane saß an einem kleinen Schreibtisch mit dem Rücken zu ihr gewandt. Er trug nur ein T-Shirt und Boxershorts. Auf Zehenspitzen schlich sie sich heran, doch ihr Anschleichen wurde von einem fröhlichen Hundebellen angekündigt.

„Z!“, mahnte sie. „Du ruinierst alles.“

Zane drehte sich zu ihr und offenbarte den Computerbildschirm, den er mit seinem Körper verdeckt hatte. „Was hattest du denn vor? Mich zu Boden zu werfen, damit du mich zwingen kannst, dir jeden Wunsch zu erfüllen?“

Portia bückte sich, um den Welpen zu streicheln, der aufgeregt um ihre Beine kreiste. „Müsste ich denn darum kämpfen?“

Sie ging in Zanes Reichweite und seine Arme schlangen sich sofort um ihre Hüften, zogen sie näher an sich.

„Ich würde jederzeit mit dir kämpfen.“ Er vergrub seinen Kopf in ihrem Bauch, atmete ihren Duft hörbar ein.

Portias Blick fiel auf den Monitor, wo ein E-Mail-Programm offen war. „Was machst du am Computer?“

„Ich habe meine Nachrichten abgehört.“ Er drehte seinen Kopf zum Computer. „Ich kann mein Handy nicht einschalten, sonst können meine Kollegen uns orten. Und es gibt im Haus keinen Festnetzanschluss. Aber ich habe ein Programm, das sich in mein Telefon einloggt und die Nachrichten in E-Mails umwandelt.“

„Das Programm schickt sie an deine E-Mail-Adresse?“, fragte sie.

„Das ist nützlich. Aber können deine Kollegen nicht nachverfolgen, von wo aus du deine Mails abgerufen hast?“

„Die Chancen stehen schlecht. Es wird alles verschlüsselt und über mehrere Server geleitet.“ Er zog sie auf seinen Schoß, seine Lippen suchten ihren Hals und neckten sie dort. „Ich musste wissen, was in San Francisco los ist.“

„Etwas, worüber wir uns Gedanken machen müssen?“

Er schüttelte den Kopf. „Meine Kollegen sind wütend. Sonst nichts.“

Portias Augen schnappten einen Satz auf dem Bildschirm auf. „Quinn hat eine Spur zu dem Attentäter? Und du erzählst mir, dass es nichts Neues gibt?“

Zane machte sich nicht einmal die Mühe, seinen Kopf zu drehen und knabberte weiter an ihrer Haut. „Er lügt. Er hat gar nichts. Es ist eine Falle.“

„Wie kannst du da so sicher sein?“ Sie las mehr von der Nachricht, in der Quinn von einer Speicherkarte eines Handys sprach, auf denen er Telefonnummern gefunden hatte.

„Er will mich zurück nach San Francisco locken. Und darum ködert er mich mit dem, was ich am meisten will.“

„Aber was, wenn er die Wahrheit sagt?“

Zane hob seinen Kopf und blickte sie an. „Quinn war derjenige, der mich bei meinem Boss verraten hat. Er ist derjenige, der ihnen von uns erzählt hat. Deshalb haben sie mir den Auftrag entzogen. Glaub mir, er will mich reinlegen.“

„Oh, aber er wirkte so nett.“

„Nett? Das ist genau das, was alle denken, weil er so ein engelsgleiches, junges Gesicht hat. Lass dich davon nicht täuschen. Er ist ein gefährlicher Mann. Und er ist nicht länger ein Freund.“ In seiner Stimme lag ein schroffer Unterton.

Portia drückte einen sanften Kuss auf seine Lippen. „Tut mir leid.“

„Es ist nicht deine Schuld.“

Sie schüttelte ihre langen Locken. „Doch. Hätte ich dich nicht gedrängt, mit mir zu schlafen, dann hättest du deinen Freund nicht verloren.“

„Mich gedrängt?“ Er lächelte sanft. „So kann man es wohl auch nennen.“ Er neigte seinen Mund über ihren.

„Dann komm wieder ins Bett“, flüsterte sie und spürte förmlich seinen Hunger. Ihr Körper reagierte sofort auf ihn, ihre Nippel wurden zu harten Knospen, und anstatt von Blut schoss heiße Lava durch ihre Venen.

„Ich kann nicht.“ Zane zog sich zurück.

Seine Ablehnung erschreckte sie. Hatte er bereits genug von ihr? Enttäuschung stand auf der Schwelle, bereit, einzutreten.

„Ich muss mich ernähren.“ Er hob sie von seinem Schoß und stand auf. „Ich geh mich anziehen. Ich verspreche dir, in einer Stunde bin ich wieder zurück.“

Perplex stand sie da, als er ins Schlafzimmer ging. Dann teilten sich ihre Lippen und Worte purzelten heraus. „Warum willst du mein Blut nicht?“

Zane blieb abrupt stehen.

Ihre Augen bohrten sich in seinen Rücken und sie bemerkte, wie seine Schultern sich anspannten.

„Portia“, begann er, bevor seine Stimme versagte.

„Warum?“

In Zeitlupe drehte er sich um. Seine Augen waren glühend rot und seine scharfen Fänge traten von seinen Lippen hervor. Als ihr Blick tiefer wanderte, sah sie, wo seine Boxershorts plötzlich eine Beule zeigte. Ihr lief das Wasser im Munde zusammen und sie erkannte, dass die Vorstellung, ihr Blut zu trinken, ihn erregte.

Sie ging zwei beherzte Schritte auf ihn zu, doch er bewegte sich noch immer nicht.

„Du willst mein Blut, nicht wahr?“

Sie hob ihre Hand, um sich über ihre Halsschlagader zu streifen und lenkte damit seine Aufmerksamkeit darauf.

„Warum nimmst du es dann nicht? Warum senkst du nicht deine Fänge in mich und trinkst von mir?“

Sie leckte sich ihre Unterlippe, als das Bild, das ihre Worte malten, ihre Knie weich machten und ihren Puls heftig gegen ihre Haut schlagen ließ.

Schließlich bewegten sich Zanes Beine, seine zögerlichen Schritte brachten ihn näher, bis er nur noch Zentimeter von ihr entfernt stand.

„Ja“, hauchte sie. „Ich will, dass du mich beißt.“

Ihre Hand wanderte zu seinen Boxershorts, streifte gegen sein hartes

Fleisch. Es zuckte, als sie am Bund zupfte und ihn von seinen Shorts befreite.

„Und ich will dich in mir spüren."

Sie legte ihre Hand um seine Erektion, spürte die Hitze unter ihren Fingern. „Tief in mir."

Sie streichelte über seine gesamte Länge. „Hart."

Sein stockender Atem traf gegen sie. „Fuck, Portia."

Seine Hand spannte sich über ihre, hinderte sie, ihre Bewegung zu wiederholen. „Falls ich dein Blut trinke, würde ich nicht aufhören können."

„Wenn", korrigierte sie ihn. „Wenn du mein Blut nimmst, werden wir beide aufpassen, dass du mir nicht wehtust."

Zane schloss die Augen. Die Empfindungen, die durch seinen Körper schossen, waren zu intensiv, um sie zu ertragen.

„Portia, bist du sicher, dass du das möchtest?"

Hatte sie ihm wirklich ihr Blut angeboten, oder halluzinierte er, weil er so dringend Blut brauchte? Nach allem, was sie über ihn wusste, fand sie ihn immer noch dieses Geschenks würdig, ihm diese vollendete Intimität, von ihr zu trinken, zu gewähren?

Die letzten 24 Stunden hatten ihn erschöpft. Er konnte sich kaum daran erinnern, wann er sich das letzte Mal ernährt hatte, doch er wusste, dass es schon zu lange her war. Tag und Nacht mit ihr Liebe zu machen hatte ihm seine Energiereserven geraubt und jetzt war er ausgelaugt. Wenn er innerhalb der nächsten sechs Stunden kein Blut bekäme, würde sein Hunger so groß werden, dass er seine Beherrschung verlieren könnte. Verdammt, er würde dann wahrscheinlich sogar den Hund beißen, obwohl Tierblut nur wenig sättigend für ihn wäre.

Er wusste, wie nahe er daran war, der Blutlust zu verfallen. Wie konnte er ihr Angebot also annehmen? Was, wenn er nicht aufhören konnte?

Seine dunkle Seite übernahm die Führung. Sie würde köstlich schmecken, besser als alles, was er jemals probiert hatte. Gleichzeitig mit ihr zu schlafen würde es noch besser machen.

„Du willst es", wiederholte sie.

„Aber willst du es auch?"

„Ich will, was du willst. Als ich von dir getrunken habe, war es das

Beste, was ich je gekostet habe."

Zanes Augen verweilten an ihrem Hals, wo ihr Puls gegen ihre Haut schlug.

„Das Beste, was ich je gespürt habe", fuhr sie fort, ihre Stimme gerade noch ein Hauchen. „Ich will, dass du das Gleiche spürst."

Es wäre nicht das Gleiche. Es wäre viel mehr. Ihr Blut war viel potenter als das eines reinrassigen Vampirs. Ihres war vermischt mit der Süße von Menschenblut. Es würde ihm nicht nur Kraft geben, es würde auch die Verbindung, die sie bereits hatten noch enger machen.

Er hatte es sofort in dem Moment gespürt, als Portia sein Blut getrunken hatte, und dann wieder, als sie miteinander geschlafen hatten. Es lag etwas zwischen ihnen, das nicht geleugnet werden konnte, selbst wenn er es gewollte hätte. Er wollte sie zu seinem machen, scheiß auf die Konsequenzen, und sie würde zustimmen, so viel konnte er in ihrem Gesicht lesen. Doch es wäre nicht richtig. Sie war jung, und er war ihre erste Erfahrung. Er hatte kein Recht, sie an sich zu binden, wenn dies nur eine vorübergehende Vernarrtheit ihrerseits war.

„Portia, führe mich nicht weiter in Versuchung."

Sie brachte eine Hand an seinen Mund und streifte mit ihrem Zeigefinger über seine Fänge. Eine Flamme der Begierde schoss durch ihn.

„Also *bist* du in Versuchung."

Obwohl er seine Hand über die gelegt hatte, mit der sie seinen Schaft immer noch hielt schaffte sie es, seine Erektion zu streicheln.

„Fuck!", fauchte er.

„Beiß mich! Nimm mein Blut."

Ach, verdammt! Selbst er hatte nicht genug Kraft, ihr zu widerstehen. Mit einer fließenden Bewegung hob er sie hoch und trug sie zum Sofa. Er ließ sich darauf fallen und setzte sie auf seinen Schoß. Ihre Beine spreizten sich und das T-Shirt, das sie trug, rutschte nach oben, zeigte ihm, dass sie kein Höschen trug. Er grunzte genussvoll.

Der Duft ihrer stärker werdenden Erregung nahm ihn ein, was seinen Hunger nur noch intensivierte.

„Es wird nicht sanft werden", warnte er sie, bevor er seinen Schaft in sie rammte. Feuchte Wärme begrüßte ihn.

Ihr Kopf fiel nach hinten, was ihren Hals in all ihrer Verletzlichkeit freilegte. Ihre elfengleiche Haut begrüßte ihn, ihr Puls agierte als der

Countdown zu seiner Annäherung. Klopf-klopf-klopf rief es ihn, doch seine Augen wanderten tiefer.

Er hatte seine Fänge bereits in so viele Hälse geschlagen, dass er etwas wollte, das sich davon unterschied. Mit seinen Händen griff er den Ausschnitt des T-Shirts und zerriss es in der Mitte.

Portia rang nach Luft, als wüsste sie, was ihr blühte. „Was..."

„Zu spät, Portia." Zu spät, um jetzt zu protestieren.

Sein Handeln war nicht mehr aufzuhalten, nicht von ihr und auf keinen Fall von ihm. Mit einer Hand wiegte er ihre volle Brust, genoss das Gewicht in seiner Hand. Unter der hellen Haut erkannten seine scharfen Augen die Blutgefäße, die direkt darunter verliefen, oberflächlich genug für ihn, um deren süßen Duft zu riechen.

Ihm schnürte sich die Kehle zu und sein Schwanz zuckte in ihr.

„Reite mich", befahl er.

Sie hob sich auf ihre Knie und ließ ihn aus ihr herausgleiten. Dann ließ sie sich fallen und spießte sich auf ihm auf.

„Fester!"

Sein Körper spannte sich an, hieß ihre Bewegungen willkommen. Er hatte gehofft, diesen Moment länger genießen zu können, doch seine Beherrschung war schon dahin. Beim nächsten Stoß legte er seine Lippen an ihre Brust, zog ihren Nippel in seinen Mund. Als er darüber leckte, durchbohrten seine Fänge ihre Haut und er saugte an ihr.

Portia zuckte unter seinem Griff kurz zusammen, bevor ihr atemloses Stöhnen zu seinen Ohren drang. Ihr Blut lief über seine Zunge nach hinten, tropfte seine Kehle hinunter. Mehrere Geschmacksnuancen zerplatzten an seinen Geschmacksknospen. Sie war gleichzeitig würzig und süß und es war alles, wovon er je geträumt hatte und noch mehr.

Er stöhnte, seine Hüften bewegten sich synchron mit Portias Bewegungen, als sie ihn ritt. Ihre Muskeln schlossen sich bei jedem Stoß um ihn und ließen ihn bei jedem Rückzug wieder frei.

Als ihre Hand seinen Hinterkopf ergriff und ihn näher an ihre Brust zog, machte Zanes Herz vor Freude einen Satz. Er fühlte sich akzeptiert und begehrt von einer Frau, die jeden haben konnte. Doch sie hatte ihn gewählt, ihr Vergnügen und Leidenschaft zu zeigen. Würde sie noch mehr von ihm wollen? Konnte er hoffen, dass sie trotz ihrer Jugend und Unerfahrenheit dasselbe fühlen konnte, das er in seinem Herzen trug?

Er schüttelte den Gedanken daran ab, wollte dieses Erlebnis nicht mit der unausweichlichen Enttäuschung zerstören, die folgen würde. Alles, worauf er hoffen konnte, war dieser Moment, der Moment vollkommenen Besitzes und völliger Kapitulation.

Portia war in seinen Armen, stöhnte voller Vergnügen, ritt ihn hart und fest, forderte, dass er mehr Blut von ihr nahm. Nur die Gegenwart zählte. Es gab keine Vergangenheit und keine Zukunft. Nur das Hier und Jetzt.

Mit ihrem Blut, das ihn erfüllte, das jede Zelle seines Körpers erreichte, fühlte er sich wie der reichste Mann der Welt, ein Mann, der alles hatte, dem es an nichts fehlte. Und gleichzeitig hatte er nichts, was er ihr geben konnte, nur seinen Körper, nur die Liebe, die in ihm verborgen lag. Jetzt konnte er es sich selbst gegenüber zugeben, doch er konnte es ihr nie eingestehen. Es musste das einzige Geheimnis bleiben, das er vor ihr wahrte. Denn wenn sie seine Gefühle kannte, würde sie sich verpflichtet fühlen, ihm mehr anzubieten. Sie war zu gut, ihn zu verlassen. Sie würde ihre eigenen Gefühle mit Liebe verwechseln, wenn doch ihre Gefühle lediglich aus Lust und Begierde für etwas bestanden, das sie eben erst entdeckt hatte: Sex.

Sie mit seinen Gefühlen zu belasten wäre falsch. Doch es hielt ihn nicht davon ab, sie an sich zu ziehen und seine Fänge tiefer in sie zu krallen. Und es hielt ihn auch nicht davon ab, tiefer in sie zu stoßen, ihren engen Kanal mit seinem harten Schaft zu füllen, der bereit war zu explodieren.

Und es hielt ihn nicht davon ab, sich zu wünschen, etwas von sich in ihr zu lassen, sich zu wünschen, dass sein Samen in ihr Wurzeln schlug. Ein neues Leben zu erschaffen. Gleichzeitig wusste er, dass es unmöglich war: Nur blutgebundene Paare konnten sich fortpflanzen und er würde ihr nie einen Bund aufzwingen. Wenn er es jetzt in der Hitze des Gefechts täte, würde sie es ihm nie verzeihen.

„Mehr“, flüsterte sie und senkte ihren Kopf zu seinem Ohr.

Doch er wusste, dass er nicht mehr von ihr nehmen konnte. Ihre Bewegungen wurden bereits langsamer und ihre Stimme wurde schwächer. Er schob seine Hand zwischen ihre Körper und rieb mit seinem Daumen an ihrem Kitzler, erst sanft, dann härter.

Zane entzog seine Fänge ihrer Brust, leckte über die Wunden, die seine Zähne hinterlassen hatten. Sein Speichel verschloss sie sofort und heilte den Schaden.

„Oh Gott!“

Er spürte, wie ihr Orgasmus hereinbrach und spürte, wie seine eigene Kontrolle zerriss. Sein Höhepunkt überwältigte jede einzelne Zelle seines Körpers, und wie eine Atombombe vernichtete er alles, das ihm in den Weg kam.

Portia sackte auf ihm zusammen. Er entledigte sie ihres zerrissenen T-Shirts und drückte sie an seine Brust.

„Baby Girl“, murmelte er in ihr Haar. Es gab so viel, was er ihr sagen wollte, doch nicht konnte.

Ihr Atem summte gegen seinen Hals. „Versprich mir, dich immer von mir zu ernähren.“

Zanes Muskeln spannten sich an. Er konnte ein solches Versprechen nicht geben, so sehr er es auch wollte. „Das kann ich nicht.“

Sie zog sich von ihm weg und ihr Gesicht sagte ihm alles, was er wissen musste. Sie war so leicht zu durchschauen und in diesem Moment wünschte er sich, dass es nicht so wäre. Doch er sah, was ihr ins Gesicht geschrieben stand: Schmerz, dass er sie abwies. Und wie ein Pflock stach derselbe Schmerz in sein Herz.

Portia wollte von seinem Schoß rutschen, doch er hielt ihre Arme fest, um sie davon abzuhalten. Gleichzeitig bewegte er seine Hüften, um sich wieder in sie zu schieben.

„Du verstehst nicht, Portia.“

Sie funkelte ihn wütend an. „Oh, ich verstehe. Du hast bereits genug von mir.“

Zane fletschte seine Zähne. „Nein!“

Sie wehrte sich gegen seinen Griff. Wütend über ihren Trotz warf er sie auf den Rücken und hielt sie unter sich gefangen. Es gab jetzt kein Entkommen, obwohl sie gegen ihn drückte.

„Ich bin nicht derjenige, der dich nicht will.“

Warum erzählte er ihr das eigentlich? Er schuldete ihr keine Erklärung. Sein dummer Mund verstand die Botschaft nicht und plapperte weiter. „Es wird zwischen uns nie funktionieren. Du hast noch dein ganzes Leben vor dir. Warum solltest du dich an jemanden wie mich binden wollen?“

Sie schüttelte den Kopf, ihr Körper weich unter seinem, als sie sich an ihn schmiegte. „Aber ich will dich.“

„Das sagst du jetzt. Du sagst es, weil wir guten Sex haben. Nur deshalb. Du verwechselst Liebe mit Lust."

Ihre Augen durchbohrten ihn und etwas funkelte darin, ein Flackern der Erkenntnis. Vielleicht konnte er endlich zu ihr durchdringen.

„Und du? Verwechselst du Lust mit Liebe? Oder kennst du den Unterschied?"

Ihre Herausforderung war deutlich. Verdammt, er sollte klüger sein und sie nicht annehmen. Doch was immer es war – die Nachwirkungen seines Orgasmus oder ihres Blutes, das durch seine Venen floss – er konnte nicht widerstehen zu antworten.

„Natürlich kenne ich den Unterschied!", zischte er mit zusammengebissenen Zähnen.

„Dann erklär's mir, Klugscheißer! Sag mir, dass es für dich nur Lust ist und ich verschwinde. Ich werde sofort packen und nach Hause gehen. Und du musst mich nie wieder sehen."

Sie nie wieder sehen? Sein Herz schmerzte bei diesem abscheulichen Gedanken. Er suchte ihr Gesicht, um herauszufinden, ob sie bluffte. Doch sie gab nicht preis, was sie dachte. Gab sie ihm einen Ausweg, einen Weg, einen klaren Bruch zu machen, ohne das Gesicht zu verlieren?

„Sag mir, dass du mich nicht liebst." Bei den letzten beiden Worten zitterte ihre Stimme.

Er schloss seine Augen, versuchte, gegen das Gefühl anzukämpfen, das ihre Forderung aufkochen ließ. Er sollte sie belügen, dann wäre die Sache vorbei. Doch dieses Zittern in ihrer Stimme ging ihm durch und durch, forderte, dass er eine ehrliche Antwort gab.

Ohne seine Augen zu öffnen, gab er zu, was er besser für sich hätte behalten sollen. „Ich liebe dich."

Als er sich bewegte, um sich von ihr zu erheben, hakte sie ein Bein um seines, hielt ihn zurück. Er öffnete die Augen und nagelte sie mit seinem Blick fest.

Ein warmes Lächeln umspielte Portias Mund. „Ich glaube, ich muss dir die Regeln noch einmal erklären", sagte sie sanft.

„Welche Regeln?"

„Solange du mich liebst, darfst du mich nicht verlassen."

Er hob eine Augenbraue, war überrascht von ihrem lockeren Ton. „Zählt diese Regel für beide Seiten?"

Ihr Finger strich langsam über seine Lippen. „Warum fragst du nicht, was du wirklich wissen möchtest?“

Er fühlte sich plötzlich unbeschwert, denn ihre lockere Art half ihm, sich zu entspannen. Vielleicht sollte er einen Versuch wagen. „Sag mir, dass du mich nicht liebst, und ich werde dich gehen lassen.“

„Wenn ich in deiner Nähe bin, kann ich dich hier spüren.“ Sie drückte ihre Hand an ihr Herz. „Und wenn du weg bist, ist dort eine Leere. Und es tut weh. Und dieser Schmerz geht erst wieder weg, wenn du wieder in meiner Nähe bist. Sag mir, Zane, sag mir, was das ist.“

Ihre Augen waren rund wie Untertassen und so schön, wie er sie noch nie gesehen hatte. In ihren Augen stand, dass sie die Antwort kannte, sie jedoch aus seinem Munde hören wollte. Sie wollte, dass er es akzeptierte.

„Fühlt es sich an, als würde dein Herz in tausend Teile zerspringen, bei dem Gedanken, dass wir uns nie wieder sehen könnten?“ Denn es war, was er fühlte. Und der Schmerz war unerträglich.

Portia nickte.

„Baby Girl“, murmelte er und streifte seine Lippen gegen ihre. „Bist du sicher?“

Statt einem weiteren Nicken drückte sie ihre Lippen gegen seine und gab ihm einen langen Kuss. Ihr Atem prallte gegen ihn, als sie ihre Lippen teilte, um zu sprechen.

„Weißt du es jetzt?“, murmelte sie gegen seinen Mund.

Zane zog sich ein paar Zentimeter zurück, sodass er ihr in die Augen blicken konnte. „Du liebst mich.“

Wie es geschehen war, konnte er nicht verstehen, doch in ihren Augen funkelte die Liebe, die er zuerst nicht hatte sehen wollen.

„Ich liebe dich, Zane.“

Wie würde er dieser Liebe jemals würdig sein? Er versuchte, nicht darüber nachzudenken, sich nicht zu sorgen, dass sie ihre Meinung ändern könnte und ihn eines Tages verlassen würde. Er würde es nicht überstehen, denn sie zu verlieren, würde ihm das letzte Stückchen seines Herzens rauben und ihn in das Monster verwandeln, das im Schatten seiner dunklen Seele lauerte.

28

Gabriel hatte einen Anruf erwartet, jedoch nicht so schnell. Doch als er Lewis' Stimme hörte, als er sich nach seiner Tochter Portia erkundigte, war ihm klar, dass die Kacke gehörig am Dampfen war.

Wie vorher besprochen, schaltete er Samson sofort ins Gespräch mit ein. Mit dieser Situation musste vorsichtig umgegangen werden.

„Es ist Robert Lewis, Portias Vater."

„Verdammt!", fluchte Samson. „Hast du ihm schon etwas erzählt?"

„Nein, aber wir werden es wohl nicht länger hinauszögern können."

„Ich weiß. Stell ihn zu mir durch."

Gabriel drückte den Knopf und hörte das Atmen des Mannes am anderen Ende der Leitung. „Mr. Lewis, ich verbinde Sie mit Samson Woodford, dem Eigentümer von Scanguards."

„Wo ist meine Tochter? Sie geht nicht an ihr Handy und zu Hause nimmt auch keiner ab." Seine Stimme klang sehr ungeduldig.

Samson räusperte sich. „Lassen Sie mich Ihnen versichern, Mr. Lewis, Ihrer Tochter geht es gut."

Gut? Gabriel verspürte den Drang, sich bei Samsons Gesprächseinstieg am Kopf zu kratzen. Wie konnte es Portia bei Zane gut gehen? Der Vampir, der noch dazu sein Stellvertreter war, war ein Verrückter! Er hatte seinen Schützling entführt. Das würde der Wahrheit eher entsprechen.

„Was sagen Sie da? Was ist mit ihr geschehen?" Die Ungeduld in Lewis' Stimme wurde durch Panik ersetzt.

Gabriel erkannte sofort, dass er sich um seine Tochter sorgte. Nachdem Samson ihm von Zanes seltsamer Behauptung erzählt hatte, hatte Gabriel nicht erwartet, dass er so um seine Tochter besorgt war. Es festigte ihn in dem Glauben, dass Zane mit seiner Anschuldigung Unrecht hatte.

„Sie ist noch immer in unserer Obhut."

„Was bedeutet das?" Lewis schrie ins Telefon, woraufhin Gabriel den Hörer von seinem Ohr weghielt.

„Was Mr. Woodford meint ist, dass Ihrer Tochter nichts zugestoßen ist", mischte sich Gabriel ein.

„Bringen Sie sie mir ans Telefon! Sofort!"

„Äh, Mr. Lewis, da gibt es noch etwas, worüber ich mit Ihnen sprechen möchte, bevor Sie mit Ihrer Tochter reden können“, sagte Samson.

Ein Knurren tönte durch die Leitung. Es lief nicht gut und warum sollte es das auch? Der Mann hatte ein Recht darauf, mit seiner Tochter zu sprechen. Keine Hinhaltetaktik würde sie aus dieser Misere herausholen.

„Ihre Tochter hat einige Anschuldigungen von sich gegeben, denen wir gezwungen sind, nachzugehen –“

„Welche Lügen hat sie Ihnen erzählt?“

„Wir sind nicht sicher, ob es wirklich Lügen sind. Ihre Tochter hat zumindest einen unserer Mitarbeiter überzeugt, ihre Behauptungen ernst zu nehmen. Und anhand der Ernsthaftigkeit ihrer Anschuldigung und den möglichen Folgen für die Zukunft Ihrer Tochter haben wir beschlossen, uns das genauer anzusehen.“

Genauer ansehen? Samson verdrehte die Wahrheit etwas mehr als sonst. Derjenige, der sich das genauer ansah, oder besser gesagt, richtig in die Sache *eindrang,* war Zane, dachte Gabriel mit einem bitteren Lachen.

„Sie haben kein Recht, mir den Kontakt zu meiner Tochter zu verweigern! Sie ist noch minderjährig, und nach dem Gesetz ist sie –“

„Es gibt mehr als nur ein Gesetz, dem Vampire und Hybriden unterstehen“, unterbrach ihn Samson mit einem gefährlichen Unterton in seiner Stimme. „Und obwohl ich sehr gut verstehe, dass das Recht eines Vaters eines der Wichtigsten ist, überstimmt es aber nicht die Gesetze unserer Gesellschaft.“

„Ich schere mich nicht um Ihre Gesetze. Meine Tochter gehört mir! Ich habe Sie nur beauftragt, sie zu beschützen. Und was tun Sie? Sie hören auf ihr dummes Geplapper!“

Gabriel biss die Zähne aufeinander. So viel dazu, dass er sich um seine Tochter sorgte. Es war also nicht die Sorge um ihr Wohlbefinden, das zuvor in der Unterhaltung aufzukeimen schien, sondern etwas völlig anderes. Er schob den Gedanken beiseite, wollte ihn nicht in seine Schlussfolgerungen einfließen lassen.

„Mr. Lewis“, fuhr Samson unbeirrt fort, „das können wir diskutieren –“

„Oh ja, wir werden diskutieren“, rief Mr. Lewis. „Sobald die Sonne untergeht, steige ich ins nächste Flugzeug nach San Francisco, und meine Tochter wartet besser auf mich oder es werden einige Köpfe rollen!“

Mit dieser Drohung brach die Verbindung ab.

Samson atmete aus. „Bist du noch da, Gabriel?“

„Mmm-hmm. Das lief nicht so gut.“

„Habe ich auch nicht erwartet. Aber wenigstens bleiben uns noch ein paar Stunden, bevor wir ihm gegenübertreten müssen. Gibt es von Zane schon etwas Neues?“

Gabriel schüttelte den Kopf. „Unsere Kontakte konnten nichts herausfinden. Lauren hat auch nichts von Portia gehört, obwohl die beiden die besten Freundinnen sind. Aber Thomas arbeitet daran, sich in Zanes Konten zu hacken um zu sehen, ob er etwas finden kann.“

„Gut. Und Quinn? Er muss etwas wissen.“

Gabriel rieb sich am Nacken. „Das dachte ich auch, aber ich bekomme nichts aus ihm heraus.“

„Hat Zane irgendwo seine Kreditkarte benutzt?“

„Dafür ist er zu vorsichtig. Selbst wenn er mal tanken musste, bin ich sicher, dass er bar bezahlt hat. Wenn er nicht gefunden werden will, werden wir ihn auch nicht finden.“

„Dann müssen wir einen Weg finden, ihn aus der Reserve zu locken.“

„Und wie sollen wir das anstellen?“

Es gab eine Pause stillen Nachdenkens, bis Samson antwortete. „Bring mir Quinn her. Er war gestern bei Thomas. Ich will wissen, was er von ihm wollte.“

„Warum fragst du nicht Thomas?“

„Weil Quinn etwas weiß, was sonst keiner weiß. Ich habe einfach dieses Gefühl.“

„Ich hoffe, du hast recht.“

„Ich auch.“

Ein Klicken in der Leitung sagte Gabriel, dass Samson aufgelegt hatte.

Er seufzte.

Hinter ihm warnte ihn ein Geräusch, dass seine Frau anwesend war. Er drehte sich um und strahlte, als Maya den Raum betrat.

„Du siehst besorgt aus, Baby.“

Gabriel vergrub sein Gesicht in ihrem langen dunklen Haar und inhalierte ihren Duft. „Das bin ich auch."

„Glaubst du wirklich, dass Zane ihr was antun wird?"

„Wenn sie ihn angelogen hat – ja." Er hoffte für Portia, dass sie ihm die Wahrheit gesagt hatte.

„Aber das ist es nicht, warum du dich sorgst. Es ist etwas mit ihrem Vater, oder?"

Es gab nicht vieles, das er vor Maya verbergen konnte, nicht nur wegen ihres Blutbundes. Selbst ohne ihn hätte sie gewusst, dass etwas nicht stimmte.

„Er hat mir einen Schauer über den Rücken laufen lassen. Es war die Art, wie er sprach, die mir nicht gefiel."

Maya neigte ihren Kopf, schaute ihn fragend an. „Mehr als ein besorgter Vater?"

„Ja, er ist schon besorgt, aber so wie er sagte, dass sie ihm gehöre, das klang nicht gut. Er sieht sie als seinen Besitz an."

„Bist du sicher?"

Er nickte. „Er glaubt, dass er mit ihr machen kann, was immer er will." Und Gabriel war sich nicht sicher, ob Lewis' Absichten unbedingt die Besten waren, was immer sie auch waren.

„Dann denkst du, dass Zane letztendlich doch recht hatte, dass ihr Vater wirklich will, dass sie eine Jungfrau bleibt?"

„Wenn Zane wirklich recht hat, bleibt nur noch eine Frage offen: warum?"

Maya streifte über die pulsierende Narbe in seinem Gesicht. „Was, wenn das nicht mehr wichtig ist?"

Er hob eine Augenbraue. „Mein Liebling, ich bin nicht sicher, ob ich deinen Gedankengang nachverfolgen kann."

„Was auch immer der Grund dafür war, es ist nicht mehr wichtig. Nach über 24 Stunden alleine mit Zane, glaubst du, dass sie ist jetzt wirklich noch eine Jungfrau ist?"

Keine Chance, vermutete Gabriel.

Genau, antwortete Maya, die ihre Gedanken direkt an ihn sandte.

***

„Hör zu, Samson", begann Quinn, als er das Büro seines Vorgesetzten betrat. „Wenn ich wüsste, wo er ist, würde ich es dir erzählen."

„Portias Vater wird in weniger als zwölf Stunden hier sein. Was soll ich ihm erzählen?“

„Die Wahrheit.“

„Und was ist die Wahrheit, Quinn?“

„Die Wahrheit?“ Quinn atmete tief durch, sortierte seine Gedanken. „Ich habe Zane mit allem geködert, was ich habe. Ich habe ihm das geboten, was er am meisten begehrt.“

„Was meinst du damit?“

„Ich habe ihm eine Nachricht auf seinem Handy hinterlassen, und ihm auch noch eine E-Mail geschickt und ihm die Informationen gegeben, die er seit Jahren sucht.“

„Du hast einfach etwas erfunden? Er könnte Verdacht geschöpft haben.“

„Wahrscheinlich. Aber es ist die Wahrheit, ich habe die Informationen, die er will, wirklich gefunden.“

„Hat es etwas mit deinem Besuch bei Thomas zu tun?“

Quinn war überrascht. „Nicht wichtig. Frag nicht weiter nach. Ich kann dir nicht mehr erzählen, ohne Zanes Vertrauen zu missbrauchen.“

Samson nickte. „Und doch kommt er nicht aus seinem Versteck? Warum?“

Quinn ließ sich auf die Couch fallen, war eher erschöpft als müde. Er rieb sich seinen Nasenrücken. „Muss ich es wirklich aussprechen?“

„Lass mich nicht raten. Du weißt, dass ich es nicht leiden kann.“

„Er kommt nicht zurück, weil er lieber mit Portia zusammen ist. Sagt dir das nicht genug?“

„Du kannst nicht ernsthaft denken, dass Zane… Nein, er ist nicht fähig zu…“ Samson schüttelte in Zeitlupentempo seinen Kopf.

„Und warum nicht? Er ist ein Mann wie jeder andere auch. Nur weil er nie Gefühle gezeigt hat, heißt das nicht, dass er keine hat. Vielleicht hat sie etwas in ihm ausgelöst. Vielleicht ist sie genau das, was er braucht.“

Samsons Mund blieb offen stehen. „Eine Jungfrau? Das kann nicht dein Ernst sein.“

„Ich wette, sie ist nicht mehr jungfräulich.“

„Was, denkst du, hat er mit ihr vor?“

Sie ficken, sich mit ihr binden, wollte Quinn sagen, hielt aber seinen Mund. Das konnte Samson sich sicher selbst denken. „Wie lange noch bis zu ihrem 21. Geburtstag?“

Samson senkte seinen Kopf zu der Akte, die vor ihm lag. Seine Augen flogen über das Papier. „Viereinhalb Wochen.“

„Du hast gefragt, was ich denke, dass er tun wird. Hier ist meine Vermutung: Er hält sie versteckt, bis sie volljährig ist.“

„Um sie von ihrem Vater fernzuhalten?“

Quinn nickte, obwohl er wusste, dass es nicht die vollständige Antwort war. Wenn Zane sich wirklich in Portia verliebt hatte, dann wollte er sicher etwas mehr von ihr. Das bedeutete, dass er bis zu ihrem Geburtstag warten musste. Erst dann konnte sie ihre Zustimmung zu einem Blutbund geben. Ihr Vater würde niemals zustimmen; so viel war klar. Wenn er nicht wollte, dass sie ihre Unschuld verlor, wollte ihr Vater sicher auch nicht, dass sie sich an den fiesesten Vampir band, den es gab.

29

Zane drehte sich mit dem Rücken zum Computer und lächelte Portia an. So viel wie in den letzten vierundzwanzig Stunden hatte er in über sechzig Jahren nicht gelächelt.

„Deine Pizza ist unterwegs. Aber erklär mir eines: Der Kühlschrank ist gestopft voll und du willst etwas vom Pizzaservice?"

„Es ist genauso, wie wenn du nur eine bestimmte Blutsorte möchtest. Hast du nie Gelüste?", neckte sie.

Zane stand auf und wollte auf sie zugehen, doch sie war schneller, rannte zur Tür und schwang sie auf. Z rannte sofort von seinem Platz vor dem Kamin zu ihr und wedelte mit dem Schwanz.

„Oh, ich habe Gelüste, Baby Girl."

Und im Moment hatte er ein ganz besonderes. Seit er ihr Blut gekostet und ihr seine Liebe gestanden hatte, hatte sich etwas geändert. Plötzlich herrschte eine sorglose Atmosphäre in der Hütte und in seinem Herzen. Sie lachten beide mehr und blödelten herum. Doch wann immer ihre Blicke sich trafen, war die Hitze sofort da, und das Feuer zwischen ihnen brannte heller als je zuvor.

Portia kicherte und schnappte sich die Jacke, die am Haken neben der Tür hing. „Dann verstehst du mich ja." Sie blickte über ihre Schulter und blinzelte ihn schelmisch an. „Und wenn du dein bestimmtes Gelüste später stillen möchtest, dann bringst du mir besser schnell meine Pizza, damit ich zu Kräften komme."

Das Grummeln tief aus seiner Brust kam wie ein unterdrücktes Stöhnen über seine Lippen. „Ich habe eine extra große für dich bestellt."

Portia beugte sich hinab und streichelte das Fell des aufgeregten Welpen. „Komm, lass uns nach draußen gehen und im Schnee spielen."

„Darf ich mich dem Spaß anschließen?", fragte Zane und nahm seine eigene Jacke vom Haken, ohne auf eine Antwort zu warten.

Ihre vollen dunklen Wimpern schlugen nach oben. „Nur wenn du dich benimmst."

„Kommt drauf an, was du mit Benehmen meinst."

Sie kicherte. „Ich glaube, mit dir werde ich meine Hände voll zu tun haben. Dein Hund hat viel bessere Manieren als du." Sie drehte sich zu dem Hündchen um und kraulte ihn am Hals. „Nicht wahr, Z?"

Mit zwei Schritten war er an der Tür und zog sie an sich. „Ich kann mich schon benehmen, aber ich brauche einen Ansporn."

„Was für einen Ansporn?" Ihre Stimme war mehr ein Hauchen und trotz der dicken Winterjacke, die sie trug, roch er ihre wachsende Erregung.

„Einen kleinen Leckerbissen danach."

Zane drückte seine Lippen auf ihre, ließ sie fühlen, was ihm vorschwebte. Er hatte sich mittlerweile an seine dauerhafte Erektion gewöhnt und es aufgegeben, zu versuchen, sie zu verstecken. Es war unmöglich. Portia würde sich daran gewöhnen und so wie es aussah störte sie sein ständiger Hunger nach ihr nicht. Bisher hatte sie ihn kein einziges Mal abgewiesen.

Tatsächlich schien es, als blühte sie auf und öffnete sich wie eine Blume im Sommer. Alles an ihr war femininer und sinnlicher als zuvor. Selbst ihre Bewegungen wurden graziler. Jetzt war sie ganz Frau.

„Wie ich sehe hast du ein Geschenk für mich." Sie rieb sich gegen ihn, selbstbewusst und verführerisch.

Das ungeduldige Bellen des Hundes ließ ihn seinen Blick von seinem Preis abwenden. „Ich fürchte, du hast ihn bereits zu sehr verwöhnt. Wir gehen besser mit ihm raus, sonst wird er uns später unterbrechen…"

„…und das wollen wir nicht", beendete sie seinen Satz.

Minuten später spielten sie im Schnee, jagten den Hund und sich gegenseitig. Aus dem Haus strahlte genug Licht, um den flachen Grund vor dem Haus zu erhellen und Zanes Vampirsicht erlaubte ihm, die Umgebung zu beobachten, sodass er sicher gehen konnte, dass sie alleine waren. Trotz seiner sorglosen Stimmung vergaß er seine Ausbildung nie. Er war noch immer ihr Bodyguard. Doch die Dinge hatten sich geändert. Jetzt beschützte er sie, weil er sie liebte und es nicht ertragen könnte, sie zu verlieren. Wenn ihr etwas zustieße, würde es ihn zerstören.

Doch es gab noch immer Hürden, die er überwinden musste, bis er Portia zu seinem machen konnte. Sie war noch nicht erwachsen und von dem, was er über ihren Vater wusste, war er überzeugt, dass er gegen eine Verbindung zwischen ihnen Einspruch einlegen würde. Es ließ ihm keine Wahl: Er musste warten, bis sie in ein paar Wochen einundzwanzig wurde. Dann konnte sie ihre eigenen Entscheidungen treffen.

Natürlich könnte er sich schon jetzt mit ihr binden. Doch ihr Vater könnte dann das Vampirgericht einschalten und die Verbindung annullieren lassen. Und ihre Entscheidung wäre klar: Zane wäre im Unrecht und sie würden ihm Portia wegnehmen. Als blutgebundener Gefährte bedeutete dies den sicheren Tod für ihn. Während Portia als Hybrid einfach menschliche Nahrung zu sich nehmen konnte, würde sein Körper nur ihr Blut als Nahrung wiedererkennen. Wenn ihm das einzige Blut entzogen würde, das sein Körper anerkannte, würde er sterben.

Wenn Portia ein Vollblutvampir wäre, wäre die Sachlage anders. Sie würden sich voneinander ernähren, doch nicht mit dem Ausschluss von menschlichem Blut. Doch das Blut eines Hybrid wirkte ebenso auf einen Vampir, als ob dieser an einen Menschen blutgebunden war. Sowohl Samson als auch Amaury hatten dies erlebt, als sie sich mit Menschen gebunden hatten. Jetzt waren sie völlig abhängig von den Frauen, die sie liebten. Sie standen in ihrer Gnade. Gleichzeitig hatten sie etwas von ihrer Unsterblichkeit an ihre Gefährtinnen abgegeben: Solange diese ihr Blut tranken, würden sie nicht altern. Doch sie blieben Menschen.

Und obwohl Zane noch nicht an Portia gebunden war, fühlte er sich schon so sehr in ihrer Gnade, als ob sie es wären. Und es war seltsam genug, dass ihn der Gedanke nicht verängstigte.

Ein Schneeball traf ihn direkt an der Brust. Er starrte in die Richtung, aus der er gekommen war.

„Einen Penny für deine Gedanken“, bot Portia mit einem Lächeln im Gesicht, das bis hoch zu ihren Augen reichte.

„Nicht zu verkaufen.“

Sie würde noch früh genug in seinen Kopf gelangen. Sobald sie blutgebunden waren, würden sie eine Verbindung haben, die intensiver und intimer war, als es sich ein menschliches Paar je erträumen konnte. Er konnte es kaum erwarten, bis ihre Körper und ihre Seelen sich verbanden und nie wieder getrennt werden konnten.

Zane beugte sich, nahm etwas Schnee in die Hände und formte einen Ball. Sein Ziel stand genau vor ihm und er traf ihren süßen Hintern, als sie vor ihm davonlief. Er verfolgte sie, wusste genau, was er jetzt wollte.

Z rannte zwischen ihm und seinem Ziel hin und her, ließ ihn stolpern, gerade als er sie erreichte. Als er fiel, schnappte er nach ihr und zog sie mit sich zu Boden. Sie landete neben ihm, er verschwendete keine Sekunde und nagelte sie sofort im Schnee fest. Portia spürte die Kälte in ihrem Rücken nicht, ebenso wie auch er sie nicht gespürt hätte. Sie hatte nicht nur eine warme Jacke an, ihr Hybrid-Körper kam mit extremen Temperaturen genauso klar wie sein Vampir-Körper.

Über ihr ausgestreckt, mit dem Kopf nahe an ihrem, sprach er seine Forderung aus. „Und jetzt zu meinem Preis."

„Welchen Preis?" Sie lächelte ihn kokett an, ein Lächeln, das er an ihr bisher noch nicht gesehen hatte.

Oh ja, sie wurde von Minute zu Minute selbstbewusster, und er mochte es. Sie würde eine starke Partnerin werden, eine, die ihn in Schach halten konnte. Und er wusste, dass er das auch brauchte, wenn er die Dunkelheit in sich fernhalten wollte.

„Du bist mein Preis, wusstest du das nicht?"

Sie kicherte unkontrollierbar.

„Was ist so lustig daran?"

„Z. Er zerrt an meinem Bein. Das kitzelt."

Er drehte seinen Kopf und fand Z fröhlich an ihrem Hosenbein kauen. Abwechselnd leckte er ihre Haut und biss in den Stoff.

„Z! Verschwinde! Such dir selbst eine Freundin. Das ist meine!"

Als er seinen Kopf zurück zu Portia drehte, traf sein Blick auf ihren. „Wenn ich dir gehöre, heißt das, dass du auch mir gehörst?"

Ihre Stimme war wie ein sanftes Kitzeln, das langsam aber stetig an seiner Haut entlang strich.

„Ich gehöre dir, Baby Girl. Ob es dir gefällt oder nicht."

„Gefällt mir", flüsterte sie und drückte ihre Lippen auf seine. Sie waren kalt, doch binnen Sekunden erhitzen sie sich, und der bekannte Hunger nach ihr kam in voller Blüte wieder. Seine Fänge fuhren sofort aus und sein Schwanz wurde noch steifer, wollte sie hier und jetzt.

Das Geräusch von Autoreifen, die auf dem Schnee knirschten, ließ ihn den Kuss unterbrechen.

„Zuschauer", murmelte er. Er blickte sich schnell um, bevor er aufstand und sie dann mit sich hochzog.

Der Bursche, der aus dem heruntergekommenen Honda stieg, trug eine abscheuliche rote Jacke mit dem Logo der hiesigen Pizzeria auf dem billigen Stoff. Er verlangsamte seinen Schritt, als er Zane und Portia vom Garten kommend sah, und der Hund auf ihn zurannte.

„Pizzaservice“, sprach er das Offensichtliche aus.

„Ich hole schnell etwas Bargeld“, kündigte Zane an und ging voraus.

„Ich habe etwas einstecken“, rief sie hinter ihm her und ließ ihn somit stehen bleiben.

Als sie den Pizzaboten an der Treppe erreichten, griff Portia in ihre Jacke und zog ihre Geldbörse heraus. Zane beobachtete, wie sie den Burschen bezahlte.

Als er ihr den flachen Karton überreichte, legte sie ihre Geldbörse darauf.

„Danke.“

„Ciao, Leute. Und guten Appetit“, rief der Junge ihnen zu und rauschte wieder zum Auto. Er zitterte schon vor Kälte.

Zane griff nach der Pizzaschachtel, wollte sie für Portia nach drinnen tragen, als Z aufgeregt um Portias Beine rannte, bellte und offensichtlich das Essen roch. Portia ging einen Schritt nach vorne, stolperte und versuchte, nicht auf den Hund zu treten.

Ihr Griff an der Box löste sich für eine kurze Sekunde und ihre Geldbörse fiel auf die schneebedeckte Veranda.

„Z!“, maßregelte Zane.

„Er denkt, er bekommt etwas von dem Essen ab!“, bemerkte Portia, als sie Anstalten machte, sich zu bücken, um ihre Geldbörse aufzuheben.

„Ich mach das schon, Baby Girl.“

Zane bückte sich, um die Geldbörse aufzuheben, während Portia nach drinnen ging, der überfröhliche Welpe direkt hinter ihr. Die Geldbörse war aufgeklappt, zeigte ein Abteil, dass einige Kreditkarten und auf der anderen Seite ein Foto beinhaltete.

Er wischte den Schnee weg und legte das Foto frei.

Sein Herz blieb stehen. Plötzlich verschwamm alles vor ihm. Schwindel überkam ihn, als seine Knie weich wurden. Er stützte sich am Türrahmen ab, um nicht zusammenzubrechen. Der beißende Geruch von Tod und Elend stieg in seine Nase.

„Nein“, hauchte er, versuchte, sich zu konzentrieren. Doch egal wie sehr er sich das Foto wegwünschte, es blieb da, verspottete ihn.

Eine ältere Version von Portia lächelte ihn an, die

Familienzugehörigkeit war deutlich sichtbar. Portia sah ihrer Mutter ähnlich. Sie hatte nichts von ihrem Vater, nicht die Augen, nicht die Nase oder das Kinn. Darum hatte er es nicht erkannt und es auch nie ahnen können.

Doch er musste ihr Vater sein. Es gab keinen anderen Grund, warum Portia ein Foto von Franz Müller in ihrer Geldbörse hatte.

„Zane, es wird kalt hier drinnen“ rief ihre engelsgleiche Stimme von drinnen.

Seine Kehle schnürte sich zu, hinderte ihn daran zu antworten.

Er hatte mit dem Nachkommen von Franz Müller geschlafen, dem Mann, den er am meisten auf der Welt hasste. Er dachte, er liebte dessen Tochter. Nur Minuten zuvor hatte er von einem Blutbund mit ihr geträumt, einer Verbindung für alle Ewigkeit.

Seine Hände zitterten bei der Ungerechtigkeit, die er spürte. Was hatte er getan, das das rechtfertigte? Sich in eine Frau zu verlieben, die er nie in seinem Leben haben konnte? Denn alles, was sie repräsentierte, war böse. Von einem Mann wie Franz Müller konnte nichts Gutes kommen. Alles, was er anfasste, war übel. Sein Samen konnte nur Böses erschaffen.

„Kommst du?“

Portia stand in der Tür, und ihr Blick fiel auf ihre Geldbörse in seinen Händen.

„Oh, danke…“ Sie hielt inne. „Das sind meine Eltern.“

Langsam, wie der Killer, der er war, hob er seinen Blick und schaute sie an. Selbst jetzt, als er sie genauer betrachtete konnte er keine Ähnlichkeit zwischen ihr und ihrem Vater erkennen.

„Stimmt was nicht?“ Sorge lag in ihrer Stimme.

„Ist er dein biologischer Vater?“, presste er heraus und deutete auf das Foto, hoffte inständig, dass sie nicht seine leibliche Tochter war.

„Natürlich, warum?“

Eine Schmerzwelle brach über ihn herein, wütete in ihm. So wie er es sich in den letzten Jahren des Wartens auf Rache gelehrt hatte, beruhigte er sich und ließ alle Emotionen aus seinem Körper strömen. Alles, was jetzt noch da war, war ewige Kälte. Er spürte den Frost förmlich und es war, was sein Herz jetzt beschützen würde, eine Mauer aus Eis.

Vor ihm stand die Möglichkeit, Müller am schwersten zu verletzen, ihm seine Tochter zu nehmen, sie leiden zu lassen. Seine Klauen erschienen und seine Fänge fuhren sich aus, als er versuchte, das Biest in sich zurückzuhalten.

Ein Anflug von Angst erschien in Portias Zügen und instinktiv ging sie einen Schritt zurück. „Was ist? Ist jemand da draußen?“

Er schüttelte langsam den Kopf. „Nein. Wir sind alleine.“

Er war alleine mit Müllers Tochter. Sein Blick landete auf dem rasenden Puls an ihrem Hals. Es wäre nicht viel Aufwand, ihr die Kehle aufzuschlitzen. Sie würde kämpfen, doch er war stärker. Müller hatte ihn stärker gemacht. Es war alles Müllers Schuld.

„Dein Vater ist Franz Müller.“

Das Keuchen, das ihren Lippen entkam, Lippen, die er erst vor Momenten geküsst hatte, war kaum hörbar. Ihr Kopf drehte sich von einer Seite zur anderen, verneinte stumm seinen Vorwurf.

„Nein“, flüsterte sie. „Nein.“

Ihre Augen schossen zurück zu dem Foto in ihrer Geldbörse.

„Er ist es.“ Zane erkannte seine eigene Stimme nicht mehr. Es war die Stimme eines Fremden.

„Du musst dich irren“, bettelte sie. Ihre Augen füllten sich mit Tränen, ihr Mund öffnete sich ungläubig. „Er kann es nicht sein. Es kann nicht Müller sein. Der Name meines Vaters ist Robert Lewis.“

Doch ihre Worte änderten die Fakten nicht. Er konnte sich Gesichter gut merken. Und Müllers Gesicht hatte sich in seinem Gedächtnis eingebrannt. Es hatte ihn über sechzig Jahre lang verfolgt. Und von jetzt an würde Portias Gesicht ihn ewig verfolgen.

„Ein Name bedeutet nichts.“ Sie hatten alle ihre Namen geändert: Brandt und die anderen. Genau wie Zane seinen alten Namen nicht mehr benutzte.

„Du bist Müllers Tochter.“

Böse von Geburt an.

Der Killer in ihm forderte Befriedigung. Das Böse, das Müller repräsentierte, musste vernichtet werden, zerstört, umgebracht. Zane ballte seine Klauen zu Fäusten, versuchte die Wut zu unterdrücken, die drohte, aus ihm herauszuplatzen.

„Zane, bitte. Du machst mir Angst.“

Er zeigte seine Fänge, doch dieses Mal hatte es nichts mit Lust und Verlangen zu tun. „Du solltest auch Angst haben. Von einem Mann wie

Müller kommst nichts Gutes. Sein Samen kann nur Böses produzieren“, presste er heraus.

Panik trat in ihre Augen, Augen, die nun bis zum Rande voll mit Tränen waren. „Aber wir lieben uns. Du liebst mich.“

Zane ließ ein bitteres Lachen aus seiner Kehle entkommen. „Liebe? Du denkst, ich könnte die Tochter des Mannes lieben, der mich meines Lebens beraubt hat? Der meine Schwester getötet hat? Der mir alles genommen hat?“ Seine Stimme schallte durch die Nacht.

„Aber –“

„Verschwinde! Verlass sofort mein Haus!“

Wie lange er den Killer in sich noch zurückhalten konnte, wusste er nicht, doch es würde nicht mehr lange dauern, bis er ihr das Leben raubte, das ihr Vater ihm schuldete.

„Verschwinde aus meinem Leben!“

Wie ein verschrecktes Reh schaute Portia ihn an, ihre Lippen bebten, Tränen strömten ihre Wangen hinunter.

„LAUF! Lauf schnell!“ Seine geballten Fäuste kamen wie von alleine hoch, bereit, zuzuschlagen. „Lauf, bevor ich dich umbringe, wie ich deinen Vater umbringen werde.“

Zane kniff für einen Moment seine Augen zusammen, unterdrückte das Verlangen, sie zu verletzen, um damit Müller zu verletzen. Als er seine Augen wieder öffnete, lief Portia an ihm vorbei in die Nacht. Er zwang sich dazu, nicht auf ihr Schluchzen zu hören, nicht ihren Duft einzuatmen, der an ihm vorbeiwehte. Ihr nicht hinterherzulaufen. Seine Worte nicht zurückzunehmen und ihr zu sagen, dass er sie nie verletzen würde. Denn er konnte nicht sicher sein, dass er es wirklich nicht tun würde. In ihm lauerte der Killer, der auf seinen Einsatz wartete, böse und besessen von Rache.

Mit dem letzten bisschen seiner Menschlichkeit überstimmte er seinen inneren Dämon und erlaubte ihr, zu entkommen, doch wenn sie seinen Weg je wieder kreuzen würde, wäre sie so gut wie tot. Ebenso tot, wie er es jetzt war.

Er blickte in den dunklen Winterhimmel. „Womit habe ich das verdient? Gott, du bist grausam!“, fluchte er. Ein Gott, der ihm gezeigt hatte, was Liebe war und sie ihm im nächsten Moment wieder wegnahm.

Zane spürte, wie die Dunkelheit seiner Seele sich in ihm

breitmachte. Dieses Mal kämpfte er nicht dagegen an. Es gab keinen Grund mehr dafür. Er hatte alles verloren, das ihm je etwas bedeutet hatte. Jetzt hatte er Portia und seine einzige Chance auf Liebe verloren. Die Dunkelheit konnte ihn jetzt haben. Vielleicht war es immer seine Bestimmung gewesen und er hatte es einfach nicht sehen wollen.

Er war ein Killer, der nur für Rache lebte und er würde seine Rache bekommen. Er würde Müller töten, jetzt wo er wusste, wo er ihn finden konnte.

30

Ihre Lungen brannten vor Anstrengung, doch Portia verlangsamte ihre Geschwindigkeit nicht. Sie musste von Zane wegkommen, von der Wahrheit und dem Schmerz. Heiße Tränen liefen ihre Wangen hinunter, doch es kümmerte sie nicht. Sie hätte sie nicht aufhalten können, ebenso wenig, wie sie einen Wasserfall davon abhalten konnte, die Klippen hinunterzuströmen.

Zane musste Unrecht haben. Sie konnte nicht Müllers Tochter sein. Die Tochter eines Monsters. Das Monster, das Zane und den anderen Häftlingen unaussprechliche Dinge angetan hatte. Sie konnte sich nicht eingestehen, dass jemand, der ihr nahe stand, so böse sein konnte. Am wenigsten der Mann, der sie aufgezogen hatte, ihr eigener Vater.

Sie schüttelte ihren Kopf und einige Haarsträhnen verfingen sich in ihrem von Tränen benetzten Gesicht.

Sie erschauderte, als sie sich an Zanes Blick erinnerte, einen Blick, den sie nie vergessen würde. Mordgelüste hatten in seinen Augen gefunkelt. Sie hatte es gesehen. All die Liebe, die er ihr nur kurz zuvor eingestanden hatte, war verschwunden. Was übrig blieb, war nur Hass, Zorn und Wut.

Und Abscheu.

Bei der Erinnerung kam ihr die Galle hoch. Er hatte sie angewidert angesehen, als er erfahren hatte, wer sie war. Und seine Gedanken waren ihm deutlich ins Gesicht geschrieben gewesen. Er bereute es, sie angefasst, mit ihr geschlafen und ihr seine Liebe gestanden zu haben.

Ihr Magen verkrampfte sich schmerzhaft, als ein weiterer Schluchzer seinen Weg nach draußen suchte.

Er hatte sie geliebt. Wie konnte er sie jetzt so sehr hassen?

Portia fiel auf ihre Knie, landete im Schnee. Zane bedeutete ihr alles. Mit seinen Küssen, seinen Berührungen, den Worten, die er ihr vor Verliebtheit zugeflüstert hatte, hatte er ihr so viel versprochen. Sie hatte es in seinen Augen gesehen. Es war wahr. Er hatte mit ihr gelacht, wie sie ihn nie zuvor erlebt hatte. Er war ein ganz anderer Mann. Sie war der Grund dafür, hatte ihm geholfen, sein Herz zu öffnen.

Jetzt hatte er sie ausgeschlossen. Eiskalt.

Er hatte sie einen Keimling des Bösen genannt. Doch sie hätte nie gedacht, dass er ihr drohen würde, sie wegen dem, was sie war, zu töten. Nicht Zane, nicht *ihr* Zane. Erinnerte er sich nicht mehr, dass er ihr Blut in sich trug und dass sie seines in sich hatte? Erinnerte er sich nicht mehr, wie schön es war, wenn sie miteinander schliefen? Wie intim und intensiv ihre Liebe war?

Wie konnte er all das wegwerfen?

Portia legte ihren Kopf in ihre Hände und ließ ihren Tränen freien Lauf. Niemand würde sie dort in der Wildnis hören. Keiner würde sich dafür interessieren, warum sie weinte, als wäre jemand gestorben.

Er hatte sie rausgeworfen, ohne sie anzuhören, ohne die Folgen zu überdenken. Er hatte sich nicht einmal Zeit genommen, darüber nachzudenken. Sobald Zane das Foto ihres Vaters gesehen hatte, hatte er seine Meinung bereits gebildet. Sie hatte nie eine Chance gehabt.

Portia spürte, wie die Kälte ihr bis in Mark und Bein ging und ihr Gefühl des Verlustes sich noch verstärkte. Zane liebte sie nicht. Hatte er sie überhaupt je wirklich geliebt? Wenn ja, wie konnte er sie dann jetzt so behandeln? Wie konnte er ihr mit solch einer Kälte gegenübertreten, mit solchem Hass?

Und wie sollte sie jetzt weitermachen? Ihr Herz blutete wegen des einzigen Mannes, der sie je etwas fühlen hatte lassen. Zane war ihr Herz, ihre Liebe, ihr Leben. Sie hatte von einem Leben mit ihm geträumt. Einem ewigen Leben, einer eigenen Familie, einem Leben erfüllt von Lachen und Liebe, Leidenschaft und Begehren. Genau wie es die letzten zwei Tage gewesen war.

Ihre Brust schmerzte an den Stellen, an denen seine Fänge ihre Haut durchstochen hatten. Dort brannte es heiß wie im Schmiedefeuer. Die Sehnsucht, dass er wieder seine Fänge dort versenken würde, ließ den Schmerz in ihrer Brust noch stärker werden. Seine Liebe hatte sich angefühlt wie ein Kokon. Ohne diese Liebe fühlte sie sich verloren und verwundbar.

Nichts war mehr wichtig. Vielleicht wenn sie dort im Schnee blieb und die Elemente ihre Arbeit tun ließ, würde sie den Schmerz in ihrem Herzen vergessen. Wenn sie ein Mensch wäre, würde sie einfach in der eisigen Umgebung einschlafen und nie wieder aufwachen, doch ihr Hybrid-Körper ließ diesen Ausweg nicht zu. Er zwang sie, einen Fuß vor den anderen zu setzen und weiterzugehen. Ihr Überlebensinstinkt war stärker als ihr eigener Wille.

Wie betäubt und ohne Orientierung marschierte sie durch den Schnee. Ihr war egal, wohin sie ihre Füße trugen. Vielleicht, wenn sie ihr Herz verschloss, würde der Schmerz verschwinden.

Aber er tat es nicht.

Wie gingen andere Frauen damit um? Wie ertrugen sie es, wenn sie von einem Mann abgewiesen wurden, den sie liebten? Was tat Lauren in solch einer Situation?

Bei dem Gedanken an ihre Freundin schloss sie ihre Augen und schluchzte unkontrollierbar. Sie brauchte jetzt dringend eine Freundin. Sie musste von jemandem hören, dass es besser würde, dass sie darüber hinweg käme, Zane vergessen würde, vergessen, dass sie ihn liebte. Sie brauchte Hilfe.

Portia wusste nicht, wie lange sie bereits durch die Wälder gelaufen war, als sie eine Straße erreichte. Dort fuhren Autos. Sie blieb versteckt im Schatten der Bäume, bis sie sich entschlossen hatte, was sie tun würde. Dann stellte sie sich an den Straßenrand und hielt den Daumen raus. Der erste Pickup-Truck hielt an. Sie zögerte nicht und öffnete die Beifahrertür. Der Fahrer war ein Mann Mitte Vierzig. Er schaute sie aufmunternd an, und sie ließ sich auf den Sitz fallen.

„Wo willst du hin, Schätzchen?"

„Fahren Sie einfach los."

Sie konnte seine Absichten sofort erkennen, doch es machte ihr nichts aus. Er würde ihr kein Härchen krümmen.

Sie verspüren den plötzlichen Drang, nach San Francisco zu fahren. Sie sehen mich nicht. Ich bin nicht in Ihrem Auto. Sie fahren einfach.

Sie pflanzte ihre Gedanken in seinen Kopf, bis er sich abwandte, als hätte er sie nie gesehen.

Als sie immer mehr Distanz zwischen Tahoe und Zanes Häuschen brachte, weinte ihr Herz im Stummen. Nichts in ihrem Leben hatte je so wehgetan, wie Zane zu verlieren. Ohne Zane hatte sie nichts, worauf sie sich freuen konnte.

Sie schaute aus dem Beifahrerfenster hinaus und sah ihr blasses Spiegelbild. Sie verdiente dies nicht. Irgendwie musste sie beweisen, dass sie nicht die Tochter eines Monsters war. Damit Zane sie wieder liebte.

31

Zane packte die restlichen Waffen in den Hummer und schloss den Kofferraum. Er hatte alles eingeladen, was er an persönlichen Gegenständen in seinem Häuschen hatte, da er wusste, dass er niemals mehr zurückkommen würde. Portia kannte nun diesen Ort und wusste, wie man dort hinkam, was bedeutete, dass Müller es herausfinden konnte. Er zweifelte nicht daran, dass Blut dicker als Wasser war und dass, sobald Portia den Schock der Geschehnisse erst einmal überwunden hatte, sie sich ihrem Vater anschließen würde.

Im Nachhinein betrachtet war es dumm, sie nicht sofort getötet zu haben, doch der Gedanke daran, ihr Blut zu vergießen, ließ ihn zurückschrecken. Obwohl er wusste, dass er sowohl ihren Vater als auch sie beseitigen musste, um das Böse auszurotten, protestierte ein Teil von ihm dagegen. Er versuchte, nicht darauf zu hören, doch die Stimme in ihm verstummte nicht.

„Z! Wo zum Teufel bist du?“, rief er den Hund und suchte nach einem Ventil für seine Wut.

Ein leises Wimmern kam vom Inneren des Hauses. Zane ging hinein, seine schweren Schritte ließen den Holzboden vibrieren.

Er fand das Tier vor dem Kamin liegend, seine Schnauze in einem Stück Stoff vergraben. Zane kam näher und erkannte, was Z da so gerne mochte: einen von Portias BHs.

Zane blieb wie angewurzelt stehen. Er hatte ihr nicht einmal die Gelegenheit gegeben, zu packen. Selbst ihre Geldbörse war noch hier sowie ihr Handy und all ihre Kleidung. Er hatte sie ohne alles in die Kälte geschickt wie der herzlose Bastard, der er war.

Der Hund steckte seine Schnauze tiefer in die Cups des BHs und inhalierte ihren verführerischen Duft.

„Hör auf, Z!“, polterte Zane. „Sie kommt nicht zurück! Niemals!“

Nicht nachdem er ihr derart gedroht hatte. Gedroht, sie umzubringen. Gott, welches Monster sagte das zu der Frau, die er liebte? Welches brutale Arschloch würde die Liebe seines Lebens aufgrund ihrer Herkunft und ihres Erzeugers verbannen? Hatte er kein Herz? Kein Mitgefühl? Keinen Anstand?

Der Hund schaute ihn mit großen Kulleraugen an, bevor er seine

Schnauze wieder in Portias BH tauchte. Sein Hund hatte keine Skrupel. Er folgte nur seinem Herzen, nicht seinem Verstand. Wenn Zane doch nur das Gleiche tun könnte. Doch sein Verstand erlaubte dies nicht.

Sein ganzes Leben basierte auf dem einen Ziel, seine Familie zu rächen, besonders seine Schwester, die unschuldige Rachel, das Kind, das nie eine Chance gehabt hatte, als Frau zu leben. Die Schwester, die er umgebracht hatte, weil sie ihn darum angebettelt hatte.

Er konnte die Richtung seines Lebens nicht plötzlich ändern, alles wegwerfen und Rachel betrügen, weil er sich in die Tochter des Feindes verliebt hatte. Rachel würde es ihm nie verzeihen. Und er schuldete ihr etwas. Er hatte ihr versprochen, Gerechtigkeit zu fordern für sie und all die anderen, die in Müllers Obhut gestorben waren. Er würde nicht eher ruhen, bis er dieses Versprechen eingelöst hatte.

Seine eigenen Wünsche zählten nicht. Er hatte die letzten sechzig Jahre ohne Liebe gelebt. Was machte die Dinge nun anders? Warum konnte er nicht vergessen, was er für sie empfand? Verstand sein Herz nicht, dass die Liebe, die er für sie empfand, nicht überleben konnte? Nicht überleben durfte?

„Dummer Hund!“, rief er und stieß den BH aus seinen Pfoten, beabsichtigte, das Kleidungsstück ins Feuer zu werfen, wo noch ein paar Kohlen glühten. Doch die Kraft, dies zu tun, verließ ihn, als Portias Duft in seine Nase stieg.

Er konnte nicht genug Kraft sammeln, um sich auf den Beinen zu halten, fiel auf die Knie und vergrub sein Gesicht in seinen Händen. Er war am Boden zerstört, genau wie in der Nacht, in der Rachels Leben endete. Wie viele Verluste konnte er noch überstehen, bevor ihm alles zu viel wurde, bevor er in die Sonne hinauswanderte und alles beendete?

***

Sein Zusammenbruch kostete ihn eine kostbare Stunde, eine Stunde, von der sich herausstellte, dass er sie nicht übrig hatte. Aber was geschehen war, war geschehen.

Als Zane den Geländewagen hörte, der die Einfahrt hochfuhr, erhellten dessen Scheinwerfer bereits die Vorderseite des Hauses. Sie hatten ihn gefunden.

Sobald der Wagen stehen blieb, während der Motor noch lief, sprang Samson schon heraus, gefolgt von Eddie, Amaury und Haven.

Havens Anwesenheit konnte nur bedeuten, dass Samson sein Team hastig zusammengestellt hatte und jeden mitgenommen hatte, den er finden konnte. Denn Haven, Yvettes Gefährte, arbeitete nicht einmal für Scanguards. Das machte aus ihm jedoch keinen geringeren Feind.

Die vier Vampire rannten die Treppen der Veranda hinauf. Dort stand Zane und wartete ruhig auf sie, wusste, dass ein Kampf erfolglos sein würde. Bei vier gegen einen war er machtlos.

„Wie habt ihr mich gefunden?“, fragte er ruhig und blickte Samson dabei an.

Eddie antwortete, da Samson eindeutig zu verärgert war, eine Antwort zu geben. „Thomas hat eine Stromrechnung gefunden, die du online bezahlt hast. Es war für dieses Haus. Du hättest uns ja mal zum Skifahren einladen können, aber nein, du hast das Haus ganz für dich alleine behalten.“

Zane zuckte mit den Achseln, wollte äußerlich gelassen wirken, obwohl es in ihm ganz anders aussah. Seine Eingeweide waren ihm herausgerissen und den Wölfen verfüttert worden. Alles, was übrig war, war eine leere Hülle.

„Wo ist sie? Was hast du mit ihr gemacht?“, schrie Samson nur Zentimeter von seinem Gesicht entfernt.

„Weg.“

Samson wich mit erschrockenem Gesichtsausdruck zurück. „Hast du ihr etwas getan? Du verdammtes Arschloch, hast du ihr etwas angetan?“

Sein Herz rebellierte. „Niemals!“

Obwohl er sie hatte glauben lassen, dass er es wollte, hätte er sich lieber selbst einen Pflock ins Herz gerammt, als sie willentlich zu verletzen. Ja, so weit war es schon mit ihm.

„Wo ist sie dann?“

Neben Samson stürmten Amaury und Haven ins Haus und riefen nach ihr.

„Ich sagte doch, sie ist nicht hier.“

„Was, zum Teufel, heißt das?“ Samson knurrte, seine Fänge zeigten sich zwischen seinen Lippen, seine Augen glühten im Dunkeln.

„Das Haus ist leer“, kam Amaurys Stimme von drinnen.

Samson packte Zane am Ellbogen und zerrte ihn nach drinnen. Von seinem Lieblingsplatz vor dem Kamin aus bellte Z angriffslustig.

Haven kam mit Portias Rucksack aus dem Schlafzimmer. Er zog

einen Slip heraus. „Das ist wohl nicht ganz deine Größe, Zane.“

„Sie ist vor zwei Stunden verschwunden.“

Samson kniff seine Augen zusammen, betrachtete die offene Küche. Seine Augen verweilten auf der Stelle, wo Zane ihre Geldbörse gelassen hatte. „Ohne ihre Sachen? Für wie blöd hältst du uns eigentlich?“

Samson bedeutete Haven, ihm den Rucksack zu bringen. Er atmete den Duft von Portias Sachen ein, dann ging er zu Zane und roch an ihm.

„Du hattest sie, nicht wahr? Du verdammter Arsch konntest deine Hände nicht von ihr lassen, oder?“

Warum fragte er etwas, was er bereits wusste? „Sie hat mich angefleht, es zu tun.“

„Und ihr Blut? Ich kann ihr Blut an dir riechen! Du musstest alles nehmen, nicht wahr?“

Er zuckte mit den Achseln und die Bewegung schmerzte, da er so sehr versuchte vorzugeben, dass es ihm egal war. „Sie hat’s angeboten. Einem geschenkten Gaul sieht man nicht ins Maul.“

Gott, er hasste sich dafür, wie er über sie sprach, als hätte es ihm nichts bedeutet, obwohl es alles für ihn war.

Samsons Faust peitschte Zanes Kopf zur Seite, der Schmerz lief sofort seine Wirbelsäule hinunter. Fuck, sein Boss war noch immer so schnell wie eh und je. Und er teilte einen brutalen Faustschlag aus.

„Es ist Blut auf den Laken“, verkündete plötzlich Eddie.

Alle drehten sich zum Türrahmen des Schlafzimmers um, wo er stand. Samson rauschte an Zane vorbei. Zane folgte ihm, nicht weil er es wollte, sondern weil er es nicht leiden konnte, wenn Leute in seinen Privatsachen herumschnüffelten. Er wollte nicht, dass sie etwas anfassten, besonders nicht den Platz, wo er und Portia in völliger Glücksseligkeit zusammen gelegen hatten.

Als Samson vor dem Bett stehen blieb, die Laken zerwühlt vom letzten Mal, als sie sich geliebt hatten, strömten die anderen Vampire in den Raum.

Eddie deutete auf einen kleinen Fleck in der Mitte des Bettes. „Da. Das ist Blut.“

Als Samson sich langsam umdrehte, zeigte sein Gesichtsausdruck zum ersten Mal seit seiner Ankunft etwas anderes als Empörung. Ein Flackern der Erkenntnis erschien in seinen Augen, zusammen mit einem Seufzer der Erleichterung. Hatte Samson wirklich erwartet, ein Blutbad im Schlafzimmer vorzufinden?

„Sie war eine Jungfrau, genau wie sie gesagt hat“, bestätigte Zane. Und keiner hatte ihm geglaubt. „Ich habe getan, was ich tun musste.“

Samson schloss seine Augen. „Es ändert nichts daran, was du getan hast. Du hast sie entführt.“

„Sie hat mich darum gebeten!“, knurrte Zane.

„Sie hatte kein Recht, darum zu bitten. Sie ist minderjährig! Du warst engagiert, dich um sie zu kümmern!“, rief Samson.

„Oh, ich habe mich um sie gekümmert!“

„Du warst ihr Bodyguard. Laut unseren Regeln gibt dir das nicht das Recht, sie anzufassen! Du verdammtes Stück Scheiße!“

Das war zu viel für ihn. „Ich schere mich nicht um deine Regeln! Ich kündige!“

„Du kannst nicht kündigen! Das hier ist noch nicht vorbei! Noch lange nicht!“ Samson streifte mit der Hand durch sein dunkles Haar und deutete zu Haven und Eddie. „Fesselt ihn und bringt ihn zum Flugzeug. Amaury und ich kümmern uns um seinen Hummer.“

Dann schaute er Zane noch einmal an. „Wenn du ihr etwas angetan hast, werde ich dich hinrichten lassen.“

Haven streifte seine Handschuhe über und zog etwas aus seiner Tasche. Zane betrachtete es und erkannte es als Silberhandschellen.

„Arschlöcher!“

Doch er wehrte sich nicht, als sie ihm die Handschellen anlegten, noch zeigte er Anzeichen von Schmerz, die ihm das Silber zufügte. Seine Haut brutzelte und der Geruch von verbranntem Fleisch erfüllte den überfüllten Raum. Er biss die Zähne zusammen, ließ aber keinen Schmerzensschrei über seine Lippen kommen.

„Zum letzten Mal: Wo ist sie?“, fragte Samson.

Zane hob seinen Kopf. „Sie ist weggelaufen, als ich ihr gesagt habe, dass ich sie nicht mehr sehen will.“

In gewisser Weise war es die Wahrheit. Er verschwieg, dass er sie bedroht hatte. Das ging Samson nichts an. Die Wahrheit war, dass er ihr nichts angetan hatte.

„Sie denkt, sie liebt mich“, sagte er mehr zu sich selbst als zu den anderen.

Sie würde darüber hinwegkommen. Sie war jung, und im Moment hasste sie ihn. Es würde die Dinge einfacher machen. Auf die Frage, wie er jedoch den Schmerz aushalten sollte, hatte er keine Antwort.

„Amaury“, befahl Samson, „wir beide werden die Umgebung durchkämmen. Vielleicht können wir ihren Duft aufschnappen und ihm folgen. Wir müssen sie finden.“

Amaury nickte, dann warf er Zane einen genervten Blick zu. „Du hast einiges zu erklären. Und wenn du denkst, dass du einfach so davonkommst, dann hast du falsch gedacht. Samson ist nachsichtig, wenn er dir eine Hinrichtung anbietet. Ich habe andere Vorstellungen, wie du für deine Taten zahlen kannst.“

„Ich habe ihr nichts getan“, zischte Zane.

„Du hast keine Ahnung von Frauen! Vielleicht hast du ihr körperlich nichts getan, aber du hast ja keine Ahnung, wozu Frauen fähig sind, wenn sie das Gefühl haben, dass ihnen Unrecht zugefügt wurde. Hast du daran mal gedacht?“ Amaury drehte sich um, um Samson nach draußen zu folgen.

Nein, Portia würde sich nichts antun. Sie war stark. Er wollte es nicht glauben. Er versuchte, Amaurys letzte Worte beiseite zu schieben und blickte zu seinen beiden Aufpassern.

„Na toll, und jetzt bleibt Ihr zwei mir am Halse: ein Zivilist und ein Neuling.“

Haven beugte sich zu ihm. „Ich bin für deine Sticheleien nicht anfällig, also halt den Mund.“

Zane grummelte und ging geführt von Eddie und Haven ins Wohnzimmer. Z, der Portias BH hinter sich herschleppte, watschelte auf sie zu und schaute sie verwirrt an.

„Wir können ihn nicht hierlassen.“ Zane deutete mit seinen gefesselten Händen zu dem Hund.

Haven hob zweifelnd eine Augenbraue und Eddie verzog den Mund.

„Du dachtest, wir würden den Welpen hierlassen?“, fragte Eddie und schüttelte den Kopf. „Wir sind schließlich nicht herzlos.“

„Im Gegensatz zu anderen Anwesenden“, fügte Haven an.

„Wenn ich ein Herz hätte, wäre ich jetzt tief getroffen“, schnappte Zane. „Zum Glück ist Herz bei mir heute aus. Also bewegt euch endlich.“

Trotz seiner harten Worte war Zane erleichtert, als Eddie den Hund hochhob und ihn nach draußen trug. Auf der Autofahrt zu dem kleinen Flughafen, wo einer der Scanguards-eigenen Jets wartete, hielt Zane den

Mund. Auch Eddie und Haven schienen nicht in der Stimmung für einen Unterhaltung zu sein. Nur Z sorgte während dem öden halb-stündigen Flug für etwas Unterhaltung, indem er sich auf seinem Schoß einrollte. Aber das einzige Lebewesen zu streicheln, das sich noch um ihn sorgte, war nicht möglich. Zanes Handgelenke schmerzten von dem Silber, das sich in seine Haut fraß und mittlerweile das darunterliegende Fleisch freilegte.

Und das verdiente er auch.

32

Portia wies den Fahrer des Pick-ups geistig an, sie an der Ecke zu ihrem Block rauszulassen. Nachdem sie schnell seine Erinnerungen an sie gelöscht hatte, schickte sie ihn wieder nach Tahoe. Sie fühlte sich nicht schlecht, weil sie ihn ausgenutzt hatte. Immerhin hatte er so ausgesehen, als wollte er sich an sie ranmachen, als er sie am Straßenrand aufgelesen hatte. Zum Glück hatten ihre Vampirfähigkeiten ihm den Gedanken gleich ausgetrieben.

Müde und erschöpft ging sie zum Haus. In ein völlig leeres Haus zurückzukehren, konnte ihre Stimmung auch nicht aufbessern, doch ohne ihr Handy und ohne Geld oder saubere Kleidung wusste sie nicht, wo sie sonst hingehen konnte, außer zu Lauren. Sie konnte sich jedoch denken, dass sie vermutlich ihre Freundin schon in Schwierigkeiten gebracht hatte. Sie wusste schließlich über Zane Bescheid, obwohl sie nichts von ihrem Spontantrip wusste.

Nach einer heißen Dusche würde sie Lauren anrufen und sie fragen, ob sie vorbeikommen könnte, um sich auszuweinen. Sie hatte wenig Hoffnung, doch vielleicht hatte ihre Freundin einen Rat, der ihr half, sich besser zu fühlen. Falls nicht, wäre sie wenigstens nicht alleine. Die Einsamkeit auf der vierstündigen Fahrt hatte ihr schon einen Vorgeschmack darauf gegeben, wie ihr Leben ohne Zane aussehen würde, und es hatte ihr Angst gemacht. Traurigkeit hatte ihr Herz erobert und wollte nicht mehr verschwinden.

Ihre Beine waren schwer, als sie die Stufen zur Haustüre hochstieg. Ihre Angewohnheit, ihren Haustürschlüssel in der Jackentasche aufzubewahren, bewahrte sie jetzt davor, ein Fenster einzuschlagen. Sie drehte den Schlüssel im Schloss um und ging in die Dunkelheit. Alles war, wie sie es verlassen hatte.

Portia hielt sich nicht mit dem Lichtschalter auf und ging direkt zur Treppe. Ihre Hand ergriff das Geländer, ihre Finger streiften an dem glatten Holz entlang, als sie ihren Fuß auf die erste Stufe setzte. Eine große Hand zerrte sie zurück.

Der unerwartete Angriff raubte ihr den Atem und der eiserne Griff versicherte ihr, dass sie nicht entkommen konnte. Noch bevor ihr Kopf sich zu ihrem Angreifer drehen konnte, wusste sie, dass sie in

Schwierigkeiten war.

So verärgert hatte sie ihren Vater noch nie erlebt.

„Wo warst du?“

Der Zorn in seiner Stimme traf sie wie ein Peitschenschlag. Das rote Funkeln in seinen Augen unterstrich den Ernst der Situation, in der sie sich befand.

Sie wollte keine Konfrontation mit ihm, nicht jetzt, wo sie schon am Boden zerstört war. „Ich bin müde.“

Portia drehte ihr Gesicht weg, versuchte, seinem prüfenden Blick auszuweichen, doch sie wusste, dass sie sich nicht vor ihm verstecken konnte. Zanes Geruch war noch immer an ihr und sein Blut floss durch ihre Venen, was seinen Duft an ihr noch verstärkte.

Als die Nasenflügel ihres Vaters bebten, erschauderte sie instinktiv. Doch sie konnte sich nicht auf seine nächste Tat vorbereiten.

„Du Hure!“

Sein Handrücken traf ihre Wange mit solcher Wucht, dass sie das Gleichgewicht verlor und an die Wand hinter sich prallte und eine Delle im Putz hinterließ. Der Schock seiner Worte und die brutale Behandlung taten mehr weh als der Schlag. Sie erkannte ihren Vater nicht mehr. Er war nicht der Mann, der sie aufgezogen hatte: Er war plötzlich der Mann, den Zane beschrieben hatte, das Monster aus Buchenwald, Franz Müller.

„Du ruinierst alles!“, beschimpfte er sie, seine Stimme durch das ganze Haus hallend, was den Kronleuchter im Wohnzimmer zittern ließ. „Du Schlampe! Du hast dich von jemandem beschmutzen lassen, der deiner nicht würdig ist!“

Portia rappelte sich zitternd auf. Sie sah die rohe Gewalt in seinen Augen und der Wahnsinn, der direkt dahinter hauste. Ja, er war Franz Müller – und er war ihr Vater. Der bloße Gedanke daran bereitete ihr Übelkeit.

„Vater, bitte…“

Ein weiterer Schlag katapultierte sie an das Geländer und nahm ihr die Luft aus den Lungen.

„Ich hatte höhere Pläne mit dir und was tust du? Du benimmst dich wie eine gewöhnliche Hure! Du bist der Anfang einer neuen Herrenrasse! Du wirst die Prinzessin sein, die Anführerin. Du und dein Gefährte, ihr werdet die Welt regieren.“ Er blickte sie angewidert an.

„Wenn er dich jetzt noch haben will, wo ein anderer Mann dich angefasst hat!“

Portia versuchte nicht, ein zweites Mal aufzustehen. Eine plötzliche Erkenntnis ließ sie zu Boden gleiten. Doch konnte sie es nicht glauben. „Gefährte?“

„Ich habe lange nach einem passenden Kandidaten für unser Vorhaben gesucht, den stärksten, tapfersten Hybriden. Eure Kinder werden stärker als jeder andere auf der Welt sein.“

„Nein…“, flüsterte sie atemlos. Das konnte nicht wahr sein. Doch es gab keinen Zweifel. Ihr Vater wollte eine Herrenrasse erschaffen, eine überlegene Rasse, die die Welt regieren sollte. „Nein, du kannst nicht…“

Er blickte zu ihr hinunter. „Du gehörst mir! Du wirst tun, was ich dir sage!“

Selbstschutz ließ sie aufstehen. Sie gehörte nicht ihm. „Ich gehöre niemandem!“

Sie alleine würde entscheiden, mit wem sie sich binden wollte, und es würde kein Mann sein, den ihr Vater für sie aussuchte.

Wie ein Schraubstock schlang sich die Hand ihres Vaters um ihren Oberarm, seine Klauen bohrten sich in ihr Fleisch. Ein unfreiwilliges Keuchen entkam ihr. Er würde vor nichts Halt machen. Kalte Angst packte sie und lief ihren Rücken hinab.

„Jetzt hörst du mir zu, junge Dame! Von jetzt an tust du genau das, was ich dir sage. In drei Tagen wirst du dich mit deinem Gefährten binden und du wirst es freiwillig tun.“

„Und was, wenn nicht?“, keifte sie.

Sie würde lieber sterben als zu tun, was er ihr befahl. Sie hatte nichts mehr zu verlieren. Zane hatte sie aus seinem Leben verbannt und jetzt stellte sich heraus, dass ihr Vater ein Monster war. Sie hatte niemanden.

„Oder ich werde deinen Liebhaber finden und ihn umbringen, sehr, sehr langsam. Ich verspreche dir, er wird größeres Leid erfahren als diese Welt je erlebt hat.“

Erschrocken blieb ihr Herz stehen, nur um in doppelter Geschwindigkeit wieder anzufangen zu schlagen. „Nein!“

„Oh, das wirst du schon sehen!“

Wenn sie je daran gezweifelt hatte, wer ihr Vater war, waren diese Zweifel jetzt ausgelöscht. „Ich wollte ihm nicht glauben“, murmelte sie.

Ihr Vater zerrte an ihrem Arm. „Was glauben?“, fragte er mit zusammengekniffenen Augen.

Portia hob langsam und ruhig ihren Kopf. „Dass du Franz Müller bist.“

Sie sah die letzte Bestätigung der Wahrheit darin, wie er instinktiv zurückwich und wie seine Augen sich weiteten und sein Kiefer aufklappte. Es hielt nur eine Sekunde an, bevor er sich wieder unter Kontrolle hatte. Er knurrte und zeigte seine Fänge.

„Wer hat dir das erzählt?“

Doch sie hielt ihren Mund, sagte nichts.

„WER?“, schrie er nur Zentimeter von ihrem Gesicht entfernt.

Portia biss ihre Zähne zusammen, wollte es nicht verraten.

Dann veränderte sich sein Blick, als käme ihm ein Gedanke. Er knirschte mit den Zähnen. „Es gibt nur einen Mann außerhalb der Organisation, der weiß, wer ich bin. Nur einer, der diese Information gegen mich verwenden könnte.“ Er knurrte. „Eisenberg.“

Sie erkannte Zanes Nachnamen wieder, versuchte aber, unbeeindruckt dreinzuschauen.

Doch ihr Vater kannte sie zu gut. So sicher wie sie seine Tochter war, konnte er auch ihren Gesichtsausdruck deuten.

Er musterte sie angewidert. „Du hast dich von Eisenberg ficken lassen? Von diesem dreckigen Judenschwein?“

Es gab keinen Grund, es jetzt noch zu leugnen.

Portia hob trotzig ihr Kinn. „Und ich habe jede Sekunde davon genossen.“ Als sich im Gesicht ihres Vaters Abscheu breit machte, fuhr sie fort. „Ich habe sein Blut getrunken und ihm meins gegeben. Und ich habe es gel –“

Sie bekam keine Gelegenheit, ihren Satz zu beenden. Die Fäuste ihres Vaters flogen auf sie zu. Sie hob ihre Arme, um sich zu schützen, doch es nützte nichts. Schläge auf ihren Kopf waren gefolgt von Tritten in ihren Bauch, während seine Klauen ihre Kleidung zerrissen und sich in ihre Haut bohrten. Der Geruch ihres Blutes erfüllte die Luft.

Ihre Kraft, die schon von den vorherigen Ereignissen dieser Nacht vermindert war, verließ sie. Der nächste Schlag traf sie an der Schläfe. Ihr wurde schwarz vor Augen und sie gab auf, dagegen anzukämpfen, hieß die Dunkelheit willkommen. In der Dunkelheit war sie sicher.

33

Zane schritt in seiner Zelle auf und ab. Nachdem sie in San Francisco gelandet waren, hatten sie ihn ins Hauptbüro von Scanguards in der Innenstadt gebracht und ihn dort eingesperrt, während sie warteten, bis Samson und Amaury von Tahoe zurückkamen. Immerhin hatten sie ihm die Silberhandschellen abgenommen, doch weder Eddie noch Haven waren so freundlich gewesen, ihm Blut anzubieten, um seine Wunden zu heilen. Nicht, dass er es angenommen hätte. Er wollte das doofe, abgefüllte Flaschenblut nicht.

Er kickte mit dem Stiefel gegen die Betonwand. Dann lehnte er seine Stirn dagegen, fühlte den kalten, glatten Untergrund an seiner Haut.

Verdammt, er hatte alles vermasselt. Was, wenn Portia etwas passiert war, nachdem sie weggelaufen war? Was, wenn jemand sie überfallen hatte, oder sie sich gar selbst etwas angetan hatte? Die Logik sagte ihm, dass er sich keine Sorgen machen musste: Sie war ein Hybrid und nahezu unzerstörbar. Sie würde spielend mit jedem menschlichen Angreifer fertig. Doch sein Kopf wurde momentan nicht von Logik sondern von Emotionen regiert. Und die arbeiteten auf Hochtouren.

Er drehte sich um, trat gegen den Stuhl, hob ihn dann hoch und schleuderte ihn gegen die Wand. Das Metall verbog sich. War klar, dass sie keinen Holzstuhl in die Zelle stellen würden. Es würde es viel zu einfach machen, einen Pflock herzustellen.

„Fühlst du dich dadurch besser?“, brummte Gabriels Stimme von der Zellentür.

Zane drehte sich um und blickte seinen unerwarteten Besucher an. „Nein, aber schlechter fühle ich mich deshalb auch nicht.“

Gabriels breite Statur füllte den Türrahmen aus. „Willst du reden, bevor die anderen hierherkommen? Sie sind gerade auf der Bay Brücke.“

Sein Herzschlag wurde schneller. „Haben sie sie gefunden?“ Er hielt den Atem an, hoffte auf eine positive Antwort.

„Nein.“

Ernüchtert senkte er seinen Kopf. Verdammt, jetzt konnten sie ihn ja gleich umbringen.

„Sorgst du dich um sie?“

„Das geht dich gar nichts an!“ Was wollte Gabriel? Dass Zane ihm sein Herz ausschüttete? Keine Chance!

„Nun, dann willst du sicher auch nicht wissen, wo sie ist.“ Gabriel drehte sich um, um zu gehen.

Zane ging einen Schritt vorwärts. „Du hast doch gesagt, sie haben sie nicht gefunden.“

Ohne zurückzublicken, köderte er ihn weiter. „Das stimmt auch. *Samson* und *Amaury* haben sie nicht gefunden. Das heißt aber nicht, dass ich nicht weiß, wo sie ist.“

Zane sprang in Gabriels Richtung, schlug seine Hand auf dessen Schulter und drehte ihn herum. „Wo zum Teufel ist sie dann?“

Ein Schmunzeln spielte um Gabriels Lippen und Zane hatte das Bedürfnis, es ihm abzuwischen.

„Also sorgst du dich doch.“

Zane ließ ihn los und wich weiter nach hinten in seine Zelle zurück. „Was kümmert es dich?“

„Es kümmert mich, weil ich hin- und hergerissen bin, dich entweder in tausend Stücke zu zerreißen oder dir zu helfen. Und jetzt, mit deinem Scheißbenehmen, neige ich eher dazu, dich in tausend Stücke zu zerreißen. Bekommst du das in deinen sturen Schädel?“

Um seine Aussage noch zu unterstreichen, klopfte Gabriel mit seinen Knöcheln auf Zanes Glatzkopf.

Beleidigt knurrte Zane ihn an: „Gib nicht vor, mir helfen zu wollen. Du bist kein Stück besser als alle anderen!“

„Und was soll das jetzt wieder heißen?“

„Genau das, was ich gesagt habe.“

„Herrgott! Wenn du willst, dass ich dir sage, wo sie ist, dann musst du schon mit mir reden!“

Zane schnaubte. „Keiner hat ihr geglaubt! Nicht Samson, keiner von euch. Sie hat die Wahrheit gesagt, verdammt noch mal! Ihr Vater, der kranke Bastard, hat versucht, ihre Unschuld bis nach ihrem 21. Geburtstag aufrechtzuerhalten. Verdammt, sie hat mich um Hilfe gebeten. Und ich habe ihr geholfen. Wenn mich das in deinen Augen zu einem Kriminellen macht, dann ist es eben so.“

„Eddie und Haven haben bereits bestätigt, dass sie eine Jungfrau war.“

Ungeduldig wischte sich Zane einen Schweißtropfen von der Augenbraue. „Was willst du dann von mir?“

„Ich will wissen, was in Tahoe passiert ist.“

„Wir hatten Sex. Sie ist gegangen. Ende der Geschichte.“ Der Rest ging keinen etwas an, nicht, dass er sie liebte und auch nicht, dass sie Müllers Tochter war. Sobald er hier raus war, würde er sich Müller selbst vorknöpfen.

„Sturer Idiot!“, fluchte Gabriel. „Wenn du nicht mit mir redest, kann ich dir nicht helfen.“

Zane verschränkte die Arme vor der Brust.

„Gut. Wenn du es so willst. Aber ich warne dich, Samson wird keine Nachsicht zeigen.“ Er stürmte zu der Tür. „Und für dich bin ich vor zwei Stunden gegen Lewis angelaufen. Was für eine Energie- und Zeitverschwendung! Ich hätte dich ihm gleich ausliefern und dich von ihm zerfleischen lassen sollen!“

Er warf die Tür ins Schloss, noch bevor Zane antworten konnte.

„Er ist zurück? Ihr Vater ist zurück?“ Er schlug mit den Fäusten gegen die Tür, doch Gabriel kam nicht zurück.

Müller war in San Francisco? Gabriel hatte ihn gesehen? Und Zane war eingesperrt, konnte ihn sich nicht vornehmen. Er fluchte. Er war ihm in über sechzig Jahren noch nie so nahe gekommen. Alles, was ihn und dieses verdammte Monster jetzt noch trennte, war diese Tür.

Dann packte ihn die Panik. Gabriel wusste, wo Portia war, obwohl er es nicht gesagt hatte. Es konnte nur bedeuten, dass sie zurück war. Zurück zu Hause – bei ihrem Vater.

Was würde Müller ihr antun? Es gab keinen Zweifel daran, dass er einen Mann an ihr riechen würde. Zanes Duft war an ihr, sein Blut in ihr war noch zu frisch. In ein paar Tagen wäre es fort gewesen, doch Müller war zu früh zurückgekommen. Er würde es sofort wissen, und obwohl er nicht wusste, wer seine Tochter angefasst hatte, würde er toben. Angesichts Lewis’ gemeinen Wesens konnte alles mögliche passieren.

Warum hatte er das nicht früher in Betracht gezogen? Die Tatsache, dass Portia die Tochter seines größten Feindes war, hatte ihn blind werden lassen, und dabei hatte er das Offensichtliche übersehen: Müller wollte nicht, dass sie ihre Unschuld verlor, und jetzt, da er – mit Recht – annehmen musste, dass sie keine Jungfrau mehr war, würde er toben. Ohne ein passendes Ventil und ohne die Möglichkeit, seine Wut an dem

Mann auszulassen, der die Unschuld seiner Tochter geraubt hatte, gab es nur einen Menschen, an dem er seinen Ärger auslassen konnte: Portia.

„Lass mich hier raus!“, brüllte er gegen die verschlossene Tür und schlug mit seinen Fäusten dagegen. „Gabriel! Komm zurück! Lass mich raus! SOFORT!“

Er schrie sich die Seele aus dem Leib. Sekunden verstrichen, Minuten folgten. Seine Stimme wurde bereits heiser, als sich endlich auf der anderen Seite etwas rührte. Als die Tür sich öffnete, wollte er nach draußen stürmen, doch sowohl Samson als auch Amaury schoben ihn wieder zurück in die Zelle.

„Lasst mich gehen! Ich muss zu ihr!“

„Sperr uns ein, Gabriel!“, rief Samson, und er und Amaury setzten ihre gesamten Kräfte ein, um ihn zurückzuhalten.

Als die Tür im nächsten Moment ins Schloss fiel und verriegelt wurde, wich er zurück. „Ihr müsst mich gehen lassen. Sie ist in Gefahr. Ich muss ihr helfen“, keuchte Zane.

„So läuft das nicht“, antwortete Samson ruhig. „Glaubst du wirklich, dass wir dich hier einfach so rausspazieren lassen, nach allem, was du getan hast?“

„Ihr müsst! Portia braucht mich!“ Verzweiflung machte sich in ihm breit. Er musste Samson dazu bringen, ihn gehen zu lassen.

Amaury neigte seinen Kopf zur Seite. „Ja, wie ein Loch im Kopf. Du hast echt seltsame Ansichten davon, was das bedeutet.“

„Samson, wir dürfen keine Zeit verlieren. Sie ist in Gefahr. Ihr Vater –“

Samson bohrte seinen Zeigefinger in Zanes Brust. „Ihr Vater hat jedes Recht der Welt, sauer auf uns zu sein. Du kannst dich glücklich schätzen, dass wir dich nicht draußen zum Trocknen aufhängen. Er hat uns für eine einzige Sache engagiert, nur für eine Sache und wir haben unseren Job nicht gemacht. Nein! Was haben wir getan? Wir haben Mist gebaut! Wir haben genau das getan, was er vermeiden wollte.“

„Es war nicht richtig!“, rief Zane.

„Darauf kannst du wetten. Was du getan hast war falsch!“

„Ich hatte verdammt noch mal keine Wahl. Du wolltest ja nicht auf mich hören. Ich habe dir gesagt, was auf dem Spiel stand. Und du hast es ignoriert!“

Samson atmete schwer aus. „Ich habe es nicht ignoriert. Ich habe dein Anliegen überdacht. Ich hatte vor, einzugreifen."

„Zu spät!" Zane stemmte seine Hände in die Hüften und verbreiterte seinen Stand.

„Dank dir!"

„Du musst mich gehen lassen! Ihr Vater wird ihr wehtun."

Samson schüttelte den Kopf. „Er wird ihr die Leviten lesen, sie anschreien. Sie wird's überleben."

Zane schnappte nach Samsons Unterarm. „Du verstehst nicht. Ich kann nicht zulassen, dass er seinen Zorn an ihr auslässt, wenn ich ihn verdient habe."

„Das sind die ersten wahren Worte, die aus deinem Mund kommen", bemerkte Amaury.

Zane warf ihm einen Blick zu. „Das verstehst du nicht. Er wird sie verletzen. Ich kenne ihn. Ich weiß, wozu er fähig ist."

„Wovon redest du?", fragte Samson. „Woher solltest du Lewis kennen? Er war die gesamte Zeit, in der du Portias Bodyguard warst, nicht hier."

Zane schloss seine Augen. „Ich kenne ihn aus dem Krieg."

„Dem Krieg?", wiederholte Amaury.

Zane öffnete seine Augen und blickte die Männer an, die ihn schon Jahrzehnte lang kannten, doch nichts von seiner Vergangenheit wussten. Das würde sich jetzt ändern. „Zweiter Weltkrieg. Ich war ein Gefangener in Buchenwald. Dem Konzentrationslager."

Er bemerkte die Überraschung in Samsons und Amaurys Augen, doch sie blieben stumm, ihre Körper starr vor Aufmerksamkeit.

„Portias Vater war dort Arzt. Er heißt nicht Lewis, sondern Franz Müller. Wenn ihr denkt, dass Josef Mengele einen Ruf hatte, Häftlinge mit grausamen Experimenten zu foltern, dann kennt ihr Franz Müller nicht. Er lässt Mengele wie einen kleinen Sängerknaben aussehen. Ich kann euch nicht sagen, was er alles getan hat, wie er uns gefoltert und viele von uns getötet hat."

Mitgefühl zeigte sich in den Augen seiner Freunde.

„Er war besessen davon, eine Herrenrasse zu erschaffen. Als sie eines Nachts einen Vampir gefangen genommen hatten, hat er bekommen, was er wollte. Ich war eines seiner Versuchskaninchen, genau wie meine Schwester."

„Bist du sicher, dass er es ist?", unterbrach Samson, seine Stimme jetzt ruhiger als zuvor.

Zane nickte. „Sein Gesicht könnte ich nie vergessen. Ich habe ihn jahrelang gesucht. Samson, du musst mir glauben, wenn ich dir das sage: Er ist noch immer so verrückt und gefährlich wie damals. Er hat eine Organisation ins Leben gerufen, um eine Herrenrasse zu züchten."

„Was für eine Rasse?"

„Eine Rasse von Hybriden, stärker als alle anderen, stärker als Vampire. Er ist noch immer besessen. Es war ein Fehler, Portia wegzuschicken. Das weiß ich jetzt."

„Du hast sie weggeschickt?", fragte Amaury.

Er blickte seinen Freund reumütig an. „Als ich ein Foto ihres Vaters sah und erkannte, dass sie sein Fleisch und Blut ist, habe ich ihr gesagt, sie solle verschwinden, wenn sie an ihrem Leben hängt. Ich habe sie bedroht."

„Oh Gott, warum?", fragte Samson schockiert.

„Siehst du das nicht? Ich liebe die Tochter des Mannes, der meine Familie ausgerottet, und meine Schwester gefoltert und getötet hat. Ich musste sie wegschicken. Ich konnte nicht darauf vertrauen, dass ich sie nicht in meiner Wut umbringen würde."

Zane senkte seinen Kopf. Er hätte sie nie gehen lassen dürfen. Ihm war jetzt klar, dass er ihr nicht einmal während seines Wutanfalls etwas antun hätte können.

„Mein Gott, Zane, was jetzt?"

Als sein Blick und der seines Chefs sich trafen und er erkannte, dass dieser ihm glaubte und ihm helfen wollte, war er erleichtert. „Wir müssen sie aus den Klauen ihres Vaters befreien."

„Und dann?", fragte Amaury mit ruhiger Stimme.

„Ihr müsst sie beschützen."

„Wir?", fragte Samson.

„Sie wird mich nicht mehr wollen. Sie hasst mich jetzt." Und damit konnte er leben, solange er wusste, dass sie in Sicherheit war.

34

Eine unangenehme Kälte lag in der Luft, als Zane einen halben Block vor Portias Haus aus seinem Hummer stieg.

Gemäß Gabriel hatte Oliver das Haus beobachtet, während Samson und Amaury Portia in Tahoe gesucht hatten. Nachdem sie nach Hause gekommen war und Oliver Gabriel davon berichtet hatte, war seine Arbeit getan, und er hatte sein Beobachtungsversteck verlassen. Da Scanguards' Auftrag dadurch beendet war, dass Portia wieder bei ihrem Vater war, war Gabriels Tat nachvollziehbar. Wenn er jedoch gewusst hätte, was sie jetzt alle wussten, wäre es vernünftiger gewesen, weiterhin ein Auge auf das Haus zu werfen.

Hinter Zane stiegen Samson und Amaury aus dem Wagen und schlossen leise die Türen. Es war nach drei Uhr morgens, und die Straßen waren leer. Jedes Geräusch, das sie verursachten, würde weit getragen werden und das Letzte, was Zane wollte, war, Müller zu warnen, bevor er in Position für einen Angriff war.

Das Haus war in Dunkelheit gehüllt, kein einziges Licht war von draußen zu sehen. Er wusste nicht, was ihn erwartete. Hatte Portia ihrem Vater gestanden, wer ihr Liebhaber war? Sie kannte seinen richtigen Namen: Zacharias Eisenberg. Hatte sie es ihrem Vater enthüllt? Warum sollte sie es nicht tun? Sie war sauer auf ihn, weil er sie abgewiesen und ihr gedroht hatte. Was läge da näher, als ihrem Vater zu verraten, wo er seinen größten Feind finden konnte? Es wäre der leichteste Weg für sie, sich an ihm zu rächen.

Doch was unklar war, war, wie Müller seine Tochter bestrafen würde, weil sie gegen seine Wünsche verstoßen hatte. Zane befürchtete das Schlimmste. Müller war besessen. Würde er wirklich tolerieren, dass seine Tochter mit einem Juden geschlafen hatte, auch wenn ihn dies näher an sein Ziel brachte, diesen Juden auszurotten? Würde er sich erst an seiner Tochter vergehen, weil sie ihn betrogen hatte? Er würde erst wissen, was geschehen war, wenn er Portia sah.

Er wusste, dass Müller ihnen im dunklen Haus auflauern konnte, bereit, einen Pflock in Zanes Herz zu schlagen. Nicht nur, um die Jagd der letzten sechzig Jahre zu beenden, sondern auch, um ihn dafür zu bestrafen, dass er Hand an seine Tochter gelegt hatte.

Zane seufzte. Es war Ironie des Schicksals, dass er in Müllers Haus gewesen war, ohne es zu bemerken. Doch es standen keinerlei Familienbilder herum, nichts, das Müllers Identität hätte verraten können.

„Alles in Ordnung?“, flüsterte Amaury neben ihm.

„Nein.“

Er wäre vermutlich nie wieder in Ordnung. Was immer er jetzt tat, es würde jemanden verletzen. Er musste Portia aus dem Haus holen, höchstwahrscheinlich gegen ihren Willen, weil sie jetzt seine Hilfe nicht wollte, und gleichzeitig musste er die Gelegenheit nutzen und versuchen, ihren Vater umzubringen.

Dafür würde sie ihn noch mehr hassen.

Sie näherten sich dem Haus von Norden, wo es keine Fenster hatte. Nur die Haustüre lag auf dieser Seite. Ihre Schritte machten keine Geräusche auf dem kalten Boden, da sie alle drei gut im Anschleichen waren. Sie kommunizierten nur mit Blicken und Gesten und positionierten sich um die Tür herum.

Zane steckte seinen Schlüssel ins Schloss und drehte ihn herum. Mit einem Nicken zu seinen Kollegen riss er die Tür auf und stürzte hinein. Samson und Amaury taten das Gleiche. Innerhalb einer Sekunde waren sie in dem kleinen Haus. Jeder stand an einer anderen Wand, von der aus sie angreifen oder sich verteidigen konnten.

Zane inhalierte und ließ seine Sinne übernehmen. Leere begrüßte ihn.

„Sie sind weg“, sagte Samson als er schwer ausatmete.

Doch Zane hörte kaum die Stimme seines Chefs, denn der Geruch, der ihm in die Nase stieg, alarmierte ihn und katapultierte ihn in Richtung Treppe. Er beugte sich hinab und strich mit den Fingern über eine Stelle am Geländer.

Blut. Da war getrocknetes Blut.

„Portia…“

Er konzentrierte seine Augen und fand noch mehr Blutspritzer.

„Oh Gott, nein!“

Samson legte seine Hand auf Zanes Schulter. „Wir werden sie finden.“

Zane blickte auf. „Er hat sie verletzt… Sie hat geblutet. Samson…es ist meine Schuld. Er hat sie wegen mir verletzt.“

„Sie muss ihm erzählt haben, wer du bist“, begann Amaury.

Zane schloss seine Augen und drückte die Tränen zurück, die er für Portia vergießen wollte. „Wir müssen sie finden…bevor er sie umbringt.“

„Das wird er nicht.“

Zane drehte sich beim Ertönen von Quinns Stimme um, Wut kochte sogleich in ihm hoch. Sein einstiger Freund war der Grund, warum die Situation so aus dem Ruder gelaufen war. Wenn er ihn nicht an Samson verraten hätte, hätte er Portia nie entführen müssen.

Als Quinn hereintrat, erschien eine weitere Person neben ihm. Sofort alarmiert von dem Erscheinen des unbekannten Vampirs zog Zane seinen Pflock hervor. Um Quinn würde er sich später kümmern.

Quinn hob schnell eine Hand. „Das ist Cain. Er hat das Symbol auf der Anstecknadel identifiziert, das du bei dem Attentäter gefunden hast.“

„Attentäter?“, unterbrach Samson und hob fragend eine Augenbraue.

„Lange Geschichte. Ich erzähle sie euch später“, antwortete Zane.

Samson nickte kurz. „Ich werde dich daran erinnern.“

Zane nicke zustimmend und wandte seine Aufmerksamkeit wieder Quinn und Cain zu. Der Vampir war knapp 1,90 Meter groß, gut gebaut mit kurzen schwarzen Haaren und einem dunkeln Teint, wo ihm als Mensch ein Bart gewachsen wäre.

Cain nickte zur Begrüßung. „Quinn hat mich einfliegen lassen, um euch zu helfen.“

„Ich hab einen der Jets ausgeliehen“, erklärte Quinn mit einem Blick zu Samson.

„Darüber sprechen wir später“, antwortete dieser. „Nichts für Ungut, aber wie soll Cain uns helfen?“

Der Fremde nickte. „Schon gut. Ich kann vielleicht einige Mitglieder des Zuchtprogramms identifizieren.“

„Wir kennen den Kopf des Projekts bereits.“

Quinn stupste den Vampir an. „Erzähl Zane, was du mir erzählt hast.“

Cain räusperte sich. „In zwei oder drei Tagen wird es eine große Veranstaltung geben.“

„Welche Art Veranstaltung?“, fragte Zane ungeduldig.

„Einen Blutbund. Scheinbar hat der Anführer einen passenden Gefährten für die Prinzessin gefunden."

„Prinzessin? Was zum –?" Sie waren schließlich nicht in England und hatten auch kein Könighaus.

„Sie sagen, es ist seine Tochter. Sie soll die Dynastie der Über-Hybriden beginnen. Er hat einen Hybrid gefunden, mit dem sie sich binden soll."

Zanes Herz blieb stehen. Portia sollte sich mit einem Hybriden binden, den ihr Vater ausgesucht hatte? „Nein!"

„Darum wird er sie nicht umbringen", fügte Quinn an. „Er braucht sie. Sie ist seine Eintrittskarte zu seiner Herrenrasse."

Zane versuchte, den Gedanken abzuschütteln, konnte aber nicht. „Er kann das nicht tun. Sie gehört mir! Portia gehört mir!"

Es vor seinen Freunden und Kollegen auszusprechen, brachte ihn auf den Boden der Tatsachen. Er konnte sich nicht länger belügen. Ohne Portia war er nichts, gerade mal eine leere Hülle ohne Herz. Nur mit ihr hatte er eine Chance im Leben. Ihr Vater brauchte sie, um eine Herrenrasse zu züchten, doch Zane brauchte sie, um zu überleben.

„Dann bleibt uns nicht viel Zeit", sagte Amaury. „Wir müssen sie vor der Zeremonie finden oder…"

Amaury beendete seinen Satz nicht, und das musste er auch nicht. Zane kannte die Folgen nur zu gut. Wenn Portia erst einmal blutgebunden war, hatte er sie für immer verloren. Ihren Gefährten umzubringen, würde der einzige Weg sein, sie zu befreien. Und selbst dann ... würde Portia ihr Herz wieder für Zane öffnen? Konnte sie ihm vergeben, für das, was er getan hatte? Schließlich war es seine Schuld, dass sie in dieser Situation war. Er war derjenige, der sie rausgeworfen hatte, ohne an die Konsequenzen zu denken. Er hatte sie zurück zu ihrem Vater und damit in die Hölle getrieben. Wenn er einen Moment nachgedacht hätte, hätte er gesehen, dass es egal war, wer ihr Vater war. Sie war rein und gut, trotz des Samens, der sie gezeugt hatte.

„Weißt du, wo diese Zeremonie stattfinden soll?", fragte Samson Cain.

„Irgendwo an der Westküste, so viel ist sicher. Aber ich konnte nicht herausfinden, wo. Der Austragungsort wird streng geheim gehalten. Nur wenige kennen ihn."

Zane blickte Quinn an, erinnerte sich an etwas. „Du hast eine

Nachricht hinterlassen, dass du Telefonnummern auf Brandts Handy gefunden hast. War das eine Falle, um mich zum Zurückkommen zu bewegen?“

„Thomas konnte ein paar halbe Nummern herausbringen. Wir haben eine Vorwahl und einen Stadtteil.“

„Wo?“

„Queen Anne, Seattle. Aber –“

„Was aber?“

„Wir können nicht mit absoluter Sicherheit sagen, dass das der Ort ist, an dem Müller sich aufhält.“

„Es ist alles, was wir haben.“ Nicht viel, doch Zane klammerte sich so daran fest, als hinge sein Leben davon ab.

Samson nickte. „Es ist das Beste, was wir tun können.“ Er wandte sich Amaury zu. „Mobilisiere die Truppen. Wir brauchen jeden verfügbaren Mann.“

„Ich kann euch helfen“, warf Cain ein.

Zane musterte den Vampir. Bisher hatte er ihnen geholfen, doch konnten sie ihm vertrauen?

„Du wolltest Teil des Zuchtprogramms sein. Ich kann verstehen, dass du sauer bist, dass du abgewiesen wurdest, aber warum solltest du uns helfen? Was hält dich davon ab, zu ihnen zurückzulaufen und sie zu warnen?“

Der große, gut gebaute Vampir streifte sich durchs Haar. Zane fragte sich, warum Müller ihn nicht haben wollte. Er schien stark und klug zu sein, und soweit Zane das beurteilen konnte, sah er ganz gut aus.

„Also ich weiß, dass das für euch seltsam klingen muss, aber als ich von dem Zuchtprogramm gehört habe, habe ich gedacht, es könnte meinem Leben einen Sinn geben. Ich bin bisher nur herumgetrieben. Keine Familie, keine Freunde, kein Clan.“

„Warum ist das so?“, warf Zane zurück. Ein Einzelgänger bedeutete immer Schwierigkeiten.

„Ich weiß nicht, wer ich bin. Ich bin eines Nachts aufgewacht und *war* einfach. Ich habe keine Ahnung, wann oder von wem ich verwandelt wurde oder wie. Ich habe auch keine Erinnerungen an mein menschliches Leben. Nichts. Ich habe nach einer Antwort gesucht und als ich von dem Programm gehört habe, dachte ich, es wäre gut für mich, irgendwo dazu zu gehören.“

Zane nickte. Er verstand das Bedürfnis, eine Familie zu haben, Freunde zu finden, um nicht alleine zu sein. „Das Zuchtprogramm. Hast du daran geglaubt, als du dich beworben hast?“

Cain zuckte mit den Achseln. „Sie versprachen, dass die heißesten Frauen für jeden Vampir und jeden Hybrid zur Verfügung stehen würden, der sich für das Programm qualifizieren konnte. Ich gehöre nicht zu denen, die es sich leisten können, so etwas auszuschlagen. Ich verstehe nicht, warum sie mich nicht wollten. Hey, ich bin stark und klug. Und man sagt, dass ich nicht so schlecht aussehe. Keine Ahnung, was denen an mir nicht gepasst hat.“

„Ich glaube, deine fehlende Hingabe dem Programm gegenüber war der Grund“, vermutete Zane. „Müller will nur Leute, die seine Überzeugung teilen. Er ist besessen. Er umgibt sich gerne mit anderen Irren. Du wolltest aus den falschen Gründen dazugehören.“

„Kann sein. Aber egal. Da sie sowieso scheitern werden, bin ich froh, dass ich nicht dazugehöre.“ Dann drehte er sich in Richtung Türe. „Nun, viel Glück Jungs. Ihr habt scheinbar keine Verwendung für mich, also werde ich mal weiterziehen.“

Bevor Cain die Türschwelle übertreten konnte, blockierte Zane den Ausgang. „Nicht so schnell. Ich bin sicher, du verstehst, dass wir das Risiko nicht eingehen können, dich einfach laufen zu lassen, damit du Müller über unser Vorhaben informieren kannst.“

Zane blickte zu Samson, der zustimmend nickte.

„Darum“, warf Samson ein, „haben wir dich lieber in unserem Team. Kämpfe auf unserer Seite. Und wenn du dich bewährst, haben wir vielleicht einen Platz für dich in unserer Mitte.“

Zane bemerkte, wie Cains Augen sich überrascht weiteten. Dann breitete sich ein Lächeln auf seinen Lippen aus. „Ihr werdet es nicht bereuen.“

„Jetzt erzähl uns alles, was du weißt, jedes Detail“, wies Samson an. Dann wandte er sich an Amaury. „Lass den Jet fertig machen und bring alle auf den neuesten Stand. Wir fliegen noch vor Sonnenaufgang.“

35

Portia versuchte, ihren Arm zu bewegen, um den Schmerz in ihrer Schulter zu lindern, als sie erkannte, dass sie sich nicht bewegen konnte. Ihre Augen schwangen auf. Panisch starrte sie ins Halbdunkel. Als ihre Augen sich daran gewöhnt hatten, konnte sie ihre Umgebung erkennen.

Sie lag auf einem Doppelbett in einem Schlafzimmer mit zwei Fenstern, die mit dicken Vorhängen verdunkelt waren. In einem alten Kamin brannte ein Gasfeuer. Gegenüber dem Fußende des Bettes stand eine Kommode, daneben waren drei Türen. Sie vermutete, dass eine davon zu einem Wandschrank gehörte, eine in den Flur führte, und die dritte, welche halb offen stand, führte vermutlich in ein weiteres Zimmer.

Portia hob ihren Kopf, um einen besseren Eindruck von dem Raum zu erhalten, der wie ein Arbeitszimmer wirkte. Doch ihre Bewegungsfähigkeit war schwer eingeschränkt. Sie zerrte, doch ihre Arme waren an einem schweren Balken festgebunden.

Sie drehte ihren Kopf, um ihre Fesseln zu begutachten. Verdammt! Ihr Vater hatte sie mit Silberhandschellen angekettet. Er hatte allerdings vorher ihre Handgelenke bandagiert, um ihre Haut nicht zu verbrennen. Und was sie zuerst für einen Balken gehalten hatte, war ein Stahlträger, der in dem Haus verankert war, um dieses vor Erdbeben zu schützen.

Portia fluchte. Sie konnte sich nicht von ihren Fesseln befreien. Obwohl das Silber sie momentan nicht verletzte, konnte sie es nicht brechen, nicht einmal mit ihrer außergewöhnlichen Hybridenkraft.

Frustriert ließ sie ihren Kopf zurück auf das Kissen fallen und lauschte nach Geräuschen. Von dem Stockwerk unter sich konnte sie Stimmen hören, was darauf schließen ließ, dass sie nicht allein im Haus war. Es war eindeutig ein altes Haus, viktorianisch, vielleicht auch edwardianisch, angesichts des Kranzprofils an der Decke. Doch wo sie sich befand, wusste sie nicht.

Nachdem ihr Vater sie bewusstlos geschlagen hatte, war sie froh gewesen, in die Dunkelheit zu entfliehen, wo sie nichts spürte. Jetzt, wo sie wieder wach war, kam die Erinnerung an die Schläge ihres Vaters und die Abweisung von Zane wieder zurück, obwohl ihre physischen Wunden verheilt waren.

Ihr Magen knurrte, erinnerte sie daran, dass sie nicht dazu gekommen war, die Pizza zu essen, die Zane für sie bestellt hatte. Bei dem Gedanken an ihn entkam ihr ein Schluchzen, und sie schluckte es schnell hinunter, wollte nicht noch einmal zusammenbrechen. Sie musste jetzt stark bleiben. Sie musste sich selbst helfen; denn niemand würde ihr zu Hilfe eilen.

Ihr Vater war der böse Dr. Franz Müller, ein Mann, so brutal und herzlos, dass sie nicht glauben konnte, dass er ihre Mutter je geliebt hatte. Und er wollte sie dazu zwingen, sich mit einem Vampir zu binden, den er für sie ausgesucht hatte, etwas, das sie niemals akzeptieren konnte. Wenn sie Zane nicht haben konnte, wollte sie keinen.

Ein Geräusch aus dem anderen Zimmer ließ sie den Kopf drehen. Eine der Türen öffnete sich und jemand betrat das Arbeitszimmer. Zwei Männer, so wie sie es einschätzen konnte.

„Du hättest es mir sofort sagen sollen“, knurrte ihr Vater, seine Stimme tief und gefährlich.

„Bei allem Respekt, ich habe lediglich nach Brandt gesucht. Als er nicht zurückgekommen ist, wie er sollte, habe ich seine Spur verfolgt“, antwortete eine zweite Männerstimme.

„Respekt? Ich werde dir Respekt beibringen! Du hättest mich vor Eisenberg warnen sollen!“

„Ich habe Eisenberg nicht gesehen! Der Mann, der sich an Brandts Schließfach zu schaffen gemacht hat, sah nicht so aus, wie du Eisenberg beschrieben hast. Er hatte keine Glatze. Ich wusste nicht, wer er war.“

„Trotzdem hättest du mich sofort nach der Explosion des Schließfaches anrufen müssen. Wir hätten jede Spur, die zu uns führt, eliminieren können.“

Portia erinnerte sich nur zu gut an diese Nacht.

„Glaub mir, das Schließfach ist in tausend Teile zersprungen. Brandt hat es verkabelt, genau wie er es gelernt hat. Alle Beweise sind also vernichtet. Er hat uns nicht gefährdet.“

„Er war ein Idiot!“

„Er wollte sich einfach nur beweisen“, widersprach der Fremde. „Als er herausgefunden hat, dass du nach einem Gefährten für deine Tochter suchst, wollte er –“

„Genug! Brandt wollte seinen Vater rächen, das ist alles. Ich wünschte, er hätte vorher mit mir gesprochen. Eisenberg darf nicht unterschätzt werden. Er ist zu stark und zu intelligent. Trotz all unserer Bemühungen hat er meine Vertrauten aufgespürt und sie ausradiert."

„Das ist unglücklich gelaufen, aber jetzt wo wir wissen, wo und wer er ist, können wir ein Kontingent zu ihm schicken", schlug der Mann vor.

„Ich gebe hier die Anweisungen. Keiner wird vor der Zeremonie etwas unternehmen", bellte ihr Vater.

Zeremonie? Portia spürte, wie sie Gänsehaut bekam.

„Sobald das hier vorbei ist, werden wir ihn schnappen. Und dann wird dieses Kapitel für immer abgeschlossen. Ich kann ein dreckiges Judenschwein nicht länger meine Pläne durchkreuzen lassen."

Plötzlich näherten sich schwere Schritte der Tür. Portia schloss schnell ihre Augen und gab vor zu schlafen.

„Geh jetzt!"

Sie hörte, wie der andere Mann aus dem Zimmer huschte und die Tür hinter sich schloss.

„Hast du das gehört, Portia? Ich werde deinen Liebhaber umbringen und ihn bereuen lassen, dass er dich je mit seinen dreckigen Hände angefasst hat."

Die Tür öffnete sich ganz und Portia öffnete ihre Augen, starrte ihren Vater an, der im Türrahmen stand. „Du bist ein Monster, genau wie er gesagt hat."

Ihr Vater überquerte die Distanz zum Bett. „Verwechsle mich nicht mit ihm. Ich bin ein Erschaffer. Ich erschaffe eine neue Welt, eine neue Rasse, eine Dynastie, die für immer regieren wird."

Portia schüttelte den Kopf. „Nein!"

„Oh doch. Und du wirst mir dabei helfen." Er setzte sich auf die Bettkante.

„Ich werde es nicht tun."

Er schlug sie ins Gesicht, doch sie zuckte nicht zurück.

„Du kannst mich nicht zwingen, mich zu binden."

„Das kann ich sehr wohl." Er zeigte seine Fänge, seine Augen leuchteten rot vor Wut.

„Was willst du tun? Mich festhalten, während er mich fickt und seine Fänge in mich schlägt?", rief sie. „Du kannst mich nicht zwingen, sein Blut zu trinken. Ich werde es nicht tun."

„Sobald es soweit ist, wirst du deine Fänge in alles und jeden senken, wenn ich es so will.“

„Nein!“

„Du wirst keine Wahl haben. In zwei Tagen wirst du am Verhungern sein. Egal welche Nahrung in deine Reichweite kommt, sei es menschliches Essen oder Blut, du wirst sie nehmen.“ Er lachte gemein.

Sie erschrak. „Das kannst du nicht tun.“

„Das wirst du schon sehen.“ Er stand auf.

„Ich bin deine Tochter. Ich dachte, du liebst mich.“

Eine einzelne Träne löste sich von ihrem Auge, doch sie drückte sie zurück, wollte ihre Schwäche nicht zeigen. Sie hatte ihr gesamtes Leben lang zu ihm aufgeblickt. Wie konnte er sie derart betrügen?

„Darum biete ich dir diese Möglichkeit. Wenn ich dich nicht so sehr lieben würde, hätte ich jemanden anderen gewählt, der der Führer der neuen Rasse werden soll. Siehst du das nicht? Ich mache dich zu einer Königin.“

Portia drückte ihre Lippen aufeinander, versuchte ein Wimmern zu verhindern. Erfolglos. Sie wollte keine Königin und keine Prinzessin sein und auch sonst kein Anführer. Sie wollte Zanes Frau sein, seine Gefährtin. Für immer.

„Nein…nein“, flüsterte sie und schloss ihre Augen, versuchte, die Welt auszuschließen.

„Ruh dich aus. In zwei Nächten wird dein Gefährte hier sein und du wirst alles anders sehen.“

Er marschierte aus dem Raum und schloss die Tür. Als sie seine Schritte den Flur hinunterwandern hörte, ließ sie ihren Tränen freien Lauf. Sie war in einem Albtraum erwacht, und dies war erst der Anfang.

36

Die gut geölte Maschine von Scanguards war wieder im Einsatz. Innerhalb zwei kurzer Stunden war alles organisiert worden. Jeder verfügbare Vampir, der für Scanguards arbeitete, wurde mobilisiert und saß nun in dem speziell ausgestatteten Jet. Selbst Haven, der Ex-Kopfgeldjäger, war bereit, mitzufliegen.

Zu ihrer Enttäuschung musste Maya, Gabriels Gefährtin, bei Delilah und dem Baby bleiben, um diese zu beschützen. Sie hätte lieber an der Seite ihres Mannes gekämpft, doch Samson hatte aus Erfahrung gelernt, seine Frau nicht unbeschützt zurückzulassen.

Zane verstand ihn jetzt nur zu gut. Er wusste, was es bedeutete, die eine Person zu verlieren, die einem alles bedeutete. Er schwor sich, Portia nie wieder unbeschützt zu lassen, egal ob sie ihn zurücknahm oder nicht. Wenn sie ihn nicht mehr haben wollte, würde er einfach einen Bodyguard engagieren, der sie von der Ferne beschützen würde, der sie immer beobachtete, damit ihr nichts zustieß.

Er hatte eine lange Unterhaltung mit Samson gehabt, während sie darauf gewartet hatten, dass das Flugzeug fertiggemacht wurde. Er hatte seinem Boss von den Männern erzählt, die er gejagt hatte, dem Attentäter, den er umgebracht hatte, und von seiner Lebensaufgabe, die Monster von Buchenwald bezahlen zu lassen. Samson verstand ihn, und Zane war froh, seine volle Unterstützung zu bekommen.

Als Oliver sich im Flugzeug neben ihn setzte, legte Zane seinen Sicherheitsgurt an.

„Du schuldest mir etwas, Kumpel“, sagte er leise.

Zane drehte seinen Kopf zu ihm. „Hör zu, es tut mir leid, Mann.“ Er schluckte schwer. „Aber ich würde es wieder tun, wenn ich es müsste.“

Oliver starrte ihn an. „Du hättest mich ja wenigstens informieren können. Verdammt! Ich hätte für dich gelogen, wenn ich Bescheid gewusst hätte.“

„Was?“ Hatte er richtig gehört? Oliver hätte ihm den Rücken frei gehalten?

Sein Kollege lehnte sich näher zu ihm. „Du weißt, dass ich immer zu dir aufgesehen habe. Warum hast du mir nicht vertraut? Wir hätten zusammen dafür sorgen können, dass keiner davon erfährt. Aber nein, du musstest mich ja mit diesem blöden Anruf austricksen."

Oliver stupste Zane mit dem Zeigefinger auf die Brust, Enttäuschung funkelte in seinen Augen.

„Ich wusste nicht…"

Oliver drehte seinen Kopf von ihm weg und schaute geradeaus. „Hast du irgendetwas ernst gemeint, was du gesagt hast?"

„Was ich wann gesagt habe?"

„Was du über's Vampirdasein gesagt hast. Dass du mir helfen würdest, wenn ich einer werden wollte."

Zane strich sich mit der Hand über die Glatze. „Gott, ich bin so ein Idiot."

„Da kann ich dir nicht widersprechen."

„Aber warum solltest du sein wollen wie ich? Ich führe ein schreckliches Leben." Und es würde noch schlimmer werden.

Oliver wandte seinen Kopf ihm zu. „Schrecklich? Hast du eine Ahnung, was du da sagst? Dir wurde ein Geschenk gemacht. Weißt du nicht, wie viele Menschen da draußen alles geben würden, um ein paar Jahre mehr von ihrem Leben zu bekommen? Die Chance der Unsterblichkeit? Ein Leben ohne Krankheiten?"

Zane schüttelte den Kopf. „Es bedeutet nichts, wenn du dieses Leben allein verbringen musst."

„Was redest du da? Du hast Portia. Quinn hat mir erzählt, wie sie dich ansieht."

Zane spürte seine alte Wut wieder aufkochen. „Ach ja. Quinn. Mit ihm habe ich noch ein Hühnchen zu rupfen. Er hat mich an Samson verraten."

Überraschung zog über Olivers Gesicht. „Quinn hat dich nicht verraten. Ganz im Gegenteil, er hat bezüglich Portia und dir seinen Mund gehalten. Selbst als Samson es bereits wusste."

„Aber wer –?"

„Ich habe nichts gesagt. Nicht einmal, dass sie bei dir zu Hause war", verteidigte sich Oliver.

Zane hob seine Hand. „Hey, ich werfe dir ja nichts vor. Ich frage ja nur."

„Ich bin nicht der Typ, der andere auslief –"

„Wer?", unterbrach ihn Zane.

Oliver zögerte. „Samson hat Thomas gefragt und scheinbar hat der etwas bemerkt."

Ein Fluchen kam über seine Lippen. Thomas anzumotzen, weil er auf Eddie stand, war wohl keine gute Idee gewesen, besonders da alle sowieso wussten, dass Thomas ohnehin nicht entsprechend handeln würde. Er war Eddies Mentor und Eddie war hetero. Kein Wunder, dass Thomas es ihm heimzahlen wollte.

„Ich schätze, das habe ich verdient."

Oliver schaute ihn verwirrt an.

„Frag nicht."

Er schuldete Thomas eine Entschuldigung. Scheiße, er hatte sich Jahrzehnte lang bei niemandem entschuldigt. Und jetzt war er dabei, sich zwei Mal innerhalb einer Stunde zu entschuldigen. Sein Leben war definitiv dabei, sich zu ändern.

„Wir sind zum Abflug bereit", kam die Stimme des Piloten durch die Sprechanlage.

Zane wurde still, bis sie in der Luft waren. Doch es bot sich keine Gelegenheit während des Fluges privat mit Thomas zu sprechen, da alle damit beschäftigt waren, eine Strategie auszuarbeiten.

***

Samsons Kontakte sorgten dafür, dass ihnen bei ihrer Ankunft in Seattle ein sicheres Haus zur Verfügung stand, von wo aus sie handeln konnten.

Herauszufinden, wo genau Müller sich aufhielt, war nicht leicht. Obwohl die Vorwahl, die sie hatten, einem bestimmten Stadtteil zugeteilt war, mussten sie noch immer ein großes Gebiet abdecken. Während Thomas seine Magie am Computer spielen ließ und durch ein Ausschlussverfahren versuchte, Müllers Quartier zu finden, suchte Amaury nach Objekten, die Müller gekauft haben könnte. Zane stellte sicher, dass er nach allen Namen suchte, die Müller in der Vergangenheit verwendet hatte.

Tagsüber durchkämmten die Menschen, die auf der Mission dabei waren – Oliver, Nina und zwei Bodyguards – die Gegend.

Nina warf etwas Wichtiges ein. „Wir brauchen ein Bild von Müller."

„In Portias Geldbörse war ein Foto", erinnerte sich Zane. „Scheiße, daran habe ich nicht gedacht." Seit dem Moment, in dem Portia davongelaufen war, konnte er keinen klaren Gedanken mehr fassen.

Was war er nur für ein Bodyguard!

Gabriel legte seine Hand auf Samsons Schulter. „Keine Sorge, ich weiß, wie er aussieht. Ich schicke meine Erinnerung an Samson, und der kann uns ein Bild zeichnen."

Gabriel drehte sich zu seinem Boss um. „Geht das in Ordnung?"

Samson nickte. „Sicher."

„Manchmal beneide ich euch um eure Gaben", gab Zane zu.

Gabriels Gabe, die Erinnerungen von anderen anzuzapfen und sie dann anderen einzupflanzen, war vermutlich die coolste Gabe, von der er je gehört hatte. Und die Tatsache, dass Samson ein fotografisches Gedächtnis hatte und er ein Spitzenzeichner war, war auch nicht übel.

„Das solltest du nicht", sagte Amaury. „Einige Gaben können auch eher ein Fluch sein."

Zane nickte. Amaurys Gabe, die Gefühle von anderen wahrzunehmen war eine buchstäbliche Plage gewesen, bis er Nina getroffen und sie ihn geheilt hatte.

Als die Nacht wieder vom Tag abgelöst wurde, wagten sich die Menschen wieder nach draußen und fuhren mit ihrer Suche fort, Häuser auszukundschaften, die Thomas anhand seiner Recherchen angepeilt hatte. In der Zwischenzeit war Zane dazu verdammt zu warten. Seine Füße trugen ihn zu dem Zimmer, in dem Thomas seinen Computer aufgebaut hatte und sich in jedes erdenkliche System hackte.

Nach einem kurzen Klopfen öffnete Zane die Tür und trat ein.

„Hey", begrüßte Thomas ihn.

„Hey." Zane verlagerte sein Körpergewicht von einem auf den anderen Fuß, während er die Tür hinter sich schloss.

„Was gibt's?", fragte Thomas, ohne die Augen vom Monitor zu nehmen.

„Können wir reden?"

Sein Kollege drehte sich im Stuhl. „Worüber?"

„Über das, was ich gesagt habe."

„Was hast du denn gesagt?" Eine untypische Spannung lag in Thomas' Stimme.

„Über dich und Eddie."

Thomas versteifte sich und verschränkte die Arme vor der Brust. „Darüber gibt es nichts zu reden."

„Doch. Ich möchte mich entschuldigen."

Thomas' Mund blieb offen stehen.

„Du hast richtig gehört. Es geht mich nichts an und ich habe mich unangemessen verhalten."

Thomas nickte langsam. „Ich schätze, wir können uns nun mal nicht aussuchen, zu wem wir uns hingezogen fühlen."

„Nein. Darum hätte ich das auch nicht sagen sollen. Es muss schon schwer genug für dich sein, so wie die Sache liegt."

Thomas lachte freudlos. „Ich verfluche den Tag, an dem ich ihn kennengelernt habe… Doch selbst wenn ich die Zeit zurückdrehen könnte, würde ich jederzeit wieder anbieten, sein Mentor zu sein. Verkorkst, nicht wahr?"

Zane schüttelte den Kopf. „Du bist ein guter Mann, Thomas. Ich wünsche dir, dass du bekommst, was du willst, denn ich weiß, wie sehr es wehtut, es nicht zu bekommen."

Er machte einen Schritt nach vorne, wusste nicht, ob er Thomas umarmen oder einfach gehen sollte.

Sein Freund lächelte ihn müde an. „Du weißt, dass ich derjenige war, der es Samson erzählt hat, oder?"

„Es macht nichts. Du hast getan, was du tun musstest. Wenn ich an deiner Stelle gewesen wäre, hätte ich das Gleiche getan. Freunde?"

„Freunde."

Thomas wandte sich wieder seinem Bildschirm zu und Zane drehte sich zur Tür. Als er den Türgriff drückte, räusperte sich Thomas.

„Ich hoffe, du bekommst sie zurück. Ich glaube, sie ist gut für dich."

37

Portias Hungerkrämpfe wurden schlimmer. Ihr Magen zog sich zusammen, als sie sich auf dem Bett wand, an dem sie noch immer festgebunden war. Ihre Kehle war so trocken wie Schleifpapier. Ihr Vater hatte seine Drohung wahr gemacht, sie auszuhungern und sie damit zu zwingen, mitzuspielen. Sie hatte schon lange aufgehört zu weinen. Enttäuschung darüber, dass ihr Vaters sich nicht um ihre Gefühle scherte, hatte vor Stunden das Weinen abgelöst.

Mit jeder Stunde die verstrich, wurde sie schwächer, fiel immer wieder in den Schlaf. Sie war vor Hunger und Durst kurz vor dem Delirium. Ob sie Blut bekam oder menschliche Nahrung war ihr jetzt egal. In dem Zustand, in dem sie jetzt war, würde sie alles beißen, das in die Nähe ihres Mundes käme.

Portia presste ihr Kiefer zusammen, versuchte das Bedürfnis, ihre Fänge irgendwo hineinzuschlagen, zu unterdrücken. Vor ihren Augen begann der Raum zu wanken, die Möbel schienen sich von alleine zu bewegen. Die Flammen des Gasfeuers in dem alten Kamin flackerten, als wollten sie sie verspotten und die Hitze wurde stärker. Sie wusste, dass ihr Verstand ihr Streiche spielte und dass sie vor Hunger bereits halluzinierte. Wäre sie ein Mensch, hätte der Hunger nicht so bald eingesetzt, doch als Hybrid brauchte sie mehr Nahrung, um ihren Organismus am Laufen zu halten.

Letztendlich würde ihr Vater gewinnen. Um zu überleben, würde sie jeden Mann beißen, den ihr Vater ihr vorsetzte. Es würde ihr Schicksal besiegeln. Sie würde Teil einer Gruppe von Wahnsinnigen werden, gefangen von ihren verrückten Idealen und ihren wirren Plänen, die Welt beherrschen zu wollen.

Portia zerrte an ihren Fesseln, ihre Schultern und Arme waren bereits taub von den langen Stunden in dieser Position, über ihren Kopf gestreckt. Jetzt, da sie schwächer wurde, spürte sie den Effekt der Silberfesseln sogar durch die Bandagen an ihren Handgelenken, die eigentlich ihre Haut schützen sollten.

Hitze begann durch den schützenden Stoff zu treten und sie spürte, wie ihre Haut zu brennen anfing. Sie veränderte ihre Position, um den Kontakt mit dem Silber zu verringern.

Ein dumpfer Schlag von unten riss sie aus dem Halbschlaf. Dann ein Schrei. Noch mehr Schreie.

Wurden ihre Halluzinationen schlimmer?

Portia hob ihren Kopf, versuchte ihre Augen zu fokussieren, doch alles war verschwommen. Die Tür zum Flur sah schief aus, die Kommode, die gegenüber dem Bett stand, schien sich zu bewegen. Schwindel überkam sie, zwang sie, ihren Kopf wieder auf das Kissen zu legen. Mehr Geräusche drangen zu ihr, verspotteten sie wie Trommeln, die die Zeit bis zu der Zeremonie, die ihr Schicksal besiegeln sollte, totschlagen sollten.

In der Nähe zerschellte Glas. Das ganze Haus vibrierte.

Dann spürte sie es, jemand war da, der sie umsorgte und beruhigte. Sie seufzte, erlaubte sich, tiefer in ihrem Traum zu versinken. Da, in ihrer Fantasiewelt war Zane an ihrer Seite, der Mann, der sie liebte, der Mann, der sie ansah, als bedeutete sie ihm alles.

„Portia!“

Seine Stimme war so nah und stark. Er würde sie aus diesem Wahnsinn retten und die Erinnerungen an die letzten zwei Tage und Nächte auslöschen. In ihrem Traum waren sie wieder in seinem Häuschen in Tahoe, wo sie sich vor dem Kamin liebten.

„Oh, Baby Girl. Was hat er dir nur angetan?“

Zanes Frage passte nicht in ihren Traum. Nein, sie wollte nicht an ihre Situation erinnert werden; sie wollte sich an glückliche Zeiten erinnern.

Ihr Kopf schlug von links nach rechts und sie versuchte, die Störung ihres Traums loszuwerden. „Nein!“

Eine starke Hand hielt ihr Gesicht fest.

Ihre Augen öffneten sich. Ihre Sicht war unscharf. Jemand war da. Ein Gesicht, das sie erkannte, das aber nicht echt sein konnte.

„Nein“, hauchte sie.

„Baby Girl, schau mich an.“

Portia beobachtete wie sich seine Lippen bewegten. Sein Atem prallte gegen ihre Haut, sie inhalierte seine Worte und seinen Duft. Sie blinzelte und durchdrang den Nebel, der sie umgab.

Sie schreckte aus ihrer Lage hoch, doch die Fesseln rissen sie zurück. „Zane!“ Träumte sie?

„Ich bin gekommen, um dich zu befreien.“

Als die Worte einsickerten, war sie ernüchtert. Er war wirklich hier. Doch es gab keinen Grund zu jubeln. Er hatte sie gefunden. Doch was hatte er gesagt, als sie ihn zum letzten Mal gesehen hatte? Dass er sie umbringen würde, genauso wie er ihren Vater umbringen würde.

Panisch krabbelte sie rückwärts und sah ihn zum ersten Mal richtig an. Zane war ganz in schwarz gekleidet. Er trug ein langärmliges, eng anliegendes Shirt und schwarze Jeans. Darüber eine offene Lederjacke. In den Innentaschen konnte sie einige Waffen entdecken. Waffen, um Vampire zu töten – und Hybriden.

Portia öffnete ihren Mund, wollte schreien, nicht um Hilfe, sondern aus Verzweiflung. Doch Zane legte seine Hand auf ihre Lippen.

„Es tut mir leid, Baby Girl."

Tränen standen in ihren Augen. Warum nannte er sie noch immer so? Wie konnte er so grausam sein, wo sie doch wusste, dass er hier war, um sie zu töten?

Portia hatte Angst. Angst vor ihm. Sie wollte schreien, doch Zane konnte es nicht zulassen.

Seine Kollegen griffen das Erdgeschoss von der anderen Seite der viktorianischen Villa an, um Müller und sein Gefolge auf diese Seite zu locken. Dadurch hatte Zane in den ersten Stock einsteigen können, um nach Portia zu suchen. Er konnte nicht zulassen, dass sie ihren Vater mit einem Schrei warnte.

Er blickte auf die Silberhandschellen an ihren Handgelenken und fluchte. Er hatte Waffen dabei, um Vampire zu töten, doch er hatte nicht erwartet, dass ihr Vater sie mit Silber fesselte, dem einzigen Metall, das er nicht brechen konnte. Frustriert ballte sich seine freie Hand in eine Faust.

Portias ängstliche Augen nagelten ihn fest.

„Ich würde dir niemals wehtun", versicherte er ihr schnell.

Ihr Gesichtsausdruck veränderte sich von verängstigt zu zweifelnd.

„Bitte glaub mir."

Als eine Träne ihre Wange entlangkullerte, wischte er sie mit seinem Daumen weg. „Bitte weine nicht, Baby Girl."

Er nahm langsam seine Hand von ihrem Mund, bereit, sie sogleich wieder daraufzulegen, sollte sie anfangen zu schreien. Doch ihre Lippen blieben stumm und ihre Augen bohrten sich in ihn.

Dann sah er, wie sich die Sehnen in ihrer Kehle bewegten.

„Sag mir, dass du mich nicht liebst“, murmelte sie so leise, dass er sie fast nicht gehört hätte.

„Das kann ich nicht tun.“

Sein Herz weitete sich, als er das Funkeln in ihren Augen erkannte. Hoffnung keimte auf. Sie hatte ihn noch nicht aufgegeben. Sie hatte noch nicht aufgehört, ihn zu lieben, trotz der schrecklichen Dinge, die er zu ihr gesagt hatte.

„Zane.“

Liebevoll streichelte Zane ihre Wange, selbst als er den Kampfgeräuschen von unten lauschte. „Verzeih mir die Dinge, die ich gesagt habe. Ich wusste nicht, was ich tat.“

Sie hob ihren Kopf, um näher zu kommen, und er nahm die Einladung an und legte seine Lippen auf ihre. Als er ihren Mund in einen verzweifelten Kuss nahm, drückte er sie an sich. Die Silberhandschellen rieben gegen den Stahlträger, als sie versuchte, ihre Arme zu bewegen. Der Klang brachte Ernüchterung mit sich. Er musste sie befreien. Er zog sich zurück und entließ sie seiner Umarmung.

Sie versuchte, nach ihm zu greifen und ihre Fänge traten hinter ihren Lippen hervor.

„Was ist los?“

„Ich bin durstig…“ Portia wandte ihre Augen ab.

„Er hat dich hungern lassen?“ Er wollte frustriert jaulen. Hätte er das gewusst, dann hätte er ein paar Flaschen Blut mitgebracht.

Sie nickte. „Er will, dass ich mich heute Nacht binde. Ich habe gesagt, dass ich den Mann, … den er ausgesucht hat, nicht akzeptieren werde.“ Ihre Stimme versagte, und es war offensichtlich, dass sie schwach war.

Es gab keine Zeit zu verlieren.

„Wir müssen dich hier rausholen. Jetzt.“

Zane drückte den Knopf in seinem Ohr, um Kontakt mit der Kommandozentrale aufzunehmen. „Thomas, ich habe sie. Er hat sie mit Silber gefesselt. Wir brauchen einen Seitenschneider und Blut. Schnell.“

„Standort?“, forderte Thomas.

„Erster Stock, das Schlafzimmer in der südwestlichen Ecke.“

„Verstanden.“

Der Lärm von unten wurde lauter. Er hoffte, dass seine Kollegen

Müller und sein Gefolge in Schach halten konnten, bis er Portia befreit und in Sicherheit gebracht hatte. Erst dann würde er zurückkommen, um Müller den Garaus zu machen.

Portias Augen schossen zur Tür. „Wer ist mit dir dabei?“

„Halb Scanguards. Sie bekämpfen Müller und seine Leute.“

Absichtlich nannte er Müller nicht ihren Vater, hoffte damit, die Realität von ihr fernhalten zu können. Denn die Realität war grausam. Tatsache war, er hasste den Vater der Frau, die er liebte, und er war hier, um ihn zur Strecke zu bringen.

Ihre Blicke kollidierten. „Du wirst ihn umbringen, nicht wahr?“

Zane widerstand ihrem prüfenden Blick einige Sekunden lang, bevor er den Augenkontakt unterbrach. „Ich werde jeden umbringen, der dir etwas antut.“

Als er keine Antwort bekam, schaute er wieder zu ihr und bemerkte, dass sie ihre Augen wieder geschlossen hatte.

Er wurde panisch. „Baby Girl!“

„Müde“, murmelte sie, „und durstig.“

Er musste etwas unternehmen, bevor sie weiter abdriftete. Er brauchte sie bei Bewusstsein, um sie hier rauszuholen. Und so wie sie gerade aussah, war er nicht sicher, ob sie laufen konnte. Obwohl er wusste, dass Vampirblut ihr nur kurzfristig Energie liefern konnte, wusste er doch, dass es reichen würde, bis sie Menschenblut bekam. Bei ihm hatte es auch funktioniert, als er sich in dem Lager von dem tschechischen Vampir ernährt hatte. Jetzt würde es auch funktionieren.

„Du musst dich ernähren.“ Er hob ihren Kopf an.

Portia öffnete ihre Augen halb, und er legte sein Handgelenk an ihren Mund.

„Tu es, Baby Girl. Es wird deinen Durst lindern.“ Auch wenn es ihn schwächte, es musste sein. Er konnte es nicht ertragen, sie leiden zu sehen.

Als ihr Mund sich weiter öffnete und ihre Fänge an seiner Haut kratzten, erschauderte Zane unwillkürlich. Gott, er hatte sie vermisst. Es schien unmöglich zu sein, doch in der kurzen Zeit, die er sie kannte, war sie nicht nur ein Teil seines Lebens, sondern ein Teil von ihm geworden.

Die scharfen Spitzen ihrer Fänge sanken in seine Haut und vergruben sich in seinem Fleisch. Hitze erfüllte seinen Körper, als sie begann, von ihm zu trinken.

„Oh Gott“, murmelte er, versuchte, sich zurückzuhalten und sich nicht über sie zu beugen und sie zu nehmen. Es war weder der richtige Zeitpunkt noch der richtige Ort dafür.

Der Klang von knarrenden Türscharnieren ließ ihn seinen Kopf drehen.

„Du!“ Müllers wütender Gesichtsausdruck nagelte ihn fest, als dieser ins Zimmer stürmte.

Innerhalb einer Millisekunde musterte Zane seinen Gegner. Er sah genauso aus wie früher: dunkelblondes Haar, hohe Wangenknochen. Doch er hatte sich auch verändert. Sein Mund war zu einem Knurren verzerrt und Fänge traten hervor. Seine Augen waren wohl noch immer braun, doch in diesem Moment leuchteten sie rot. Er war kampfbereit.

Mit Portias Fängen noch immer in seinem Handgelenk verlor er eine wichtige Sekunde. Ihre Augen öffneten sich schlagartig und trotz ihres geschwächten Zustandes schien sie ihren Vater im Raum wahrzunehmen. Sie ließ sofort von Zanes Handgelenk ab und gab ihm seine Bewegungsfreiheit zurück.

Doch Müller stürzte sich bereits auf ihn und eine Klaue schnitt in Zanes Schulter. Die Jacke, die er anhatte, beschützte ihn.

„Rühr sie nicht an, du Judenschwein!“

Zane sprang auf und rammte Müller, sodass beide gegen die Kommode fielen.

„Du hast ihr wehgetan, du Bastard!“ Er landete einen rechten Haken im Gesicht seines Feindes.

Müllers Kopf schnellte zur Seite, doch er drehte sich ebenso schnell wieder zurück. „Du hast sie befleckt!“ Er unterstrich seine Aussage, indem er ihn mit dem Knie hoch stieß.

Doch Zane hatte die Bewegung erwartet und den Kick abgewehrt. Er drehte sich zur Seite, um einen Treffer in seine Kronjuwelen zu vermeiden. War klar, dass der Bastard ihn in seine Eier treten wollte.

„Sie gehört mir!“, presste Zane zwischen zusammengebissenen Zähnen hervor.

Ein Schlag in seinen Solarplexus ließ ihn verstummen, ließ die Luft so schnell aus seiner Lunge weichen wie aus einem platzenden Luftballon. Er erholte sich schnell und startete einen Gegenangriff. Seine Fäuste hebend, zielte er wieder auf Müllers Kopf.

Blut spritzte, als die Haut nahe an Müllers Auge aufsprang.

Müller blickte finster drein und warf sich mit seinem gesamten Körpergewicht gegen Zane, der das Gleichgewicht verlor. Er taumelte rückwärts und hörte Portias gequältes Schreien, als er durch die Tür zum Nebenzimmer krachte, wo er auf seinem Hintern landete.

Zane stützte sich an dem Tisch ab, gegen den er gefallen war und stand ebenso schnell wieder auf, wie Müller den nächsten Angriff startete. Zane trat mit seinem Bein in Müllers Knie.

Sein Gesicht verzerrte sich vor Schmerz. „Verdammtes Arschloch! Ich hätte dich damals umbringen sollen."

„Zu spät."

Zane schwang vorwärts und landete seine Fäuste in seinem Opfer, im Gegenzug bekam er dessen Fäuste zurück. Es fühlte sich gut an. Dieser Kampf war schon seit langem fällig gewesen. Er wollte dies nicht beschleunigen, indem er eine seiner Waffen aus seiner Jacke zog. Er brauchte dies, er musste auf den Mann einschlagen, der ihm so viel genommen hatte: sein Leben und das so vieler anderer Unschuldiger, die er gefoltert hatte.

Zane atmete schwer, seine Augen suchten den Raum ab, ein Arbeitszimmer. Ein Schreibtisch mit Computer stand da, ein Stuhl und eine Kommode. Genügend Dinge, die Müller als Waffen gegen ihn verwenden konnte, und das würde er auch müssen, da sie gleich stark waren. Ihre Statur war ähnlich, keiner von ihnen hatte einen Vorteil in Kraft oder Schnelligkeit. Zu jedem anderen Zeitpunkt hätte Zane gerne gegen einen solchen Gegner gekämpft, aber nicht in dieser Nacht. In dieser Nacht gab es nur zwei Dinge, die er wollte: Müller bezahlen zu lassen und Portia aus dieser Hölle zu befreien.

Aus dem Erdgeschoss konnte er jetzt ein Klanggewirr hören – Körper und Möbel, die gegen die Wände knallten, Schreie und Schüsse. Scanguards hatte das Haus gestürmt und war jetzt dabei, den Feind zu besiegen. Knurren und böse Rufe vermischten sich mit dem Durcheinander im Haus. Seine Kollegen würden da unten schon zurechtkommen, doch um Müller musste er sich persönlich kümmern.

Er wusste, wie irrational Brandts Sohn reagiert hatte, als seine Emotionen überhandgenommen hatten, und er beschloss, Müller dazu zu provozieren, den gleichen Fehler zu begehen.

Nach einem Schlag gegen seine Schulter wirbelte Zane um seine

Achse, ohne ins Schwanken zu kommen.

„Deine Tochter will mich. Sie kann nicht genug von mir bekommen, von mir, einem Judenschwein!“, stichelte er Müller an.

Müller knurrte und ließ verärgert seine Fänge blitzen.

Zane lachte ihn böse an. „Ja, ich hatte sie und ich werde sie behalten.“

Seine Worte schienen den richtigen Effekt zu haben.

„Niemals!“, versprach Müller. „Sie ist besser als du!“

Seine Klauen kamen so schnell, dass Zane sie kaum kommen sah. Er versuchte vergebens, sich zu schützen. Die Klaue schlitzte eine Seite seines Halses auf und sofort tropfte Blut aus der Wunde. Der Schnitt war nicht tief genug, um ihm ernsthaft etwas anzutun, doch je länger der Blutverlust andauerte, desto schwächer würde er werden.

Er wusste, dass er schnell handeln musste und lieferte eine Flut von Schlägen, Kicken und Tritten. Müller konnte einige davon abblocken, doch andere trafen ihr Ziel. Zane keuchte schwer, pumpte den Sauerstoff, den sein Körper benötigte durch seine Gefäße. Sein Verstand sagte ihm, dass er es beenden sollte, dass er sein Silbermesser herausziehen und ihm die Kehle aufschlitzen sollte, so wie Müller es mit seinen Opfern gemacht hatte. Doch sein Herz weigerte sich. Es war noch nicht befriedigt. Er musste noch länger auf Müller einschlagen, ihn verletzen, seine Klauen in sein Fleisch tauchen, ihn mit seinen bloßen Händen verletzen.

Nur so spürte Zane sein Rachebedürfnis langsam verschwinden. Erst als seine Klauen über Müllers Haut streiften und Blut aus seinen Wunden über seine Hände lief, war das Biest in ihm glücklich. Endlich zahlte er es ihm zurück. Zane saugte dieses Wissen genauso auf, wie er den Geruch von Müllers Blut und den Duft seines Schweißes in sich aufnahm. Je mehr er auf ihn einschlug umso mehr Adrenalin schoss durch ihn.

Trotz der Verletzungen, die Müller ihm zugefügt hatte, rauschte ein Hoch durch seinen Körper. Und er wollte es andauern lassen, bis er wirklich bereit war, seinen Feind in die Hölle zu schicken, wo er hingehörte.

Zane drängte seinen Gegner in die Ecke, zwang ihn gegen die Wand. Das Bücherregal zu seiner Linken verhinderte ein Flüchten. Von rechts schnappte Müller sich eine Wandlampe mit Rüschenschirm und riss sie aus seiner Halterung. Die Kabel hingen nun lose aus der Wand. Er hob den Arm, um Zane damit zu verletzen, doch dieser wich aus, und die Lampe schmetterte durch die offenstehende Tür in den anderen Raum. Aus dem Augenwinkel sah er sie gegen den Rost vor dem Kamin krachen.

Ein erschrockener Schrei von Portia ließ ihn die Augen von seinem Gegner nehmen. Es war sein Fehler. Müller griff nach einer schweren Metallbuchstütze und holte gegen Zanes Kopf aus. Er wich noch aus, verhinderte ein direktes Aufprallen auf seinen Kopf. Stattdessen traf die Buchstütze sein Schlüsselbein. Er hörte, wie Knochen brachen und spürte, wie der Schmerz sich in ihm ausbreitete.

Scheiße! Es war an der Zeit, mit dem Spiel aufzuhören und es zu beenden.

Zane griff in seine Innentasche und zog das Erste heraus, das seine Finger erwischten. Der Holzpflock fühlte sich gut in seiner Hand an. Das müsste genügen. Er hätte lieber sein Silbermesser benutzt, um Müller einen schmerzvolleren Tod sterben zu lassen, doch er hatte keine Zeit, die Waffe zu wechseln, da Müller jetzt noch wilder gegen ihn ankämpfte als zuvor.

Er war nicht der Einzige, der den Kampf auf ein anderes Niveau bringen wollte. Müller hatte eindeutig auch beschlossen, einen Schritt weiter zu gehen. Als Müller in Richtung Schreibtisch sprang, schnappte dieser sich den Stuhl und warf ihn gegen die Wand, sodass er zerbrach.

Zane sprang ihm hinterher, konnte jedoch nicht verhindern, dass Müller eines der zerbrochenen Stuhlbeine wie einen Pflock ergriff. Als sie aufeinander trafen, wickelte sich Zanes freie Hand um Müllers Hals und drückte zu. Müllers Hand, in der er den Pflock hielt, schoss nach vorne, doch Zane hielt ihm mit seinem Ellbogen ab und drückte weiter zu.

„Das ist für all die, die du gefoltert hast“, zischte Zane und hob die Hand, in der er seinen Pflock hielt. Er holte aus.

„Hilfe! Zane, es brennt!“

38

Portias Schrei schoss durch Zanes Knochen. Im gleichen Moment roch er es, den Rauch, den sein Hirn ausgeblendet hatte, um Müller fertigzumachen. Er blinzelte.

Ohne seinen Schlag auszuführen, senkte Zane seinen Arm und ließ Müller frei. Seine Augen schossen zur Tür des Schlafzimmers, wo Portia gefesselt war. Flammen stachen vor dem Kamin hoch. Der Sessel, der davor stand, loderte bereits und die Flammen reichten bis zur Zimmerdecke. Der entstandene Rauch hing in der Luft.

Zane konnte nur an eines denken und lief in das Zimmer. Die Flammen kamen näher, als er daran vorbeilief. Portia wand sich unter ihren Fesseln. Ihre Augen waren panisch. Ihr Gesicht war verschwitzt, ihre Füße versuchten weiter in Richtung des Kopfteils zu rutschen, weg vom Feuer.

„Portia!", schrie er. „Oh, Gott!"

Er erreichte sie und zog an den Silberhandschellen, ignorierte den brennenden Schmerz auf seiner Haut. Doch der Stahlträger hinter dem Bett, an dem die Handschellen befestigt waren, bewegte sich nicht.

Er drückte den Knopf in seinem Ohr und versuchte, mit seinen Kollegen in Kontakt zu treten. „Thomas, wo bleibt der Seitenschneider?"

Nur Knistern kam aus dem Ohrhörer. Scheiße!

„Hilf mir!", bettelte Portia.

Sie wussten beide, dass sie sterben würde, wenn das Feuer sie erreichte. Es war nicht der eingeatmete Rauch, der sie umbringen würde wie bei einem Menschen, sondern das Feuer selbst, das ihren lebendigen Körper von ihren Knochen fressen würde.

Er schob die grausamen Gedanken beiseite und versuchte, sie zu beruhigen. „Ich hol dich hier raus. Ich verspreche es."

„Oh Gott, Portia!", kam Müllers Stimme von der Tür.

Zane blickte für eine Sekunde zu ihm und sah, wie er zögernd dort stand. Zane zog sein Silbermesser heraus und ergriff Portias Handgelenk.

„Nicht bewegen."

Sie presste ihre Lippen aufeinander und sah ihn mit tränennassen

Augen an.

Er steckte sein Messer in das Schloss der Handschellen und drehte es. Vor und zurück, erst vorsichtig, dann drückte er die Klinge etwas tiefer hinein. Doch er konnte es nicht öffnen. Kein Klicken wies darauf hin, dass die Handschellen gleich aufspringen würden. Schmerz drang durch seine verletzte Schulter, ließ seine Hand zittern, und das Messer rutschte aus dem Schloss. Er versuchte es erneut.

Die Hitze in seinem Rücken ließ Schweißperlen von seiner Stirn tropfen. Er musste es weiter versuchen. Ohne seine Augen von den Handschellen zu nehmen, keilte er die Messerklinge in eine Furche und drehte um. Die Klinge verbog sich.

„Ich liebe dich, Zane", flüsterte Portia. Eine Träne kullerte ihre Wange entlang. Er erkannte, dass sie Abschied nahm.

Ihre Augen wandten sich von ihm ab, dorthin, wo das Feuer bereits das Bett erreicht hatte.

Doch er konnte sich nicht umdrehen, um zu sehen, wie weit es bereits vorgedrungen war. Und er konnte sie nicht glauben lassen, dass er sie sterben lassen würde.

„Nein, Portia, ich werde dich nicht hier zurücklassen."

Er drehte sich um zur Tür, in der Müller noch immer entsetzt verharrte, doch das Feuer war dabei, den Zugang abzuschneiden.

„Die Schlüssel!", rief Zane. „Du musst doch die Schlüssel haben!"

Müller blickte zum Feuer und antwortete: „Dein Leben im Tausch gegen ihres."

Zane starrte ihn ungläubig an. Es hatte keine Zeit zu verlieren und ihr Vater wollte feilschen, wenn der Raum jede Sekunde drohte, vollkommen in Flammen aufzugehen?

„Wie lautet deine Antwort?", forderte Müller, zog den Schlüssel aus seiner Hosentasche und ließ ihn in der Luft baumeln.

Zane stand auf. „Befreie sie erst. Dann kannst du mich umbringen."

„Nein!", schrie Portia mit mehr Kraft, als ihr geschwächter Körper zur Verfügung hatte. „Niemals! Lieber sterbe ich!"

Ihr Blick traf auf den von Zane. „Wenn du tot bist, wird er mich für seine üblen Pläne benutzen." Ihre Augen flehten ihn an.

Für einen Moment stand die Zeit still und die Rädchen in seinem Kopf drehten sich. Natürlich hatte sie recht, doch er konnte sie nicht sterben lassen. Er konnte aber auch nicht zulassen, dass ihr Vater sie für seinen wahnsinnigen Plan benutzte.

Es gab noch einen anderen Weg, sie zu befreien, es war jedoch auch der hoffnungsloseste. Und der grausamste. Er erschauderte bei dem Gedanken daran, was er tun musste.

„Vertraust du mir?“

Portia nickte.

„Wenn ich eine deiner Hände mit dem Silbermesser amputiere, kommst du frei.“

Die Handschelle würde an ihrer anderen Hand hängen bleiben. Doch wenigstens könnte er sie von dem Stahlträger loslösen.

Ein Keuchen löste sich von ihren Lippen und sie kniff ihre Augen zusammen.

„Dein Körper wird heilen; dir wird eine neue Hand wachsen.“

Er bemerkte, wie ihre Kehle würgte, als ihre Lippen sich teilten. „Es ist der einzige Weg, nicht wahr?“

Er nickte. Er wünschte, es gäbe eine andere Möglichkeit.

„Tu es.“

„Nein!“, schrie Müller, der sich plötzlich den Flammen näherte, als wollte er hindurch gehen. „Das kannst du nicht tun!“

Zane kümmerte sich nicht um ihn. Stattdessen zog er einen weiteren Pflock aus seiner Tasche. „Beiß auf das Holz.“

Er legte das Holzstück zwischen ihre Zähne. Seine mutige Portia nickte tapfer.

„Ich werde es schnell machen“, versprach er, als gleichzeitig sein Herz schmerzte. Er konnte nicht auf Thomas und den Seitenschneider warten. In einer Minute wäre es zu spät.

Er legte die Klinge an ihr Handgelenk.

„Neeeeeiiin!“ Müllers Schrei durchbrach seine Konzentration.

Instinktiv drehte er seinen Kopf und sah, wie Müller durch die Flammen lief, die jetzt zwei Drittel des Schlafzimmers eingenommen hatten. Trotz seiner Geschwindigkeit fingen seine Kleider Feuer.

„Der Schlüssel, nimm ihn!“, rief er und hob seine Hand. Die Flammen spiegelten sich in dem Metall wider, als er den Schlüssel Zane zuwarf.

Instinktiv reagierte Zane und fing den winzigen Schlüssel auf. Als er ihn in das Schloss steckte, spiegelten sich die Ereignisse von hinter seinem Rücken in Portias Augen wider. Das Fußteil des Bettes hatte

Feuer gefangen und bahnte sich einen Weg zu Portia. Müller, in Flammen gehüllt, zog heftig an dem Laken, um das brennende Material von seiner Tochter wegzuziehen.

Als das Schloss sich öffnete, entfernte Zane die offenen Handschellen hastig und löste die Kette von dem Stahlträger. Er hob sie in seine Arme und blickte hinter sich.

Müller war ein Feuerball, bewegte sich noch, doch keine Schreie kamen mehr von ihm. Seine Hände bewegten sich noch in alle Richtungen, als versuchte er, das Feuer zu löschen, doch Zane wusste, dass es zu spät für ihn war.

Er schob die Vorhänge zur Seite und trat das Fenster mit seinem Stiefel ein. Das Glas splitterte. Die frische Luft, die eindrang ließ die Flammen auflodern, die ihn wie eine Explosion trafen. Er verlor keine Sekunde und sprang mit Portia an sich gedrückt aus dem Fenster.

Zane landete in den Büschen, die seinen Fall dämpften. Trotzdem litt seine verletzte Schulter unter dem Aufprall und er verlor seinen Griff um Portia. Zum Glück hatte sie ihre Arme so fest um ihn geschlungen, dass sie förmlich an ihm kleben blieb.

„Bist du in Ordnung?“, fragte er atemlos.

Er spürte ihr Nicken.

Eine Explosion erhellte die Nacht. Instinktiv richtete er sich auf, presste Portia wieder fest an sich und rannte einige Meter vom Haus weg, bevor er sich umdrehte.

Flammen kamen aus mehreren Fenstern des ersten Stockwerks, und auch das Dach begann, Feuer zu fangen. Zane konnte nur mutmaßen, dass eine Gasleitung oder etwas ähnlich Brennbares aufgrund des Feuers im Schlafzimmer explodiert war.

Das völlig aus Holz gebaute viktorianische Haus brannte lichterloh.

Portia legte ihren Kopf in die Mulde an seinem Hals und er spürte Tränen auf seiner Haut.

„Es tut mir leid, Baby Girl.“ Dann schluckte er, denn die nächsten Worte waren die schwersten seines Lebens. „Trotz allem hat dein Vater dich geliebt.“ Auf seine Weise, auch wenn es fast zu spät gewesen wäre.

Ein Schleusentor öffnete sich und Portias Tränen durchnässten sein Shirt.

„Ich liebe dich, Baby Girl. Auf ewig.“

Als Minuten später Portias Tränen trockneten, nahm sie das Näherkommen anderer Vampire wahr. Sie versteifte sich.

„Wir müssen hier weg“, drängte sie Zane und blickte zu ihm hoch.

Er lächelte sie an, und erst als sie sich etwas von ihm löste, bemerkte sie, dass Blut aus einer Wunde an seinem Halse strömte. Seine Schulter, die er seltsam hielt, zeigte tiefe Einschnitte.

Panisch griff sie seinen Arm, doch er blieb stehen.

„Freunde.“

Erleichtert drehte sie sich zu den näherkommenden Vampiren und erkannte sogleich einen von ihnen: Quinn. Weitere kamen aus dem brennenden Haus gelaufen. Sie konzentrierte sich. Eddie schleppte den verletzten Thomas aus dem Haus, versuchte, ihn auf den Beinen zu halten, doch als Thomas’ Beine einknickten und sein Kopf nach vorne fiel, hob Eddie ihn rasch in seine Arme und trug ihn.

Ein Respekt einflößender Vampir mit rabenschwarzen Haaren rief Anweisungen in die Nacht, die die anderen ohne weiteres befolgten. Er musste der Chef von Scanguards sein, Samson.

„Bringt die Verletzten in die Vans! Amaury! Gabriel! Schadensbegrenzung.“

Sie beobachtete zwei Vampire mit langen dunklen Haaren, wie sie zu Samson liefen.

„Haltet alle Menschen von hier fern! Und löscht ihre Erinnerungen! Wir dürfen keine Entdeckung riskieren.“

„Alles wegen mir“, flüsterte sie sich selbst zu.

Portia spürte Zanes Hand an ihrem Kinn, als er ihren Kopf hochdrückte, damit sie ihn anblickte.

„Es ist nicht deine Schuld.“ Er deutete zu dem brennenden Haus. „Sie mussten zur Strecke gebracht werden, so oder so. Wir konnten nicht erlauben, dass sie ihre Pläne in die Tat umsetzten.“

Bevor sie antworten konnte, kam Samson zu ihnen gelaufen.

„Du bist verletzt“, begann er nüchtern, als er Zane musterte.

„Mir geht’s gut. Aber Portia braucht Blut. Ihr Vater hat sie aushungern lassen.“

„Ich bin in Ordnung“, protestierte sie. „Zane braucht Blut.“

Sie spürte, wie Zane widersprechen wollte, doch Samson kam ihm zuvor. „Ihr braucht beide Blut. Für Portia wird welches aus der Flasche genügen, aber Zane, du brauchst frisches.“ Er schaute sich um, bevor er winkte. „Oliver, wir brauchen dich."

Portia erinnerte sich auf einmal an die Unterhaltung, die sie vor einigen Tagen mit Oliver geführt hatte, als er ihr erzählte hatte, dass sich in Notsituationen Vampire von ihm ernährten.

Oliver lief auf sie zu und lächelte sie an, als er näherkam. Sofort zog Zane sie an sich. Sie spürte seinen Besitzanspruch förmlich und es sandte eine Hitzewelle durch ihren Körper.

„Zane braucht dich", erklärte Samson.

Dann griff er in die Tasche, die Oliver bei sich hatte, und zog eine Flasche mit rotem Inhalt heraus. Er gab sie Portia.

„Hier, trink das!"

In dem Moment, in dem sie die Flasche an ihre Lippen setzte und das Blut ihre Kehle hinunterlief, erkannte sie, wie ausgehungert sie war. Zane hatte recht. Sein Blut hatte ihr einen kurzen Energieschub gegeben, doch es hatte nicht lange angehalten. Als sie die leere Flasche von ihren Lippen nahm und zu Zane blickte, sah sie, dass dieser seine Fänge in Olivers Arm getaucht hatte.

Seine Augen waren aber offen, und er beobachtete sie. Mit seinem Blick sagte er ihr, dass er in Wirklichkeit seine Fänge in sie schlagen wollte.

Portia drehte sich zu Samson, wollte nicht in ihrem Verlangen versinken.

„Ist jemand gestorben?", fragte sie leise, besorgt, dass sie für einen Tod verantwortlich sein könnte.

„Keiner unserer Leute. Einige sind verletzt. Es gab Opfer bei unseren Gegnern und wir haben einige gefangen genommen." Er räusperte sich. „Wir haben deinen Vater nicht gesehen…"

Portia schloss für einen Moment ihre Augen, drückte die kommenden Tränen zurück. „Er ist verbrannt."

„Tut mir leid."

Ihre Kehle schnürte sich zu. Tat es ihr leid? Sie wusste es nicht. Sie fühlte sich taub. Letztendlich *hatte* er sie gerettet. Eines Tages konnte sie ihm vielleicht verzeihen. Doch im Moment war der Schmerz noch zu frisch.

Eine Sirene riss sie aus ihren Gedanken.

„Feuerwehr. Wir müssen weg." Samson hob seine Stimme. „Alle in die Autos, sofort!"

Alle Vampire rannten zu den wartenden verdunkelten Wägen, die am Straßenrand parkten. Mit einem letzten Blick auf das brennende Haus, das die Asche ihres Vaters in sich trug, drehte sich Portia um und lief begleitet von Samson und Zane zum Bürgersteig.

39

Sie verbrachten den ganzen Tag im Zufluchtshaus in Seattle, ließen ihre Wunden heilen, bewachten ihre Gefangenen und organisierten deren Auslieferung an den Vampirrat, dem Gericht der Vampire, das gegen Verstöße der Vampirgesetze urteilte.

Das Haus, in dem Müller sein Hauptquartier eingerichtet hatte, war trotz des schnellen Erscheinens der Feuerwehr niedergebrannt. Die Existenz der Vampire war geheim gehalten worden und dank Samsons hiesigen Kontakten vermutete die Feuerwehr Brandstiftung, fand jedoch keine Spuren. Es wurden keine Leichen in den Trümmern gefunden, was bestätigte, dass nur Vampire gefallen waren, deren Körper zu Asche verfallen waren ohne DNA zu hinterlassen.

Zane hatte noch keine private Minute mit Portia verbracht, da das Haus zu voll war und Leute wie Samson dafür sorgten, dass sie sich beide von dem Martyrium erholten, zumindest körperlich.

Thomas' Wunden heilten dank Eddies und Olivers Hilfe.

Als Samson schließlich alle anwies, nach San Francisco zurückzukehren, war Zane erleichtert. Er musste mit Portia alleine sein, um mit ihr über ihre Zukunft zu sprechen. Dabei wollte er keine Zuhörer haben.

Er drückte Portias Hand, als sie die Gangway des Flugzeuges hinuntergingen.

„Zane!", rief Samson ihm hinterher.

Er drehte sich um, war nicht in der Stimmung für eine schleppende Verabschiedung, wo er doch einfach nur Portia nach Hause bringen wollte, in sein Bett, in seine Arme.

„Ja?"

„Ich habe ganz vergessen dir zu sagen, dass nächsten Sonntag Isabelles Namensgebung ist. Als ihr Pate erwarten wir dich dort nach Sonnenuntergang."

Er nickte. Durch die Zeremonie würde er offiziell zu ihrem Paten, ihrem Mentor, und er würde ihren zweiten Vornamen auswählen. „Es ist mir eine Ehre."

„Oh, und noch etwas: Dein Hund wird heute Nacht bei Yvette bleiben. Ich dachte, ihr wolltet vielleicht alleine sein."

Zane war erstaunt über die Voraussicht seines Chefs und war sprachlos. Verdammt, er wurde zu einem emotionalen Freak!

Er blickte zu Portia und sah, dass auch sie mit ihm alleine sein wollte. Es gab noch immer Dinge, über die sie bisher noch nicht gesprochen hatten.

„Ja, wir haben viel zu besprechen."

Er begann, schneller zu gehen, um nach Hause zu kommen. Dabei ließ er Portias Hand nicht los.

Als er die Haustür hinter sich geschlossen hatte, suchte er ihre Augen. Zum ersten Mal in seinem Leben wusste er nicht, wo er beginnen sollte. Seit dem Feuer, das ihren Vater umgebracht hatte, hatten sie kaum Zeit für eine Unterhaltung gehabt und abgesehen von den paar Worten, die sie ausgetauscht hatten, als sie aus dem Fenster gesprungen waren, hatte er den Tod ihres Vaters nicht mehr erwähnt. Doch es war ein Thema, über das sie sprechen mussten.

„Ich weiß", flüsterte sie.

Konnte Portia ihn wirklich so gut lesen? „Du weißt was?"

„Dass es schwer für dich ist. Ich bin seine Tochter. Nichts wird das je ändern. Wenn du mich ansiehst, musst du an ihn denken, an die Dinge, die er deiner Familie angetan hat. Ich weiß nicht, wie ich das je gutmachen kann."

Er legte einen Finger auf ihre Lippen, ließ die damit verstummen. „Du musst mir nichts beweisen. Ich weiß, wer du bist." Er drückte eine Hand auf seine Brust. „Ich kann es hier spüren. Du bist nicht wie er. Wenn ich dich ansehe, sehe ich nur dich. Doch ich habe dir wehgetan. Die Dinge, die ich zu dir gesagt habe, wie ich dich bedroht habe…"

Zane schloss seine Augen, wünschte sich, er könnte alles ungeschehen machen.

„Wie kannst du mir vertrauen, nachdem ich dich so bedroht habe?"

„Du wolltest dein Leben für meines opfern." Sie atmete kurz ein. „Ich hätte es natürlich niemals angenommen, doch zu wissen, dass du es getan hättest…es hat mir gezeigt, wie es in deinem Herzen aussieht."

„Ich würde es wieder anbieten."

„Ich hoffe, das musst du nie."

Zane senkte seinen Blick, betrachtete seine Stiefel für einen Moment. „Da gibt es noch etwas, das du wissen musst." Als er aufblickte, schaute sie ihn neugierig an. „Ohne ein lebendes Elternteil und anhand deines Alters wirst du automatisch als erwachsen angesehen. Es bedeutet, du kannst deine eigenen Entscheidungen treffen."

Ein Lächeln machte sich auf ihren Lippen breit. „Welche Art Entscheidungen?"

„Jede." Er verlagerte sein Gewicht auf sein anderes Bein, war plötzlich nervös.

Portia ging einen Schritt näher, dann noch einen. „Gibt es etwas, das du mich fragen möchtest?"

Ihre Lider flatterten und er nahm ein Zittern in ihrer Stimme wahr.

„Ich habe kein Recht, dich zu fragen."

Ihre Augenbraue hob sich. „Ich verstehe nicht."

„Du bist jung und ich war dein Erster. Es wäre falsch, wenn ich dir eine…Verbindung anbieten würde."

Erschrocken wich Portia zurück. „Du liebst mich nicht?"

Er schluckte den Kloß in seinem Hals hinunter. „Das habe ich nicht gesagt. Aber ich kann keine Entscheidung von dir fordern, die dein gesamtes Leben beeinträchtigt. Du brauchst Zeit, um für dich herauszufinden, was du willst. Ich kann warten."

Er hatte auf dem Heimflug lange darüber nachgedacht. Wenn er sie fragen würde, ob sie sich jetzt an ihn binden wollte, würde er ihre Verletzlichkeit ausnutzen. Sie trauerte um ihren Vater, auch wenn sie es nicht zugeben wollte. Und sie war alleine auf der Welt. Er wollte nicht, dass sie ihn wählte, weil sie schlicht und einfach keine Alternative hatte.

„Warten?"

„Ja, Baby Girl. Ich werde warten, bis du bereit bist, bis du sicher weißt, dass du mich willst. Denn sobald du einmal ja gesagt hast, werde ich dich nicht mehr gehen lassen."

Ihr Blick wurde weicher. „Und in der Zwischenzeit?"

„Du könntest bei mir einziehen…" Zane suchte ihre Augen für eine Bestätigung.

„In wilder Ehe leben?", neckte Portia, als ihre Lider grazil noch oben schwangen.

„Sehr wild, das kann ich dir versprechen."

Ihre Hand kam hoch und streifte über seine Unterlippe, die Berührung war elektrisierend, ihr Blick hungrig. „Kann ich das jetzt ausprobieren? Ich will ja nicht die Katze im Sack kaufen, wenn du verstehst.“

Seine Lippen nagten an ihrem Finger. „Ich dachte schon, du fragst gar nicht mehr.“

Ohne Portia Zeit zum Nachdenken zu geben, hob er sie in seine Arme und trug sie in sein Schlafzimmer, wo er sie auf ihre Füße stellte. Sekunden später lagen ihre Kleider am Boden, ungeduldig vom Leib gerissen. Es war schon zu lange her.

Erst als er ihre Haut unter seiner Hand und ihre warmen Lippen an seine gepresst spürte, linderte sich die Spannung der letzten Tage.

Er legte sie ohne Finesse aufs Laken, denn sein Körper forderte schlicht was ihm zustand. Er hatte versprochen, sich nicht in dieser Nacht mit ihr zu binden, ihr Zeit zu geben, sich an die Situation zu gewöhnen. Doch jetzt, mit einer willigen Portia in seinen Armen, wusste er, dass er mit aller Macht dagegen kämpfen musste, sein Versprechen nicht zu brechen.

Er küsste sich ihren Hals entlang und füllte seine Hände mit ihren Brüsten, knetete das straffe Fleisch, streichelte ihre Nippel mit seinen Daumen. Ein Bein war zwischen ihre Schenkel gekeilt und sein Ständer drückte an sie, war ungeduldig, sein Zuhause zu finden. Er unterdrückte das Verlangen, ohne jegliches Vorspiel in sie zu stoßen, doch sein Bein drängte sie, ihre Beine weiter zu spreizen, unbekümmert, dass er sich wie ein Wilder benahm.

Portias Körper bog sich ihm entgegen und kam seiner Berührung entgegen. Ihre Stimme war heiser, als sie sprach. „Sein kein Unmensch, lass mich nicht warten. Du weißt, was ich will.“

Er hob seinen Kopf, um in ihr errötetes Gesicht zu blicken. „Sag’s mir doch.“

Sie legte ihre Hand in seinen Nacken und zog ihn zu sich. „Ich will deine Erektion in mir und deine Fänge in meinem Hals.“

Ihre Forderung war alles, was es benötigte, um das Biest in ihm aus dem Käfig zu lassen. Seine Fänge wuchsen zu ihrer gesamten Länge heran, die Spitzen blitzen hinter seinen Lippen hervor. Und sein Schaft war noch nie härter gewesen.

Er ging auf ihre Wünsche ein und vergrub sie unter seinem Körper. Der Duft ihrer Erregung erfüllte den Raum und nahm ihn ein. Er konnte sich nicht mehr zurückhalten. Mit einem triumphierenden Knurren stieß er in sie. Ihre Muskeln umklammerten ihn wie eine Faust, raubten ihm den Verstand. Ob er sich je daran gewöhnen konnte, wie sie ihn in ihrem wundervollen Körper gefangen nahm, wusste er nicht.

Ein leichter Film aus Schweiß bildete sich auf seinem Körper. Und mit jedem Stoß, mit jedem Aufprall auf ihr Fleisch, transpirierte er mehr. Er versuchte hinauszuzögern, sie zu beißen, wollte sich nicht zu schnell in ihr verlieren. Doch es war nur eine Frage der Zeit. Er konnte Portias sanftes Stöhnen nicht ignorieren, ihre keuchende Atmung und ihren Duft, der sich noch intensivierte, als sich auch auf ihrer Haut Schweiß bildete.

Die anmutige Kurve an ihrem Hals rief ihn und die Vene darunter pulsierte wild, bettelte um sein Näherkommen.

Ihre Hüften wippten unter ihm, forderten ihn auf, tiefer in sie zu stoßen. Unter ihren halbgeschlossenen Lidern glitzerten ihre Augen vor Leidenschaft und Liebe, wiederholten ihre Forderung im Stillen.

„Zane!“, bettelte sie.

Der Klang ihrer Stimme trieb ihn fast zum Wahnsinn. Mit einem Stöhnen legte er seine Lippen auf die Stelle, wo ihr Hals in ihren Schultergürtel überging. Bebend kratzte er mit seinen Fängen an ihrer Haut, der Kontakt ließ Flammen von Hitze durch seinen Körper lodern. Portia stöhnte. Dann durchstach er ihre Haut und versenkte seine Fänge in ihrem Fleisch.

Ihr süßes Blut berührte seine Zunge, ihr Geschmack so reich und stark, der Effekt traf ihn sofort. Ein Hoch breitete sich in seinem Körper aus und es prickelte angenehm. Er saugte mehr Blut in seinen Körper und das Gefühl wurde stärker.

„Ich liebe dich, Zane“, hörte er sie flüstern.

Er wollte antworten, ihr sagen, was er empfand, doch er konnte nicht von ihrem Hals lassen. Er brauchte es; brauchte sie.

Seine Stöße trugen sie beide höher und höher und die Klänge des Liebesakts erfüllten das Haus.

„Ich habe mich entschieden, Zane.“

Ihre Worte drangen durch seine Glückseligkeit. Sein Gehirn arbeitete nicht schnell genug, um zu verstehen, was sie damit meinte. Plötzlich spürte er ihre Lippen an seiner Schulter und ihre Zähne an seiner Haut.

„Ich will nicht warten.“

Schließlich verstand er. Sein Herz blieb stehen, und begann erst wieder zu schlagen, als er ihre Fänge in sich spürte.

Sie akzeptierte ihn als ihren Gefährten, indem sie sein Blut trank, während auch er ihr Blut trank und sie sich liebten.

Für immer zusammen.

Für immer eins.

Als ihr Blut sich vermischte und ihre Körper in fleischlicher Glückseligkeit explodierten, öffnete sich Zanes Herz. Es würde nie wieder eine Mauer oder Ketten darum geben.

Er war frei. Frei, um zu lieben.

Seine Gedanken schwebten zu ihr. *Baby Girl, ich liebe dich.*

Und dann, zum ersten Mal spürte er sie in sich, die Wärme, die Liebe in seinem Herzen und in seinem Geist. Als ihre Stimme in seinen Gedanken widerhallte, während ihre Fänge noch immer in ihm steckten, wusste er, dass er noch nie einen süßeren Klang gehört hatte.

Du gehörst mir, Zane. Für immer mir.

Epilog

Eine Woche später.

Zane durchschritt sein Wohnzimmer, während klein Z um seine Füße herumschwirrte. Wo war sie? Er war alleine aufgewacht, während es noch taghell war. Diese Tatsache hielt ihn davon ab, Portia zu suchen.

„Du hättest mich wecken können", nörgelte er den Hund an. „Schon mal daran gedacht zu bellen, wenn sie das Haus verlässt?"

Z blickte ihn mit seinem Welpencharme an.

„Ja, du bist mir eine tolle Hilfe."

Selbst knapp eine Woche nachdem er sich mit ihr gebunden hatte, hatte er noch Angst, sie zu verlieren. Seine Alpträume, in denen er sie im Feuer verlor, fingen erst jetzt an nachzulassen. Sie in seinen Armen zu halten war das Einzige, was ihn beruhigte.

Wo bist du, Baby Girl?

Ein warmes Prickeln machte sich in seinem Kopf breit.

Ich bin gleich zu Hause, kam als Antwort.

Ihre Stimme in seinem Kopf zu hören, linderte seine Besorgnis etwas. Nur gut, dass ein Blutbund auch ein telepathisches Band zueinander beinhaltete. Es erlaubte ihnen, miteinander zu kommunizieren, wenn sie getrennt waren.

Als er ein paar Minuten später den Schlüssel im Schloss der Haustüre hörte, schlug sein Herz nervös. Sobald die Türe sich wieder schloss, stürmte er in den Flur und zog Portia in seine Arme.

Ausgehungert nahm er ihre Lippen und gab ihr keine Chance, ihn zu begrüßen. Erst als der Hund zu bellen begann, ließ Zane von ihr ab.

„Jetzt bellt er. Was für einen Wachhund haben wir uns da nur herangezogen."

„Dem Kuss nach zu urteilen", begann Portia, „musst du mich ganz schön vermisst haben."

Ihr kokettes Lächeln ließ sein Herz hüpfen wie auf einem Trampolin. „Was dachtest du denn?"

Ihr Blick nagelte ihn fest. „Sag mir, dass du mich nicht liebst."

Zane lächelte. „Das kann ich nicht, Baby Girl."

Sie streifte ihre Lippen gegen seine. „Warum nicht?"

„Weil es eine Lüge wäre“, flüsterte er zurück und nahm ihre Lippen erneut in Besitz.

Atemlos erlöste er sie einige Minuten später wieder. „Jetzt sag mir, was so wichtig war, dass du unser Bett verlassen musstest.“

Portia griff in die Innentasche ihrer Lederjacke und zog eine kleine Plastiktüte heraus.

„Du hast ja keine Ahnung, wie schwer es war, das hier in dieser Nachbarschaft zu finden.“

Neugierig beobachtete Zane, wie sie einen seidenen Gegenstand aus der Tasche zog. Er erkannte das runde Stück Stoff und hob seinen Blick, um sie anzustarren.

„Du hast eine Kippa gekauft?“

Sie nickte mit einem Lächeln auf den Lippen. „Ich möchte, dass du sie bei Isabelles Zeremonie heute Nacht trägst.“

Seine Lippen bebten, als er die Gefühle wegdrückte, die drohten, ihn zu entmannen. „Ich habe…es ist so lange her…“

Portia legte ihre Hand auf seinen nackten Unterarm. Dank ihr versteckte er sein Tattoo nicht mehr und hatte begonnen, kurzärmlige Shirts zu tragen statt der langärmeligen, die er die letzten Jahrzehnte bevorzugt hatte.

„Du solltest stolz darauf sein, wer du bist.“ Sie lächelte ihn an. „Ich bin es.“

Dann setzte sie ihm die Kippa auf den Kopf. Das ungewohnte Stück Stoff rutschte auf die Stelle, wo sie hingehörte, wo sie immer hingehört hatte. Plötzlich fühlte er sich vollkommen, als das letzte Stückchen, das ihn wieder ganz machte, auf seinem rechten Fleck war.

Langsam streifte er die Hand über seine Kopfbedeckung, zu überwältigt, um etwas zu sagen. Jetzt war er frei, frei zu lieben und frei zu glauben. Sein Vertrauen in Gott war wieder hergestellt, denn selbst von dem Bösen konnte etwas Gutes kommen. Oder *jemand* Gutes.

„Machen wir uns fertig. Wir wollen Samson und die anderen ja nicht warten lassen.“ Portia streichelte seine Wange.

„Ohne mich können sie nicht anfangen“, murmelte Zane und zog sie an sich. „Und ich muss erst noch etwas Wichtiges erledigen.“

„Was denn?“, fragte sie, doch das aufgeregte Blitzen in ihren Augen sagte ihm, dass sie es bereits wusste.

„Ich muss meiner Frau danken, dass sie mich gerettet hat.“

„Aber du warst doch derjenige, der *mich* gerettet hat“, protestierte sie.

Er schüttelte den Kopf. „Nein, Baby Girl. Ohne dich wäre ich noch immer verloren.“

ENDE

Über die Autorin

Tina Folsom ist gebürtige Deutsche und lebt schon seit über 20 Jahren im englischsprachigen Ausland, die letzten 10 Jahre davon in San Francisco, wo sie mit einem Amerikaner verheiratet ist.

Tina ist schon immer ein bisschen herumzigeunert und hat in vielen verschiedenen Orten gelebt: nach Lausanne in der Schweiz, arbeitete sie kurzzeitig auf einem Kreuzfahrtschiff im Mittelmeer, verbrachte dann ein Jahr in München, bevor sie nach London zog. Dort ließ sie sich als Buchhalterin ausbilden. Aber die Wanderlust ergriff sie nach 8 Jahren in England, und sie zog über den großen Teich.

In New York war sie ein Jahr auf der berühmten Schauspielschule, der American Academy of Dramatic Arts. Danach blieb sie ein Jahr in Los Angeles, wo sie an der UCLA Drehbuchschreiben studierte. Dort lernte sie auch ihren Mann kennen, der in San Francisco lebte. So zog sie kurzerhand drei Monate später nach San Francisco.

Erst war sie dort als Buchhalterin und Steuerberaterin tätig. Sie machte sogar ihre eigene Kanzlei auf. Doch damit war sie noch nicht ganz zufrieden. Eine Zeit lang hatte sie ihr eigenes Immobiliengeschäft, aber das Schreiben vermisste sie sehr. Also fing sie im Herbst 2008 wieder damit an und schrieb ihren ersten Liebesroman.

Vampire haben es ihr schon immer angetan. Mittlerweile hat sie 16 Bücher in Englisch sowie mehrere in anderen Sprachen (Französisch, Spanisch und Deutsch) herausgegeben. Sie ist gerade mitten drin, alle ihre Bücher ins Deutsche übersetzen zu lassen.

Tina hört gerne von ihren Lesern. Schreiben Sie ihr doch einfach eine email: tina@tinawritesromance.com

http://facebook.com/TinaFolsomFans
Twitter: @Tina_Folsom
www.tinawritesromance.com
http://authortinafolsom.blogspot.com

2592208R00178

Printed in Germany
by Amazon Distribution
GmbH, Leipzig